HEYNE BÜCHER

Die Welt von Robert Jordans

Das Rad der Zeit

DAS RAD

Deutsche Erstausgabe

WILHELM HEYNE VERLAG
MÜNCHEN

Die Welt von Robert Jordans

Der Zeit

Robert Jordan

& Teresa Patterson

HEYNE SCIENCE FICTION & FANTASY
Band 06/9000

Titel der Originalausgabe
THE WORLD OF ROBERT JORDAN'S
THE WHEEL OF TIME
Übersetzung aus dem amerikanischen Englisch
von Karin König

Das Umschlagbild malte Darrell K. Sweet
Die Innenillustrationen zeichnete Todd Cameron Hamilton
Die Karten zeichnete Thomas Canty
Karten und Vignetten zeichneten Ellisa Mitchell und John M. Ford

Umwelthinweis:
Dieses Buch wurde auf chlor- und säurefreiem Papier gedruckt.

Redaktion: Lisa Lerchner

Erstausgabe bei Tom Doherty Associates, New York (A Tor Book)

Printed in Germany 1998
Umschlaggestaltung: Atelier Ingrid Schütz, München
Technische Betreuung: M. Spinola
Satz: Schaber Datentechnik, Wels
Druck und Bindung: RMO-Druck, München

ISBN 3-453-14949-1

INHALT

Für Harriet
in Liebe

Vorwort

Diese Zusammenstellung der Geographie, Soziologie und Geschichte der Welt gründet sich auf Informationen der frühesten verfügbaren Berichte des Zeitalters der Legenden bis in die heutige Zeit.

Zuverlässige Quellen sind rar. Fast alle Dokumente aus der Zeit vor dem Hundertjährigen Krieg haben nur als Kopien – oder als Kopien von Kopien – Bestand und sind somit kaum zuverlässig zu nennen.

Es wurden bisher keine Bücher oder Handschriften gefunden, die vor der Zerstörung der Welt entstanden wären. Alle Informationen aus dem Zeitalter der Legenden gründen sich auf Handschriften aus den ersten wenigen Jahrhunderten nach der Zerstörung, als die Schreiber vielleicht Zugriff auf noch bestehende Originale hatten. Alle Informationen von der Zeit der Zerstörung bis zum Ende der Trolloc-Kriege mußten Handschriften-Fragmenten verschiedenen Umfangs entnommen werden. Auch aus der späteren Periode, vom Ende der Trolloc-Kriege bis zum Ende des Hundertjährigen Krieges, existieren nur spärliche Aufzeichnungen.

Wo auch immer möglich, wurden die Informationen im Vergleich mit zeitgenössischen Originalschriften auf ihre Echtheit überprüft, aber je älter ein Dokument oder eine Handschrift, desto schwerer lassen sich die Blätter genau datieren.

Schwierigkeiten bereiten nicht nur das Alter und die Nachweisbarkeit von Schriften, sondern auch Übersetzungsprobleme, da die älteren Dokumente hauptsächlich in der Alten Sprache geschrieben wurden, deren Worte, wie alle des Lesens und Schreibens Kundigen wissen, wechselnde Bedeutungen haben, wovon sich wiederum einige im Laufe der Zeit noch unterschiedlich stark verschoben haben.

Die Autoren hoffen, daß der Leser gelegentliche Ungenauigkeiten verzeihen möge, die vielleicht auf diesen Seiten erscheinen, und statt dessen an der ungeheuren Mannigfaltigkeit und Kraft innerhalb des Vermächtnisses des Musters und der Welt des Rades Gefallen findet.

ABSCHNITT 1

DAS RAD UND DIE MACHT

DAS RAD UND DAS MUSTER

›Das Rad der Zeit dreht sich, Zeitalter kommen und gehen und hinterlassen Erinnerungen, die zu Legenden werden. Legenden verblassen zu Mythen, und selbst die Mythen sind längst vergessen, wenn das Zeitalter ihres Ursprungs wiederkehrt.‹ So beginnt jede Erzählung innerhalb der Welt des Rades, eines Universums, in dem das Rad der Zeit und das Große Muster, das es webt, das oberste Prinzip sind. Ein Muster, in dem Licht und Dunkel, Gut und Böse, Männliches und Weibliches, Leben und Tod innerhalb des Schicksalsgewebes um Ausgewogenheit ringen.

Was ist das Rad der Zeit? Man stelle sich einen großen kosmischen Webstuhl in Form eines siebenspeichigen Rades vor, das sich langsam durch die Ewigkeit dreht und den Stoff des Universums webt. Das Rad, vom Schöpfer an seinen Platz gestellt, ist die Zeit selbst, und es dreht sich immer weiter. Der Stoff, den es webt, ist aus Lebensläufen und Ereignissen gefertigt und zu dem Großen Muster verwoben, das alles Sein und alle Realität, Vergangenheit, Gegenwart und Zukunft darstellt.

Einfluß auf dieses Gewebe der Jahrhunderte haben nicht nur die Erde und das Gestein der greifbaren Welt, sondern auch andere Welten und Universen, Dimensionen und Möglichkeiten. Das Rad berührt alles, was sein könnte, was gewesen sein könnte und was ist. Es berührt die Welt der Träume und die wache Welt.

Rands mit einem Reiher gekennzeichnete Hand

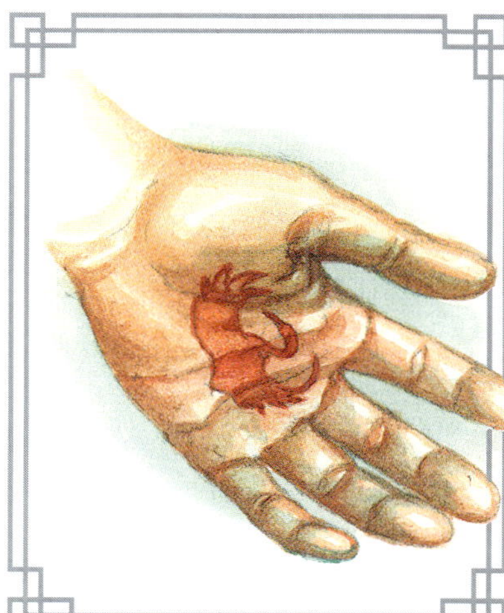

In dieser Welt gibt es keinen Anfang und kein Ende, da jede Speiche des großen Rades eines der sieben Zeitalter darstellt, die in der Vergangenheit vergehen und in der Zukunft wiederkehren, wenn das Rad sich dreht, wobei der Stoff jedes Zeitalters mit jeder Drehung sein Gewebe und Muster verändert. Für jedes Zeitalter steht ein einzelnes, einzigartiges Muster, das den Stoff für die Wirklichkeit jenes Zeitalters liefert. Das Muster ist im Radgang angelegt und kann nur im einzelnen durch jene Leben verändert werden, welche die Fäden innerhalb des Gewebes ausmachen.

Niemand weiß, wie lange eine vollständige Drehung des Rades dauert, noch gibt es für die Zeitalter eine zeitliche Anordnung. Gewiß ist nur, daß alles wiederkehren wird, wenn auch erst lange nach jener Zeitspanne, die menschliche Erinnerung oder auch die Legende umfaßt. Und doch bildet dieses Wissen die Grundlage für die Philosophie und Geschichte der bekannten Welt. Kein Ende, auch nicht der Tod, ist innerhalb der Drehung des Rades notwendigerweise endgültig. Die Wiedergeburt ist ein Teil des Weltenlaufs. Prophezeiungen werden geglaubt und beachtet, da sie genausoviel darüber aussagen, was gewesen ist, wie darüber, was sein wird. Fraglich ist nur, wann und auf welche Art sich die Prophezeiungen bewahrheiten werden.

In einer solchen Welt sind Veränderungen ein vorherbestimmter Teil des Mechanismus. Nur wenige Personen, besondere Seelen, die als *Ta'veren* bekannt sind, können das Gewebe verändern. Diese *Ta'veren* befinden sich im Zentrum des Gewebes und verweben alle benachbarten Lebensstränge, um Veränderung zu erzielen. Sie bewirken häufig die größten Abweichungen im Muster eines Zeitalters, die man in der Alten Sprache *Ta'maral'ailen* oder ›Schicksalsgewebe‹ nennt.

Auch die *Ta'veren* sind vom Rad und dem Großen Muster gebunden. Es heißt, daß das Rad *Ta'veren* hervorbringt, wann immer sich das Muster im Gewebe aufzulösen droht. Die Veränderungen um sie herum sollen Teil des eigenen Korrekturmechanismus des Rades sein. Je mehr Veränderungen notwendig sind, um das Große Muster wieder ins Gleichgewicht zu bringen, desto mehr *Ta'veren* erscheinen in der Welt.

Das Große Rad ist der ureigenste Kern der Zeit; es braucht aber auch Energie, um sich und sein Muster zu erhalten. Diese Energie erwächst aus der Wahren Quelle, aus der die Eine Macht gezogen werden kann. Beide bestehen aus zwei widerstreitenden und sich dennoch ergänzenden Teilen: *Saidin*, der männlichen Hälfte, und *Saidar*, der weiblichen Hälfte. Da beide innerhalb der Wahren Quelle sowohl zusammen als auch gegeneinander wirken, bilden sie die treibende Kraft, die das Rad der Zeit dreht.

Große Fäule
Shayol Ghul
Berge des Verderbens
Fal Dara
Saldaea
Kandor
Arafel
Shienar
Aiel-Wüste
Tar Valon
rad Doman
Halbinsel
Drachenberg
Cairhien
Ebene von Almoth
Zwei Flüsse
Andor
Caemlyn
Rückgrat der Welt
Tarabon
Ghealdan
Murandy
Amadicia
Altara
Tear
Illian
Meer der Stürme
INN

Birgitte

Die einzigen bekannten Kräfte außerhalb des Rades und des Musters sind der Schöpfer, der das Rad gestaltet hat, die Eine Macht, die es antreibt, und der Dunkle König, der im Augenblick der Schöpfung vom Schöpfer außerhalb des Musters gefangengesetzt wurde. Niemand innerhalb des Musters kann das Rad zerstören oder das Schicksal des Großen Musters verändern. Selbst die *Ta'veren* können das Gewebe nur abwandeln, nicht aber vollkommen verändern. Es heißt, der Dunkle König könne, da er ein Wesen der Macht jenseits der Schöpfung ist, wenn er seinem Gefängnis entflieht, das Rad und die Schöpfung nach seinem eigenen düsteren Bild neu erschaffen. Und so müssen die Menschen, besonders aber die *Ta'veren* sich bemühen, ihr eigenes bestmögliches Schicksal zu erfüllen, um das Gleichgewicht und die Fortdauer des Großen Musters zu gewährleisten.

Die Eine Macht und die Wahre Quelle

Die Wahre Quelle besteht aus zwei sich ergänzenden Teilen: *Saidin*, der männlichen Hälfte, und *Saidar*, der weiblichen Hälfte. Jeder Teil besitzt besondere Eigenschaften, die gleichzeitig miteinander und gegeneinander wirken. Nur Frauen können *Saidar* berühren, nur Männer können *Saidin* berühren. Keine Hälfte kann die andere Hälfte der Quelle erspüren – es sei denn als Mangel oder als negative Beschaffenheit. Männer und Frauen wenden die der Wahren Quelle entstammende Eine Macht sogar so unterschiedlich an, daß keiner den anderen darin zu unterweisen vermag.

In einigen Zeitaltern, wie in jenem, das man das Zeitalter der Legenden nennt, benutzten Männer und Frauen die sich ergänzenden und einander widerstreitenden Hälften der Macht, um Heldentaten zu vollbringen, die sie nicht allein hätten vollbringen können. Im gegenwärtigen Zeitalter wurde die männliche Hälfte verdorben, wonach jeder Mann, der *Saidin* lenkt, schließlich wahnsinnig wird und Unheil anrichtet, bis er getötet oder gedämpft werden kann.

Nur etwa zwei oder drei Prozent der Bevölkerung besitzen die Fähigkeit, die Eine Macht zu berühren und an sich zu ziehen, was als Lenken der Macht bezeichnet wird.

Dabei werden die Stränge der Einen Macht aufgenommen und dienen einzeln oder als Gewebe der Erfüllung der jeweiligen Aufgabe. Es gibt fünf verschiedene Stränge, die als die Fünf Mächte bekannt sind. Diese werden entsprechend den Elementen benannt, die ihre Energien steuern: Erde, Luft (manchmal auch Wind genannt), Feuer, Wasser und Geist. In vielen Fällen ist nur eine der Mächte nötig, um eine Aufgabe zu erfüllen. Ein Gewebe aus Feuer allein entzündet eine Kerze oder hält ein Feuer am Brennen. Gewisse Aufgaben erfordern indes das Verweben mehrerer Stränge. Zur Beeinflussung des Wetters braucht man beispielsweise Stränge aus Luft, Wasser und Geist.

Jeder Machtlenker besitzt gewöhnlich ein größeres Potential an mindestens einer Macht oder zwei Mächten, aber ihm kann jegliche besondere Fähigkeit im Umgang mit den anderen Mächten fehlen. Nur wenige Menschen haben sich als stark genug erwiesen, drei – in seltensten Fällen vier – Mächte miteinander zu verweben. Aber seit dem Zeitalter der Legenden konnte niemand mehr alle Fünf Mächte lenken.

Der Grad verhältnismäßiger Macht variiert außerdem von einem einzelnen Machtinhaber zum anderen und von Männern zu Frauen. Aufgrund von Berichten aus dem Zeitalter der Legenden sind bestimmte Erkenntnisse über die Macht und die Verteilung der Fähigkeit bei Machtlenkern gesichert. Männer waren im Gebrauch der Macht im allgemeinen stärker als Frauen, obwohl es sicherlich einzelne Frauen gab, die große Macht besaßen, und einzelne Männer, die vergleichsweise schwach waren. Männer zeigten bessere Fähigkeiten im Umgang mit Erde und Feuer, während sich Frauen häufiger im Gebrauch der Mächte Wasser und/oder Luft auszeichneten. Beide waren gleichermaßen stark im Umgang mit der Macht Geist. Trotz weniger Ausnahmen wurden Erde und Feuer als männliche Mächte, Luft und Wasser als weibliche Mächte angesehen. Darauf beruht wahrscheinlich das unter Machtlenkerinnen bekannte Sprichwort: ›Es gibt keinen Felsen, der so stark wäre, daß Wasser und Wind ihn nicht abtragen könnten, und kein Feuer, das so wild wäre, daß Wasser es nicht löschen oder der Wind es nicht ersticken könnte.‹

Den wenigen, die das Machtpotential besitzen, steht diese Fähigkeit nur selten von Geburt an zu Gebot. Sie zeigt sich üblicherweise in der Reifezeit oder im frühen Erwachsenenalter, wobei sie bei Frauen meist

Große Fäule
Shayol Ghul
Das Verdorbene Land
Berge des Verderbens
Tarwin Paß
Fal Dara
Fal Moran
Shol Arbela
Chachin
Lanzenebene
Maradon
KANDOR
ARAFEL
SHIENAR
SALDAEA
Ende der Welt
Niamh Paß
Schwarze Hügel
Tar Valon
Drachenberg
Brudermörders Dolch
nach Rhuidean
Jangai Paß
Gaelin
Cairhien
CAIRHIEN
Iro
Arinelle
Haevin
Caralain Steppe
Baerlon
Zwei Flüsse
Emondsfelde
ANDOR
Braemwald
Weißbrücke
Vier Könige
Caemlyn
Alguenya
Aringill
Rückgrat der Welt
Jehannah
GHEALDAN
Drelle
Storn
Lugard
MURANDY
Hügel von Kintara
Erinin
Far Madding
Amador
AMADICIA
Salidar
ALTARA
Cary
Ebenen von Maredo
Haddon Mirk
Stedding Schangtai
Tear
TEAR
ILLIAN
Godan
Versunkenes Land
Die Drachenfinger
Flüsse
Straßen
Orte + Städte
Grenzen
Wälder
Wiesen + Ebenen
Ebou Dar
Illian
Mayene
Inseln der Meerleute
Meer der Stürme
Cindaking

Seit der Zeit der Zerstörung der Welt bis in die jüngste Vergangenheit wurden alle mit der Fähigkeit Geborenen als Wilde bezeichnet, da es niemanden gab, der sie hätte unterweisen können. Selbst seit der Gründung der Schwarzen Burg sind sie noch dazu verurteilt, letztendlich wahnsinnig zu werden, wenn sie ihren anfänglichen Kontakt mit *Saidin* überleben. Aus diesem Grund – um sicherzugehen, daß die Schrecken der Zerstörung der Welt niemals wieder ausgelöst werden – hat sich die Rote Ajah der Aes Sedai der Aufgabe geweiht, alle Machtlenker zu finden und sie zu dämpfen.

eher zum Vorschein kommt als bei Männern. Beide werden die Macht schließlich mit oder ohne Anleitung lenken, ob sie es wollen oder nicht. In vielen Fällen sind sie sich ihrer Handlungen nicht einmal bewußt. Für sie ist das Berühren und Heranziehen der Wahren Quelle ein vollkommen normaler Vorgang – und möglicherweise tödlich.

Soweit bekannt ist, lebt die Eine Macht nicht, sie ist aber eine natürliche Energiequelle, die nur in Schranken gehalten wird durch die Stärke des Machtlenkers und das Ausmaß seiner Kontrolle darüber. Ihr Gebrauch macht extrem abhängig. Wer sich der Gefahr des unbedachten Lenkens der Macht nicht bewußt ist, zieht leicht mehr an, als er handhaben kann. Dies fordert gewöhnlich einen schrecklichen Preis von Körper und Geist.

So sterben vier von fünf Frauen, die mit der Fähigkeit geboren werden und *Saidar* ohne Führung lenken. Der Tod kommt häufig in Form einer langwierigen Krankheit daher, welche der Betroffenen die Lebensenergie raubt. Wer die Macht zum ersten Mal unbeabsichtigt berührt, bemerkt in diesem Moment zumeist nichts Ungewöhnliches, erleidet aber ungefähr zehn Tage später eine heftige Reaktion, die selten länger als einige Stunden anhält. Kopfschmerzen, Frösteln, Fieber, Taubheit, Benommenheit und mangelnde Körperbeherrschung sind nur einige der üblichen Symptome, die häufig gleichzeitig oder in schneller Abfolge auftreten. Diese Wirkung tritt nach jedem Berühren der Quelle ein und erfolgt nach jeder tatsächlichen Berührung schneller, bis beides fast gleichzeitig geschieht. In diesem Stadium hören die sichtbaren Reaktionen auf, wenn aber die rechte Handhabung nicht erlernt wurde, ist der Tod irgendwann gewiß. Die letzten Tage sind meist von heftigen Krämpfen und qualvollen Schmerzen begleitet. Ist dieser Zustand erreicht, kann auch die Eine Macht nicht mehr helfen.

Die als ›Wilde‹ bekannten Frauen, die überleben und die sich im Gebrauch der Macht üben, entwickeln meist eine mentale Sperre als Überlebensmechanismus, der es ihnen erschwert, das ganze Ausmaß ihrer Fähigkeiten zu erlangen. Einige glauben, diese Sperren würden teilweise durch das oft mit dem Gebrauch der Macht verbundene gesellschaftliche Stigma verursacht. Solche Sperren können manchmal von geübten Machtlenkern beseitigt werden, wonach Wilde häufig zu mächtigen Machtlenkern werden.

Selbst erfahrene Machtlenker gehen mit jedem Lenken der Macht ein großes Risiko ein. Zieht eine Frau zuviel *Saidar* heran, kann sie ausbrennen, ihre Fähigkeit, die Macht zu lenken, verlieren oder sich schlimmstenfalls umbringen. Verwebt sie Macht, die sie nicht angemessen beherrscht, kann sie ebenfalls sterben und ihrer Umgebung Schaden zufügen.

Vor der Zeit der Zerstörung der Welt gingen Männer fast das gleiche Wagnis ein wie Frauen, wenn sie mit der Fähigkeit geboren wurden. Das änderte sich, nachdem das Gefängnis des Dunklen Königs versiegelt worden war. In den letzten Augenblicken der Schlacht gelang dem Dunklen König ein Gegenschlag, der die männliche Hälfte der Einen

Macht mit einem Makel belegte. Seit der darauffolgenden Zeit des Wahns konnte kein Mann mehr *Saidin* lenken, ohne schließlich vollkommen und auf schreckliche Art wahnsinnig zu werden. Selbst jene, die dieses erlernten, starben nach einem langsamen Siechtum. In jedem Fall ist die Gefahr in der Umgebung eines männlichen Machtlenkers groß. Die Männer, die alt genug werden, um den Wahnsinn zu erleben, lenken die Macht des makelbehafteten *Saidin* schließlich auf schreckliche Art, wobei sie häufig jedermann und alles um sich herum vernichten. Solche Männer waren es, die während der Zerstörung die Welt und ihre Bevölkerung vollkommen vernichteten. Daher werden Männer nicht nur davor gewarnt, die Machtlenkung zu erlernen, sondern werden, selbst wenn sie es nur versuchen, verfolgt und außer Gefecht gesetzt oder getötet.

Im Zeitalter der Legenden wurde der Vorgang, durch den ein Mann oder eine Frau ihrer Fähigkeit, die Macht zu lenken, beraubt wurde, ›Abtrennen‹ genannt – abgeleitet von der Wendung ›von der Wahren Quelle abgetrennt werden‹. Gegenwärtig bezeichnet man den Vorgang mit einem anderen Begriff.

Das Abtrennen von der Wahren Quelle ist als ›Dämpfung‹ bekannt. Wer dieser Behandlung unterzogen wird, kann die Macht zwar noch spüren, die Eine Macht aber keinesfalls mehr berühren. Er ist daher ungefährlich für seine Umgebung. Wird er früh genug gedämpft, werden die Folgen aufgehalten, wenn auch nicht geheilt. Leider verlieren die meisten Gedämpften den Lebenswillen. Sie verfallen in tiefe Niedergeschlagenheit und begehen häufig Selbstmord, wenn dies nicht gewaltsam verhindert wird. Jene, die sich nicht umbringen, sterben üblicherweise ohnehin innerhalb von ein, zwei Jahren, denn ohne Lebenswillen verfällt der Körper rasch.

Verlieren Frauen die Fähigkeit durch einen Unglücksfall, nennt man dies ›Ausbrennen‹, obwohl man auch hierfür manchmal den Begriff ›Dämpfung‹ verwendet, ein beklagenswerter Verlust der Sprachgenauigkeit, seit die Alte Sprache nicht mehr benutzt wird. Die Folge davon, gedämpft oder ausgebrannt zu sein, ist in jedem Fall sehr ähnlich. Die Dämpfung wird üblicherweise als Strafe für ein Verbrechen durchgeführt, während das Ausbrennen das Ergebnis einer Überlastung oder eines Mißbrauchs der Macht ist. Vermutlich sind auch Männer dafür anfällig.

Wie in jugendlichem Alter gedämpfte Männer, verlieren auch gedämpfte Frauen den Überlebenswillen. Gedämpfte oder ausgebrannte Frauen fliehen meist vor Frauen mit der Fähigkeit, die sie selbst verloren haben. Machtlenkerinnen sollen sie in ihrem Elend nicht noch durch ihre Gegenwart verhöhnen, und es sollte festgehalten werden, daß erstere häufig empfindlich darauf reagieren oder sogar körperlich krank werden, wenn sie nur an das Schicksal denken, das gedämpfte Frauen erleiden müssen und das auch ihnen bevorstehen könnte.

Alle Berichte behaupten, daß Dämpfung und Ausbrennen nicht geheilt werden können, aber Gerüchte erzählen von begrenzter Heilung unter Zuhilfenahme aller Stränge der Macht. Historisch gesehen galt der Verlust der Fähigkeit, die Macht zu lenken, als unumkehrbar.

Eine Möglichkeit, eine versehentliche Dämpfung oder ein Ausbrennen weitgehend zu verhindern, besteht darin, ein *Angreal* oder ein *Sa'angreal* zu benutzen, Gegenstände, die während des Zeitalters der Legenden – vielleicht auch früher – angefertigt wurden. Ein *Angreal* erlaubt dem Machtlenkenden, die Macht in größerem Umfang sicher anzuwenden. *Sa'angreale* sind ähnlich, aber weitaus mächtiger. Es gibt erhebliche Unterschiede zwischen *Angrealen* und *Sa'angrealen*, aber allgemein kann man sagen, daß das *Sa'angreal* die Verstärkung der Lenkungsgewalt aus der Macht nochmals verdoppelt. Sowohl *Angreal* als auch *Sa'angreal* wurden bei ihrer Erschaffung für Männer wie Frauen nutzbar gestaltet. Eine Frau kann jedoch kein für einen Mann gestaltetes *Angreal* benutzen und umgekehrt.

***Moraines* Angreal**

Seit dem Zeitalter der Legenden haben nur wenige *Angreale* und nur eine Handvoll der mächtigeren *Sa'angreale* überlebt. Das für ihre Erschaffung erforderliche Wissen und Können ging während der Zerstörung der Welt verloren.

Eine Möglichkeit, die Lenkungsgewalt ohne Gefährdung ihrer Träger auszuweiten, besteht darin, mehrere Machtlenker miteinander zu verbinden. Im gegenwärtigen Zeitalter sind das Heranziehen und Lenken der Stränge der Einen Macht für gewöhnlich eine Einzelhandlung; das Verknüpfen aber, im Zeitalter der Legenden eine übliche Methode, vereint mehrere Stränge und erhöht so die Kraft und Wirksamkeit der Einzelstränge. Eine miteinander verbundene Gruppe nennt man ›Zirkel‹, selbst wenn sie nur aus zwei Menschen besteht. Der höchste Nutzen des Zirkels besteht darin, daß er zahlreiche Energien auf eine Sache konzentriert. Man kann nicht einen oder mehrere Einzelstränge auf die gleiche Aufgabe konzentrieren, gleichgültig, wie geübt die Machtlenker sind; wenn man die Stränge aber miteinander verbindet, kann der Anführer des Zirkels die gebündelten Stränge mit derselben zielgerichteten Genauigkeit lenken wie einen einzelnen Strang.

Die gebündelten Stränge vereinen in sich mehr Kraft als ein einzelner. Mit anderen Worten, die Verknüpfung führt die Stränge nicht einfach nur zusammen, sie potenziert ihre Wirkung. Zwei miteinander verbundene Frauen können mehr Macht lenken als jede von ihnen einzeln. Das trifft zu, gleichgültig, wie groß die Bündelung sein mag.

Das Verknüpfen bringt allerdings geschlechtsspezifische Begrenzungen mit sich, die in den Unterschieden zwischen *Saidin* und *Saidar* begründet liegen. Männer besitzen die größere allgemeine Kraft in der Macht, aber Frauen sind für das Verknüpfen wesentlich. Sie können eine Verknüpfung herstellen. Männer können dies nicht, obwohl sie Teil davon sein können und unter gewissen Umständen sogar die Führung übernehmen.

Jede Machtlenkerin kann auch das Verknüpfen lernen, und einer

Frau, die dieses Wissen nicht besitzt, kann es durch jemanden nahegebracht werden, der es besitzt. Ob man einen Zirkel anführen kann, hängt jedoch sowohl von der Kraft als auch vom Können des einzelnen ab, was nicht dasselbe ist. Je stärker die Verbindung von Kraft und Können ist, um so größer kann der Zirkel sein, den jemand anführt.

Derjenige, der eine Verknüpfung herstellt, muß den Zirkel nicht notwendigerweise auch anführen. Die Führung kann freiwillig weitergegeben werden und *muß* in Fällen gemischtgeschlechtlicher Zirkel sogar weitergegeben werden, um die Stränge zu verweben.

Ein Zirkel von bis zu dreizehn Machtlenkerinnen kann ohne die Anwesenheit eines Mannes verknüpft werden. Kommt ein Mann hinzu, kann die Verknüpfung erweitert werden, um dreizehn weitere Frauen oder sechsundzwanzig Frauen und einen Mann mit einzubeziehen. Zwei Männer ermöglichen es, den Zirkel bis auf vierunddreißig Frauen zu erweitern. Die nächsthöhere Menge wären fünfundvierzig (drei Männer, die mit zweiundvierzig Frauen verbunden wären), dann vierundfünfzig (vier Männer und fünfzig Frauen), dann dreiundsechzig (fünf Männer und achtundfünfzig Frauen) und schließlich zweiundsiebzig (sechs Männer und sechsundsechzig Frauen). Ein solcher Zirkel von zweiundsiebzig Personen ist die anzahlmäßig größtmögliche Verknüpfung.

Auch andere geschlechtsspezifische Mischungen sind in einer Verknüpfung möglich. Die Anzahl der Männer in einem Zirkel ist nur durch die Tatsache begrenzt, daß, abgesehen von den Ausnahmen der Verknüpfungen eines Mannes und einer Frau oder zweier Männer und einer Frau (und natürlich zweier Männer und zweier Frauen), stets mindestens eine Frau mehr im Zirkel sein muß, als es Männer gibt. So würden drei Männer vier Frauen benötigen, um zusammen einen Zirkel zu bilden, vier Männer würden fünf Frauen benötigen und so fort.

Die gesammelte Kraft eines Zirkels hängt von seiner Größe ab, von der Stärke der miteinander verbundenen Einzelpersonen, davon, ob ein *Angreal* oder *Sa'angreal* benutzt wird, und von der Ausgewogenheit zwischen den männlichen und weiblichen Mitgliedern des Zirkels. Obwohl Männer stärker sind als Frauen, waren die stärksten Zirkel jene, die eine fast gleiche Anzahl Männer und Frauen umfaßten. Ein kleinerer Zirkel mit einer besseren Ausgewogenheit kann stärker sein als ein unausgewogener größerer Zirkel.

Der größtmögliche mächtige Zirkel, abhängig von den Kräften und Gaben der miteinander Verknüpften, wäre ein Zirkel, der fünfunddreißig Männer und siebenunddreißig Frauen umfaßt, womit die größtmögliche Anzahl von zweiundsiebzig Mitgliedern wie auch die größtmögliche Ausgewogenheit von Männern und Frauen erreicht wäre.

In den meisten Fällen kann entweder ein Mann oder eine Frau die Verknüpfung leiten, aber im Fall eines Zirkels von zweiundsiebzig Mitgliedern, eines Zirkels von nur einem Mann und einer Frau sowie der meisten Zirkel von bis zu dreizehn Mitgliedern mit mehr als einem

Das mächtigste jemals geschaffene *Sa'angreal* waren zwei gewaltige Statuen in Form eines Mannes und einer Frau. Sie wurden während des Krieges der Macht geschaffen und sollten von einer aus einem Mann und einer Frau bestehenden Gruppe, wie es in jenem Zeitalter üblich war, als Waffe gegen den Schatten benutzt werden, wurden aber niemals tatsächlich in Dienst gestellt, bevor sie versteckt wurden. Beide Statuen sollen selbst einzeln mächtiger sein als jedes andere bekannte *Sa'angreal* und, wenn sie zusammen benutzt werden, einen Mann und eine Frau sogar befähigen, genügend Macht zu lenken, daß die Welt unrettbar zerstört werden könnte. Das weibliche *Sa'angreal* ist die Statue einer mit einem fließenden Gewand bekleideten Frau, die mit einer Hand eine Kristallkugel hochhält. Sie ist gegenwärtig in Tremalking vergraben. Ihr Gegenstück in Form eines Mannes ist ebenfalls in fließende Gewänder gekleidet und hält ebenfalls eine Kristallkugel hoch. Die männliche Statue wurde kürzlich in der Nähe von Cairhien vergraben gefunden und wird gegenwärtig geborgen.

Beide Statuen sind auch darin ungewöhnlich, daß ihnen identische, aber verkleinerte Ausgaben ihrer selbst beigegeben waren, die ausschließlich als Bindeglieder zwischen den Machtlenkern und dem *Sa'angreal* dienen sollten. Bedenkt man die gewaltige Größe der *Sa'angreals*, war dies offensichtlich notwendig, um den Machtlenkern Zugang zu den Statuen zu gewähren, ohne sich selbst zum tatsächlichen Schauplatz begeben oder die Kolosse hinbefördern zu müssen.

Mann muß ein Mann führen. Die obigen Beispiele und andere Zirkel von dreizehn oder weniger Mitgliedern ausgenommen, muß eine Frau führen, wenn nur eine Mindestanzahl von Männern anwesend ist.

Gewisse weitgehend vergessene, bruchstückhafte Handschriften enthalten lediglich Hinweise auf die Art und Handhabung der Zirkel im Zeitalter der Legenden. Davon ausgehend, was der Zirkel bewirken sollte, wurden die Mitglieder abhängig von ihrer Stärke in den Fünf Mächten erwählt, während der Leiter eher mehr seinem Können nach erwählt wurde. Es scheint auch, daß eine gewisse Ausgewogenheit von Männern und Frauen für bestimmte Aufgaben als vorteilhaft erachtet wurde, ebenso bestimmte Zirkelgrößen. Ein Zirkel von zweiundsiebzig war vielleicht die größte und mächtigste Verbindung, aber er war für die gewünschten Ergebnisse nicht immer am besten geeignet. Einige Aufgaben wurden trotz begrenzter Kraft am besten von einem Zirkel aus einem Mann und einer Frau ausgeführt, während andere Aufgaben mit einer größeren Anzahl von Teilnehmern erfolgreicher zu erfüllen waren. Die Einzelheiten bleiben in den Fragmenten des Zeitalters der Legenden verborgen, obwohl in der Bibliothek der Weißen Burg gewiß noch Quellen zu finden sind.

ABSCHNITT 2

DAS ZEITALTER DER LEGENDEN

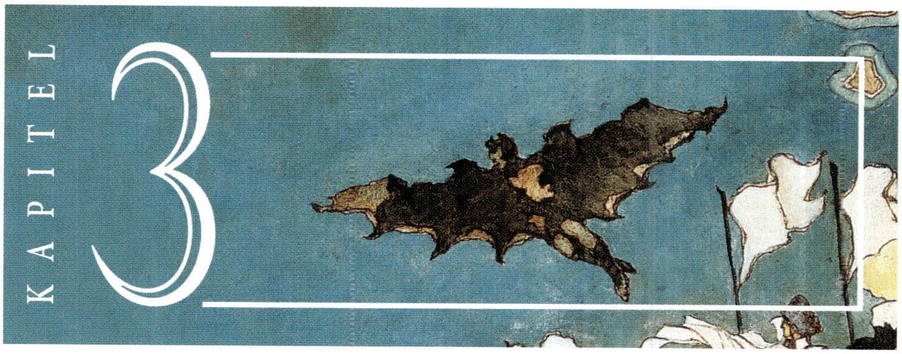

Das Zeitalter der Legenden

Vor der Zerstörung der Welt gab es eine Zeit, da Männer und Frauen Seite an Seite die Eine Macht lenkten, ohne Angst vor einem Makel *Saidins* zu haben. In dieser Zeit gab es keine Kriege, und alle Arten von Wundern waren alltäglich. Dieses Zeitalter ist als das Zeitalter der Legenden bekannt.

Seitdem sind gut dreitausend Jahre vergangen. Das wenige Wissen, das noch bekannt ist, wurde aus bruchstückhaften Handschriften zusammengetragen, um zumindest ein gewisses Verständnis für dieses Zeitalter zu erwecken.

Eines ist gewiß: Es war eine sehr lange, fruchtbare Zeitspanne in der Geschichte der Welt. Gewaltige Städte wie Paaran Disen, M'Jinn, Comelle, Mar Ruois und Adanza ragten als alles überstrahlende technologische Schmuckstücke zwischen dem üppigen Grün und den unreifen Getreidefeldern auf. Das große Forschungsinstitut Collam Daan in V'saine mit seiner großartigen schwebenden Kugel zog Wißbegierige aus dem ganzen Land zum Studium neuer Wunder der Wissenschaft und der Einen Macht an. Shoflügel in der Luft und Jomobile am Boden beförderten Menschen und Ladungen von Stadt zu Stadt. Verbrechen waren fast unbekannt, und es war eine Zeit idyllischen Friedens, in der alle Möglichkeiten und Wunder des Universums auf ihre Entdeckung warteten.

Die Menschen dieses Zeitalters waren schon längst jeglichem Streben nach materiellem Reichtum als Selbstzweck entwachsen. Stand und Ehre waren außerordentlich wichtig und konnten nur durch den Dienst an der Gemeinschaft erlangt werden. In mehreren Quellen wird die Tatsache erwähnt, daß durch Leistung auf vielen Gebieten Zusatznamen erworben werden konnten, die den Stand und die Ehre eines Menschen widerspiegelten.

Machtlenkern, die sich aufgrund ihrer Gaben für den höchsten Dienst eigneten, gewährte man ebenfalls die höchste gesellschaftliche Stellung. Diese Männer und Frauen wurden Aes Sedai genannt, was in der Alten Sprache ›Diener aller‹ bedeutete. Sie waren der Verbesserung ihrer Welt geweiht – unter Ausnutzung aller ihrer Gaben. Ihr Symbol war ein durch eine gewundene Linie getrennter, halb weißer und halb schwarzer Kreis, der die Ausgewogenheit *Saidins* und *Saidars* verdeutlichte, die die beiden Hälften der Wahren Quelle bildeten – gleich und doch gegensätzlich.

Da die Fähigkeit, die Macht zu lenken, ein genetisch rezessiver Vorgang war, konnten nur zwei bis drei Prozent der Bevölkerung die Macht lenken. Das Talent war unter Männern und Frauen gleichermaßen verteilt, wobei Männer in der Handhabung der Macht im allgemeinen stärker waren als Frauen, obwohl hauptsächlich das gemeinsame Wirken zählte.

Den bruchstückhaften Handschriften über die Aes Sedai ist zu entnehmen, daß viele von ihnen Berufungen folgten, die kaum etwas oder nichts mit der Einen Macht und dem Aes Sedai-Stand zu tun hatten. Mußte zur Erfüllung einer Aufgabe ein Zirkel gebildet werden, konnten diese Aes Sedai aus dem Burgsaal von ihren Tätigkeiten abberufen werden, um anderswo mit ihren besonderen Stärken und Fähigkeiten zu helfen.

Bestimmte Berufe wurden vor allem von Aes Sedai ausgeübt. So waren alle Heiler Machtlenker. Jede Krankheit oder Verletzung, außer dem Tod, hatte dank der Heilfähigkeiten der Macht ihren Schrecken verloren.

Minenarbeit wurde von Aes Sedai erledigt, die stark in der Macht Erde waren. Sie spürten reines Erz auf und bargen es, ohne der Struktur des Landes oder der Umwelt zu schaden, und schufen starke und hochwertige Legierungen, die mit herkömmlichen Methoden bearbeitet wurden.

Die Äcker brachten dank der Nutzung der Einen Macht beste Erträge hervor. Ogier (eine gesonderte Rasse von Lebewesen mit der Fähigkeit, Wachstum zu unterstützen und zu steigern), Nym und Da'shain Aiel arbeiteten zusammen, wenn das ›Besingen der Samen‹ erforderlich wurde, um jedem Feld höchstes Wachstum zu sichern. Die Aes Sedai beeinflußten auch das Wetter zum größtmöglichen Vorteil. Dürren, Überschwemmungen und andere Naturkatastrophen waren offenbar unbekannt.

Aes Sedai führten die meisten Forschungen und Entwicklungen

durch. Ganze Zweige der Wissenschaft existierten nur durch die Benutzung der Einen Macht.

Das Bruchstück einer besonders interessanten Handschrift berichtet von der Beteiligung der Aes Sedai an einem Forschungsprojekt, das zur Entwicklung lebender Gebilde führte, die durch die Macht gestaltet wurden und diese ihrerseits benutzten. Chorabäume gehörten dazu. Ihre großen, kleeblattförmigen grünen Blätter sandten eine Aura des Friedens und des Wohlbefindens aus. Die Nym, weitere Gebilde, waren empfindungsfähige Wesen mit der Fähigkeit, die Eine Macht zum Wohl alles Wachsenden zu benutzen.

Weiterhin bemühten sich die Aes Sedai um die Planung und Konstruktion von *Angrealen*, *Sa'angrealen* und *Ter'angrealen.*

Allen Quellen zufolge waren Aes Sedai im Zeitalter der Legenden sehr locker organisiert. Es ist nicht bekannt, in welchem Umfang diese Organisation Teil der Weltherrschaft war. Die Aes Sedai besaßen zeitweilig eindeutig großen Einfluß und beträchtliche Macht, aber sie hatten ebenso eindeutig nicht die gesamte Führung inne. Sie besaßen ihre eigene, interne Herrschaftsstruktur durch den Saal der Diener; dieser war der Kern der Gilde, die alle Machtlenker beaufsichtigte und führte. Diese Gilde hatte Zweiggruppen in jedem Ort, der Aes Sedai beherbergte. In großen Städten war der Saal der Gilde üblicherweise ein beeindruckendes Gebäude. In kleinen Orten traf man sich häufig bei jemandem zu Hause, der vorübergehend für diesen Dienst bestimmt wurde. Der Hauptsaal der Diener in der Hauptstadt Paaran Disen wurde in einer Handschrift beschrieben als »versehen mit wuchtigen, säulengerahmten Eingängen, verzierten Türöffnungen und glatten Böden aus schimmerndweißem Elstein«.

Der Saal der Diener erstellte die Regeln für Machtlenker und machte sie geltend. Da die Aes Sedai in dieser Zeit häufig in Gruppen zusammenarbeiteten, waren genaue Verhaltens- und Vorgehensregeln wichtig für die Gilde. Nur wenige Aufzeichnungen sind erhalten, die über das tatsächliche Ausmaß dieser Bürokratie berichten. Es ist nachzulesen, daß der Führer der Aes Sedai üblicherweise als ›Erster der Diener‹ angesprochen wurde und den Hochsitz innehatte. Es bestehen auch Aufzeichnungen darüber, daß Lews Therin Telamon, der damals der Erste der Diener war, gegen Ende des Zeitalters den Ring des Tamyrlin trug und die Neun Ruten der Herrschaft heraufbeschwor. Die Beschreibung des Ringes und der genauen Beschaffenheit der Neun Ruten ging verloren, aber es scheint erwiesen, daß die Aes Sedai durch den Saal der Diener über große Macht verfügten und man ihnen ein großes Maß an Ansehen und Respekt gewährte.

Die ›Diener aller‹ selbst wurden offenbar von Da'shain-Aiel bedient. Sie waren einem Vertrag verschworen, der sie an den Dienst für Aes Sedai band und sie zwang, den ›Weg des Blattes‹ aufrechtzuerhalten, einen pazifistischen Ehrenkodex. Ihre Vertragstreue und ihr Dienst brachten den Da'shain ein Maß an Respekt ein, das dem Respekt den Aes Sedai gegenüber nur wenig nachstand.

Der Chorabaum, auch unter dem Aiel-Namen Avendesora bekannt, wurde über die Jahrhunderte eher durch freie Überlieferung als durch bezeugte Berichte bekannt, da nur sehr wenige dieser Gebilde die Zerstörung oder ihre Nachwirkungen überlebten. Man kennt seitdem nur einen Chorabaum namens *Avendoraldera*, der außerhalb der Aiel-Wüste stand. *Avendoraldera* existiert jetzt nicht mehr, da er von König Laman von Cairhien zerstört wurde. Die Vernichtung des Baumes leitete den Aiel-Krieg ein und führte letztendlich zu Lamans Tod.

Someshta

Die Da'shain Aiel hatten eine besondere Art, sich zu kleiden. Sie trugen ihr Haar bis auf einen Pferdeschwanz am Hinterkopf kurz und kleideten sich meist in einfache Umhänge, Hosen und weiche Schnürstiefel in Braun- oder Grauschattierungen. Die Quellen besagen nicht eindeutig, ob die Da'shain-Aiel die Macht lenken konnten, bestätigen aber, daß sie sie, wie beim Samengesang mit den Ogiern und Nym, verstärken konnten.

Da nur so wenige Menschen die Macht lenken konnten, mußte sie sorgsam genutzt werden. So sollten Aes Sedai keine Maschinen warten oder in Gang setzen, sondern nur die nötige Technologie planen und erschaffen. Techniker und andere begabte Menschen kümmerten sich dann um Konstruktion und Instandsetzung. Der Vorgang, durch den

Einige dieser Artefakte haben bis heute Bestand, aber der ursprüngliche Zweck vieler bleibt unbekannt. Nachforschungen waren wegen der gefährlichen Beschaffenheit vieler *Ter'angreale* schwierig.

Einige der ungewöhnlicheren, noch bestehenden *Angreale* sind Eingänge oder Bögen. Es ist nicht bekannt, wohin, wann oder wie die hindurchgehende Person befördert wird, aber im Inneren scheint alles real.

Das dreibogige *Ter'angreal* im Herzen der Weißen Burg kann nur durch Machtlenkerinnen aktiviert werden und hilft dabei, eine Anwärterin zu prüfen, bevor sie in den Rang einer Aufgenommenen aufsteigt. Die mannshohen Silberbögen führen ihr ihre schlimmsten Ängste vor dem, was war, was ist und was sein wird, vor Augen. Ein ähnliches *Ter'angreal* steht in der Aiel-Stadt Rhuidean und soll Weisen Frauen ihre mögliche Zukunft zeigen.

Die vielleicht seltsamsten aller bekannten *Ter'angreale* sind zwei hohe Sandstein-Eingänge, die sich in Form und Funktion unterscheiden und deren Benutzer kein Machtlenker sein muß. Beide stehen frei und sind so verdreht, daß sie das Auge des Betrachters verwirren. Einer dieser Eingänge, der von oben bis unten mit gewundenen Linien verziert ist, befindet sich im Stein von Tear. Wer hindurchgeht, betritt eine fremdartige Welt, in der er drei Fragen stellen darf, die wahrheitsgemäß beantwortet werden.

Der andere, ebenfalls aus Sandstein gestaltete, aber von oben bis unten mit Reihen umgekehrter Dreiecke verzierte Eingang befindet sich in Rhuidean. Anders als bei seinem Gegenstück in Tear, sind darin drei Bitten erlaubt, die aber nur zu einem bestimmten Preis gewährt werden, der sehr hoch sein kann.

Mehrere uralte Legenden beziehen sich anscheinend auf die Bewohner der anderen Seite dieser *Ter'angreale* und deuten an, daß der Umgang mit ihnen schwierig und gefährlich ist.

Beide Eingänge dürfen nur einmal von demselben Menschen benutzt werden, was sie von den meisten anderen *Ter'angrealen* unterscheidet.

die Kugel von Collam Daan hoch über der Universität schwebte, wurde durch den Gebrauch der Einen Macht verbessert, aber die Kugel wurde von gewöhnlichen Menschen erbaut und durch die Nutzung der magnetischen Felder und der Gravitationsfelder der Welt in diesen Zustand versetzt.

Ein häufig erwähnter Nutzen der auf Macht beruhenden Technik war die überaus saubere, ästhetisch ansprechende Umgebung, da überflüssige Nebenprodukte auf einer submolekularen Ebene beseitigt wurden. Diese abfallfreie Technik führte, in Verbindung mit dem Streben dieser Kultur nach einer harmonischen Umgebung, zu einem Lebensstil, der sich genauso auf Schönheit und Bequemlichkeit konzentrierte wie auf das Prinzip praktischer Nutzanwendung.

Die Verbindung von Ästhetik und Funktionalität zeigte sich besonders in den Hauptstädten des Zeitalters Paaran Disen, M'Jinn, Comelle, Adanza, Mar Ruois, V'saine, Jalanda, Emar Dal, Paral, Halidar, Kemali, Tsomo Nasalle, Devaille und Tzora, die jede ein Kunstwerk in sich war.

V'saine, die Heimat des Collam Daan, war unter den Hauptstädten die bekannteste. Collam Daan und der Sharom zusammen galten als Zentrum von Forschung und Entwicklung.

Der Sharom war ein klassisches Beispiel funktioneller Schönheit. Es scheint vielleicht unpraktisch, eine Einrichtung für wissenschaftliche Forschungen hoch in der Luft aufzuhängen, aber die Planer taten es einfach, weil sie dazu in der Lage waren und weil der Sharom eine himmelsgeborene Perle war, die den Triumph ihrer Kunst feierte.

Die Küstenstadt Comelle, die drittgrößte Stadt der Welt, überragte das Meer von ihrem Berghang aus mit atemberaubender Pracht. Ihre gewaltigen Glas-, Kristall- und Metallbauten klebten an dem steilen Felsen wie leuchtende Blumen, die aus dem Stein herausgearbeitet waren. Die Stadt Adanza soll den Überlieferungen zufolge ›in ihrer nur mit der Vitalität ihrer Bewohner vergleichbaren Schönheit vor Lebenskraft gestrotzt‹ haben. Selbst Tzora, die kleinste der Hauptstädte, war für ihre Glastürme in vielen Schattierungen und eine breite Vielfalt geometrischer Formen bekannt.

Paaran Disen, Zentralsitz der Regierung und Kronjuwel dieser Welt, beherbergte unter seinen Giebeln und Türmen nicht nur Wunder an architektonischer Genialität, sondern auch den Saal der Diener mit seinen Säulen und glänzendem Elstein.

Die sorgsame Anwendung der Einen Macht erlaubte überall eine solche Bandbreite architektonischer Planungen und Konstruktionen, daß man fast jeder künstlerischen Laune stattgeben konnte. Abweichungen von geometrischen Formen wurden begünstigt, wie etwa großzügig in die städtische Struktur verwobene Gärten, Bäume und Brunnen. Zwischen scheinbar bis zum Himmel aufragenden silberglänzenden Türmen waren oft Kuppeln und Bogen eingefügt, die durch eingelassenes Buntglas regenbogenfarben leuchteten. Bandähnliche Einschienenbahnen und Gehwege verbanden die Gebäude in der Luft.

In jeder Stadt säumten große Chorabäume den glatten Asphalt der

Einige Historiker glauben, daß die Eidesrute der Aes Sedai tatsächlich eine der Neun Ruten der Herrschaft sein könnte, die in alten Schriftstücken erwähnt werden.

Sie befindet sich gegenwärtig in der Weißen Burg und wird von jeder Aufgenommenen benutzt, die die Eide leistet – ein Teil der vorgeschriebenen Zeremonie, um zur Aes Sedai erhoben zu werden. Diese Eide können normalerweise nicht gebrochen werden, es sei denn aufgrund einer ›Dämpfung‹.

Straßen und Gehwege und boten sowohl Schatten als auch ihre einzigartige Atmosphäre der Zufriedenheit.

Möglicherweise aufgrund der angenehmen Umgebung zogen es die meisten Menschen vor, zu Fuß von einem Ort zum anderen zu gelangen, außer wenn die Entfernungen zu groß oder die Lasten zu schwer waren, oder wenn sich die Eingänge und Türen, wie im Fall des Sharom, hoch über dem Boden befanden. Für diese Gelegenheiten benutzten die Menschen eine breitgefächerte Vielzahl von Beförderungsmitteln.

Die meisten Massentransporte auf kurzen Strecken wurden mit großen Gefährten durchgeführt, die mit einer Art Anti-Schwerkraft-Technologie betrieben wurden. Jomobile, Sprinter und Gleiter konnten weitaus weniger Passagiere und Ladung aufnehmen. Jomobile waren sehr praktische vierrädrige Konstruktionen, die in der Schwebe-Ausführung mit einer Art schwerkraftgebundener Hovercraft-Technologie betrieben wurden. Sowohl Sprinter als auch Gleiter konnten über unterschiedliche Entfernungen hinweg vom Boden losgelöst schweben.

Transporte über große Entfernungen hinweg wurden weitgehend mit Shoflügeln durchgeführt, einem Luftgefährt, das in mehreren Arten und Größen erhältlich war und sowohl kurze als auch weite Entfernungen in hoher Geschwindigkeit zurücklegen konnte. Es entstand aus einem Deltaflügel-Modell als Grundlage, das nach den jeweiligen Erfordernissen abgeändert wurde.

Die Aes Sedai – manchmal auch ihre Diener – benötigten keine mechanischen Transportmöglichkeiten. Die meisten Machtlenker beherrschten das Schnelle Reisen, einen Vorgang, bei dem die Eine Macht benutzt wurde, um ein Wegetor zu eröffnen, durch das man über jede Entfernung hinweg von einem Ort zu einem anderen gelangen konnte, ohne den dazwischenliegenden Raum zu durchqueren. Jedermann gelangte durch diese Öffnung, wenn sie ausreichend groß war, aber nur eine Aes Sedai konnte den Durchgang schaffen und bewirken, daß er bestehen blieb. Weniger Erfahrene benutzten gelegentlich das Gleiten, eine dem Schnellen Reisen ähnliche Art der Fortbewegung, bei der Plattformen oder Treppen im Nichts außerhalb des Musters benutzt wurden, um den Reisenden von einem Ort zum anderen zu bringen.

In diesem Zeitalter erlaubten Steinportale, die durch die Eine Macht aktiviert wurden, ihrem Benutzer und allen seinen Begleitern, innerhalb des Universums des Rades in andere Dimensionen und Welten zu reisen.

Schenkt man den wenigen Informationen über das alltägliche Leben Glauben, die über die Jahrhunderte erhalten blieben, so hatten selbst gewöhnliche Menschen einen ungehinderten Zugriff auf die Wunder der Technik. Auf nicht mehr bekannte Art konnte man Geschichten im eigenen Heim ›durchleben‹ und sich Unterhaltung durch dreidimensionale Bilderzeugung auch direkt ins Haus rufen. Mit einem Code konnte man mit jedem Kontakt aufnehmen, der ein entsprechendes Gerät besaß, und diese Person oder ihr Logo (falls sie ihre Privatsphäre bewahren wollte) als kleine dreidimensionale Projektion sehen.

Wärmetauscher hielten die Innenräume unabhängig vom Wetter auf gleichbleibender Temperatur. Glühbirnen spendeten Licht, ohne daß Nachladung oder Ersatz nötig gewesen wären. Die Energie zum Antrieb der Gefährte und Geräte war für jedermann verfügbar, sofern er die entsprechenden Aufnahmevorrichtungen besaß. Mit Hilfe von Stasis-Kammern war die Erhaltung von Artefakten oder leicht verderblichen Waren möglich. In einer Stasis-Kammer unterlagen die Gegenstände nicht dem Fluß der Zeit.

Während viele Stoffe überwiegend natürliche Fasern enthielten, waren andere, wie Streith und Fächerstoff, vollkommen künstlich. Streith war ein glänzendes, gewöhnlich weißes Material, das Farbe und Lichtdurchlässigkeit der Stimmung des Trägers entsprechend veränderte. Fächerstoff paßte sich seiner Umgebung so zuverlässig an, daß der Träger unsichtbar schien. Beide Stoffe wurden für hochwertige Kleidung verwendet und sind heute fast unbekannt.

Wahrscheinlich aus dieser Zeit stammen auch einige interessante Informationen über die Gesundheit und das Heilen. Aufgrund des Gebrauchs der Macht zur Erhaltung der Gesundheit mußten die meisten Menschen den Tod durch Krankheit oder Verletzungen nicht fürchten. Die durchschnittliche Lebenserwartung lag zwischen einhundertfünfzig und zweihundert Jahren. Aes Sedai lebten erheblich länger, da der Gebrauch der Einen Macht Jugend und Beständigkeit des Machtlenkenden verstärkte und sein Leben erheblich verlängerte. Da lange Lebensspannen und eine ausgezeichnete Erhaltung der Gesundheit eine große, lebensfähige Bevölkerung zur Folge hatten, war es von Vorteil, daß Methoden der Geburtenkontrolle überaus zuverlässig und ohne Nebenwirkungen waren.

Die Gesellschaft wurde weltweit von einer stabilen kapitalistischen Wirtschaft gestützt, die höchste Belohnung für höchste Dienste gewährte, und obwohl die Aes Sedai viele hohe Stellungen einnahmen, stellten sie doch einen solch kleinen Prozentsatz der Gemeinschaft dar, daß die Mehrheit aller Posten für die Durchschnittsmenschen offenblieben. Man konnte leicht finanziellen Gewinn erzielen, aber er bedeutete wenig in einer Welt, in der die meisten materiellen Dinge vielfach vorhanden waren. Es gab keine Armut.

Trotz der umfassenden harmonischen Ausgewogenheit innerhalb der Gesellschaft waren Verbrechen nicht unbekannt, wenn auch selten. Die Gesellschaft glaubte nicht an unnötigen Zwang. Wurden Gewalttäter gefaßt, kamen sie nicht ins Gefängnis, sondern wurden auf nicht ganz nachvollziehbare Weise gezwungen, nicht rückfällig zu werden. Eine Bindung machte es dem Kriminellen unmöglich, sein Verbrechen jemals zu wiederholen.

Das Herrschaftssystem dieses Zeitalters war eine Art sanfte Diktatur. Leider sind nur wenige Einzelheiten darüber und über den gegenseitigen Einfluß zwischen Bevölkerung und Regierung überliefert. In den Handschriften wird ein weltweites Parlament oder ›Konzil‹ demokratisch gewählter Amtsinhaber sowie der Umstand erwähnt, daß

Das ›Schnelle Reisen‹ oder der Gebrauch der Einen Macht, um sich von einem Ort zum anderen zu begeben, wurde erst kürzlich wiederentdeckt. Wie die meisten Dinge, die mit der Macht in Zusammenhang stehen, stellt sich dies für Männer und Frauen unterschiedlich dar. Ein Mann muß die Macht gebrauchen, um eine Öffnung von seinem Standort zu dem Ort seiner Wahl ins Muster zu bohren. Eine Frau erschafft jedoch eine Ähnlichkeit des Musters ihres Standorts zum Muster des Ortes ihrer Wahl. Sind sich beide Orte an einem Punkt ausreichend ähnlich, verschmelzen sie, und sie kann einfach durch die daraus entstehende Öffnung schlüpfen.

die Fähigkeit der Machtlenkung innerhalb der Regierung zwar Anerkennung, aber nicht zwangsläufig hohes Ansehen einbrachte. Daraus ist zu folgern, daß Aes Sedai häufig ins Konzil gewählt wurden und Einfluß besaßen, aber nicht notwendigerweise die Führung innehatten.

Es ist leicht verständlich, warum im Zeitalter der Legenden keine größeren Konflikte zwischen den Menschen beziehungsweise den Klassen bestanden. Die meisten Motive für Konflikte waren beseitigt: Weltweite wirtschaftliche Stabilität war festgeschrieben, wodurch jegliche Armut oder starke finanzielle Ungleichheit ausgeräumt war. Die Lagerung und Verteilung der Nahrung wurden durch den hohen technischen Standard und den Gebrauch der Einen Macht verbessert, wodurch Hunger und Entbehrungen beseitigt waren. Ansehen war wichtiger als finanzieller Gewinn, wodurch die meisten Arten elementarer Gier ausgeschaltet waren.

Ohne wirtschaftliche Überlebensmotive überschritten Konflikte selten die Streitgrenze und wurden üblicherweise durch Vermittlung beigelegt. So gab es bis kurz vor Ende des Zeitalters auch kein Kriegskonzept.

FÄHIGKEITSPRÜFUNG IM ZEITALTER DER LEGENDEN

Es wurde als große Ehre angesehen, zum Dienst der Aes Sedai auserwählt zu werden. Aber nur die zwei oder drei Prozent der Bevölkerung, welche die Fähigkeit besaßen, die Macht zu lenken, konnten sich in die ›Elite-Ränge der Diener aller‹ einreihen. Um diese begabten Menschen zu finden, prüften Aes Sedai regelmäßig junge Menschen und suchten nach dem Funken.

Die Prüfung war keine Pflicht, obwohl nur wenige diese Gelegenheit ausschlugen, und niemand mußte sich vorbereiten oder vorher lernen. Wie bei allem, was mit der Macht und ihren beiden Hälften zusammenhing, unterschieden sich die männlichen und weiblichen Fähigkeiten voneinander und machten sich auch in verschiedenen Altersstufen bemerkbar.

Frauen zeigten die Fähigkeit im allgemeinen weitaus früher als Männer. Bei einer Frau konnte diese Fähigkeit von der Pubertät bis zum Alter von einundzwanzig jederzeit auftreten. Wenn sie mit einundzwanzig geprüft wurde und sich das Talent noch immer nicht zeigte, dann geschah dies niemals mehr. Ein Mann zeigte seine Lernfähigkeit gewöhnlich nicht vor dem sechzehnten Lebensjahr, aber er bewahrte das Potential bis Mitte Zwanzig. Im Gegensatz zum angeborenen Talent ruhte in beiden Fällen die Lernfähigkeit, bis sie, in welchem Alter auch immer, entdeckt wurde. Obwohl relativ wenige Männer später als in den frühen oder mittleren Zwanzigern geprüft wurden, absolvierten einige die Prüfung auch noch in wesentlich höherem Alter erfolgreich.

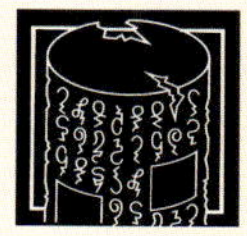

In verschiedenen Teilen der Welt wurden Ruinen von Steinportalen gefunden. Als graue Steinzylinder von annähernd drei Spann Höhe und einem vollen Schritt Durchmesser sind sie mit Hunderten tief eingemeißelter Diagramme und Zeichen versehen. Sie sollen Wegetore in andere Realitäten innerhalb des Musters gewesen sein. Das Wissen um ihren Gebrauch ging verloren, aber die Aes Sedai sollen sie im Zeitalter der Legenden großzügig benutzt haben. Es gibt Hinweise darauf, daß sie möglicherweise aus einer noch früheren Epoche stammen.

Aus Fächerstoff gefertigte Umhänge sind die besten Beispiele dafür, wie aus Althergebrachtem Neues entstand. Als Bedeckung von Kopf bis Fuß geschaffen, bieten sie eine fast vollkommene Tarnung. Wegen seiner Seltenheit ist Fächerstoff ausschließlich der Benutzung durch Behüter der Aes Sedai vorbehalten. Man glaubt, daß er mit Hilfe eines *Ter'angreals* in der Weißen Burg hergestellt wird.

Dies waren zwangsläufig Menschen, die entweder in jüngerem Alter überhaupt nicht geprüft worden waren oder nach ein, zwei Fehlschlägen aufgegeben hatten.

Da sich die Lernfähigkeit während einer fast zehnjährigen Zeitspanne jederzeit zeigen konnte, wurden die Bewerber ermutigt, mehr als eine Prüfung zu absolvieren, obwohl nur wenige dies wahrnahmen. Für jene, die eine angeborene Fähigkeit zur Machtlenkung besaßen, änderte sich nichts, wenn sie die erneute Prüfung nicht ablegen wollten. Sie würden die Macht letztendlich ohnehin lenken. Wer die Lernfähigkeit, nicht aber das angeborene Talent besaß, wurde sich dieser Tatsache vielleicht niemals bewußt, wenn er weitere Prüfungen ablehnte, bevor sich die Lernfähigkeit gezeigt hatte. Sollte ein solcher Mensch als Machtlenker erfolgreich sein, mußte dieses Talent herausgelockt und von Aes Sedai-Ausbildern sorgfältig geschliffen werden.

Der Prüfungsvorgang erforderte erfahrene Aes Sedai als Prüfer. Gemäß der Beschaffenheit *Saidins* und *Saidars* mußten Frauen von Frauen und Männer von Männern geprüft werden.

Ein Mann, der die Lernfähigkeit besaß, stellte eine Resonanz her, wann immer *Saidin* in nächster Nähe gelenkt wurde. Diese konnte von einem anderen Mann erspürt werden, aber nur solange er die Macht selbst umarmte. Ein gewöhnlicher Mensch oder ein Machtlenker, der *Saidin* in diesem Moment nicht berührte, spürte nichts. Der Bewerber selbst spürte üblicherweise ebenfalls nichts. Der Prüfer schuf mit der Macht meist eine sehr kleine Flamme und wartete auf eine Reaktion des Bewerbers. Wenn er das ›Echo‹ spürte, wußte er, daß der andere das Talent besaß. Dies bedeutete, daß er vielleicht unterwiesen werden konnte. Dies dauerte meist zehn bis fünfzehn Minuten, wenn der Bewerber auf die Flamme konzentriert war, oder bis zu dreißig Minuten, wenn es nicht so war.

Für Männer war dieser Schritt nur der Anfang. Es wurde nur die Fähigkeit festgestellt, die Wahre Quelle berühren zu können; es ließ sich aber nicht bestimmen, wieviel potentielle Fähigkeit der Mann wirklich besaß. Nur durch Übung und Erfahrung waren seine Kraft und seine Grenzen zu erkennen, denn mit angemessener Führung wuchs die Fähigkeit, bis er jene Grenzen erreichte.

Für Frauen war der Prüfungsvorgang nicht ganz so schwierig. Eine weibliche Aes Sedai spürte dieselbe angeborene Fähigkeit bei einer anderen Frau in einer Entfernung von fünf oder zehn Fuß. Sie brauchten die Macht nicht zu benützen, um diesen ›verwandten Geist‹ zu erkennen.

Um jene zu finden, welche die Macht noch nicht lenken konnten, aber die Lernfähigkeit besaßen, mußte eine Resonanz hergestellt werden. Die Aes Sedai zog ebenfalls die Macht heran, um damit eine kleine Flamme zu gestalten, aber die *Bewerberin* mußte versuchen, den Strang der von der Aes Sedai gelenkten Macht zu spüren. In diesem Moment würde auch der Prüfer den Bewerber spüren und seine potentielle Macht sofort erkennen. Manchmal wurde die geprüfte Frau unbewußt dahin geführt, den Strang für kurze Zeit zu lenken. Dies war ein Hinweis auf ein großes Potential, schnell lernen zu können.

In beiden Fällen durfte der Prüfer nur ganz wenig Macht gebrauchen, damit der Bewerber keinen Schaden erlitt und nicht ausbrannte.

Die Männer und Frauen, welche die Prüfung bestanden, wurden auf eine besondere Schule geschickt, um zu Aes Sedai ausgebildet zu werden. Die Schule verfügte zusätzlich über den üblichen Lehrplan von Fächern und war kostenlos für jene, die sich qualifiziert hatten.

Der Schatten-befall

Der Dunkle König wurde vom Schöpfer im Augenblick der Schöpfung außerhalb des Musters gebunden.

Erst als ein unseliges Forschungsprojekt den Stollen zutage brachte, kam die Wahrheit über den Dunklen König ans Licht. Während des Zeitalters der Legenden wußte niemand etwas von ihm und spürte auch seine Berührung nicht.

Die Leistungen dieses verlorenen Zeitalters sind nach modernen Maßstäben ungeheuerlich, aber zu jener Zeit litten dennoch viele Aes Sedai unter den natürlichen, strengen Beschränkungen durch *Saidin* und *Saidar*. Einige träumten von einer Machtquelle, die diese Beschränkungen umgehen könnte.

Eine Forschergruppe am Collam Daan, zu dem die Aes Sedai Mierin Eronaile und Beidomon gehörten, glaubte diese Quelle gefunden zu haben.

Sie hatten eine dünne Stelle im Muster entdeckt, die eine alleinige Quelle der Einen Macht, unabhängig von der Wahren Quelle, zu verdecken schien. Diese Energie unterlag anscheinend nicht den herkömmlichen Beschränkungen der Macht, und so darf vermutet werden, daß sie Männern und Frauen gleichermaßen zugänglich war. Eine solche Quelle würde es beiden ermöglichen, sich auf bisher unerreichbare

Einer der bedeutendsten Funde der letzten Jahre – vielleicht sogar seit der Zerstörung der Welt – gibt einen bruchstückhaften Einblick in die Geschichte der Welt, vom Bohren eines Stollens ins Gefängnis des Dunklen Königs angefangen, bis zur Zerstörung der Welt. Das Original stammt offensichtlich vom Anfang des ersten Jahrhunderts NZ, obwohl nirgendwo die Veröffentlichung eines solchen Berichtes erwähnt wird, und er hat sicherlich nur in ganz vereinzelten Abschriften überdauert. In einem staubigen Lagerraum in Chachin entdeckt, lagen die Seiten in einer Kiste mit alten Rechnungen und Quittungen, Schreibheften von Schülern und privaten Tagebüchern, von denen die meisten fast bis zur Unleserlichkeit verblaßt waren. Die lückenhaften Geschichtsaufzeichnungen waren mit Mühe noch lesbar. In voller Länge wären sie zweifellos ein umfangreiches, vielbändiges Werk, aber der längste fortlaufende Text der 212 erhaltenen Seiten erstreckt sich über höchstens sechs Seiten. Die angegebenen Daten sind völlig unverständlich, da niemals ein Kalender aus dem Zeitalter der Legenden gefunden wurde.

Viele Seiten beziehen sich auf umwälzende Ereignisse, aber die Seiten, die genau ausgewiesen hätten, wo diese Dinge geschahen, welche Bedeutung ihnen im besonderen zukam sowie die Lösung oder das Endergebnis fehlen üblicherweise. Warum ist die Sammlung dann so wichtig? So fragmentarisch sie auch ist, enthält sie doch mehr Informationen über den Schattenkrieg als jede andere bekannte Quelle und darüber hinaus die einzige bekannte Erzählung der Ereignisse im Umkreis dessen, was sicherlich als das wichtigste Einzelereignis in der Geschichte der Welt angesehen werden muß: das Versiegeln des Stollens durch Lews Therin Telamon und die Hundert Gefährten.

Weise zusammenzuschließen. Aes Sedai könnten weit über ihre bestehenden Fähigkeiten hinausführende Heldentaten vollbringen. Die Quelle war anscheinend mit den für die Eine Macht angewandten Mitteln unzugänglich, aber es war nur ein kleines Loch im Muster nötig, um sie zu berühren. Indem *Saidin* und *Saidar* – wie sie hofften, zum letzten Mal – sie getrennt benutzten, bohrten sich Mierin und die Forschergruppe bis zur Quelle der ungewöhnlichen Machtausstrahlung durch.

Der daraus entstandene Rückprall zerstörte den schwebenden Sharom und verursachte Wellen im Gewebe der Realität, ebenso wie Stoßwellen des Bruchs auch das Muster erschütterten. Die Gruppe hatte nicht die eigentliche Quelle der Einen Macht entdeckt, sondern den Ort außerhalb des Musters, an dem der Dunkle König seit dem Augenblick der Schöpfung gefangen saß. Die Ausstrahlung, die Mierin und die anderen mit solcher Hoffnung gespürt hatten, waren seine bösen Energien, die unmittelbar hinter der dünnen Stelle, die sein Gefängnis verdeckte, im Muster gefangen waren. Die entstandene Öffnung wurde seitdem der Stollen genannt.

Bis dahin mußten sich die Weltbewohner nur mit dem Bösen in ihrem Innern auseinandersetzen. Hätte man die Gründe für Krieg und Haß beseitigt, dann wären auch die daraus entstehenden Handlungen unnötig geworden. Der Stollen veränderte alles. Die Öffnung war zu klein, als daß der Dunkle König entkommen konnte, aber er vermochte durch diese Öffnung hindurch die Welt zu berühren, wodurch auf unmerkliche Weise alles verändert wurde, was in seinen Einflußbereich geriet. Alle niedrigen Beweggründe und inneren Schwierigkeiten der Menschheit wurden verstärkt und beeinflußt. Alle, die mit ihrem Los unzufrieden waren, spürten, wie sich diese Unzufriedenheit verstärkte. Diebstahl, Angriffe, Mord und sogar Kriege wurden immer häufiger.

Maßnahmen, die den gelegentlichen Schwierigkeiten in einer friedfertigen Gesellschaft Rechnung trugen, wurden angesichts dieser neuen Probleme nun völlig unzureichend. Die Gesellschaftsstruktur löste sich unter dem Angriff des Dunklen Königs auf. Viele Jahre lang wußte niemand, warum dies alles geschah. Das Chaos schien grundlos aus dem Nichts gekommen zu sein.

Einige Menschen stellten Vermutungen an und fanden den Grund schließlich heraus, aber leider erhofften sich die meisten von der Befreiung des Dunklen Königs einen Vorteil. Bevor der Rest der Welt die Ursache auch nur vermutet hatte, organisierte sich die wachsende Anzahl jener, die dem Dunklen König wohlwollend gegenüberstanden und sich später auch mit ihm in Verbindung setzten.

Unzufriedene und Machtgierige hatten jetzt eine Leitfigur. Unterdrückte und diejenigen, die einfach ihr Glück machen wollten, fühlten sich vom Dunklen angezogen. Der Dunkle König bot mehr Gunst und Ansehen, als diese Leute anderweitig erlangen konnten, und ihnen wurde Unsterblichkeit versprochen, wenn der Dunkle König befreit würde. Er gelobte, die Welt nach seinem Bild neu zu erschaffen, wenn er sein Gefängnis verlassen hätte. Alle, die ihm beistanden, würden dann für ihre Hilfe belohnt. Auch Aes Sedai, die sich von dem Versprechen angezogen fühlten, Macht, Unsterblichkeit und – in einigen Fällen – Rache zu erlangen, schlossen sich den Anhängern des Dunklen Königs an und führten ihre Kraft seinem Zweck zu. Sie wurden als die ›Schattenlords‹ bekannt.

Durch Verschwörungen schürten die Anhänger des Dunklen Königs die Umwälzungen, welche die Gesellschaft bereits plagten. Während dieser Zeit kamen kurzzeitig grausame Sportarten wie das *Sha'je*-Duellieren in Mode, wobei Links- und Rechtshänder-Dolche benutzt wurden, die *Osan'gar* und *Aran'gar* genannt wurden und an der Spitze mit einem langsam wirkenden Gift bestrichen waren. Selten gab es einen eindeutigen Sieger, da üblicherweise beide Teilnehmer entweder der Klinge oder dem Gift erlagen. In einigen Teilen der Welt wurden in der Zeit unmittelbar vor dem letzten Zusammenbruch Krieg, Mord, Raub und sogar Folter zum regelmäßigen Bestandteil vieler Sportarten, die zahlreiche Zuschauer anzogen.

Die Schattenfreunde, wie sie sich nannten, scharten eifrig zusätzliche Gefolgsleute um sich. Menschen in Schlüsselpositionen der Macht zwang man angeblich durch Folter, Druck oder eine Form des Sichverknüpfens, die jeden Machtlenker auch gegen seinen Willen dem Dunklen zuführte, sich ihnen anzuschließen.

Dies alles geschah ungefähr einhundert bis einhundertzehn Jahre nach Bohrung des Stollens und wurde laut mehreren sehr frühen Quellen als ›der Zusammenbruch‹ bezeichnet.

Schließlich fühlten sich die Anhänger des Dunklen Königs stark genug, um zu handeln. Sie versuchten, ihn mit einem schnellen Streich zu befreien und die Herrschaft zu übernehmen. Dieses Ereignis war der tatsächliche Beginn des Schattenkrieges, der die Gefolgsleute und Lakaien des Dunklen Königs gegen jene aufbrachte, die Widerstand leisteten, und der bald die ganze Welt überzog. Während des darauf folgenden zehnjährigen Kampfes wurden alle längst vergessenen Einzelheiten der Kriegsführung wiederentdeckt und vom Dunklen König häufig noch gesteigert.

Schreckliche Gebilde, Wesen aus Alpträumen und Waffen des Bösen wurden auf eine schlecht vorbereitete Bevölkerung losgelassen. Die Verteidiger waren unter dem Angriff der Dunklen Mächte gezwungen, ihre Technik zu nutzen, um Kriegswaffen zu fertigen. Jomobile wurden gepanzert und mit Waffen ausgestattet, Gleiter in tödliche Flugmaschinen verwandelt, die vom Himmel aus angreifen konnten. Neben maßgerechten Körperpanzern wurden Vernichtungswaffen entwickelt, die über große Entfernungen hinweg einsetzbar waren. Fächerstoff, bisher für Mode genutzt, wurde zum Material für Tarnkappen.

Einige Sportarten, wie zum Beispiel der Schwertkampf, die zuvor als harmlose Übung galten, wurden als tödliche Kriegskunstformen neu erfunden. Kinder wurden ab dem Alter von zehn Jahren als Soldaten ausgebildet. Männer und Frauen, die zuvor Kunst und Musik studiert hatten, lernten Kampftaktiken und Verteidigungsstrategien. Genauso wie die Welt einst in Frieden gelebt hatte, wurde sie jetzt in den Krieg verstrickt.

Die Eine Macht, zuvor nur zu guten Zwecken verwendet, wurde zu einer tödlichen Waffe. Dies war vielleicht der Grund, warum dieser Krieg auch als Krieg um die Macht bekannt wurde. Luft, Wasser, Erde, Feuer und Geist entfalteten verheerende Kräfte. Doch es waren harmlose Waffen im Vergleich zu der breiten Zerstörungskraft, die ausgelöst wurde, als Machtlenkende auf beiden Seiten das Baalsfeuer entdeckten. Das flüssige, weiß-heiße Feuer war unbesiegbar, und alles, was es berührte, verbrannte zu Asche.

Diese Waffe wurde ein Jahr lang von beiden Seiten großflächig eingesetzt, bis man merkte, welchen Preis sie forderte. Ihre sengende Energie tötete und vernichtete nicht nur, sie verbrannte auch Fäden des Musters. Alles, was auf diese Weise zerstört wurde, starb in der Tat schon vor dem Augenblick der Vernichtung, so daß nur eine Erinnerung an nicht mehr vollbrachte Taten und an die für immer aus dem Muster gelöschten Seelen übrigblieb. Während des Jahrs der uneingeschränkten Benutzung des Baalsfeuers wurden ganze Städte aus dem Muster gelöscht und die Welt und ihr Universum von zerrissenen und losen Fäden bedroht. Die Realität selbst war in Gefahr, aufgelöst zu werden.

Dies vor Augen, hörten beide Seiten ohne offizielle Übereinkunft oder einen Vertrag auf, das Baalsfeuer zu benutzen. Es hatte keinen Sinn, eine Welt zu erobern, wenn diese Welt währenddessen in ihren Grundfesten zerstört wurde. Selbst die Parteigänger des Dunklen Königs wollten, daß etwas übrigblieb, das zu regieren war.

Aber auch ohne eine solche Vernichtungswaffe konnte der Dunkle König auf gewaltige Hilfsmittel zurückgreifen. Seine Heerscharen grausamer, unmenschlicher Wesen, häufig mit tödlichen Waffen ausgerüstet, die mit Hilfe abtrünniger Aes Sedai auf Kosten menschlicher Seelen geschaffen worden waren, vertrieben beständig die Streitkräfte, die sich ihnen entgegenstellten. Obwohl außerhalb des Musters gefangen, erzwang der Dunkle König bedingungslose Treue und Angst unter jenen, die seine Berührung spürten.

Zu Beginn des Krieges hatten sich die Menschen an die Aes Sedai gewandt, um beschützt und angeleitet zu werden. Zu jener Zeit hatte Lews Therin Telamon, Herr des Morgens und als der Drache bekannt, den Hochsitz des Saals der Diener inne. Als mächtigster Mann dieser Zeit wurde er zum Anführer der Ogier gewählt (die sich im Krieg als genauso grausam erwiesen wie in Friedenszeiten als begabte Sänger). Menschliche Soldaten wurden mit neuer Technik ausgerüstet, und Aes Sedai beteiligten sich an dem Kampf, damit der Dunkle König nicht aus seinem Gefängnis ausbrechen konnte. Jetzt, unter dem Drachen, kämpfte man um die Rettung dessen, was von der endgültigen Zerstörung übriggeblieben war.

Nur die Da'shain Aiel, die den Aes Sedai und ihrem Anführer dienten, dem Lord Drachen, hielten sich völlig von den Kämpfen fern. Ihr Bund, der Weg des Blattes, hinderte sie daran, selbst im Angesicht des Todes die Waffen zu ergreifen. Die Aes Sedai, denen sie dienten, beschützten sie und ihren Bund und nahmen ihre Hilfe in allen Angelegenheiten in Anspruch, die nicht mit dem Heer in Zusammenhang standen. Die Aiel repräsentierten für sie in vielfacher Weise das Beste von allem, was verlorenging, als der Stollen geschaffen wurde.

Der Schattenkrieg war ein ständiges Hin und Her. In den ersten drei Jahren fielen große Teile der Welt unter die Herrschaft des Dunklen Königs. Während der folgenden vier Jahre unter Lews Therins Führung wurde ein Großteil der Gebiete zurückerobert. Zu diesem Zeitpunkt wurde ein Patt erreicht, das fast ein Jahr lang anhielt. Dann schritt der Schatten erneut voran, zunächst langsam, dann aber mit zunehmender Geschwindigkeit. Gemäß dem unbekannten Schreiber der fragmentarischen Überlieferungen »war es, als wenn mit jedem Vorwärtsschreiten des Schattens Aufruhr und Chaos zunähmen. Indem er sich davon nährte, erlangte der Schatten Kraft, so daß sein nächster Schritt länger und der darauffolgende noch länger wurde.«

Der Krieg überzog schließlich die ganze Welt. Weite Gebiete wurden verwüstet, während der Krieg vorwärts- und wieder zurückdrängte, ob-

Callandor, eines der mächtigsten männlichen *Sa'angreale*, die jemals geschaffen wurden, soll während des Krieges um die Macht gefertigt worden sein. Es ist ein Kristallschwert mit gebogener Klinge und das einzige bekannte *Sa'angreal* in Form einer Waffe. Es soll genug Macht lenken können, um eine Stadt dem Erdboden gleichzumachen. Vielleicht weil sie sich der einer solchen Waffe innewohnenden Gefahr bewußt waren, verwahrten seine Hersteller das Schwert im Stein von Tear und schirmten es während der Zerstörung der Welt besonders ab, wahrscheinlich um es vor wahnsinnig gewordenen männlichen Aes Sedai zu schützen.

wohl nur wenige Informationen über die einzelnen Kämpfe überliefert sind. Es wird erwähnt, daß der Drache Elan Morin Tedronai, den ›Verräter der Hoffnung‹, an den Toren Paaran Disens mühelos besiegte, daß dieser die Niederlage aber überlebte. Lews Therin schien überwiegend auf der Verliererseite zu stehen. Einige seiner zuverlässigsten Feldherren, einschließlich seiner Günstlinge Tel Janin Aellinsar und Barid Bel Medar, verrieten ihn, indem sie sich dem Dunklen anschlossen und ihre erheblichen Talente und Kräfte gegen Lews Therin wandten.

Im letzten Jahr des Krieges schien sich der Schatten auf dem Weg zum unaufhaltsamen Sieg zu befinden. Er ließ zu, daß ein Großteil der Bevölkerung in den eroberten Gebieten verhungerte oder ermordet wurde, um seine Macht geltend zu machen, und die Streitkräfte des Lichts konnten den schier endlosen Krieg nicht länger führen. Sie bewegten sich immer rascher auf die Niederlage zu. Nur eine einzige entscheidende Offensive hätte den Krieg schnell zu ihren Gunsten beendet.

Lews Therin machte den gewagten Vorschlag, einen Angriff auf den Stollen selbst zu führen, um ihn wieder zu versiegeln und damit den Zugriff des Dunklen Königs auf die Welt zu unterbinden. Sieben unzerstörbare *Cuendillar*scheiben, die mit der Einen Macht gestaltet und mit dem Siegel der Aes Sedai versehen waren, wurden daraufhin als ›Konzentrationspunkte‹ vorbereitet (es gibt anscheinend keine bessere Übersetzung aus der Alten Sprache). Der Angriff sollte am Shayol Ghul ausgeführt werden, der einzigen Stelle auf Erden, an der man dank der ›geringen Dichte‹ des Musters die Öffnung feststellen kann. Eine Sturmgruppe aus Wachsoldaten und einem Zirkel sieben weiblicher und sechs männlicher Aes Sedai sollte sich dorthin begeben, um die Versiegelung vorzunehmen.

Der Plan war aus mehreren Gründen ein Wagnis. Alle wußten, daß der Dunkle König eine gewisse unmittelbare Wirkung auf das Gebiet rund um Shayol Ghul hatte, und vermutlich würde jeder Versuch, dort die Macht zu lenken, sofort entdeckt werden. Zudem behaupteten mehrere Sachkundige, daß der Stollen, sollten die Siegel nicht äußerst genau angebracht werden, durch die dabei entstehende Spannung noch weiter aufrisse, anstatt versiegelt zu werden, und daß der Dunkle König dann gänzlich freikäme.

Ein weiterer Plan erwog zwei große *Sa'angreale*, eines auf *Saidin* und das andere auf *Saidar* eingestimmt, die beide so mächtig waren, daß ein besonderes *Ter'angreal* – wie eigens für diesen Zweck geschaffene Miniaturausgaben der großen *Sa'angreale* – nötig war, um sie sicher benutzen zu können. Dieser Plan hatte auch seine Gegner. Einige bezweifelten, daß man soviel der Einen Macht sicher handhaben könne. Dagegen stand die Gewißheit, daß die beiden *Sa'angreale*, zusammen benutzt, genug Macht gewährten, um die Schattenstreitkräfte vollkommen zu vernichten und eine Barriere rund um Shayol Ghul zu errichten, bis ein sicherer Weg gefunden wäre, den Stollen zu schließen.

Die Unterstützung des zweiten und Ablehnung des ersten Planes konzentrierte sich im Saal der Diener um eine Frau namens Latra Posae

Decume. Offensichtlich eine Sprecherin mit erheblicher Ausstrahlung und Überzeugungskraft, sammelte sie viele Anhänger um sich, aber endgültig setzte sie sich erst dank einer Vereinbarung durch, die sie mit jeder bedeutenden weiblichen Aes Sedai auf der Seite des Lichts traf. (In den Handschriften wird diese Vereinbarung ›die schicksalhafte Übereinstimmung‹ genannt.) Die Arbeit an den beiden großen *Sa'angrealen*, welche die Gestalt von Statuen haben sollten, wurde vorangetrieben.

Als die *Sa'angreale* gerade vollendet waren, schlug das Unheil zu. Die zur Benutzung erforderlichen *Ter'angreale* wurden wegen der Gefahr ihrer ›Verselbständigung im Endstadium‹ an einen Ort weit von den *Sa'angrealen* entfernt geschafft, und dieses Gebiet wurde von Schattenstreitkräften unter Sammael überrannt. Glücklicherweise konnte man die *Ter'angreale* verstecken, und der Ort, an dem sie geschaffen wurden, wurde unmittelbar vor der Invasion zerstört (was stets geheimgehalten worden war), so daß weder Sammael noch ein anderer Schattenanhänger wußte, daß sich ein Werkzeug der Macht in ihrer Reichweite befand. Noch besaß die Seite des Lichts die *Sa'angreale*, aber es gab ohne die *Ter'angreale* keine sichere Möglichkeit, sie zu benutzen.

Lews Therin warb erneut für seinen Plan, gestand die Risiken ein, hielt ihn aber jetzt für den einzigen Ausweg. Und doch behielt Latra Posae ihre ablehnende Haltung bei. Die Überzeugung, daß falsch angebrachte Siegel eine Gefahr bedeuteten, hatte sich verbreitet, und weitere weibliche Aes Sedai hatten sich der schicksalhaften Übereinstimmung verschworen. Latra Posae gelang es, Spione auszusenden, die versuchen sollten, die zugänglichen *Ter'angreale* aus dem von Schatten besetzten Gebiet herauszuschmuggeln.

Fast unmittelbar nach Sammaels Vorstoß und einige Zeit, bevor Latra Posaes Spione ihr Ziel erreichten, griffen Heere unter Demandred und Be'lal an und bedrohten (wenn auch vielleicht unwissentlich) die großen *Sa'angreale*. Zu diesem Zeitpunkt des Kampfes konnte man bestenfalls darauf hoffen, den Vormarsch des Schattens aufzuhalten. Die Streitkräfte des Lichts hatten seit über zwei Jahren keine eroberten Gebiete zurückgewonnen. Lews Therins Streitkräfte konnten diesen beiden Vorstößen kaum standhalten, und Demandred und Be'lal übten weiterhin Druck aus. Sammael begann einen neuen Angriff, der ebenfalls kaum abgewehrt werden konnte, und überall fanden schwere Kriegshandlungen statt. Die endgültige Niederlage stand eindeutig bevor. Viele noch immer vom Licht gehaltenen Städte wurden von heftigem Aufruhr erschüttert, als die Menschen in Erwartung des Schattensieges in Panik gerieten. Der Saal der Diener wurde von jenen zerstört, die einst Lews Therin die Treue gehalten hatten, und die ›Friedens-Gruppe‹ tauchte wieder auf, die offensichtlich forderte, mit den Verlorenen zu verhandeln.

Dies war nicht das erste Mal, daß eine Gruppe auf Frieden mit den Verlorenen drängte, denn die Handschriften verdeutlichen, daß diese

DIE SIEBEN SIEGEL

Die meisten Hinweise auf die Siegel betreffen die sieben handflächengroßen Scheiben, die mit dem alten Symbol der Aes Sedai gekennzeichnet sind: eine tiefschwarze und eine rein weiße Hälfte eines Kreises, die durch eine gebogene Linie getrennt sind. Tatsächlich dient jede dieser Scheiben nur als Fokus für die tatsächlichen Siegel am Gefängnis des Dunklen Königs, die Gewebe der Macht sind. Die Scheiben selbst sind *Ter'angreale* aus *Cuendillar* oder ›Herzstein‹, die so geschaffen wurden, daß sie jegliche gegen sie gerichtete Macht, einschließlich der Einen Macht, aufnehmen können und durch den Angriff eher stärker werden als zerbrechen. In den letzten Jahren hat die Wirkung dieser Siegel nachgelassen. Die Bedeutung dieser Schwächung für den Zustand des Gefängnisses des Dunklen Königs gibt Anlaß zur Sorge.

selbständig handelnde Gruppe bei mehreren Gelegenheiten Abordnungen zu den Verlorenen schickte, um den Konflikt durch Verhandlungen zum Ende zu bringen. Später wurde entdeckt, daß Mitglieder der zurückgekehrten Abordnungen den Zwecken des Schatten dienten.

Latra Posaes Widerstand gegen den Plan des Drachen blieb trotz dieser Ereignisse bestehen, und die weiblichen Aes Sedai hielten sich an ihr Versprechen und verhinderten damit den Zirkel. Lews Therin wußte, daß die großen *Sa'angreale* nicht lange genug gehalten werden konnten, um die verfügbaren *Ter'angreale* hinauszuschmuggeln. Seiner Ansicht nach gab es keine Wahl mehr, und er beschloß, seinen ursprünglichen Plan ohne die Frauen durchzuführen.

Zu diesem Zeitpunkt wußte niemand, daß alle Spione, die für die Wiederbeschaffung der *Ter'angreale* verantwortlich waren, gefangengenommen und getötet und die Gegenstände weit über die schattenbesetzten Gebiete verstreut worden waren. Die Nachricht dieser Tragödie wurde erst bekannt, nachdem die Ereignisse die jeweiligen Pläne längst überholt hatten.

Eine mächtige Gruppe junger männlicher Aes Sedai, die sich Gehör verschafften, indem sie sogar Versammlungen des Saals der Diener unterbrachen, hatte Lews Therin während der Streitereien mit Latra Posae unterstützt. Diese Gruppe nannte man allgemein die Hundert Gefährten, obwohl ihre tatsächliche Anzahl zu diesem Zeitpunkt 113 betrug. Mit ihnen und einer Streitmacht von einigen zehntausend Frauen führte Lews Therin den geplanten Angriff auf den Stollen durch.

Obwohl die genauen Ereignisse jener Zeit wahrscheinlich niemals bekannt werden, sind doch Einzelheiten überliefert. Der Drache und seine Gefährten fanden sich bei ihrer Ankunft in Shayol Ghul in einem unerwarteten Vorteil: Im Krater des Verderbens tief im Berginnern fand gerade eine Versammlung der dreizehn mächtigsten Anführer der Verlorenen statt, die möglicherweise vom Dunklen König einberufen worden war. Die Gefährten schlugen schnell und gnadenlos zu und versiegelten den Stollen, ohne das Gefängnis des Dunklen Königs weiter aufzureißen, wie viele Gegner des Plans befürchtet hatten. Der Angriff setzte alle Teilnehmer der Versammlung hinter der Versiegelung gefangen und machte so die Berührung des Schattens und seine Führung in der Welt rückgängig. Als die Siegel sicher angebracht waren, wurden die *Cuendillar*scheiben sorgfältig verborgen.

Nach ungefähr hundert Jahren des Zusammenbruchs und zehn blutigen Jahren des Kampfes war der Schattenkrieg zu Ende. Obwohl der größte Teil der Welt noch immer vom Schatten besetzt war, glaubten viele, daß die Schattengefolgsleute ohne ihre Anführer scheitern würden, alle vom Schatten besetzten Länder leicht zurückerobert werden könnten und der Schatten vollkommen vernichtet würde. Immerhin konnte der Dunkle König die Welt nicht mehr berühren. Lews Therin, der Drache, und die Streitkräfte des Lichts waren als Sieger hervorgegangen – oder zumindest schien es so.

Niemand hatte mit dem Gegenschlag des Dunklen Königs gerechnet.

Der Dunkle König und die männlichen Verlorenen

SHAI'TAN

Als der Stollen in eine Stelle außerhalb des Musters gebohrt wurde, benutzte ihn eine dunkle Gegenwart, um die Welt zu berühren. Diese Gegenwart, die sich Shai'tan nannte, wurde außerhalb der Zeit und der Schöpfung durch den Schöpfer des Universums gefangengehalten. Seit die Berührung erstmals bemerkt wurde, hatte man dieser Gegenwart viele Namen gegeben: Vater der Lügen, Sichtblender, Herr des Grabes, Schäfer der Nacht, Tod des Herzens, Vernichtung der Seele, Reißzahn des Herzens, Alter Grimm, Grasverbrenner, Blattquäler und, am gebräuchlichsten, Dunkler König. Selbst heute noch benutzen nur wenige seinen wahren Namen, weil sie fürchten, daß dies die Aufmerksamkeit des Dunklen Königs auf sie lenken könnte. Den Dunklen König zu benennen, wird als schlimmer Fluch angesehen.

Obwohl nach bekannten Maßstäben weder männlich noch weiblich, wird Shai'tan gewöhnlich als männlich eingestuft. Er hat keine materielle Gestalt, befindet er sich doch ein wenig außerhalb und jenseits des Universums, doch er besitzt die Fähigkeit, auf die materielle Welt einzuwirken. Oft werden ihm dennoch menschliche Motive zugeschrieben, und es gibt ein Wort der Menschen, das Shai'tan zu verkörpern scheint – das Wort ›böse‹.

Seine Gefolgsleute sind überzeugt davon, daß er aus seinem Gefängnis ausbrechen und gänzlich auf diese Welt kommen wird, und er hat seine Absicht verkündet, die ganze Schöpfung seinem eigenen Entwurf entsprechend neu zu erschaffen, wenn er nach Tarmon Gai'don, der Letzten Schlacht, entkommt. Es besteht wenig Zweifel, daß er die Macht besitzt, dies zu tun, da er ein Wesen mit gottähnlichen Fähigkeiten und vielleicht auf gleicher Ebene mit dem Schöpfer anzusiedeln ist. Viele Gelehrte glauben, er sei die vollkommene Antithese des Schöpfers. Er besitzt jedoch nicht die Fähigkeit, ohne Hilfe von seiten unserer Welt aus seinem Gefängnis auszubrechen. Gefolgsleute waren und sind für jede mögliche Flucht unverzichtbar, und es gab seit der Bohrung des Stollens immer wieder Menschen, die dem Dunklen bereitwillig folgten.

Als Shai'tan die Welt erstmals berührte, versprach diese Berührung Macht und Herrschaft jenseits aller menschlichen Träume. Er versprach denjenigen, die ihm den Weg bereiteten, die Welt in seinem Namen regieren zu dürfen. Jene, die ihm treu dienten, würden mit Unsterblichkeit belohnt.

SCHATTENLORDS

Einige Aes Sedai waren solchen Versprechungen gegenüber sehr empfänglich. Es war unwichtig, daß die Welt, die sie regieren sollten, eine Welt der Schatten wäre. Wichtig war nur, daß sie regierten, und mit der Unsterblichkeit würde ihre Herrschaft ewig dauern. Diese Aes Sedai gaben das Licht und ihr Gelöbnis auf, um dem Großen Herrn der Dunkelheit zu folgen. Sie nannten ihn niemals bei seinem wahren Namen, sondern benutzten statt dessen die Bezeichnung ›Großer Herr der Dunkelheit‹. Alle jene Schattenlords, wie man sie nannte, reisten zum Krater des Verderbens in Shayol Ghul, um ihre Seele dem Dunklen König zu weihen. Den besten unter ihnen wurde mehr Macht und Können als anderen zuteil. Sie nannten sich untereinander ›jene, die auserwählt waren, die Welt für immer zu beherrschen‹ oder einfach ›die Auserwählten‹. Alle anderen nannten sie die Verlorenen.

DIE VERLORENEN

Eines wird aus einer Vielzahl von Quellen deutlich: Die Verlorenen schmiedeten untereinander fast genauso eifrig Ränke, wie sie für die Eroberung des Schattens Ränke schmiedeten. Das höchste Ziel aller Auserwählten lag darin, zum ›Nae'blis‹ ernannt zu werden, der nach der Letzten Schlacht über allen anderen und nur einen halben Schritt unter dem Großen Herrn selbst stünde. Obwohl auch andere Aes Sedai zum Schatten überwechselten, lebte im letzten Kriegsjahr niemand mehr, der soviel Macht wie die inzwischen ›Verlorene‹ Genannten besaß oder auch nur annähernd soviel. Und doch ist nichts bekannt, daß sie bei Kämpfen umgekommen seien. Jene Menschen wollten Macht, der Wunsch wurde zur Besessenheit – und es kann als fast sicher angesehen werden, daß der Dunkle König diesen tödlichen Wettbewerb förderte.

Die Überlebenden dieses Ausleseprozesses, die dreizehn mächtigsten der Auserwählten, die hinter der Versiegelung des Stollens gefangen waren, sind nur unter den Namen in der Alten Sprache bekannt, welche die Menschen ihnen aus Verachtung gaben. Sie lauten Aginor, Asmodean, Balthamel, Be'lal, Demandred, Graendal, Ishamael, Lanfear, Mesaana, Moghedien, Rahvin, Sammael und Semirhage. Die Auserwählten nahmen ihre Namen als Symbol ihrer Wiedergeburt im Schatten stolz an und gaben ihre Geburtsnamen auf. Vom Krieg um die Macht bis heute wurden ihre Namen heraufbeschworen, um Kinder zu ängstigen.

Viele Einzelheiten ihres Lebens und ihrer Herkunft gingen im Laufe der Zeit und durch die Ereignisse der Geschichte verloren, während ihre Körper in der Versiegelung gefangen blieben; aber noch immer erstaunlich viele Informationen haben die drei oder gar vier Jahrtausende überstanden, seit sie von Lews Therin gefangengesetzt wurden. Es ist nicht bekannt, ob die Verlorenen die wenig schmeichelhaften Informationen über sich vernichtet haben, aber es muß als Möglichkeit erwogen werden. Die verfügbaren Informationen über sie unterscheiden sich von Person zu Person erheblich.

ISHAMAEL

Der Anführer der dreizehn, die das hohe Konzil der Schattenstreitkräfte bildeten, war Ishamael, in der Alten Sprache ›Verräter der Hoffnung‹ genannt. Er war auch als Ba'alzamon, Herz der Dunkelheit und Seele des Schattens bekannt und mit Sicherheit der wichtigste Befehlshaber des Dunklen Königs. Er wurde als derjenige angesehen, der die Eine Macht am stärksten von allen Auserwählten lenken konnte. Nur Lews Therin Telamon selbst war genauso mächtig.

Unter dem Namen Elan Morin Tedronai war er einer der führenden Philosophen seiner Zeit. Seine Bücher (darunter ›Wahrnehmung und Bedeutung‹, ›Über die Sinnlosigkeit‹ und ›Dekonstruktion der Vernunft‹) waren, obwohl sie für weite Kreise der Bevölkerung unverständlich wirkten, über die Philosophie hinaus auf vielen Gebieten, besonders aber in den Künsten, höchst einflußreich. Einige Teile seiner Schriften (wahrscheinlich Briefe), die aus der Zeit erhalten blieben, nachdem er zum Schatten überging, verdeutlichen seinen Glauben, daß der Krieg zwischen dem Schatten und der Seele Lews Therins schon seit

Ishamael

der Schöpfung bestand, ein endloser Krieg zwischen dem Großen Herrn der Dunkelheit und dem Schöpfer, der sich menschlicher Stellvertreter bediente. Laut Elan Morins Aussage war Lews Therin dem Dunklen König während früherer Umdrehungen des Rades unterlegen und zum Fürsprecher des Großen Herrn geworden. Während des Krieges bemühte sich der Dunkle König gleichermaßen, Lews Therin auf die Seite des Schattens zu ziehen, wie er sich bemühte, ihn zu besiegen.

Elan Morin war sicherlich unter den ersten, die sich dem Schatten verschworen, vielleicht sogar der erste überhaupt. Dieses öffentliche Bekenntnis einer berühmten Persönlichkeit in einer Zeit, da Hunger, Seuchen und heftige Aufstände eine unvorbereitete Welt verheerten, beschwor noch wüsteren Aufruhr herauf. Es war auch Elan Morin, welcher der Welt zur gleichen Zeit als erster ankündigte, was ihr bevorstand. Er forderte zur vollständigen Zerstörung der alten Ordnung auf – wirklich zur vollständigen Zerstörung von allem.

Als der Drache in Shayol Ghul den letzten Schlag gegen das Dunkle führte, war Ishamael wahrscheinlich nur teilweise durch die Versiegelung des Stollens gefangen, wodurch er bei Bewußtsein blieb und die Welt berühren konnte, während die anderen jenseits des Siegels im Innern des Stollens schliefen (dies entsprechend kürzlich entdeckter Handschriften, die Aran, Sohn von Malan, Sohn von Senar, geboren ca. 50 NZ, zugeschrieben werden). Diese Handschriften gründen sich überwiegend auf Briefe und Tagebucheintragungen, die den während der Zerstörung lebenden Aes Sedai zuzuschreiben sind. In diesen Schriften (die heute leider nur auszugsweise zitiert werden) wird behauptet, Ishamael sei gesehen worden, und es habe sogar Begegnungen mit ihm gegeben, nachdem der Stollen versiegelt wurde. Die Frauen, welche die Tagebucheintragungen vornahmen, waren keinesfalls Augenzeuginnen, aber Aran vertraute ihnen offensichtlich bedingungslos.

Man könnte solche Behauptungen vielleicht als lächerlich abtun, wäre Aran nicht als vollkommen ehrlicher Schreiber bekannt gewesen, der niemals eine Quelle zitierte, die er nicht belegen konnte. Er mutmaßte, es habe womöglich einige Jahre gedauert, bis Ishamael wie die anderen Verlorenen vollkommen gefangen gewesen sei. Wenn dem so war, könnte er sehr wohl dem Stollen entkommen sein und für einen gewissen Zeitraum den Kreislauf seines Lebens wiederaufgenommen haben.

Auf den letzten Seiten der Handschrift hegte Aran Zweifel an seiner eigenen These, aber wir haben Beweise, daß er vielleicht doch recht hatte. Gespräche mit gefangenen Schattenfreunden enthüllten, daß einige von ihnen lange vor der Befreiung der anderen Verlorenen (ein Ereignis, das allgemein im Jahr 997 oder 998 NÄ angesiedelt wird und angeblich durch die zunehmende Schwächung der Siegel ermöglicht wurde) Anweisungen von Ishamael erhielten. Einige behaupten, schon 983 NÄ solche Anweisungen bekommen zu haben, als die Siegel eindeutig noch stark genug waren, die anderen festzuhalten.

Zwei Zeiträume während der größten Umwälzung der Menschheitsgeschichte bieten Anlaß zu der Vermutung, daß einer der Verlorenen sich befreien und seine Bosheit an der Welt auslassen konnte. Während der Trolloc-Kriege wurde der Name Ba'alzamon, der später von Ishamael beansprucht wurde, von einem höherstehenden Führer und später von anderen Schattenlords benutzt. Während des Hundertjährigen Krieges schien es solche Querverbindungen nicht zu geben, aber unmöglich ist es nicht. Vielleicht wird ein zukünftiger Forscher entscheiden, ob Ishamael tatsächlich für diese beiden Katastrophen der Menschheit verantwortlich war.

Weitere Beweise für diese Möglichkeit entstammen den Berichten jener, die Ishamael vor seinem Tod angeblich gesehen haben. Dort heißt es, er habe seinen wahren Namen vergessen und sei fast gänzlich wahnsinnig und kaum noch menschlich gewesen, ein Zustand, der zumindest teilweise durch Arans Theorie bestätigt wird. Ishamael wurde 999 NÄ im Stein von Tear von Rand al'Thor getötet, aber beim Herrn des Grabes ist der Tod niemals endgültig.

AGINOR

Der zweite überaus mächtige Mann, der unter dem Namen Aginor bekannt ist, kam Lews Therin und Ishamael an Stärke fast gleich. Bevor er sich dem Dunklen zuwandte, war er Ishar Morrad Chuain, einer der ersten Wissenschaftler der Biologie des Zeitalters der Legenden. Wenn man verfügbaren Quellen Glauben schenken darf, verstand er ›die Gesetzmäßigkeiten der Lebewesen‹ besser als sonst jemand. Sicher ist, daß er sich über den weitverbreiteten Glauben grämte, daß nichts mehr zu entdecken, sondern gelegentlich nur noch ein loses Ende dem Bekannten anzufügen sei. Seine Forschungen galten offensichtlich neuen Varianten pflanzlichen Lebens, aber er wurde auch mehr als einmal für unbefugte Arbeiten über Tiere zur Rechenschaft gezogen.

Ishar Morrad war einer der ersten, die zum Schatten überwechselten. Nachdem er ein Verlorener geworden war, verschrieb er sich der Schaffung von ›Schattenbrut‹, lebenden Gebilden, die dem Schatten dienen sollten. Seine erste Schöpfung waren die Trollocs, Verbindungen von menschlicher und tierischer Erbmasse. Ihre Erschaffung muß weit vor dem Krieg der Macht begonnen haben, da Trollocs bereits während der ersten Tage dieses Krieges in großer Anzahl auftraten. Als fruchtbare Zuchttiere bildeten sie gegen Ende des Krieges den Hauptanteil der Schattenheere. Bald folgten andere Schöpfungen, von denen einige, wie die Draghkar, noch immer existieren und andere, wie die Gholam und die Jumara, nur noch durch historische Berichte bekannt sind.

Vermutlich hatte Aginor kein Feldkommando inne und war niemals Gouverneur. Er konnte sich jedoch ungehindert Opfer für seine Experimente besorgen. Man schätzt, daß vom Beginn des Krieges der Macht bis zu seinem Ende jeden Tag mehr als zehntausend Männer, Frauen und Kinder entführt wurden, eine Anzahl, die sich während der letzten fünf Jahre des Krieges möglicherweise noch verdoppelte.

Aginor soll zum Schatten übergewechselt sein, weil er nur als Schattenverschworener die von ihm gewünschten Forschungen durchführen durfte.

Während der Versiegelung des Stollens wurde er gefangengenommen und unmittelbar unter der Oberfläche des Siegels gebunden. Durch diese Nähe zur Welt war er einer der ersten, die erwachten und wieder entkamen, nur um sich in einem Körper gefangen zu finden, der unglaublich gealtert und von der Reibung des Rades während der langen Jahre seiner Gefangenschaft geschwächt war. Er lebte, weil der Dunkle König ihm Unsterblichkeit gewährt hatte, aber sein Körper war vom Verfall der Zeit geprägt. Er war einer der ersten, die starben, als er Rand al'Thor 998 NÄ in der Nähe des Auges der Welt zum Opfer fiel.

BALTHAMEL

Balthamel wurde als Eval Ramman geboren. Sein Fachgebiet war die Geschichte vergangener Kulturen. Obwohl er im Umgang mit der Macht recht gut war, konnte er sich jedoch nicht ausreichend auszeichnen, um den begehrten dritten Namen zu verdienen. Es hieß, er sei zudem hitzköpfig gewesen und habe sich oft nicht beherrschen können. Ihm drohte vermutlich mehr als einmal die Bindung durch die Macht wegen Gewalttätigkeit.

Er war ein gutaussehender Mann, der die Gesellschaft von Frauen genoß, aber trotz seiner Position an einer Hochschule in M'Jinn verbrachte er viel Zeit in Einrichtungen, die man heute Schenken übelster Art nennen würde. Er tat sich gern mit den rauheren Elementen der Gesellschaft zusammen. Vermutlich war der Hauptgrund, warum er nicht von seinem Posten entfernt wurde, seine gute Beherrschung der Einen Macht.

Eval wurde durch das Versprechen der Unsterblichkeit zum Schatten hinübergezogen, durch das Versprechen, ewig zu leben und niemals zu altern. Er unternahm die Reise nach Shayol Ghul irgendwann in den Jahren des Zusammenbruchs.

Obwohl er während des Krieges als Balthamel im Konzil des Schattens einen hohen Rang einnahm, ist sein genauer Aufgabenbereich unmöglich zu ermitteln. Er stand vielleicht einem Geheimdienst vor, der mit dem von Moghedien unterhaltenen Geheimdienst konkurrierte. Er hatte zweifellos niemals ein Feldkommando inne, obwohl er möglicherweise Gouverneur war. Bekannt ist, daß er an Greueltaten großen Ausmaßes beteiligt war.

Nach der Versiegelung des Stollens befand er sich noch näher an der Oberfläche als Aginor und wurde gleichzeitig mit ihm befreit. Auch er litt unter dem Verstreichen der Zeit, aber in weitaus stärkerem Ausmaß. Seine Seele und sein Geist waren noch kraftvoll, sein einst ansehnlicher Körper aber so sehr verfallen, daß er sich nicht mehr zeigen mochte. Als erster der dreizehn, die sterben mußten, wurde er am Auge der Welt vom Letzten der Nym, dem Grünen Mann, getötet.

SAMMAEL

Die meisten der anderen Verlorenen waren ausreichend tief gefangengesetzt, um von der Zeit unberührt und unbeschadet zu bleiben, obwohl sie dadurch etwas länger zur Flucht brauchten als Aginor und Balthamel. Mit Ausnahme des Auserwählten namens Sammael behielten sie nicht einmal Narben zurück.

Sammaels Narbe war eine bläuliche Furche, die sein ansonsten anziehendes Gesicht durchzog, als wäre ihm ein glühendheißer Feuerhaken vom Haaransatz bis zum Kinn gezogen worden. In seinem Zeitalter waren solche Dinge leicht zu beheben, aber er weigerte sich, die Narbe entfernen zu lassen, sondern trug sie als Erinnerung an eine erniedrigende Niederlage. Sie war ein Zeichen des Hasses und der Rache. Sammael war ein lebhafter Mann mit blondem Haar, blauen Augen, von schroffer Art und wilder Schönheit. Seine gedrungene Statur ließ ihn größer erscheinen, als er war, denn verglichen mit anderen Männern war er nur durchschnittlich groß. Das nagte an ihm, weil er das Gefühl hatte, häufiger seiner Größe als seinem Können nach und dann üblicherweise schlechter beurteilt zu werden.

Als Tel Janin Aellinsar war er vor dem Krieg ein weltbekannter Sportler, der in mehreren Disziplinen antrat, unter anderem im Bogenschießen und in einem unblutigen Wettkampf mit Schwertern, in dem er es zum Weltmeister brachte. Er war den Berichten nach mit Lews Therin Telamon befreundet. Zu Beginn des Krieges der Macht zeigten sich seine anderen Talente, und er wurde bald einer von Lews Therins besten Feldherren; seine größte Fähigkeit lag in der Verteidigung.

Er wechselte im vierten Jahr des Krieges zum Schatten über. Dies lag teilweise darin begründet, daß er immer stärker an den unausweichlichen Sieg des Dunklen Königs glaubte und Lews Therin haßte. Er hielt sich für den besseren Feldherrn als dieser und war der Meinung, er verdiene das Gesamtkommando, das der andere erhalten hatte. Lews Therin Telamon verpaßte ihm die Narbe, eine Narbe, die er entschlossen tragen wollte, bis Lews Therin geschlagen vor ihm lag.

Sammael zog die Eroberung mit kriegerischen Mitteln den Manövern politischer Intrigen oder der Diplomatie entschieden vor und war lieber Soldat als Gouverneur. Wann immer es ihm möglich war, wandte er sich militärischen Tätigkeiten zu. Außer durch die üblichen Greueltaten war seine Zeit als Gouverneur durch sozusagen unabsichtliche Grausamkeit gekennzeichnet. Seine Gebiete verwahrlosten so schnell, daß man die Kriegsbemühungen des Schattens kaum noch unterstützen konnte. Schmutz und Hunger breiteten sich aus, der Gebrauch der Macht zum Heilen oder zur Erhaltung der Gesundheit der Bewohner war unbekannt, und es starben unzählige Menschen durch Krankheit und Hungersnot, weil nicht der geringste Wert auf Sauberkeit und die Verteilung von Nahrung gelegt wurde. Es heißt, Sammael habe Gefallen an großartigen Plänen gehabt, und Menschen und Hilfsmittel, die der Aufrechterhaltung eines Gebietes dienten, wurden unausweichlich in diese Pläne einbezogen.

In scharfem Gegensatz zur zivilen Bevölkerung erhielten die Soldaten unter Sammaels Kommando – Menschen und Schattenbrut – gute, wenn auch unpersönliche Behandlung und Fürsorge. Es hieß, er kümmere sich um sie, wie er sich früher als Sportler um seine Ausrüstung gekümmert habe, damit sie ihn nicht im Stich ließen.

Wenn es den Zivilisten unter Sammaels Regierung schon schlecht ging, so widerfuhr den Kriegsgefangenen ein noch schlimmeres Schicksal. Jene, die nicht an Trollocs verfüttert wurden, vegetierten oft ohne ausreichende Nahrung und ohne Wasser dahin. Als Sammael einmal erfuhr, daß den Gefangenen nur die Hälfte an lebensnotwendigen Nahrungsmitteln gewährt wurde, befahl er die sofortige Hinrichtung der Hälfte der Gefangenen.

Sammael war zuletzt unter dem Namen Lord Brent als Regent Illians bekannt; über seinen gegenwärtigen Aufenthaltsort ist nichts bekannt.

RAHVIN

Während Sammael politische Intrigen haßte, zog Rahvin das Ränkespiel dem offenen Konflikt bei weitem vor. Rahvin war ein großer, dunkler, kräftiger Mann und trotz seiner bereits weißen Schläfen recht ansehnlich.

Aus der Zeit vor dem Zusammenbruch, als er im höchsten Konzil der Streitkräfte des Dunklen Königs erschien, ist nichts über Ared Mosinel bekannt. Es besteht kaum Zweifel, daß es ihn vor allem nach Macht dürstete und er sich dem Dunklen König deshalb zuwandte. Er soll auf kluge Art Zwang ausgeübt und nach Belieben Meinung und Willen gebeugt haben, um in jeder Situation die Zügel in der Hand zu behalten.

Er hatte unter dem Schatten sowohl Heereskommandos als auch Staatsämter inne, und obwohl er ein tadelloser Feldherr war, erblühten seine Fähigkeiten eher auf staatlichem und diplomatischem Gebiet. Ihm wird zugeschrieben, mehrere Gebiete dazu gebracht zu haben, sich dem Dunklen König zu ergeben, ohne daß eine Invasion stattfand. Seine Gebiete wurden erfolgreich, wenn auch hart verwaltet, obwohl häufig wenig Aufmerksamkeit auf Einzelheiten gelegt wurde.

Rahvins Hauptschwächen waren seine Empfänglichkeit für Speichelleckereien und sein Gefallen an Frauen. Viele Leute erlangten Posten in seiner Verwaltung, indem sie ihm schmeichelten, obwohl er sie auch schnell wieder absetzte, wenn sie sich als ungeeignet erwiesen. Und obwohl er ein ansehnlicher Mann war, konnte er Zurückweisung nicht ertragen. Auch seine Geliebten hatten sich in dieser Hinsicht anzupassen.

Als er aus dem Stollen befreit war, nahm er den Namen Gaebril an, verführte Königin Morgase von Andor, machte sie durch Zwang zum Popanz und regierte Andor aus dem Hintergrund, bis er von Rand al'Thor mit Feuer getötet wurde.

BE'LAL

Während Rahvin sich der Intrige nur bediente, war Be'lal der Neidische ein Meister dieser Kunst, weshalb er häufig auch der Netzweber genannt wurde. Als Duram Laddel Cham war er im Zeitalter der Legenden so etwas wie ein Anwalt. Sein Ehrentitel, der ihm als dritter Name anhaftete, beweist, daß er seine Arbeit gut machte, was aber in keiner der anderen Quellen erwähnt wird. Über ihn ist von allen Verlorenen am wenigsten bekannt.

Einige Quellen vermuten, daß er wie Sammael einer der Anführer im Kampf gegen den Schatten war, bevor er sich dem Dunklen zuwandte, und daß er Lews Therin beneidete und später haßte. Er war ein großer, athletischer Mann mit kurzgeschnittenem silberfarbenen Haar, der die Stärken Rahvins und Sammaels in sich vereinte und noch übertraf, wobei er sowohl ein geduldiger und geschickter Planer als auch ein fähiger Kämpfer war.

Er wechselte während des Zusammenbruchs zum Schatten über. Während des Krieges hatte er mehrere Feldkommandos inne, erwies sich anscheinend als überaus geeigneter, wenn nicht überragender Feldherr und regierte zumindest ein erobertes Gebiet. Seine Feldzüge und Regierungsverwaltung waren ebenfalls von schlimmster Gewalttätigkeit und Grausamkeit gekennzeichnet. Einige bruchstückhafte Handschriften weisen darauf hin, daß er zu jenen gehörte, die den Saal der Diener nur Tage vor dem Angriff auslöschten, der ihn und die anderen Verlorenen in dem Stollen versiegelte.

Nach seiner Flucht aus der Versiegelung bahnte er sich behutsam seinen Weg in den Adel Tears und regierte es als Hochlord Samon, bis er im Stein von Tear von Moiraine Sedai mit Baalsfeuer getötet wurde.

DEMANDRED

Demandred war ein weiterer unter den Verlorenen, der sich im Schattenkrieg aus Neid gegen Lews Therin wandte. Er haßte den Drachen noch mehr als Sammael, wenn auch aus weniger deutlichem Grund.

Vor seinem Übertritt zum Dunklen hieß er Barid Bel Medar und war nach Lews Therin Telamon Zweiter der geehrtesten und einflußreichsten Männer seines Zeitalters. Er war groß, wenn auch nicht so groß wie Lews Therin, und mit seiner ausgeprägten Nase sah er fast hübsch aus.

Dieses ›fast‹ schien die Geschichte seines Lebens zu sein. Einen Tag nach Lews Therin geboren, besaß er fast ebensoviel Kraft und Können. Er verbrachte Jahre damit, Lews Therins Fähigkeiten und Ruhm nachzueifern. Er hatte zahlreiche hohe öffentliche Ämter inne und schrieb Bücher über viele Themen, die sowohl bei der Kritik als auch bei der Gesellschaft Erfolg hatten, aber es war sein Pech, daß Lews Therin noch höhere Ämter mit noch größerem Erfolg innehatte und Bücher schrieb, die bei Kritikern und Lesern noch mehr Anerkennung fanden.

Zu Beginn des Krieges um die Macht wurde Barid Bel schnell einer der führenden und höchstrangigen Feldherren im Kampf gegen den Schatten. In einer Welt, die sich nicht an den Krieg erinnerte, mußten Feldherren aufgebaut werden, und die Fähigkeit der Kriegsführung wurde vielerorts entdeckt, wo man sie nicht vermutet hätte. Barid Bel besaß strategische Sicht und taktisches Gespür. Schließlich fand er ein Gebiet, auf dem er Lews Therin zumindest ebenbürtig war. Es besteht Grund zu der Annahme, daß Barid Bel sich Lews Therin intellektuell weit überlegen fühlte, da er ihn in Heeresdingen für einen übervorsichtigen

Demandred

Narren hielt, während er selbst Vorteile bereitwillig ausspielte. Demgemäß war er zornig, als ihm Lews Therin als Kommandant der Streitmächte vorgesetzt wurde.

Da er wieder nur der Zweite war, wuchsen sein Haß und seine Eifersucht auf Lews Therin mit jeder Auszeichnung, die Lews ihm verlieh. Offensichtlich rechnete er sich eiskalt aus, daß der Schatten, wenn Lews Therin Befehlshaber war, noch wahrscheinlicher siegen würde. Im dritten Kriegsjahr wandte er sich dem Dunklen König zu, um seinen überwältigenden Haß auf den Drachen auszuleben, und wurde Demandred genannt.

Demandred war ein genauso guter Feldherr für den Schatten, wie er es gegen ihn gewesen war, und gewann viele Schlachten. Er diente mehrere Male als Gouverneur eroberter Gebiete, aber er kehrte jedesmal schnell wieder aufs Schlachtfeld zurück, nicht aus Liebe zum Krieg, sondern weil er persönlich für Lews Therins Niederlage und Vernichtung verantwortlich zeichnen wollte. Dabei stand er mit Sammael im Wettstreit, mit dem er, wie auch mit den anderen Verlorenen, nicht gut auskam.

Angeblich glaubte er, daß alle bestraft werden müßten, die ihn entehrt hatten, und hegte darin extreme Ansichten. So soll er während des Krieges die Bewohner von zwei vollständigen Städten gefangengenommen und jeden Gefangenen den Trollocs verfüttert haben, nur weil er sich von den Menschen geringschätzig behandelt fühlte, als er noch den Namen Barid Bel Medar trug.

Als Demandred aus der Versiegelung erwachte und feststellte, daß Lews Therin schon lange tot war, änderte sich für ihn nichts. Er übertrug seinen Haß einfach auf Rand al'Thor. Demandred soll noch leben und frei sein.

ASMODEAN

Asmodean ist wahrscheinlich derjenige unter den Verlorenen mit dem ungewöhnlichsten Grund, sich dem Schatten zuzuwenden. Joar Addam Nessosin war ein dunkeläugiger, dunkelhaariger, ansehnlicher Mann und vor dem Krieg der Schatten ein anerkannter Komponist. In der kleinen Hafenstadt Shorelle (Lage unbekannt) geboren, galt der junge Komponist und Virtuose auf vielen Instrumenten als Wunderkind. (Von diesen Instrumenten sind im modernen Zeitalter nur noch die Harfe und mehrere Flötenarten bekannt. Asmodean spielte außerdem die Shama, das Balfone, die Corea und die Obaen.)

Joar Addam erfüllte die früh in ihn gesetzten Erwartungen nicht im erwarteten Ausmaß. Werke, die er als Fünfzehnjähriger komponiert hatte, wurden in vielen großen Städten der Welt aufgeführt, aber er stieg niemals zu den erhabenen Höhen auf, die man ihm vorausgesagt hatte. Es wird glaubhaft berichtet, daß die Aussicht auf Unsterblichkeit der Grund dafür war, warum er seine Seele dem Schatten verschrieb. Wenn er die Ewigkeit zur Verfügung hätte, so glaubte er, würde er diese Höhen sicher erreichen und anerkannt werden.

Vermutlich hat er niemals ein Feldkommando innegehabt, obwohl er an Gefechten teilnahm, diente aber als Gouverneur eroberter Gebiete. Allgemein war seine Amtsperiode im Vergleich zu denen anderer Verlorener von keinen besonderen Schrecken gekennzeichnet, obwohl man sich daran erinnern sollte, daß alle Verlorenen Verbrechen begingen. Eine ihm zuzuschreibende Scheußlichkeit wurde von einigen Historikern übergangen, weil sie eine geringe Zahl an Menschen betraf. Doch das sollte nicht sein. Künstler aller Art, die er mißbilligte, wurden geblendet und/oder anderweitig verstümmelt. Jeder Künstler konnte zum Gegenstand von Asmodeans Mißfallen werden, aber es richtete sich besonders gegen Musiker und Komponisten, die vor dem Krieg als seine Konkurrenten galten. Dieses Verbrechen wird nur durch den Umstand gemildert, daß keine eigentliche Folter angewendet wurde. Den Unglücklichen wurde einfach die Fähigkeit genommen, ihre Kunst noch auszuüben, und dann wurden sie freigelassen.

Nach seiner Flucht aus dem Stollen verband sich Asmodean beunruhigenderweise mit Lanfear, die sich als Barde Jasin Natael ausgab, bis sie Asmodean durch eine List dazu brachte, Rand al'Thors Lehrer zu werden. Asmodean starb in Caemlyn. Sein Mörder ist unbekannt.

KAPITEL 6

Die weiblichen Verlorenen und die Schattenfreunde

LANFEAR

Die mächtigste weibliche Verlorene, nach Ishamael vielleicht die mächtigste von allen, war Lanfear, in der Alten Sprache ›Tochter der Nacht‹. Sie wählte sich ihren Namen als einzige der Verlorenen selbst und beanspruchte das Gebiet der Welt der Träume – *Tel'aran'rhiod* – als ihre Domäne. Sie war groß und geschmeidig, mit heller Haut und langen schwarzen Haaren. Sie trug meist Gewänder aus reinstem Weiß, die häufig mit einem gewebten Silbergürtel und Schmuck in Mond- und Sternenform geschmückt waren. Sie war zweifellos die schönste und verführerischste der Auserwählten und wahrscheinlich eine der schönsten Frauen ihres und jeden anderen Zeitalters.

Als Mierin Eronaile geboren, war sie nicht gerade weltbekannt, obwohl sie von ihren Mitarbeitern hoch geachtet wurde. Sie arbeitete am

Lanfear

Collam Daan, dem wichtigsten Forschungszentrum der Einen Macht in V'saine, und gehörte zu der Gruppe, die das Gefängnis des Dunklen Königs entdeckte und den Stollen schuf, während sie die neue Quelle der Macht zu finden hoffte, die von Männern und Frauen offenbar ungeteilt heraufbeschworen werden konnte.

Sie war zweifellos genauso überrascht wie der Rest der Welt, als sie entdeckte, was tatsächlich jenseits des Stollens lag, und sie hatte Glück, als eine von wenigen zu überleben, als der Rückstoß den Sharom und den größten Teil Collam Daans zerstörte.

Aus verschiedenen Beweisstücken scheint klar, daß Mierin nicht zu den ersten gehörte, die zum Schatten überwechselten, als sie ihre Seele aber dem Dunklen König verschrieb, geschah dies aus dem elementarsten aller Gründe: Liebe und Haß.

Sicher ist, daß Lews Therin und Mierin kurze Zeit miteinander zu tun hatten und daß Lews Therin die Beziehung einige Jahre vor Schaffung des Stollens abbrach, weil sie ihre Verbindung mit dem großen Lews Therin mehr liebte als den Mann selbst und weil sie ihn als Hilfe auf ihrem Weg zur Macht betrachtete. Mierin wollte diesen Bruch nicht hinnehmen und verfolgte Lews Therin weiterhin entschlossen. Als er später Ilyena Moerelle Dalisar heiratete, ungefähr fünfzig Jahre vor Beginn des Schattenkrieges, geriet Mierin in Zorn. Sie versuchte, die Hochzeitszeremonie zu stören, unternahm während des darauffolgenden Jahres mehrere unverhohlene öffentliche Annäherungen an Lews Therin und machte Ilyena dafür verantwortlich, daß sie ihn ›verloren‹ hatte. Kurz danach umarmte sie den Schatten. Sie gab ihren Anspruch auf Lews Therin jedoch niemals auf. Er war Ziel mehrerer Anschläge der Verlorenen, die ihn gefangennehmen oder auf irgendeine Weise beeinflussen wollten, und sie befand sich in vorderster Front fast aller dieser Anschläge.

Obwohl Lanfear niemals ein Feldkommando innehatte, war sie für den Dunklen König sowohl vor als auch während des Schattenkrieges sehr nützlich. Sie leitete mit Hilfe von Träumen mehrere Unternehmungen, die Menschen gegen das bestehende System aufwiegelten. Ihr wird zugeschrieben, in zahlreichen Schlachten den Sieg für den Schatten errungen sowie Menschen in den Wahnsinn und Selbstmord getrieben zu haben. In *Tel'aran'rhiod* hat sie angeblich regelrechte Morde ausgeführt.

Abgesehen von diesen nützlichen Beschäftigungen diente Lanfear mindestens einmal als Gouverneurin eroberter Gebiete. Sie war in viele Greueltaten verwickelt, vielleicht häufiger als die meisten anderen Verlorenen, aber ihren Untertanen stand mehr als nur das übliche Entsetzen des Schattens vor Augen – sie fürchteten selbst den Schlaf. Die Selbstmordrate war besonders in Lanfears Gebiet außerordentlich hoch.

Von ihrer Stärke der Macht und ihrem Können abgesehen, war ihr Wissen über Lews Therin, den sie genauestens erforscht hatte, ein Gewinn für den Schatten.

Als Lews Therin den Stollen versiegelte, wurde Lanfear sehr tief in der Versiegelung begraben und in einem traumlosen Schlaf jenseits des Zugriffs der Zeit festgehalten. Als Ergebnis dessen verlor sie weder ihre Schönheit noch das tiefe Verlangen nach Macht und nach Lews Therin. Als sie wieder erwachte, nahm sie das Pseudonym Selene an und erwählte Rand al'Thor als Ziel, weil sie glaubte, daß er mit Lews Therin verbunden, wenn nicht seine Inkarnation war. Demgemäß richtete sie den größten Teil ihrer Energien darauf, Rands Herz zu gewinnen und ihn ihr und dem Schatten geneigt zu machen. Sie wurde offenbar von Moiraine Sedai getötet, als beide durch ein *Ter'angreal*-Wegetor in Cairhien fielen.

GRAENDAL

Die auffälligste und entartetste aller Verlorenen war Graendal. Obwohl sie nicht so schön war wie Lanfear, war sie doch auf ihre Art recht außergewöhnlich. Blond und im Vergleich zu ihrer dunkelhaarigen Rivalin ein wenig füllig, zwängte sie den üppigen Körper in enge Kleider, die kaum etwas der Phantasie überließen, trug das rotgoldene Haar als kunstvolle, juwelengeschmückte Lockenpracht und umgab sich mit prächtigen, halbnackten Dienern, die jede ihrer Launen abgöttisch bewunderten.

Vor der Bohrung des Stollens war sie jedoch vollkommen anders. Kamarile Maradim Nindar war eine bekannte Asketin, die nicht nur ein karges und einfaches Leben führte, sondern auch anderen predigte, es ihr gleichzutun. Der Aufgabe verschrieben, jene Geisteskranke zu heilen, welche die Eine Macht und das Heilen nicht berühren konnten, war sie vielleicht von allen die Beste darin, den menschlichen Geist zu beeinflussen. Wer sie gut kannte, mochte sie oft nicht. Während ihre öffentlichen Aufrufe zu einem asketischen Leben stets vernünftig klangen, war sie im persönlichen Umgang verletzend und griff jeden an, der nicht ihren Vorstellungen von Einfachheit folgte, was bedeutete, daß sie *jeden* angriff.

Während der zehn Jahre nach Schaffung der Stollens machte Kamarile Maradim eine vollkommene Wandlung durch und wurde das Gegenteil von allem, was sie gewesen war. Höchste Genußsucht ersetzte ihre asketische Haltung. Ihre einfache Kleidung wurde durch die neueste und gewagteste Mode ersetzt. Sinnliche und sexuelle Vergnügungen wurden wichtiger als alles andere.

Es gibt keinen Beweis dafür, daß diese Wandlung durch den Dunklen König verursacht wurde. Sie scheint statt dessen aus der Erkenntnis erwachsen zu sein, daß die Welt ihren Vorstellungen niemals gerecht werden konnte.

Bedenkt man die Schwierigkeiten, welche die Welt zu jener Zeit heimsuchten, erregte das seltsame Verhalten dieser weltberühmten Frau wenig Aufmerksamkeit, aber diese Tatsache ist eher bedauerlich. Es gibt deutliche Beweise dafür, daß Kamarile Maradim womöglich als eine der ersten entdeckte, was der Welt bevorstand, wenn auch erst einige Jahre nach ihrer Wandlung. Sie besuchte Shayol Ghul innerhalb der ersten fünfundzwanzig Jahre nach dem Zusammenbruch.

Selbst nach der Änderung ihres Lebenswandels genoß sie noch immer weltweiten Ruhm, den sie auch nutzte, da ihre neue Zugehörigkeit zum Schatten erst bekannt wurde, als sie sie selbst verkündete. Dies kennzeichnete auf vielerlei Art den Beginn des Krieges.

Graendal bewies vor und nach ihrem Bekenntnis, daß sie eine geschickte Intrigantin war, die ihr Können und Wissen um den Geist nutzte, um die Ziele des Dunklen Königs zu fördern. Sie war vor dem Krieg für eine Anzahl höchst zerstörerischer Aufstände wie auch für das seltsame Verhalten und etliche Selbstmorde von Menschen in Schlüsselstellungen verantwortlich.

Obwohl sie während des Krieges kein Feldkommando innehatte, errang sie offenbar mehrere bedeutsame Siege und führte eine Vielzahl erfolgreicher Umsturzbemühungen an. In einer Quelle heißt es: ›Graendal eroberte gegnerische Gebiete ebenso sicher wie jeder Schattenfeldherr, aber ihre Schlachtfelder waren die Geister ihrer Feinde.‹

Nach dem Erwachen aus dem langen Schlaf in der Versiegelung übernahm Graendal einen Palast in Arad Doman, bestückte ihn mit Dienern, die sie reichen und mächtigen Familien des Landes entführt hatte, und frönte als kränkelnde Lady Basene ihren Machtgelüsten.

Dieser Quelle zufolge lebt sie noch und ist anscheinend frei.

SEMIRHAGE

Während Graendal eine unvergleichliche Heilerin des Geistes war, galt die Frau, die als Semirhage bekannt werden sollte und vorher Nemene Damendar Boann hieß, als gleichermaßen angesehene Heilerin des Körpers. Sie war eine ungewöhnlich große dunkeläugige Frau voller Ruhe und Anmut und für ihre Fähigkeit bekannt, jede Verletzung heilen und Menschen sogar vom Rande des Todes zurückbringen zu können, wenn alle anderen Mittel versagten. Sie wurde rund um die Welt oft zu den schwierigsten Fällen gerufen, besonders bei schweren Hirnschäden.

Außer einer Heilerin war sie auch eine Sadistin.

Sie erzwang ihr Vergnügen oft während des Heilens. Ein wenig zusätzlicher körperlicher und geistiger Schmerz war ein geringer Preis, wenn man überleben wollte. Jene, die entbehrlich für die Gesellschaft zu sein schienen, hatten nicht soviel Glück. Wenn sie nicht unter der Folter starben, tötete sie sie danach. Sie genoß es, ihnen zu geben, was sie ihrer Meinung nach verdient hatten – bis der Saal der Diener ihre Perversionen entdeckte.

Nemene Damendars Geheimnis wurde einige Zeit nach dem Bohren des Stollens bekannt. Von einer Abordnung des Saals zur Rede gestellt, wurde ihr die Wahl gelassen, gegen Gewalt gebunden zu werden und niemals wieder ihr Vergnügen zu haben oder von der Einen Macht abgeschnitten und unehrenhaft von den Aes Sedai ausgeschlossen zu werden. Für sie war dies keine annehmbare Wahl. Sie war eine der ersten, welche die Reise nach Shayol Ghul antraten, um ihre Seele dem Dunklen König zu verschreiben.

Es steht fest, daß Semirhage großen Anteil an dem Aufruhr während der zweiten Hälfte des Zusammenbruchs hatte. Sie war wütend auf den Saal, weil er es gewagt hatte, die Opfer ihrer Quälereien höher zu werten als sie, und nutzte ihr Bündnis mit dem Dunklen König, um sie dafür bezahlen zu lassen. Sie setzte ihre Kenntnis des menschlichen Körpers und ihre Fähigkeit, Vergnügen und Qual zu bereiten, als höchst wirkungsvolles Foltermittel ein. Ihre Rachegelüste waren jedesmal gestillt, wenn sich ein weiteres Mitglied des Saals nach ihrer Behandlung öffentlich zum Dunklen König bekannte.

Während des Krieges hatte sie mehrere Feldkommandos inne, bewies aber allgemein nur durchschnittliche Fähigkeiten. Sie regierte mehrere eroberte Gebiete, und ihre Verwaltung war von einem Grad an Gewalt und Grausamkeit geprägt, der sogar unter den Verlorenen hervorstach. Sie zwang die Bewohner mehrerer eroberter Städte, einander zu Tode zu foltern. Wenn auch die Zahl ihrer Opfer außerordentlich hoch war, so war der Grad der Grausamkeit verglichen mit anderen ihrer Handlungen gering. Sie verbrachte viele Stunden damit, Möglichkeiten zu ›studieren‹, wie man den menschlichen Willen und die menschliche Würde brechen und wozu man Menschen zwingen könnte, wenn sie keine weiteren Schmerzen hinnehmen wollten. Sie behauptete, dabei gebe es keine Grenzen, außer wenn ihr jemand durch den Tod entkam. Semirhage wandte die Techniken, die sie bei den Mitgliedern des Saals der Diener vervollständigt hatte, auch bei gefangenen Soldaten und Zivilisten an. Bekannte Gefangene wurden stets ihr ausgehändigt, damit sie sie dem Schatten gefügig machte. Semirhage entdeckte auch, daß ein Zirkel von dreizehn – wenn man dreizehn Myrddraals sozusagen als Filter benutzte – jeden Machtlenker zum Schatten bekehren konnte, obwohl sie es stets vorzog, Aes Sedai selbst zu behandeln, weil sie diese Frauen haßte. Sie zog größtes Vergnügen daraus, sie durch langsame Steigerung persönlich zu brechen, so daß sie bis zuletzt bei vollem Bewußtsein blieben.

Semirhage leitete auch einen Geheimdienst mit dem Ziel, Verräter und Spione nicht nur in den eroberten Ländern, sondern auch unter den Anhängern des Dunklen Königs aufzuspüren. Sie traf angeblich besondere Vorkehrungen, um Gefangene am Selbstmord zu hindern, wenn diese erfuhren, daß sie ihr übergeben würden.

Als das Siegel sie freigab, erwachte sie in einer Welt voller Menschen, die noch empfänglicher für ihre Fähigkeiten waren als die Menschen ihres Zeitalters. Sie lebt und ist frei.

MESAANA

Anders als Semirhage oder Graendal wandte sich die Auserwählte Mesaana dem Dunklen König zu, weil sie in ihrem Stand nicht die Beste war. Als eine Frau mittlerer Größe und Erscheinung, war Saine Tarasind vernünftig, zupackend und klug, obwohl sie aufgrund ihrer Selbstbeobachtung häufig für träumerisch gehalten wurde. Es hieß, ihr Streben habe stets nur der wahren Macht und nicht deren Erscheinungsbild gegolten. Sie wollte eine erfolgreiche Forscherin sein und arbeitete in ihrer Jugend auf dieses Ziel hin. Ihre Träume wurden zunichte gemacht, als sie sich um einen Platz im Collam Daan bewarb und abgelehnt wurde. Die Kommission brandmarkte sie als ›für die Forschung ungeeignet‹, erteilte aber die Zustimmung, daß sie Schüler unterrichten durfte.

Sie stellte fest, daß sie Vorträge über die Entdeckungen anderer hielt, altes Wissen vermittelte, während es sie danach verlangte, neues Wissen zu suchen. Sie war nur eine bescheidene Lehrerin – bis sie zum Schatten überwechselte und als Mesaana einen Weg fand, allen eine Lehre zu erteilen.

Während des Krieges hatte sie mehrere Feldkommandos für den Schatten inne, wo sie sich bestenfalls als mittelmäßige Feldherrin zeigte; aber als Gouverneurin eroberter Gebiete blühte sie auf. Sie verwaltete die Gebiete im Vergleich zu anderen Verlorenen ordentlich und wirkungsvoll, was bedeutete, daß Greueltaten genauso gründlich geregelt waren wie Steuern und Abfallbeseitigung. Mesaana verfeinerte die üblichen Greueltaten, indem sie sich auf ihre erheblichen Fähigkeiten als Lehrerin besann und Erziehungssysteme einrichtete, die von anderen Verlorenen nachgeahmt wurden.

In den Schulen wurden Kinder von klein auf dazu angehalten, nicht nur Kameraden, sondern auch Eltern und Nachbarn auszuspionieren und darüber zu berichten. Aber daraus entstand noch der geringste Schaden. Unter Mesaanas Führung wurden Rotten von Kindern und Erwachsenen dazu ermutigt, alles zu vernichten, was ihrem Gefühl nach den Ruhm des Dunklen Königs beeinträchtigte – besonders Museen, Bibliotheken und Forschungseinrichtungen. Die alte Ordnung, die alte Welt, mußte entwurzelt und ausgelöscht werden. Diese Rotten vertrieben Lehrer aus den alten Schulen und höheren Bildungsstätten, Wissenschaftler aus Forschungszentren und Bibliothekare, Museumskuratoren und Beamte der ehemaligen Regierung. Viele Kinder verrieten ihre eigenen Eltern und Verwandten und führten in der zweiten Hälfte des Krieges sogar Exekutionen durch, häufig improvisiert, aber manchmal auch durch ›Gerichte‹ eingeleitet, die vollständig aus Kindern bestanden.

Zur Zeit der Versiegelung des Stollens glaubte man Mesaana in mittlerem Alter – nur wenig über dreihundert Jahre. Nach ihrer Flucht aus der Versiegelung schlich sie sich heimlich in die Weiße Burg, wo sie vermutlich noch heute lebt.

MOGHEDIEN

Moghedien mied es ebenfalls, etwas aufs Spiel zu setzen oder Risiken irgendwelcher Art einzugehen, doch nicht aufgrund angeborener Vorsicht. Sie war eine auf robuste Art hübsche dunkelhaarige Frau und wurde ›die Spinne‹ genannt, weil sie es vorzog, ungesehen in den Schatten zu lauern, bis ihre Beute sicher im Netz hing, als sich der offenen Auseinandersetzung zu stellen.

Lillen Moiral war ›Anlageberaterin‹, bevor sie zum Schatten überwechselte (ein Beruf, der in keiner Quelle erklärt wird). Wie auch immer ihre Arbeit aussah – es wird berichtet, daß sie mehrere Male verwarnt und sogar bestraft wurde, weil sie die Ethik und die damit verbundenen Gesetze verletzt hatte.

Sie wechselte lange vor Beginn des Krieges zum Schatten über, wobei es ihr gelang, ihr Bündnis geheimzuhalten, bis der Krieg bereits seit mehreren Jahren tobte. Während dieser Zeit war sie Spionin und Lockspitzel, da sie es in Lews Therins Stab zu einem mittleren Posten gebracht hatte. Einige schwere Unglücksfälle zu Beginn des Krieges sind unmittelbar ihren Machenschaften zuzuschreiben.

Moghedien wurde als geborene Drückebergerin beschrieben, die jene verhöhnte, die ein Wagnis eingingen, ihnen aber gleichzeitig ihre Leistungen neidete und sie haßte, weil man sie möglicherweise aufgrund ihres Zögerns verachtete. Einige der Verlorenen sahen tatsächlich auf sie herab, und das mußten sie meist irgendwann bereuen.

Es ist nicht bekannt, wie man herausfand, daß sie eine Anhängerin des Schattens war, aber es ist belegt, daß sie einer Gefangennahme nur knapp entging.

Bekannt ist jedoch, daß sie ein sehr wirkungsvolles Geheimdienst- und Sabotagenetz leitete, das vielleicht schon lange vorher unter ihrer Aufsicht stand. Einige Quellen behaupten, daß genauso viele Todesfälle zu Moghediens Lasten gingen wie zu Lasten jedes anderen Feldherrn des Schattens, aber nur wenige ihrer Opfer waren Soldaten.

Ihre nützlichste Eigenschaft war ihre Fähigkeit innerhalb der Welt der Träume, in *Tel'aran'rhiod.* In deren Dimensionen übertraf ihr Können sogar das Lanfears, aber sie wagte es niemals, sich Lanfear in der realen Welt zu stellen, weil sie dort nicht hoffen konnte, ihrer überlegenen Kraft standzuhalten.

Nachdem Moghedien dem Stollen entkommen war, wurde sie als Dienerin verkleidet in Tanchico und Amador gesehen. Von Nynaeve festgesetzt, wurde sie unter dem Pseudonym Marigan gefangengehalten und dann von dem als Aran'gar bekannten Wesen befreit. Sie ist vermutlich noch immer frei.

OSAN'GAR UND ARAN'GAR

Diese beiden der Liste der Verlorenen hinzugefügten Namen bezeichnen keine neuen Mitglieder der dreizehn, sondern der große Herr der Dunkelheit schenkte zwei Getöteten ein neues Leben und neue Körper.

Über ihr Leben vor der Wiedergeburt ist nur bekannt, daß beide Männer waren. Sie wurden aus dem Todesschlaf gerissen und mit Körpern versehen, die man aus den Grenzlanden entführt hatte – in den Körper eines Mannes namens Osan'gar und den einer Frau namens Aran'gar. Beide bewiesen, daß Herr des Grabes ein passender Name für den Dunklen König war. Er konnte sogar den Tod besiegen, solange er nicht durch Baalsfeuer verursacht worden war.

Osan'gar und Aran'gar waren nach den Rechts- und Linkshänderdolchen einer uralten, tödlichen Form des Duells benannt, die unmittelbar vor dem Krieg der Macht bekannt war. Osan'gar war ein Mann mittleren Alters, der eher durchschnittlich aussah, aber Aran'gar war eine Schönheit.

Sie waren die ersten Verlorenen, die vom Dunklen König selbst benannt wurden. Sie sollten, genau wie die vergifteten Dolche, ihre Namensvettern, seine Werkzeuge sein.

SCHATTENFREUNDE

Männer und Frauen, welche die Macht nicht lenken konnten, waren ebenfalls empfänglich für Versprechungen von Macht und Unsterblichkeit. Da die Berührung des Schattens alle niedrigen Empfindungen schürte, wollten viele die Eide sprechen. Am Anfang bezeichneten sich diese Menschen als Freunde der Dunkelheit. In neueren Zeiten sind sie schlicht als Schattenfreunde bekannt. Wie die Verlorenen haben auch sie ihren Ursprung in der Berührung des Dunklen Königs, aber anders als die Verlorenen haben sie keine Unsterblichkeit kennengelernt.

Es gibt viele Grade der Verpflichtung unter den Schattenfreunden. Einige zu allem Entschlossene kämpfen mit aller Kraft für die Freiheit des Dunklen Königs und damit für ihre eigene Unsterblichkeit und Macht, während andere einfach zu etwas Größerem gehören wollen, als sie selbst es sind. Viele fühlen sich nicht ernsthaft an ihren Eid gebunden. Einige glauben vielleicht nicht einmal an die Existenz des Dunklen Königs.

Obwohl es im gegenwärtigen Zeitalter recht wenige Schattenfreunde gibt, die wirklich geweiht sind, bilden sie zusammen doch einen kleinen, aber bedeutsamen Prozentsatz der Bevölkerung. Jede größere Stadt weist Gruppen von Schattenfreunden auf. Eine Stadt mit hunderttausend Einwohnern beherbergt vermutlich fünfhundert bis tausend von ihnen. Schattenfreunde haben außer ihrer Zuneigung zum Schatten oft nur sehr wenig gemein. In ihren Reihen sind sowohl Hochrangige und Mächtige als auch Diener und sogar Bettler zu finden. Ein Rang innerhalb der Gemeinschaft der Schattenfreunde hat wenig mit dem Rang in der alltäglichen Welt zu tun. Es wurde auch vom mächtigsten Adligen erwartet, einem Bettler zu gehorchen, wenn dieser die entsprechenden Zeichen gab. Selbst die Kinder des Lichts, die der Ausrottung aller Schattenfreunde verschrieben sein sollten, und die neuzeitlichen Aes Sedai sind nicht vor der Unterwanderung der Verbündeten des Dunklen Königs gefeit. Zum Schutz vor Entdeckung kennen die meisten Schattenfreunde nur einen oder zwei ihresgleichen, und selbst diese häufig nicht mit richtigem Namen.

Während des Krieges um die Macht waren dem Großen Herrn weitaus mehr Freunde ernsthaft geweiht als in der Neuzeit, was hauptsächlich an der hohen Durchschaubarkeit der Führung der Verlorenen und an der Anzahl der Hochrangigen lag, die sich dem Schatten öffentlich zuwandten. Es bestand keine Notwendigkeit zur Heimlichkeit, die Grenzen waren klar gezogen, und nur Spione mußten im verborgenen bleiben. Schattenfreunde dienten dem Dunklen König und seinen Befehlshabern als Kämpfer, Spione und Diener.

Obwohl bekannt war, daß Schattenfreunde ihren Eid zurücknehmen konnten, da ›niemand so lange im Schatten wandeln kann, daß er nicht auch wieder im Licht wandeln kann‹, suchten sehr wenige nach Entbindung vom Eid nach. Das wirksamste Abschreckungsmittel war die Angst vor der Rache ihrer Schattenherren. Die Strafen für Versagen oder nachlässig geleistete Arbeit waren schon schlimm genug. Trollocs und andere Gebilde mußten gefüttert werden, und ein meineidiger Schattenfreund füllte die Bäuche des Schattengezüchts genausogut wie jeder andere Mensch.

Die Entbindung vom Eid bedeutete nicht gleichzeitig die Vergebung der während des Schattendienstes begangenen Verbrechen. Bei dem Gedanken an eine vielleicht mit dem Tod endende Befreiung vom Eid beschlossen die meisten Schattenfreunde, dem Schatten verschworen zu bleiben.

Ordeith

Schattengezücht

Der Krieg der Schatten begann als ein Konflikt unter Menschen. Aber Lews Therin und seine Anhänger entdeckten bald, daß der Dunkle König auch bereit war, nichtmenschliche Soldaten in den Kampf zu schicken. Zu Beginn des Krieges standen den Schattengegnern plötzlich Horden schreckenerregender Kreaturen aus einem Alptraum gegenüber, und ihre Anzahl nahm im Verlauf des Krieges noch zu. Dieses Schattengezücht war häufig annähernd menschlich, aber mit schattengeborener Tödlichkeit ausgestattet.

Viele dieser Wesen wurden von dem Verlorenen Aginor und anderen aus vorhandenem genetischen Material geschaffen, konnten und sollten sich aber natürlich und zahlreich fortpflanzen.

TROLLOCS

Der Dunkle König brauchte vor allem Soldaten. Seine Wissenschaftler kreuzten schon vor dem Krieg menschliche und tierische Gene, um den idealen Krieger zu erschaffen, ein Wesen, das im Kampf mächtig und wild, schwer zu töten und ausreichend klug war, Befehle entgegenzunehmen. Man verwendete ursprünglich angriffslustige Tiere wie Keiler, Bären, Wölfe, Ziegen und Wildkatzen und kreuzte sie mit menschlichem Erbgut. Die daraus entstandenen Menschentiere, jedes mit dem Gesicht und den Charaktermerkmalen des Tiers, aus dem es erschaffen wurde, nannte man Trollocs.

Trollocs hatten den Körper eines übergroßen, kraftvollen Mannes, waren stärker als der menschliche oder tierische Elternteil für sich und fast so schnell wie ein Pferd. Von Natur aus bösartig, zeigten sie ungezügelte Wildheit und töteten aus keinem anderen Grund als aus reinem Vergnügen.

Aber als unüberwindliche Kampfmaschine war das Wesen anfänglich ein Fehlschlag. Trollocs zeigten einfach nicht die entscheidende Disziplin, die einen tüchtigen Soldaten auszeichnet. Statt dessen besaßen sie die Instinkte und Triebe von Tieren sowie die schlimmsten menschlichen Charaktereigenschaften und eine sehr begrenzte Klugheit. Sie konnten nur vergleichsweise leichte Aufgaben ausführen und waren heimtückische und schwankende Persönlichkeiten. Als Soldaten waren sie gewöhnlich unfähig oder nicht gewillt, Befehle zu befolgen, wenn sie nicht durch Angst dazu angetrieben wurden. Hatten sie dann mehr Angst vor dem Feind als vor ihren Befehlshabern, liefen sie häufig davon, wobei sie diese Befehlshaber mitunter niedertrampelten oder töteten.

Die Menschen, die dieser Kreaturen zuerst ansichtig wurden, waren entsetzt. Die hoch aufragenden, grob behaarten, sperrigen Gestalten blickten sie mit wachen Menschenaugen an, während die Gesichter Hörner oder Hauer, tierische Schnauzen mit knirschenden Zähnen oder scharfe Schnäbel aufwiesen. Einige hatten sogar die Hinterläufe des Tiers, von dem sie abstammten, mit Hufen oder Klauen statt Füßen, obwohl fast alle menschenähnliche Hände mit dicken, schweren Nägeln besaßen – um ihre tödlichen Waffen besser tragen zu können.

Die Mordlust der Trollocs erschwerte es den Befehlshabern, Gefangene zu machen oder die Trollocs in Situationen einzusetzen, in denen sie zwischen Freund und Feind unterscheiden mußten. Es war leichter, die Tiermenschen frei laufen und töten – und häufig fressen – zu lassen, wen immer sie fanden. Trollocs waren Allesfresser, bevorzugten aber Fleisch: tierisches, menschliches und sogar Trolloc-Fleisch gleichermaßen.

Schattengezücht-Forscher ersannen mühsam eine Möglichkeit, die wenigen Vorteile der Trollocs zum Vorteil des Dunklen Königs zu nutzen. Ironischerweise lieferten die Trollocs über ihre rückgearteten Nachkommen selbst die Lösung: die Myrddraals.

MYRDDRAALS

Trollocs pflanzen sich nicht immer mit stabilem Erbgut fort. Statt dessen bringen sie manchmal rückgeartete Nachkommen ihres tierischen oder menschlichen Erbes hervor. Die Hälfte der tierischen Nachkommen sterben, die menschlichen überleben gewöhnlich, sind aber durch das Bösartige ihres tierischen Anteils verdorben. Sie werden Myrddraals genannt.

Auch als Schattenmänner, Halbmenschen, Schleicher, Greifer, Blender oder Niegeborene bekannt, ähneln die Myrddraals nach Größe,

Trolloc

Erscheinung und Intelligenzgrad eher den Menschen als den Trollocs. Mit großem, muskulösem, ansehnlichem Körper ist jeder der Myrddraals den anderen so ähnlich, als entstammten sie derselben Gußform. Sie bewegen sich mit geschmeidiger Anmut und schlagen mit der Schnelligkeit einer Schlange zu. Ihre Haut ist nicht rötlich, braun, schwarz oder gar golden, sondern von dem Weiß toter Fischkörper, während das darunter fließende Blut schwarz ist wie der Herr, dem sie dienen. Schwarzes Haar ohne den geringsten Glanz bedeckt nur die Köpfe, läßt aber die blassen Gesichter frei.

Der abschreckendste Unterschied zwischen Menschen und Myrddraals liegt in den Gesichtern, die einem menschlichen Gesicht sehr ähnlich sind, denen aber die Augen völlig fehlen. Daher werden sie auch ›die Augenlosen‹ genannt. Und doch können diese Wesen im hellsten Sonnenlicht oder in dunkelsten Schatten wie Adler sehen.

Das Sehen ohne Augen ist nicht ihre einzige nichtmenschliche Fähigkeit; sie können auch verschwinden und Entfernungen zurücklegen, indem sie eine schattige Fläche betreten, um plötzlich in einem weit entfernten Schatten wieder aufzutauchen. Selbst Aginor, der die Trollocs und somit mittelbar auch die Myrddraals schuf, konnte nicht herausfinden, wie sie den Schatten als Transportmittel benutzten.

Möglicherweise zwingt sie die Art ihrer Erschaffung dazu, nur teilweise in dieser Welt zu existieren, da Spiegel einen Myrddraal nur als unklare Form wiedergeben. Ihre einzige bekannte Schwäche ist die Angst vor fließendem Wasser. Wann immer möglich, vermeiden sie es, Ströme, Flüsse oder Kanäle zu überqueren oder sich darauf fortzubewegen. Nur dringendste Notwendigkeit kann sie zwingen, diesen Widerwillen abzulegen. Ihre Angst rettet zwar niemanden, der für den Schattenmann ein Ziel bedeutet, verhindert aber häufig weitere Verfolgung.

Ihre wirkungsvollste Waffe ist vielleicht ihr augenloser Blick. Der Blick aus einem dieser kalten, erbarmungslosen Gesichter bewirkt lähmende Angst.

Diese Fähigkeit half den Myrddraals, die Schwierigkeiten mit den Trollocs zu beheben. Sogar Trollocs haben Angst vor Myrddraals, und die Halbmenschen konnten recht gut Befehle entgegennehmen und befolgen. Daher blieben die Trollocs Soldaten – und die Myrddraals wurden ihre Befehlshaber.

Es wurde beizeiten entdeckt, daß sich ein Myrddraal mit mehreren Trollocs verbinden konnte, wobei er sich über ihre tierische Natur vollkommen hinwegsetzte und die Herrschaft über ihren Geist und Willen übernahm, um so eine tödliche, disziplinierte Kampftruppe zu schaffen, die fast so wirkungsvoll war wie ursprünglich beabsichtigt. Leider war aber der Myrddraal das schwache Glied in der Kette. Wenn er getötet wurde, starben die mit ihm verbundenen Trollocs ebenfalls.

Trollocs und Myrddraals zusammen waren ein furchterregender Feind. In Kampfeinheiten, die man Fäuste nannte, aus ein- und zweihundert Trollocs organisiert und gewöhnlich unter dem Kommando eines Myrddraals, brachen sie über viele nichtsahnende Gebiete herein und zerstörten alles, was ihnen in den Weg kam. Einer Bevölkerung, die nicht an Kriege gewöhnt war, schienen die Trolloc-Heere die Verkörperung des Dunklen Königs selbst.

Heute fertigen Trollocs ihre eigenen Waffen und Rüstungen an, die im Vergleich zu den Produkten menschlicher Waffenschmiede grob und unfertig, aber durchaus tödlich wirken.

Außerhalb der Heereseinheit der Faust sind die Trollocs in stammähnliche Horden unterteilt. Die bekannten Stämme umfassen die

Ahf'frait, Al'ghol, Bhansheen, Dhjin'nen, Ghar'ghael, Ghob'hlin, Gho'hlem, Ghraem'lan, Ko'bal, Kno'mon, Dha'vol und die Dhai'mon. Sie sind die einzigen Gruppierungen aus dem Schattenkrieg, die bekanntermaßen eine Gesellschaftsstruktur und ein Stammessystem entwickelt haben.

Wie im Zeitalter der Legenden kämpfen oder jagen nur männliche Trollocs. Weibliche Trollocs leben zurückgezogen und sind kaum mehr als Gebärmaschinen. Trollocs können sich mit Menschen paaren, ziehen diese aber eher als Nahrung vor. Die Kinder werden, selbst wenn die menschliche Mutter bis zur Geburt überlebt, gewöhnlich totgeboren, und die wenigen anderen überleben nicht lange.

Obwohl Myrddraals die Nachkommen der Trollocs sind, ähneln sie ihnen nur sehr wenig. Soweit bekannt ist, sind alle Myrddraals männlich und wahrscheinlich aufgrund ihrer hybriden Natur unfruchtbar. Ihnen fehlt völlig die persönliche Note, wie Schmuck oder Veränderungen an Rüstung oder Kleidung. Die Schattenmänner ziehen eine vergleichsweise zurückgezogene Existenz vor, treten selten in großen Gruppen auf und vermeiden jeden rein gesellschaftlichen Umgang. Sie halten sich meist etwas abseits von den Trollocs, die sie befehligen. Anders als diese, sind sie in der Lage, allein mit großer List und Schlauheit zu handeln, um ein befohlenes Ziel zu erreichen.

Ihre Waffen, Rüstungen und ihr Kampfstil sind weitaus verfeinerter als die ihrer Eltern. Statt Kettenpanzer und Leder tragen sie eine schwarze Gliederpanzerung mit zahlreichen sich überlappenden Streifen über einem verstärkten schwarzen Wams und schwarzer Hose, was ihnen größtmöglichen Schutz und Bewegungsfreiheit gibt. Ein schwarzer Umhang mit großer Kapuze wird über der Rüstung getragen und bedeckt oft auch das Schwert, ihre Hauptwaffe.

Myrddraal-Schwerter sind ganz besondere Waffen. Anders als die stumpfen Trolloc-Schwerter, werden diese Klingen nur an einem Ort auf der ganzen Welt gefertigt – in einer Schmiede mit grauem Dach auf den Hügeln Shayol Ghuls in Thakan'dar, nur wenige Meilen vom Eingang des Kraters des Verderbens entfernt. Kein sterblicher Schmied fertigt solche verdorbenen Klingen. Nur Schattenschmiede, beseelte Wesen in Menschengestalt, können den tödlichen Stahl bearbeiten. Obwohl sie eigentlich nicht lebendig sind, führen sie ihre einzige Aufgabe sehr geschickt aus. Jede schwarze Schattenklinge ist sorgfältig gestaltet, in den vergifteten tintenschwarzen Strömen Shayol Ghuls ausgekühlt und mit einer menschlichen Seele ausgestattet.

Die kleinste Wunde durch eine dieser verdorbenen Klingen ist für das Opfer tödlich, denn die Wunden eitern und heilen ohne Hilfe der Einen Macht nie mehr. Die schwarzen Klingen sind für den gewöhnlichen Soldaten fast unbesiegbar. Aber die Waffen nutzen sich mit der Zeit ab und müssen ersetzt werden, und die Nachfrage nach Myrddraal-Schwertern kann (und konnte) nicht immer durch die Verfügbarkeit der Materialien oder lebender Gefangener gedeckt werden.

Myrddraal

DRAGHKARS

Die Myrddraals gelten als zufällige Nachkommen der Trollocs, aber andere ebenso gefährliche Wesen waren beabsichtigte Perversionen der menschlichen Rasse. Das schrecklichste dieser Geschöpfe ist der Draghkar, der nicht wegen seines kämpferischen Könnens gefährlich ist – er kämpft nicht gut mit seinen dünnen, zerbrechlichen Händen und schwächlichen Armen –, sondern aufgrund der Fähigkeit, seine Beute in eine tödliche Umarmung zu nehmen. Die Hauptwaffe des Draghkar ist sein sanfter, unwiderstehlicher, gefühlvoller Gesang, der seine Opfer zwingt, sich ihm zu nähern. Seine Berührung ist nicht sofort tödlich, aber das Überleben ist gewöhnlich weitaus schlimmer als der Tod.

Im Ruhezustand wird der Draghkar leicht für einen übergroßen hellhäutigen Menschen in einem langen schwarzen Umhang gehalten. Schulterlanges dunkles Haar, häufig zu einem vornehmen Zopf geflochten, trägt zu diesem falschen Eindruck bei. Tatsächlich bildet ein Paar fledermausähnlicher großer Schwingen den ›Umhang‹. Der schlanke Körper unter den Flügeln wirkt bis auf die allzu blasse, fast weiße Haut und die scharfen Krallen an den Händen menschlich. Das Gesicht weist jedoch kaum menschliche Züge auf. Hagere Wangen betonen große dunkle Augen, und der einer Wunde ähnliche Mund mit faltigen blutroten Lippen bedeckt scharfe, spitze Zähne.

Aber nicht der Biß des Draghkar ist gefährlich, sondern sein Kuß. Wenn er seine Beute in eine Umarmung gezogen hat, saugt der Draghkar die häßlichen Lippen in einem ›Kuß‹ an dem Opfer fest und entzieht ihm langsam die Seele. Erst wenn Seele und Persönlichkeit vollkommen aufgesaugt sind, nimmt er ihm auch das Leben. Seine Opfer tragen keine körperlichen Merkmale davon, sind aber im Augenblick des Todes schon so erkaltet, als wären sie bereits seit mehreren Tagen tot. Opfer, die vor dem Tod errettet werden, bleiben als leere, seelenlose Hüllen zurück. Selbst jene, die nur kurz von diesen Lippen gestreift wurden, sind für immer verwandelt, da ein Teil ihrer Seele ausgesaugt wurde.

Während des Schattenkrieges und auch heute wurden und werden Draghkars vor allem zum Morden eingesetzt, häufig in Verbindung mit einem Ablenkungsangriff durch Myrddraals und Trollocs. Sie benutzen ihre Schwingen, um ihre Beute ungesehen anzugreifen, vorzugsweise bei Nacht und wenn das Opfer allein ist, sinken dann zu Boden und benutzen ihren Gesang, um das Opfer in den Tod zu locken. Sie erlangen nur unter Schwierigkeiten Zugriff auf versiegelte Gebiete und kommen mit der Gemeinschaft der Menschen oder dem Sonnenlicht schlecht zurecht.

SCHATTENHUNDE

Nicht alles Schattengezücht war annähernd menschlich gestaltet. Schattenhunde entstanden aus Hunden, die durch den Schatten entstellt worden waren. Sie erinnern nur in ihrer Grundform an Hunde, sind dunkler als die Nacht und groß wie Ponys. Ihre Stimme erinnert in

Draghkar

Der Dunkle König war bei der Wahl seiner Diener nicht auf tierähnliche Wesen beschränkt. Er benutzte auch natürlich geborene Tiere, die eine Neigung zu Verfall, Aas und Tod hatten. Wie auch heute noch, waren Raben und Krähen häufig Spione und Mörder für den Schatten und trugen, was sie gesehen hatten, den Myrddraals zu, welche die Informationen an ihre Herren weitergaben. In den Städten erledigten Ratten und ähnliches Gezücht dieselben Aufgaben. Damals wie heute gilt, daß nicht jede Ratte oder jeder Rabe dem Schatten dient, aber um sicherzugehen, ist es das beste, sie alle zu vernichten.

voller Lautstärke an einen Wolf – ein unheimliches Heulen, das von Blut und Tod zeugt.

Während des Krieges der Macht als Wachtiere geschaffen, wurden sie in späteren Jahren benutzt, um Feinde des Dunklen Königs aufzuspüren. Sie wiegen zweihundertfünfundzwanzig bis zweihundertsiebzig Pfund und sind gewöhnlich in Rudeln von zehn bis zwölf Tieren unterwegs. Die Rudel werden nur einzeln eingesetzt, da sie sich sonst eher aufeinander als auf ihre Beute stürzen.

Man vermutet, daß sie bei ihrer Erschaffung aus der Realität heraus bewegt wurden. Das würde die Tatsache erklären, daß sie trotz ihrer enormen Größe auch auf weichstem Boden keine, auf hartem Gestein aber sehr wohl Spuren hinterlassen. Häufig begleitet sie der Geruch nach verbranntem Pulver.

Vielleicht haben die Schattenhunde zu den Legenden um Grimbart oder den Alten Grimbart – den Dunklen König – und seine ›Wilde Jagd‹ beigetragen. Dieser Legende zufolge ritt der Alte Grimbart in mondhellen Nächten auf der Jagd nach Seelen mit seinen ›Schwarzen Hunden‹ aus, wobei der Geruch nach verbranntem Pulver und Schwefel ihren Weg markierte. Die schwarzen Hunde überrannten ihre Beute mit silberschimmernden Augen und metallglänzenden knirschenden Zähnen. Regen vermochte die Wilde Jagd zu vertreiben, aber wenn sie einmal einer Seele auf der Spur war, mußte man sich ihr entgegenstellen und sie besiegen, sonst war einem der Tod sicher. Manche, die die Wilde Jagd nur vorüberziehen sahen, befürchteten schon, daß ihnen oder einem nahestehenden Menschen der Tod bevorstehe.

Schattenhunde laufen schneller als galoppierende Pferde und behalten die Geschwindigkeit länger bei als diese. Manchmal kann man sich ihrer Verfolgung jedoch entziehen, wenn man fließendes Wasser zwischen sich und die Hunde bringt, da sie dieses nicht überqueren. Sonst kann man sie nur töten oder selbst getötet werden.

Schattenhunde sterben nur schwer, aber sie töten mit Leichtigkeit. Der kleinste Biß ihrer schrecklichen Kiefer bedeutet genauso sicher den Tod, als wäre dem Opfer ein Dolch ins Herz gestoßen worden. Ihr Blut und ihr Speichel sind Gift. Ein Tropfen auf der Haut kann töten – was gewöhnlich sehr langsam und schmerzvoll geschieht.

Kürzlich wurde von einer neuen Züchtung von Schattenhunden berichtet, die offensichtlich nur mit Hilfe der Einen Macht getötet werden können. Manche Geschichten erzählen von Tieren, die mit machtgelenkten Waffen in Stücke zerteilt wurden, woraufhin ihre abgehackten Teile schmolzen und sich wieder zu vollständigen, lebendigen Hunden formten, die erneut angriffen.

Graue Männer

Nicht alles Schattengezücht ist künstlich erschaffen. Es gab einige natürliche Wesen wie die Grauen Männer, gewöhnliche lebendige Männer und Frauen. Aber sie verschrieben ihre Seele nicht nur dem Schatten, wie Schattenfreunde es taten, sondern gaben sie tatsächlich hin. Sie waren ihrem Trachten und Fühlen nach tot, obwohl sie sich weiterhin bewegten und dachten. Diese ›Seelenlosen‹ sind besonders erfolgreiche Mörder, da sie so unauffällig wirken, daß sie sogar der aufmerksamste Blick übersieht. Das gestattet ihnen, unbemerkt selbst in die belebtesten Bereiche einzudringen. In vielen Fällen sieht das Opfer seinen Mörder nicht einmal nach dem Angriff, und es gab Gelegenheiten, da die Vorübergehenden, die das Opfer fallen sahen, den Mörder nicht bemerkten.

Graue Männer sind überwiegend Männer, obwohl es gelegentlich auch Frauen unter ihnen gibt, und sie besaßen, soweit heute bekannt ist, selbst im Schattenkrieg über das Töten hinaus keinen wahren Nutzen. Unbekannt ist, für welche Versprechungen des Dunklen Königs sie ihre Seelen hingaben, wobei ihre nachgewiesene Anzahl vermuten läßt, daß es ein besonders mächtiger Anreiz war.

EIN ANDERSARTIGER MYRDDRAAL

Es hieß, alle Myrddraals seien im wesentlichen gleich, aber zumindest wurde eine Abweichung von der Norm gesichtet. Allein schon sein Name, Shaidar Haran, der ›Hand des Dunklen‹ bedeutet, entspricht vor allem in der Alten Sprache den Namen aller anderen Halbmenschen. Während die meisten Myrddraals die Größe eines großen Mannes haben, ragt Shaidar Haran mehrere Fuß über Menschen und Halbmenschen heraus. Er verhält sich eher anmaßend als demütig und bekundet düsteren Humor, was bisher unter Myrddraals unbekannt war.

Die Zerstörung der Welt

Obwohl Lews Therins Feldzug zur Versiegelung des Stollens nach außen hin erfolgreich war, kündigte er doch eine größere Katastrophe an, als es jedes andere Ereignis des Schattenkrieges tat, denn in diesem Moment belegte ein heftiger Rückstoß *Saidin* mit einem Makel. Ob es eine beabsichtigte Handlung des Dunklen Königs war oder eine Folge seiner geschickten Versuche, die Versiegelung zu verhindern, wird man wohl niemals erfahren. Aber diese starke Reaktion führte zum größten Umsturz aller Zeiten – zur Zerstörung der Welt.

Lews Therin und die achtundsechzig Überlebenden der Hundert Gefährten wurden augenblicklich wahnsinnig – vielleicht ohne zu wissen, daß sie den Stollen erfolgreich versiegelt hatten. Die mächtigen männlichen Aes Sedai wandten sich, bewaffnet mit der Einen Macht und völlig außer Rand und Band, gegen jedermann und alles, was ihren Weg kreuzte oder auch nur ihre Aufmerksamkeit erregte, wobei sie eine Spur von Tod und mutwilliger Zerstörung hinter sich herzogen. So begann die Zeit des Wahns.

Niemals zuvor war die Eine Macht auf diese Art gebraucht worden. Der Makel hatte den Geist aller überlebenden Gefährten in wahnsinnigen Alpträumen gefangen, während *Saidin* ihnen die Macht verlieh, jene Träume sofort zu verwirklichen. Über zerstörerische Handlungen der meisten Gefährten ist nichts bekannt, aber Lews Therins Taten wurden aufgezeichnet. Er brachte große Verheerung über das Land und tötete jeden lebenden Menschen, der sein Blut in sich trug, sowie alle, die er liebte. Danach war er für alle Zeiten als ›Brudermörder‹ bekannt. Wahrscheinlich handelten die anderen Gefährten im Schmerz ihres Wahnsinns ähnlich, aber Lews Therin ragte als Bester von allen und ihr Anführer heraus.

Leider wurden nicht nur die Gefährten durch die starke Reaktion beeinträchtigt. Andere männliche Aes Sedai berührten die Wahre Quelle aus anderen Gründen ständig, und obwohl sie den Makel sofort bemerkten, wußte doch niemand, was es damit auf sich hatte. Obwohl er *Saidin* wie ein Umhang aus ranzigem Öl umgab, verhinderte er den Gebrauch der Einen Macht nicht und veränderte ihn auch nicht unmittelbar. Im Gegensatz zu den Gefährten Lews Therins waren die meisten anderen männlichen Aes Sedai nicht sofort betroffen. Während manche Quellen die Zerstörung der Welt von der Hauptverheerung durch Lews Therin und die Überlebenden der Hundert Gefährten an datieren, setzen andere den wahren Beginn erst zehn Jahre später an, als so viele männliche Aes Sedai ebenfalls ihre Alpträume in Zerstörung umsetzten, daß keine Hoffnung mehr bestand, sie aufhalten zu können.

Die Zivilisation bewahrte noch viele Jahre nach dem Angriff auf Shayol Ghul einen gewissen Zusammenhalt, obwohl der Verfall in die Barbarei unausweichlich war. Aber die Schattenverschworenen stellten auf vielerlei Art eine noch größere Bedrohung dar als die wahnsinnig gewordenen männlichen Aes Sedai. Der Führung beraubt und ohne Lenkung durch den Dunklen König verstrickten sie sich in Machtkämpfe. Der Krieg wurde zwar mit Trolloc- und Myrddraal-Heeren weitergeführt, aber die Heere wandten sich in zunehmendem Maße genauso häufig gegeneinander wie gegen die Streitkräfte des Lichts. Mit den geteilten Streitkräften war weitaus leichter umzugehen als mit den früheren Schattenarmeen, aber sie waren noch immer ausreichend stark, um eine Zivilisation zu schwächen, die zunehmend von der wachsenden Zahl wahnsinniger Aes Sedai verheert wurde. Als Lews Therin fort war, übernahm Latra Posae, die frühere Anführerin der Schicksalhaften Übereinstimmung, die Führung und errang den Namen Shadar Nor, der aufgrund ihres mutigen Kampfes gegen die Schattenverschworenen am besten mit ›Schleiferin des Schatten‹ oder ›Hobel des Schatten‹ zu übersetzen ist. Sie starb irgendwann während der Zerstörung der Welt, aber das genaue Datum und die genauen Umstände sind unbekannt.

Letztendlich setzte die Zerstörung dem Krieg ein Ende. Die zunehmende Verheerung zwang sowohl die Schattenverschworenen als auch die dem Licht Geweihten, ihre Kraft dem Überleben zu widmen. Immer mehr männliche Aes Sedai unterlagen dem Wahnsinn und kehrten die Welt vor ihrem Tod von innen nach außen. Während der schlimmsten Phase brachten jene Machtlenker sogar das Wetter durcheinander. Die Welt erlebte Stürme unvorstellbarer Wucht, Vulkane brachen in

Ascheregen aus, als gewaltige Erdbeben das Land erschütterten, Bergketten wurden dem Erdboden gleichgemacht, neue Berge errichtet, Plateaus angehoben, die das Meer überflutet hatte, und der Ozean überschwemmte trockenes Land. Städte gingen zugrunde, und die überlebenden Bewohner zerstreuten sich auf der Suche nach Sicherheit in einer Welt widergespiegelten Wahnsinns.

Viele Teile der Welt wurden vollständig entvölkert. Das Chaos regierte, bis der letzte Mann, der die Macht lenken konnte, schließlich starb. Bruchstückhaften Quellen zufolge hatten die wichtigsten geologischen und klimatischen Umwälzungen der Zerstörung eine Dauer von 239 bis 344 Jahren.

Das Ehrempfinden der Machtlenker jener Jahre, die wußten, daß ihnen der Tod bevorstand und sie zum Gemetzel beitragen mußten, ist schwer vorstellbar. Jede Berührung der Wahren Quelle brachte sie dem Wahnsinn näher. Wenn der Makel sie vereinnahmt hatte, verfaulten sie langsam. Ihr Körper verfiel, und ihr Geist ließ nach. Manchmal wurde beides recht schnell, manchmal aber auch quälend langsam zerfressen. Es gibt Hinweise darauf, daß viele Opfer wußten, was geschah, aber nicht die Macht besaßen, den Vorgang aufzuhalten. Viele nahmen sich das Leben, bevor der Wahnsinn zuschlug.

Andere versuchten, den Makel von *Saidin* abzuwenden, was nur auf drei Arten möglich war. Die erste bestand darin, die Wahre Quelle einfach nicht zu berühren. Obwohl dies das einfachste zu sein schien, war es doch fast unmöglich. Für einen geübten Machtlenker glich der Versuch, die Berührung zu vermeiden, dem Versuch, mit dem Atmen aufzuhören. Die zweite Möglichkeit war die vollständige Abtrennung von der Wahren Quelle. Nur wenige Männer waren dazu bereit, denn die Opfer der Abtrennung, die die Macht noch spürten, ohne sie jemals wieder berühren zu können, starben gewöhnlich bald danach.

Die dritte Lösung bestand darin, sich außerhalb der Reichweite der Einen Macht zu verstecken, wo man sich der Wahren Quelle nicht bewußt war. Die einzigen Orte, die dies gewährleisteten, waren Ogier-*Stedding*. Wo die Ogier ihre Heime errichteten, waren Aes Sedai vollkommen von der Wahren Quelle abgeschnitten, doch ohne sich unwiderruflich von der Gegenwart der Quelle zu trennen oder sie zu verderben.

Männliche Aes Sedai zogen sich innerhalb weniger Jahre nach der Entdeckung des Makels und seiner Auswirkungen in *Stedding* zurück. Sie kamen zunächst dorthin, um herauszufinden, wie sie den Makel überlisten oder beseitigen konnten, und später einfach um nicht wahnsinnig zu werden. Aber selbst vor der Wahrnehmung der Wahren Quelle geschützt, nahm das Verlustgefühl bei jenen, die ihre Macht gespürt hatten, im Laufe der Zeit zu, bis es sie in die Gefahr zurücktrieb. Einige Männer flüchteten in der Hoffnung, daß der Makel geringer geworden sei, andere gaben zu, daß sie die Unfähigkeit, die Macht zu lenken, die Quelle aber dennoch zu spüren, nicht länger ertragen konnten. Gegen Ende der Zerstörung waren alle männlichen Aes Sedai aus den

Stedding geflohen, und alle erlagen dem Makel. Einige Gelehrte glauben, daß diese Männer die Zerstörung verlängerten und verstärkten. Andere glauben, daß sie die Katastrophe dadurch abmilderten, daß sie sich aus der anfänglichen Verheerung zurückzogen und den Schaden über einen längeren Zeitraum ausdehnten.

Viele *Stedding* fielen der Zerstörung zum Opfer, denn obwohl sie den Gebrauch der Macht verhinderten, waren sie für die Umwälzungen rundum doch angreifbar. So wurden sogar die Ogier zur Flucht getrieben. Während der Jahre der tatsächlichen Zerstörung gab es keine eindeutig sicheren Orte und daher auch keine niedergelassene Bevölkerung mehr. Jedermann, dem daran lag, einen weiteren Tag zu überleben, wurde zum Flüchtling.

Die großen Städte lagen in Schutt und Asche oder waren von der Erde getilgt worden. Die Meere hatten sich weiterbewegt oder waren verdampft. Die Bevölkerung war auf einen Bruchteil ihres früheren Umfangs geschrumpft. Die größten Werke der Menschen waren verschwunden, und die Menschheit kehrte zu einer primitiven Existenz zurück. Viele starben, weil sie die Not nicht ertragen konnten. Die Ogier traf es am härtesten, weil sie auf eine bis heute unverständliche Art an die *Stedding* gebunden waren und nicht mehr wußten, wo sie sich befanden. Während ihres langen Exils wurde der Bund stärker, und das Sehnen wuchs in ihnen. Viele starben daran, bevor sie das erste *Stedding* wiederfanden, und viele weitere starben, bevor ausreichend viele *Stedding* gefunden waren, um die Überlebenden einer Rasse zu schützen, die zahlenmäßig einst den Menschen gleichgekommen war.

In diesem Chaos verteilten die überlebenden Aes Sedai die sieben *Cuendillar*-Siegel, die den Stollen geschlossen hielten, damit sie keiner der wahnsinnig gewordenen Aes Sedai oder der Schattenverschworenen ungeschützt fände. Nur wenige Seelen wußten, wo sie verborgen wurden. Während des Trolloc-Krieges starben jene, die dieses Wissen besaßen, und der Aufbewahrungsort der Siegel mit ihnen.

ABSCHNITT 3

Die Welt seit der Zerstörung

Nachdem der letzte männliche Aes Sedai schließlich gestorben war und die geologische Beschaffenheit und das Klima der Erde zu einer Art Normalität zurückkehrten, fanden sich die Überlebenden in einer umgreifend veränderten Welt ohne Völker und Regierungen wieder. Die Gesellschaftsstruktur war während der Jahrhunderte des katastrophalen Chaos zerfallen.

Die Zivilisation war auf primitivstes Nomadenniveau zurückgefallen. Nur wenige Gruppen hielten an ihrer Kultur oder ihren Traditionen fest. Die Aes Sedai, jetzt alle weiblich, waren zerschlagen und verstreut und bei dem Bemühen, die wahnsinnig gewordenen männlichen Aes Sedai zu bekämpfen oder zurückzuhalten, stark dezimiert worden. Während der nächsten Jahrhunderte versuchten alle, aus der Asche und dem Schutt ihrer zerbrochenen Welt kleine Gemeinschaften, Stämme und schließlich neue Völker und Regierungsformen zu bilden.

KALENDER

Seit der Zerstörung der Welt haben drei Datierungssysteme ausreichend öffentlichen Anklang gefunden, um als genormte Kalender zu gelten. Der erste, der nach der Zerstörung der Welt in Gebrauch genommen und nach seinem Erschaffer Toma dur Ahmid benannt wurde, war als der Tomanische Kalender bekannt. Er zählte die Jahre Nach der Zerstörung der Welt (NZ) und begann mit dem Jahr 1. Aufgrund des Wirrwarrs dieser Zeit wurde dieser Kalender erst ungefähr zweihundert Jahre nach dem Tod des letzten männlichen Aes Sedai tatsächlich eingeführt, und selbst dann mußte der genaue Zeitpunkt seines Einsetzens willkürlich bestimmt werden. Der Tomanische Kalender galt bis zum Ende der Trolloc-Kriege.

Zu diesem Zeitpunkt waren so viele Aufzeichnungen vernichtet worden, daß strittig war, in welchem Jahr der alten Zeitrechnung man sich überhaupt befand. Tiam von Gazar schlug die Einführung eines neuen Kalenders vor, der am Ende dieser Kriege einsetzte und die Erlösung der Welt von der Bedrohung durch die Trollocs feierte. In diesem Kalender erschien jedes Jahr als Freies Jahr, beginnend mit 1 FJ. Innerhalb der zwanzig auf das Kriegsende folgenden Jahre fand der Gazareische Kalender weitgehend Anerkennung und galt bis nach dem Hundertjährigen Krieg. Unter Historikern wird noch immer häufig darüber diskutiert, welches Jahr des Tomanischen Kalenders exakt als erstes Freies Jahr des Gazareischen Kalenders erachtet werden sollte.

Nach weitreichender Zerstörung, Tod und Aufruhr während des Hundertjährigen Krieges entstand durch Urin din Jubai Fliegende Möwe, einem Gelehrten der Meerleute, der Farede-Kalender. Dieser wurde vom Panarchen Farede von Tarabon verbreitet und aufgrund seines Versuches, Tanchico zum intellektuellen Zentrum der bekannten Welt zu erheben, nach ihm benannt. Er zählt die Jahre der Neuen Ära (NÄ) vom willkürlich angenommenen Ende des Hundertjährigen Krieges an und ist bis auf den heutigen Tag in Gebrauch. Der Verlust von Aufzeichnungen rief erneut erheblichen Streit darüber hervor, ob das Jahr 1 NÄ dem Gazareischen Kalender angepaßt werden sollte.

Artur Falkenflügel versuchte, erneut einen auf seiner Reichsgründung basierenden Kalender einzuführen (VG = Von der Gründung an), aber dieser Versuch ist heute nur noch den Historikern bekannt.

Die Bildung der Weissen Burg

Eine Geschichte der Welt wäre nicht vollständig, wenn man nicht die Geschichte der Aes Sedai und ihrer Weißen Burg betrachtete, da die Aes Sedai – und durch sie die Weiße Burg – eine entscheidende Rolle bei fast allen bedeutsamen Ereignissen der überlieferten Zeit spielten. Es besteht kein Zweifel, daß sie trotz ihrer Fähigkeiten genauso unter dem Aufruhr der Zerstörung der Welt litten wie alle anderen. Einleuchtende Beweise lassen darauf schließen, daß jede Form der weitverzweigten Aes Sedai-Organisation schon lange vor dem Ende der Zerstörung der Welt zusammenbrach. Ohne diese Organisation mußten die Aes Sedai versuchen, ihre Standespflicht in kleinen Gruppen oder als Einzelpersonen zu erfüllen. Aufgaben wie das Auffinden und Ausbilden von Mädchen, die die Fähigkeit besaßen, und das Umgehen mit männlichen Aes Sedai wurden kurzerhand von jenen Aes Sedai übernommen, die gerade zur Stelle waren.

Bedenkt man die außergewöhnlich lange Lebensspanne der Aes Sedai während des Zeitalters der Legenden, könnten zumindest einige, die zu Beginn der Zerstörung oder früher lebten, am Ende der Zerstörung noch immer existiert haben. Es gab im Verlauf der Jahrhunderte viele, zum Teil wilde Spekulationen darüber. Allerdings lassen die zunehmend gewalttätigen Zeiten – vom Bohren des Stollens an bis zum Beginn des Schattenkrieges –, der Krieg selbst und schließlich die Jahrhunderte seit der Zerstörung eher darauf schließen, daß keine Aes Sedai, die bei Beendigung der Zerstörung lebte, die gesamte Zeitspanne oder auch nur einen Großteil davon überlebt hat. Die einzig mögliche Ausnahme sind vielleicht jene Aes Sedai, die mit der Bildung Rhuideans in der Aiel-Wüste zu tun hatten. Gerüchte behaupten, daß Weise Aiel-Frauen und Clanhäuptlinge etwas darüber wüßten, aber sie geben sich sehr wortkarg, und wahrscheinlich erfährt man auch von ihnen kaum mehr als die Tatsache, daß Aes Sedai irgend etwas damit zu tun hatten.

Im ersten Jahrhundert NZ werden in Briefen, die zuverlässig an Aes Sedai gerichtet waren, bereits ›vergessene Talente‹ und ›verlorene Fähigkeiten‹ erwähnt und das ›umfangreiche Wissen der Macht beklagt, das verloren ist und vielleicht erst in jahrhundertelangen Bemühungen wiederentdeckt werden kann‹. Wenn Aes Sedai die gesamte Zeitspanne überlebt hätten, wären nur wenige oder keine Fähigkeiten verlorengegangen, und es hätte keine Notwendigkeit bestanden, sie ›wiederzuentdecken‹.

Die Weiße Burg hat, zumindest Außenstehenden gegenüber, stets frostiges Schweigen über dieses Thema bewahrt, und doch weiß man, daß sich nach dem Zerbrechen der größeren Organisation der Aes Sedai kleinere Gruppen bildeten und in dieser Form bestehen blieben. Bei Beendigung der Zerstörung betrachtete sich jede dieser Gruppen als unabhängig von den anderen. (Das kann auch die Weiße Burg nicht länger vertuschen!) Dies gilt als weiteres Argument dagegen, daß Aes Sedai aus der Zeit vor der Zerstörung überlebt haben könnten, denn sie wären sicherlich in der Lage gewesen, eine solche Teilung zu verhindern.

Über die Organisation der Aes Sedai während des Zeitalters der Legenden ist fast nichts bekannt, aber es wird allgemein angenommen, daß die *Ajahs* eine wichtige Rolle spielten, wenn sie den heutigen Ajahs offensichtlich auch kaum ähnelten. In den erhaltenen dreiundzwanzig fortlaufenden Seiten eines Wörterbuchs aus der Zeit um 50 NZ wird *Ajah* in der Alten Sprache als ›zwanglose und zeitweilige Gruppe von Menschen‹ definiert, ›die sich zu einem gemeinsamen Zweck oder Ziel oder durch einen gemeinsamen Glauben versammelt haben‹. Auf einunddreißig in derselben Handschrift geschriebenen Seiten der Königlichen Bibliothek von Cairhien, die der zufällig erhaltene Teil eines umfangreicheren Manuskripts zu sein scheinen und zuverlässig aus derselben Zeit stammen, wird die Organisation der Aes Sedai im Zeitalter der Legenden beschrieben als ›gewaltiges Meer von *Ajahs* (Anmerkung: Wort bleibt absichtlich unübersetzt), die alle beständig schrumpften, anwuchsen, sich teilten, sich verbanden und sich auflösten, nur um in neuer Gestalt wiedergeboren zu werden und den Prozeß erneut zu beginnen‹. Während der ersten Jahrhunderte der Zerstörung veränderte sich die Beschaffenheit der *Ajah*. Wir können nicht sicher sein, wann genau der Wandel geschah, aber ein weiteres Wörterbuch (ca. 200 NZ; 219 wahllos erhaltene Seiten) definiert *Ajah* als ›eine Schwesternschaft von Aes Sedai‹, wobei keine Unterformen aufgelistet sind.

ANMERKUNG ZUR GESCHICHTE:
Leider sind die offiziellen Aufzeichnungen der Weißen Burg nur Aes Sedai zugänglich. Trotz der Zerstörung während des vierten Trolloc-Versuchs, Tar Valon im Laufe der Trolloc-Kriege (etwa 1290 NZ) einzunehmen, trotz des in der Burgbibliothek im Großen Feuer des Jahres FJ 642 entstandenen Schadens und des noch größeren Schadens, der einer Brandstiftung im Jahre FJ 993 zugeschrieben wird, enthält die offizielle Geschichtsschreibung wohl etwas, das einem rückwärtslaufenden Bericht von der Jetztzeit bis zur Zerstörung der Welt und vielleicht noch weiter zurückreichend nahekommt.

(Fortsetzung auf Seite 91)

Als die Aes Sedai im Jahre 47 NZ beschlossen, eine neue Stadt als Zentrum ihrer Macht zu erbauen, kam diese Entscheidung zweifellos durch Verhandlungen unabhängiger Gruppen zustande. Bedeutsam ist folgendes (zitiert aus einem zeitgenössischen Brief unter nichtkatalogisierten Dokumenten aus der Königlichen Bibliothek in Cairhien):

›Die jeweiligen *Ajahs* – wenn man sie im gegenwärtigen Zustand noch so bezeichnen kann – werden durch Elisane Tishar, Mitsora Caal, Karella Fanway, Azille Narof, Saraline Amerano, Dumera Alman, Salindi Casolan, Catlynde Artein, Biranca Hasad, Mailaine Harvole, Nemaira Eldros, Lideine Rajan und mehrere andere vertreten.‹

Zwölf Frauen, jede als Vertreterin ihrer Gruppe – wenn man ›mehrere andere‹ unerwähnt läßt, die zweifellos aufgrund der unbedeutenden kleinen Gruppen, die sie vertraten, nicht erwähnenswert schienen. Der Einschub ›wenn man sie im gegenwärtigen Zustand noch so bezeichnen kann‹ scheint höchst bemerkenswert, denn die Einschätzung der *Ajahs* scheint sich sehr verändert zu haben. Wenn man diese Definition mit unserem heutigen Wissen über die *Ajahs* vergleicht, ist wohl die größte Veränderung im Wechsel von ›zeitweilig‹ zu ›beständig‹ zu sehen. Andere bruchstückhafte Dokumente, die zusammen mit dem Brief gefunden wurden und von verschiedenen Frauen berichten, welche die Zusammenkünfte zu verlassen drohten, deuten an, daß es sich um Treffen unabhängiger Gruppen handelte. Obwohl die Entscheidung, Tar Valon zu erbauen, ein Ergebnis der Konferenz war, bestand das wirkliche Ziel vermutlich doch darin, diese Einzelgruppen zu vereinen.

Der Bau der Hauptstadt der Aes Sedai-Macht, Tar Valon, auf der gleichnamigen Flußinsel, begann erst 98 NZ. Zu dieser Zeit galten die Ogier, die nach der Zerstörung mit Steinmetzarbeiten begonnen hatten, als die besten Baumeister. Die Aes Sedai müssen die großzügige organische Formgebung der Ogier bewundert haben, denn sie gewährten den Steinmetzen völlige Freiheit bei der Errichtung vieler Gebäude. Selbst heute stehen noch zahlreiche dieser Zeugnisse ihrer Zeit. Es wurde einhundertvier Jahre lang, bis 202 NZ, ununterbrochen gebaut, dann war Tar Valon fertig. Es soll die erste nach der Zerstörung errichtete Hauptstadt gewesen sein.

Die Stadt war von Beginn an auf Zuwachs angelegt. Selbst die ältesten Viertel waren geräumiger als für die Bevölkerung jener Zeit nötig. Straßen und Parkanlagen wurden für die gesamte Flußinsel Tar Valon geplant, die mit einer Mauer umgeben war. In dieser Zeit baute man auch den Nordhafen und den Südhafen, die damals durch große Flächen freies Land von der Stadt abgetrennt waren.

98 NZ war der Name ›die Weiße Burg‹ für die geplante Stadt schon einige Zeit – vielleicht dreißig Jahre – in Gebrauch, obwohl die Burg selbst erst nach weiteren hundert Jahren fertiggestellt wurde. In jenem Jahr (98 NZ) wird Elisane Tishar als ›Amyrlin-Sitz‹ genannt, die erste, die diesen Titel trug, den sie zu diesem Zeitpunkt offensichtlich bereits seit mehreren Jahren innehatte. Ein Saal der Burg war gewählt worden,

Zuverlässige Informationen über viele historische Zeiträume werden durch die Versuche der Aes Sedai seit der Gründung der Weißen Burg, alles bei sich zu horten, was zu ihrer Geschichte gehört, noch weiter erschwert. Die Burg behauptete stets, sie ›bewahre die Geschichte der Weißen Burg und der Aes Sedai‹. Dies kann auf zwei Arten verstanden werden: entweder als die Versicherung, daß nichts von dieser Geschichte verlorengeht oder vernichtet wird, oder als die Versicherung, daß die offizielle Version der Geschichte die Oberhand über den Beweis des Gegenteils behält. Auf historische Themen angesprochen, reagiert die Burg nur mit einem kühlen Aes Sedai-Blick und vielleicht einer Antwort, die vieldeutig sein kann und manchmal sich gegenseitig Ausschließendes enthält. Dennoch existieren Dokumente, die nicht im Besitz von Aes Sedai sind, und einige Bilder früherer Ereignisse können mit Vorbehalt rekonstruiert werden. Es sind häufig Bilder, die den Aes Sedai nicht gefallen.

aber als ›engste Berater des Amyrlin-Sitzes‹ wurde ein Konzil der Sieben genannt. Es bestand aus den Frauen Mitsora Caal, Karella Fanway, Azille Narof, Saraline Amerano, Dumera Alman, Salindi Casolan und Kiam Lopiang.

Obwohl der Begriff *Ajah* zu dieser Zeit noch nicht in Gebrauch war, ist der Umstand, daß es sieben dieser Beraterinnen gab, im Hinblick auf die spätere Bildung der sieben *Ajahs* sicher von Bedeutung.

Am Ende des zweiten Jahrhunderts NZ bestanden die sieben *Ajahs* eindeutig und waren jede auf einen bestimmten Zweck ausgerichtet, was aus einer Vielzahl von Quellen deutlich wird. Welche Form auch immer der Saal der Burg ursprünglich hatte, jetzt bestand er aus einundzwanzig Sitzenden – drei von jeder *Ajah*. Der Umstand, daß jede *Ajah* ihre Sitzenden turnusmäßig frei wählt und daß die innere Struktur und die Regeln der einzelnen *Ajahs* erheblich variieren, unterstreicht ihre ursprüngliche Unabhängigkeit.

Als die Entscheidung getroffen war, Tar Valon zu erbauen und die Aes Sedai-Macht zusammenzuschließen, gingen die Aes Sedai – ungefähr zwischen 50 NZ und 100 NZ – rücksichtslos gegen Frauen vor, die ›vorgaben, Aes Sedai zu sein‹. Anscheinend gab es zu dieser Zeit zahlreiche solcher Frauen. Existierte so kurz nach der Zerstörung, zu einer Zeit, als mehr Menschen die Fähigkeit der Machtlenkung zeigten als heute, eine Vielzahl von Wilden, die den Titel für sich beanspruchten? Oder waren viele jener ›falschen Aes Sedai‹ tatsächlich Aes Sedai, die nicht an der Verschmelzung unabhängiger Gruppen zu einer Gesamtheit teilhaben wollten? Es gibt sicherlich Beweise dafür, daß diese Frauen ›gezwungen wurden, vor dem Amyrlin-Sitz und der Weißen Burg niederzuknien‹. Zumindest einige wurden gedämpft und noch mehr von ihnen der Burg einverleibt und im nachhinein zu Aes Sedai gemacht.

Ein Dokument (Teil eines Briefes, der durch interne Beweise zuverlässig aus dem Jahre 77 NZ stammt und im Besitz eines Mannes ist, der aus verständlichen Gründen ungenannt bleiben möchte) könnte sehr wohl die Antwort liefern. Darin wird behauptet, daß ›Lideine und mehrere ihrer Gefolgsleute gedämpft wurden, woraufhin sich die anderen ergaben. Mit diesem Beispiel vor Augen gab auch Mailaine ihren Widerstand auf und befahl ihrem Gefolge, sich niederzuknien.‹ Lideine Rajan und Mailaine Harvole befanden sich unter den Versammelten, welche die Entscheidung zum Bau von Tar Valon trafen. Bitten um Kommentare begegnet die Weiße Burg mit Schweigen.

Die Weiße Burg selbst ist eines der beeindruckendsten Gebäude der Welt. Dem Schreiber ist aus heutiger Zeit nichts Vergleichbares bekannt. Von Aes Sedai entworfen und daher ohne die organische Komponente, die bei manchen der schönsten Ogiergebäude zu finden ist, wurde sie unter Mithilfe machtlenkender Aes Sedai von Ogiern erschaffen. Der Hauptturm des Gebäudes ist vollkommen aus weißem Stein erbaut und ragt fünfhundert Fuß über dem Boden auf. Er hat dreihundert Fuß Durchmesser und ist damit das größte seit dem Zeitalter der

Die Weiße Burg

Legenden errichtete Bauwerk. In der oberen Hälfte des Turms, der am Fuß ein wenig breiter ist als an der Spitze, wurden die *Ajahs* untergebracht, jede in ihrem eigenen keilförmigen Bereich, während die breitere untere Hälfte allgemeinen Zwecken vorbehalten blieb. Ein palastähnliches kleineres Gebäude an der Rückseite der Burg diente als Bibliothek. Die Vorderseite der Burg führte auf einen großen öffentlichen Platz, wodurch die tiefen, breiten Treppen und massiven Türen des Haupteingangs noch betont wurden. Eine Steinmauer, gelegentlich von Säulen unterbrochen, umschloß das Gelände. Den Platz umschlossen verschiedene öffentliche Gebäude, die zumeist nicht nur von Ogiern erbaut, sondern auch von Ogiern entworfen und von Lebendigkeit und Kraft beseelt waren. Die Weiße Burg und der Platz dürften sich seit der damaligen Zeit kaum verändert haben.

Vermutlich wollten die Aes Sedai ihre Mitgliederzahl vergrößern, da die Burg und die anschließenden Gebäude weitaus geräumiger waren als zu jener Zeit notwendig, mit Wohn- und Arbeitsquartieren für weitaus mehr Aes Sedai, als es – selbst bis heute – zu irgendeiner Zeit seit der Zerstörung gab. Die Bibliothek soll die größte Ansammlung von Wissen in der bekannten Welt beherbergen und verdient vielleicht einfach aufgrund des Wertes ihrer Geheimnisse den Ruf, die größte Bibliothek zu sein.

Mit der Erbauung Tar Valons und der Weißen Burg sowie der Bildung des Saales der Burg waren die Aes Sedai auf einem guten Weg, eine neue straffe Organisation als Ersatz für das Verlorene zu schaffen. Und sie befanden sich außerdem in der einzigartigen Situation, in einer Welt junger und aufstrebender Völker Einfluß und Macht auszuüben.

Aufstieg und Fall der Zehn Nationen

Nach der Zerstörung der Welt dauerte es fast zweihundert Jahre, bis sich schließlich Nationen herausbildeten. Leider überlebten viele Anhänger des Dunklen Königs wie auch viele seiner Wesen aus dem Schattenkrieg und verfolgten die Menschen weiterhin. Das Schattengezücht hatte sich in die Große Fäule zurückgezogen, aber die Bedrohung durch sie und die Schattenfreunde war groß. Bald wurde offensichtlich, daß keine Nation ihr allein standhalten konnte. Ein Zusammenschluß war notwendig, der aber die Unabhängigkeit der einzelnen Länder nicht gefährden konnte.

Im Jahre 209 NZ wurde der Vertrag der Zehn Nationen geschlossen. Dieser, auch Zweiter Vertrag genannt, war hauptsächlich das Werk Königin Mabriams von Aramaelle, die Aes Sedai gewesen sein soll (wie anscheinend auch eine Vielzahl anderer Königinnen zwischen der Zerstörung und dem Ende der Trolloc-Kriege), so daß wahrscheinlich auch die Weiße Burg eine große Rolle dabei spielte.

Obwohl viele Informationen über die Zehn Nationen verlorengegangen sind, wissen wir die Namen der einzelnen Länder und der vertragsunterzeichnenden Herrscher: Aelgar, regiert von König Remedan dem

Jede der Zehn Nationen rühmte sich mehrerer von Ogiern erbauter Städte, und obwohl keine der ursprünglichen Zehn bis heute überlebt hat, bildeten Überreste ihrer Städte das Fundament für mehrere neuzeitliche Städte.

Nachstehend wird jede der Nationen, ihre Hauptstadt, ihre durch Ogier erbauten Städte und gegebenenfalls der Name der neuzeitlichen Stadt, die ihren Platz einnahm, aufgelistet:

Aelgar – Hauptstadt: Ancohima. Andere durch Ogier erbaute Städte: Condaris, Mainelle (an der Stelle von Tanchico), Shar Honelle

Almoren – Hauptstadt: Al'cair'rahienallen (später Cairhien), auch Jennshain

Aramaelle – Hauptstadt: Mafal Dadaranell. Andere Städte: Anolle'sanna, Cuebiyarsande, Rhahime Naille.

Aridhol – Hauptstadt: Aridhol (Shadar Logoth). Andere Städte: Abor'maseleine, Cyrendemar'naille

Coremanda – Hauptstadt: Shaemal. Andere Städte: Braem (in der Nähe der Stelle von Neu Braem), Hai Caemlyn (der Kern bildete die Innenstadt von Caemlyn), Nailine Samfara

Eharon – Hauptstadt: Londaren Cor. Andere Städte: Barashta (später Ebou Dar), Dorelle Caromon (später Illian)

Essenia – Hauptstadt: Aren Mador (an der Stelle von Far Madding). Andere Städte: Dalsande, Tear

Jaramide – Hauptstadt: Deranbar (später Maradon). Andere Städte: Barsine, Allorallen (an der Stelle von Bandar Eban), Canaire'somelle, Nashebar

Manetheren – Hauptstadt: Manetheren. Andere Städte: Corartheren, Jara'copan, Shanaine (an der Stelle von Jehannah)

Safer – Hauptstadt: Iman (an der Stelle von Katar). Andere Städte: Miereallen (an der Stelle von Falme), Shainrahien

Goldzüngigen; Almoren, regiert von König Coerid Nosar; Aramaelle, regiert von Königin Mabriam en Shareed; Aridhol, regiert von Königin Doreille Torghin; Coremanda, regiert von König Ladoman; Eharon, regiert von König Temanin; Essenia, regiert vom Ersten Lord Cristol; Jaramide, regiert von Hochkönigin Egoridin; Manetheren, regiert von Königin Sorelle ay Marena; Safer, regiert von König Eawynd.

Der Vertrag galt ungefähr achthundert Jahre lang und schützte alle Vertragspartner vor den Schattenwesen. Während dieser Zeit gelangten Kultur und Gesellschaft zur Blüte, da die Erinnerungen an das Zeitalter der Legenden nicht vollständig verloren waren. Es bestand noch immer Hoffnung, daß der Ruhm vergangener Zeiten wiederaufleben könnte.

Die meisten dieser Hoffnungen wurden zunichte gemacht, als ungefähr im Jahre 1000 NZ Trollocs in großer Zahl plötzlich aus der Großen Fäule südwärts stürmten und eine Reihe von Kriegen anzettelten, die den Vertrag zerschlagen sollten. Diese Kriege, als Trolloc-Kriege bekannt, zogen sich über annähernd 350 Jahre hin und zerstörten den größten Teil des Kontinents.

Ein Grund für die Trolloc-Invasion ist nicht bekannt. In den meisten Fällen wurden diese Heere von Schattenlords befehligt – Schattenverschworenen, die die Macht lenken konnten –, sehr häufig Frauen, von denen viele abtrünnige Aes Sedai gewesen sein sollen, obwohl es auch etliche männliche Schattenlords gab.

Die Fußsoldaten der Trollocs waren meist mit Speeren und gebogenen Streitäxten bewaffnet. Trollocs benutzten fast niemals Schußwaf-

fen, obwohl es hin und wieder Trolloc-Bogenschützen gab. Myrddraal-Offiziere trieben die Trollocs in den Kampf, bis die Mordlust sie überkam. Andere Vertreter des Schattengezüchts dienten als Unterstützung oder bildeten Todesschwadronen.

Den Heeren der Trollocs und Schattenlords schlossen sich häufig Heere menschlicher Schattenfreunde an, die, obwohl nicht so wild und stark wie Trollocs, weitaus geschickter und gerissener waren.

Der Vertrag der Zehn Nationen war insofern erfolgreich, als jede Nation dazu aufrief, die Kriegsbemühungen und die Verbündeten zu unterstützen, aber er wurde durch das Beharren jeder Nation auf Beibehaltung der eigenen bewaffneten Kräfte geschwächt. Die Weiße Burg sandte Aes Sedai, die den Heeren der Vertragspartner gegen die Schattenlords beistehen sollten, aber selbst diese unterstanden allein dem Kommando der Burg.

Zu jener Zeit wurden im Heer ›Banner‹ gebildet, die aus ungefähr fünfzehnhundert Berittenen, hauptsächlich Bogenschützen, oder dreitausend Mann Infanterie bestanden. Diese ›Banner‹ verbanden sich innerhalb der

Zu jener Zeit erstreckte sich die Große Fäule noch nicht über die Berge des Verderbens hinaus. Die nördlichen Grenzen der damaligen Grenzlande (die zu der Zeit noch nicht so bezeichnet wurden) Jaramide und Aramaelle reichten bis in die Berge des Verderbens.

Damals wurde das rautenförmige Gebiet um Tar Valon direkt von der Weißen Burg aus regiert. Es nahm nach den Trolloc-Kriegen an Größe zu und schrumpfte während Falkenflügels Regierungszeit auf die Flußinsel selbst zusammen.

DIE ANORDNUNG DES HEERES

Während der Trolloc-Kriege gab es zahlreiche Variationen der Heeresorganisation, aber im Grunde wurde eine wechselnde Anzahl von Bannern als ›Legion‹ zusammengefaßt, normalerweise Fußsoldaten und Kavallerie. Es gab ›schwere‹ und ›leichte‹ Banner, abhängig von ihren Waffen und Rüstungen. Ein Banner der Artillerie umfaßte Katapulte und gewaltige Armbruste und war häufig auch Teil einer Legion.

Während der gesamten Trolloc-Kriege und zu Anfang des Hundertjährigen Krieges, als die Heereskünste ihren vermeintlichen Höhepunkt erreichten, wurden Legionen in ›Großlegionen‹ zusammengefaßt. Ein Heer war üblicherweise in vier Großlegionen unterteilt, von denen eine meist als Reserve diente.

Andere den Heeren angeschlossene Gruppen umfaßten die Musiker jedes Banners (stets Trommler, Pfeifer, Flötisten und/oder Trompeter), die nach dem Kampf als Krankenträger fungierten, Verwundete zur Heilung zu Aes Sedai brachten und in Abwesenheit der Aes Sedai überall zupackten.

Das Heer besaß stets auch ein Versorgungsbanner, ein Logistikkorps, das zahlenmäßig häufig genauso stark war wie eine Großlegion, sowie ein Bergmannsbanner. Letzteres war zum Zeitpunkt des Hundertjährigen Krieges für alles verantwortlich, angefangen vom Bau von Brücken bis zum Graben von Tunneln unter die Festung eines Feindes. Einzelne Männer dieses Banners wurden häufig zur Durchführung von Sonderaufgaben bestimmten Legionen zugeteilt. Gleiches galt für das Signalbanner, das mittels Signalflaggen, Signalmasten, Brieftauben und Heliographen Nachrichten übermittelte.

Die Banner-und-Legion-Struktur wurde zum Ende des Hundertjährigen Krieges aufgegeben.

Heere unter dem Kommando eines Feldherrn, häufig eines Adligen, und wurden üblicherweise von kleinen Gruppen Aes Sedai begleitet.

Da die Trolloc-Truppen ihre Ziele einfach überrollten, weil sie den Verteidigern bei jedem Gefecht zahlenmäßig schlicht überlegen waren, mußte eine andere Taktik entwickelt werden, welche die Schwachpunkte der Trollocs träfe – ihre tierähnliche Natur und die Unfähigkeit, in einer kritischen Situation vernünftig zu denken.

Nach langen, aufreibenden Einsätzen der Kavallerie nahm schließlich die menschliche Infanterie eine Verteidigerposition vor der feindlichen Woge ein und hielt sie ausreichend lange, damit berittene Bogenschützen von beiden Seiten herankommen und den Feind aus einer gewissen Entfernung sicher niedermachen konnten. Die Trollocs, die nicht innerhalb dieser Zange getötet wurden, brachen sich frei und liefen davon. Sowohl die Kavallerie als auch die Infanterie mußten schnell handeln. Sobald die Trolloc-Kräfte zu übermächtig waren, als daß ihnen die Infanterie standhalten konnte, zog sich das menschliche Heer zurück, ließ sie vorüberziehen und schlug dann von den Seiten und von hinten zu.

Solche Taktiken waren sehr häufig wirkungsvoll, wenn es auch nicht ohne Verluste bei der Infanterie abging.

Die plötzlichen Angriffe der Trollocs reichten zu verschiedenen Zeiten bis nach Illian und Tear hinein, wo mehrere berühmte Siege des Steins stattfanden. Tear fiel niemals, aber viele andere Städte hatten dieses Glück nicht.

Jede Nation des Vertrages mußte sich auf die Unterstützung ihrer Verbündeten verlassen können. Einige gingen mit dieser Verantwortung ehrenhaft um. Dies waren die wilden, tapferen Krieger Manetherens, die unter dem Roten Adlerbanner mehr als zwei Jahrhunderte lang so leidenschaftlich kämpften, daß sie der ›Dorn im Fuß des Dunklen Königs‹ genannt wurden; Manetheren selbst hieß ›das Schwert, das nicht zerbrechen wollte‹. Aber als der Schatten schließlich seine vereinten Kräfte aussandte, um ihre Heimat, die Berge von Manetheren, zu zerstören, kam ihnen niemand zu Hilfe.

König Aemon von Manetheren und seine Männer hielten nach einem Gewaltmarsch vom Sieg bei der Schlacht von Bekkar (als das ›Blutfeld‹ bekannt) mehr als zehn Tage lang überwältigende Massen von Trollocs und Schattengezücht auf, während sie auf die Verstärkung warteten, die niemals eintraf. Der Schlachtruf des Königs (*Carai an Ellisande!* – ›Für die Ehre der Rosensonne!‹) soll über das Land gehallt sein, bis die Rosensonne selbst, Königin Eldrene, ihn in der Stadt hörte. Schließlich wurde das ›Schwert, das nicht zerbrechen wollte‹ dank der treulosen Verbündeten von den Schattenmächten zerschlagen. Geschichten erzählen, daß Königin Eldrenes Herz brach, als Aemon starb. Als Aes Sedai

Mat Cauthon

streckte sie sich zu der Wahren Quelle aus, um die Sieger zu verfolgen, und sandte vermutlich Baalsfeuer aus, das die Schattenlords, Myrddraals und Schattenfreunde an Ort und Stelle verschlingen sollte. Aber der Versuch erforderte mehr Macht, als irgendein Mensch ohne Hilfe führen konnte, und Eldrene und die Stadt Manetheren starben in den Flammen. Die treulosen Verbündeten, die es zuließen, daß Aemon und seine Krieger dem Feind allein gegenüberstanden, entkamen ungestraft.

Andere Nationen zerfielen innerlich. So die Nation Aridhol, die nur mit Manetheren eng verbunden war. Ihre Hauptstadt, die ebenfalls Aridhol hieß, fiel etwas Dunklem, nicht dem Schatten Entstammenden zum Opfer. König Balwen Mayel, als Balwen Eisenhand bekannt, der große Verzweiflung über den Verlauf der Kriege empfand, hieß an seinem Hof erfreut einen Mann namens Mordeth willkommen. Mordeth errang Balwens Gehör und Geist. Aridhol wollte die Strategien des Schattens gegen den Schatten einsetzen. Heute heißt es, Aridhol sei durch das Gift, das Mordeth verbreitete, verdorben worden. Sein Volk sprach vom Licht und gab das Licht preis. Schließlich schufen ihr Mißtrauen und ihr Haß etwas unaussprechlich Böses, das sich davon nährte, was es erschaffen hatte. Nichts blieb vom Volk und der Nation Aridhol übrig. Die verfallene Stadt, einst als Aridhol bekannt, steht noch, aber sie trägt einen neuen Namen: Shadar Logoth, ›der Ort, wo der Schatten wartet‹. Das dort entstandene Böse, Mashadar genannt, lebt noch immer, im Fundament der Stadt eingeschlossen und nach unsteten Seelen hungernd.

Ob in der Schlacht untergegangen, innerlich zerfallen oder durch die Härten des Krieges geschwächt, keine Nation blieb von den Trolloc-Kriegen verschont. Die kurzen Zeitspannen, in denen Frieden herrschte, genügten nicht zum Wiederaufbau des Verlorenen, und schließlich zerstörten die Kriege weitgehend alles, was nach der Zerstörung so mühsam wiedererrichtet worden war.

Nach rund dreihundert Jahren Kampf wurden die Trollocs in der Schlacht von Maighande vernichtend geschlagen. Der Sieg schlug sie in die Flucht und leitete die Verfolgung ein, die sie schließlich wieder in die Große Fäule zurücktrieb und die Trolloc-Kriege beendete.

Viele Nationen waren in den Trolloc-Kriegen vollkommen vernichtet worden, und die Bevölkerung veränderte sich erheblich. Ihre Gesamtzahl sank sowohl durch die Kriege als auch durch eine rückläufige Geburtenrate drastisch. Aelgar, Eharon, Essenia, Jaramide und Safer überlebten, geschwächt und ausgelaugt. Innerhalb von fünfzig Jahren nach den Trolloc-Kriegen bildeten sich aus den Trümmern verfallener Städte neue Nationen.

Das unmittelbar auf die Kriege folgende Jahrhundert war eine Zeit großen Aufruhrs. Die fünf Nationen, welche die Kriege überlebt hatten, unterlagen ihren eigenen inneren Schwächen, während die neuen Nationen um feste Grenzen kämpften. Nur Tar Valon und die Weiße Burg der Aes Sedai blieben unbehelligt. Tatsächlich gewann die Weiße Burg Land und Einfluß.

Der Zweite Drache und der Aufstieg Artur Falkenflügels

Im Jahre 100 FJ waren vollständig neue Nationen aus dem Schutt der Trolloc-Kriege entstanden: Aldeshar, Abayan, Balasun, Basharande, Caembarin, Dal Calain, Darmovan, Dhowlan, Elan Dapor, Elsalam, Esandara, Farashelle, Fergansea, Hamarea, Ileande, Indrahar, Kharendor, Khodomar, Masenashar, Moreina, Nerevan, Oburun, Oman Dahar, Roemalle, Rhamdashar, Shandalle, Shiota, Talmour und Tova.

Die Große Fäule hatte sich seit den Kriegen von den Bergen des Verderbens aus verbreitet, obwohl sie damals noch weitaus kleiner war als heute. Rhamdashars nördliche Grenze lag tatsächlich noch in den Bergen. Elsalams nördliche Grenze lag nach Osten und Westen in den Bergen, mit einer leichten Ausbuchtung nach Süden. Basharandes nördliche Grenze berührte die Berge an mehreren Stellen, wies aber ebenfalls mehrere Ausläufer nach Süden auf.

Ohne die Bedrohung durch die Trollocs blühten alle Nationen auf.

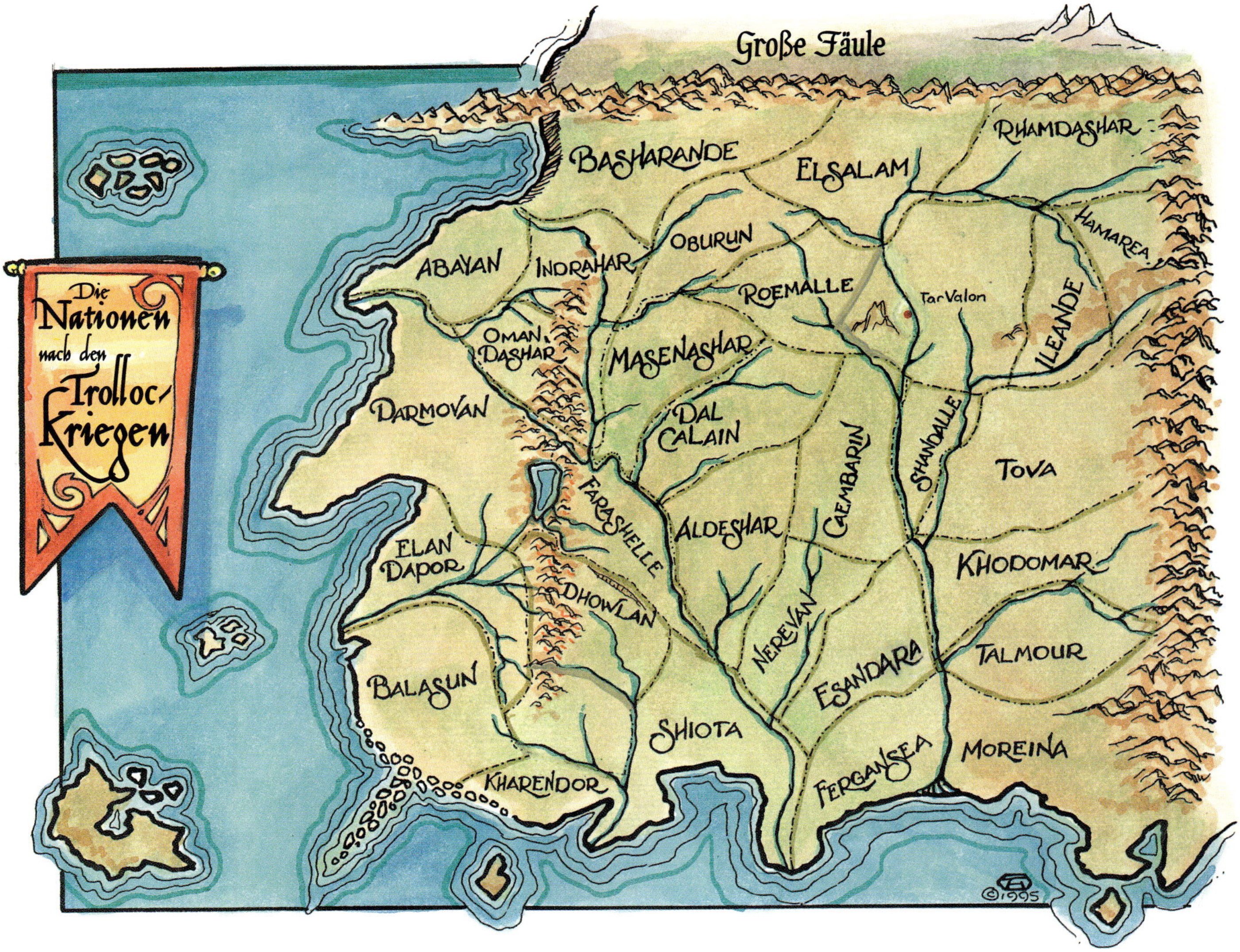

Fast achthundert Jahre lang nennen die Aufzeichnungen keine größeren als die üblichen Zänkereien und Grenzstreitigkeiten. Alles das änderte sich, als zwei Männer geboren wurden: der eine ein Prinz von Shandalle, der *Ta'veren* war, der andere ein Unbekannter, aber mit der Fähigkeit des Machtlenkens und mit Ehrgeiz geboren.

Artur Paendrag Tanreall wurde geboren im Jahre 912 FJ als Kind von Myrdin Paendrag Maregore und Mailinde Paendrag Lyndhal, König und Königin von Shandalle. Im Jahre 937 FJ heiratete er seine erste Frau, Lady Amaline Tagora. Mit siebenundzwanzig bestieg er den Thron nach einer Schwarzfieber-Epidemie, die schätzungsweise ein Zehntel der Bevölkerung dahinraffte, einschließlich seiner Eltern.

Man kann die Geschichte Artur Falkenflügels nicht erzählen, ohne mit Guaire Amalasan zu beginnen. Früh im Jahre 939 FJ ernannte sich Amalasan in Darmovan zum Wiedergeborenen Drachen. Er hißte ein Banner mit dem uralten Symbol der Aes Sedai auf blauem Feld und nannte seine Gefolgsleute Kinder des Drachen.

Aus internen Dokumenten geht hervor, daß er ein gebildeter Mann mit grundlegender Kenntnis der Prophezeiungen des Drachen war, aber mehr ist nicht daraus zu entnehmen, was seltsam anmutet bei einem Mann, der die Welt bis in die Grundfesten erschütterte. Im Jahre 939 FJ war er ein junger Mann in den Zwanzigern, mit tiefliegenden dunklen Augen und hypnotischem Blick.

Seine Gegenwart war bezwingend, und es heißt, er habe niemals Menschen angesprochen, aber sie hätten sich dennoch in seine Hand begeben.

Innerhalb eines halben Jahres gehörte Darmovan ihm. Zu dem Zeitpunkt erreichte die Schwarzfieber-Epidemie gerade das Land, was sicherlich zu Amalasans Aufstieg beitrug, aber er war zweifellos nicht nur ein charismatischer Führer, sondern auch einer der größten Hauptleute dieser Zeit. Innerhalb eines knappen Jahres, nachdem er sich zum Führer Darmovans erklärt hatte, nahm er sowohl Balasun als auch Elan Dapor ein.

Während der nächsten drei Jahre machte er noch weitere Eroberungen, da Zehntausende aus vielen Nationen sich unter seinem Banner zusammenscharten. Im Jahre 943 FJ hatte er Kharendor, Dhowlan, Farashelle, Shiota, Nerevan, Esandara, Fergansea und Moreina seinen Besitztümern einverleibt. Der Stein von Tear stand unter Belagerung und widerstand nur deshalb, weil dreißig Aes Sedai dort Zuflucht genommen hatten, als das restliche Moreina fiel. Die Anwesenheit jener Aes Sedai in Tear erklärt sich aus dem Mißtrauen Machtlenkern gegenüber, das seit ihrem Zusammenschluß nach der Zerstörung bestand.

Talmour und Khodomar drohten Amalasan ebenfalls in die Hände zu fallen, und in Masenashar, Dal Calain und Aldeshar hatten heftige Kämpfe begonnen. In vielen Städten, die nicht unter seiner Herrschaft standen, erklärte aufständischer Pöbel Amalasan zum Wiedergeborenen Drachen.

Keine Nation mochte es, wenn sich eine andere in ihre inneren Angelegenheiten einmischte, und keine Nation wollte ihre Soldaten opfern, um einer anderen bei der Auseinandersetzung mit einem falschen Drachen zu helfen, aber die fortschreitenden Eroberungen überzeugten die Herrscher, daß Amalasan eine Gefahr darstellte. Im Sommer des Jahres 941 FJ hatten alle Nationen Heere gegen ihn gesandt.

Shandalle war ein kleines Land, und obwohl es jede Invasion durch seine Nachbarländer erfolgreich bekämpft hatte, bekleidete es doch nicht den gleichen Rang wie die mächtigeren Nationen. Dennoch war Shandalle, angeführt vom jungen König Artur Paendrag, der damals noch nicht Falkenflügel hieß, eines der ersten Länder, das im Frühjahr des Jahres 940 FJ ein Heer entsandte.

Die mächtigeren Herrscher und Hauptleute bemerkten bald, daß Artur Paendrag in der direkten Gegenüberstellung Amalasan durchweg ebenbürtig war. Tatsächlich verlor Artur Paendrag nicht einen einzigen Kampf an Amalasan, sondern errang im ungünstigsten Fall ein Unentschieden. Im Jahre 942 FJ wurde er Falkenflügel genannt. Sein persönliches Zeichen war der Goldene Falke, und das Banner Shandalles wies drei goldene Falken im Flug auf. Alle Quellen stimmen darin überein, daß der Name von der Schnelligkeit herrührte, mit der er seine Truppen bewegte. Dennoch blieb Shandalle eine weniger mächtige Nation, und Falkenflügel befehligte den Krieg zu keiner Zeit allein.

Die entscheidenden Kampfhandlungen des Krieges, der bereits der Krieg des Zweiten Drachen genannt wurde, fanden im Frühjahr des Jahres 943 FJ zwischen zwei Heeren statt, die einander nicht bemerkt hatten, bis sie sich so nahe kamen, daß sie keine andere Wahl mehr hatten als zu kämpfen. Artur Falkenflügel zog westwärts aus Tova hinaus über die Maraside-Berge (entlang der heutigen südlichen Grenze Cairhiens), um sich den Kämpfen in Khodomar anzuschließen. Verschiedene Quellen berichten mit nur leichten Abweichungen über diese Ereignisse. Falkenflügel hatte annähernd dreiundzwanzigtausend Fußsoldaten und zwölftausend berittene Männer zur Verfügung, von denen einige wahrscheinlich Soldaten aus Tar Valon waren, sowie eine unbestimmte Anzahl Aes Sedai. Amalasan und seine ungefähr einundvierzigtausend Fußsoldaten und sechsundzwanzigtausend berittenen Männer beabsichtigten offenbar, die Marasides zu überqueren und Tova anzugreifen.

Falkenflügel verließ die Marasides beim Jolvaine-Paß, nicht weit von der kleinen Stadt Endersole entfernt, und erkannte, daß sein Spähtrupp mit dem Spähtrupp Amalasans zusammengetroffen war, der sich dem Paß von Süden her genähert hatte. Ob als Schlacht von Endersole oder als Schlacht vom Jolvaine-Paß bekannt – die folgenden zwei Tage wurden während der nächsten zweitausend Jahre von Kriegsstrategen immer wieder eifrig studiert.

Das Gebiet war dicht bewaldet, hügelig und zerklüftet, was die Beweglichkeit der Kavallerie so stark einschränkte, daß Amalasan einen großen Teil seiner berittenen Männer als Fußsoldaten einsetzte. Der Tag verlief überwiegend zu Amalasans Gunsten. Beide Heere erlitten schwere Verluste, aber Amalasan konnte sie eher verkraften. Zweimal verhinderte nur eine rasche Verlegung der Streitkräfte Falkenflügels Niederlage. Die Aes Sedai waren Amalasans Gebrauch der Einen Macht im Kampf kaum ebenbürtig, und es war erstaunlich, daß Falkenflügel sein Heer bei Einbruch der Nacht noch immer zusammenhielt.

Jedem anderen Feldherrn wäre der zu verfolgende Kurs klargewesen: sich in der Dunkelheit mit dem verbliebenen Heer über den Paß zurückzuziehen. Falkenflügel war jedoch kein gewöhnlicher Feldherr. Er begann seinen Rückzug nach Norden auf den Paß zu, aber sobald er sicher war, daß Amalasans Späher es bemerkt hatten, begann seine Nachhut ein wildes Scharmützel, als wolle sie das fliehende Heer schützen, und schirmte die Streitkräfte so von Amalasans Spähern ab. Falkenflügel teilte seine Truppen und sandte sie ost- und westwärts.

Amalasan glaubte den Berichten seiner Späher vorbehaltlos, und nur die unfreundlichsten zeitgenössischen Berichterstatter werfen dem Heeresführer dies vor. Der schnelle Rückzug über den Paß war der beste Schachzug für ein zahlenmäßig unterlegenes und geschlagenes Heer, und nur ein Wahnsinniger hätte in diesem schwierigen Gelände einen nächtlichen Flankenangriff erwogen. Ein Wahnsinniger oder ein Befehlshaber, dessen Truppen ihm sogar in den Schlund des Verderbens gefolgt wären.

Als das erste Morgenlicht heraufzog, bereitete sich Amalasans Heer auf den Weiterzug zum Paß vor und richtete die ganze Aufmerksamkeit nach Norden. Da schlug Falkenflügel zu. Seine geteilte Infanterie überfiel Amalasans Lager von Osten und Westen, während seine Kavallerie, die in der Nacht gute fünfzig Meilen zurückgelegt hatte, von Süden angriff.

Völlig überrascht, waren Amalasans Streitkräfte dem Zusammenbruch in der ersten halben Stunde schon sehr nahe. Amalasan hätte seine Kräfte sammeln und den Kampf wie schon früher wenden können, aber Falkenflügel und seine Reiter – und mit ihnen die Aes Sedai – strebten geradewegs auf sein Banner zu und nahmen Amalasan gefangen. Als sich die Nachricht verbreitete, brach Amalasans Heer zusammen.

Ein militärischer Grundsatz jener Zeit schrieb die Verfolgung des geschlagenen Heeres vor, nicht nur um seine Rückkehr zu verhindern, sondern auch um es möglichst vollständig zu zerschlagen. Falkenflügel beachtete nicht – wie schon so oft zuvor und auch danach –, ›was getan werden mußte‹. Er zog seine Streitkräfte so schnell wie möglich zusammen und eilte über den Jolvaine-Paß nordwärts nach Tar Valon.

Der erste überlieferte Konflikt zwischen Falkenflügel und den Aes Sedai fand an der Grenze Tar Valons statt. Dem Gesetz der Weißen Burg zufolge durfte niemand ihre Ländereien mit mehr als zwanzig bewaffneten und gleich vielen unbewaffneten Gefolgsleuten betreten. Falkenflügel brachte sein gesamtes Heer bis auf wenige Meilen an die über den Osendrelle Erinin nach Tar Valon führenden Brücken heran. Ob er dies gegen den Widerstand seiner Aes Sedai-Begleiterinnen tat oder ob die aus Tar Valon stammenden Mitglieder des Heeres so sehr gelitten hatten, daß jene Aes Sedai Falkenflügels Begleitung nach Tar Valon forderten, wird man niemals erfahren. Bekannt ist nur, daß diese Aes Sedai im geheimen Buße tun mußten.

Am Tag nach seinem Eintreffen wurde Falkenflügel eine kurze Nachricht von der Amyrlin Bonwhin Meraighdin ausgehändigt: Ihm und seinem Heer wurden fünf Tage Ruhepause zugestanden, wonach er seine Männer unverzüglich jenseits der Grenzen Tar Valons führen sollte.

Die Nachricht von Amalasans Gefangennahme hatte sich erstaunlich schnell verbreitet, aber während sie einerseits den Zusammenbruch eines bereits fast geschlagenen Heeres beschleunigt hatte, bewirkte sie anderenorts etwas völlig anderes. Drei Tage nach der Schlacht am Jolvaine-Paß brach Sawyn Maculhene mit einem Heer von Khodomar aus auf, das auf fünftausend Mann geschätzt wurde, und Elinde Motheneos marschierte vom nördlich gelegenen Esandara mit einer noch größeren Streitmacht heran, um Amalasan zu befreien. Maculhene war ein verwegener und geschickter Kavallerieführer, während Motheneos, die in manchen Berichten als abtrünnige Aes Sedai bezeichnet wird (solche Gerüchte ranken sich um die meisten wichtigen historischen Ereignisse, obwohl sie selten bewiesen wurden), Erfahrungen in Belagerungen hatte. In einer Quelle wird behauptet, sie habe zerlegte Belagerungsmaschinen und Türme auf Wagen herangeschafft, aber es sind kaum Einzelheiten darüber bekannt.

Amalasan wurde unmittelbar nach seinem Eintreffen an der Weißen Burg nach Tar Valon gebracht, wo man mehrere Tage lang über ihn zu Gericht saß und er zur Dämpfung verurteilt wurde. Inzwischen lagerte Falkenflügel mit seinem Heer an einer Stelle, wo noch nie zuvor ein Heer lagern durfte, das nicht der Weißen Burg verschworen war. Der Angriff Maculhenes und Motheneos' kam völlig überraschend; sie nahmen mindestens zwei der Brücken über den Alindrelle Erinin ein und erreichten die Weiße Burg mit ungebrochener Kraft.

Falkenflügel soll es erlaubt worden sein (vielleicht wurde er sogar gebeten), sein Heer nach Tar Valon hineinzuführen, um bei der Abwehr des Angriffs zu helfen. Keine der Quellen der Weißen Burg, die Historikern zugänglich sind, die nicht den Aes Sedai angehören, erwähnt die Anwesenheit Artur Falkenflügels oder ein in Sichtweite der Schimmernden Mauern lagerndes, nicht Tar Valon verschworenes Heer. Dies ist höchst merkwürdig.

Der Angriff wurde abgewehrt, Sawyn Maculhene und Elinde Motheneos starben, und ihre Heere wurden gnadenlos verfolgt. Alles in allem starben mindestens vierzigtausend von Amalasans Anhängern.

Vom Frühsommer des Jahres 943 FJ an, das heute als das erste Jahr der Regierungszeit Arturs des Hochkönigs in Shandalle gilt, war seine Zukunft festgelegt.

Die Rolle Bonwhins bei den folgenden Ereignissen kann nur vermutet werden. Es gibt jedoch überzeugende Beweise dafür, daß sie Falkenflügel niemals verziehen hat, mit seinem Heer in das Gebiet Tar Valons eingedrungen zu sein, um die Weiße Burg vor Maculhene und Motheneos zu retten. Bonwhin war selbst für eine Amyrlin eine gebieterische Frau und mag die Notwendigkeit, gerettet werden zu müssen, niemals vergessen oder demjenigen vergeben haben, der die Rettung herbeiführte.

Im Sommer des Jahres 943 FJ sandten Königin Nesaline von Caembarin, König Tefan von Khodomar und der Erste Berater Almindhra von Tova gleichzeitig Heere nach Shandalle. Einige Quellen behaupten, sie hätten Falkenflügels Ruf als Feldherr und die Absichten eines Mannes gefürchtet, der nicht nur in den unter der Herrschaft Tar Valons stehenden Ländern dem Burggesetz getrotzt, sondern auch eine Audienz bei der Amyrlin verweigert hatte.

Die Welt war immer noch sehr unbeständig. Als Amalasan gedämpft war, fiel seine Gefolgschaft auseinander. Falkenflügel wurde von den einfachen Leuten als Retter angesehen, der den falschen Drachen gefangengenommen hatte. In einigen Ländern äußerten die Menschen unterschiedlich offen den Wunsch, er möge ihre Nation regieren. Was auch immer ihre Beweggründe für diese Aussage waren, die Herrscher von Caembarin, Tova und Khodomar achteten nicht ausreichend darauf. Ein weiterer Grund für diesen Wunsch mochte die Tatsache sein, daß sich Artur Falkenflügel als einer der größten Feldherren seines Zeitalters erwiesen hatte und sich als einer der größten Feldherren aller Zeiten erweisen sollte. Und so nennt man die Zeitspanne der Jahre 943 bis 963 FJ entweder den Konsolidierungskrieg oder noch einfacher die Konsolidierung.

Obwohl Falkenflügel das Heer nach seiner Heimkehr zum Teil aufgelöst hatte, bekämpfte er die drei Alliierten mit seinen Restbeständen. Als der Schnee den Kämpfen im Jahre 943 FJ ein Ende setzte, hielt er fast die Hälfte Tovas und beachtliche Teile Caembarins und Khodomars besetzt. Er war nicht einmal besiegt worden, auch wenn sich seine Gegner oft in der Überzahl befanden. Tausende von Menschen in allen drei Ländern hatten sich hinter seinem Banner zusammengeschart, und es wurden jeden Tag mehr. Guaire Amalasan war beispielgebend gewesen. Viele Tausende verließen ihre Geburtsländer, um Falkenflügel zu folgen.

Die Auseinandersetzung hätte zu diesem Zeitpunkt ein Ende finden können; Kriege in diesem Gebiet wurden meist durch Verhandlungen beendet, die von Tar Valon geführt wurden. Aber nirgendwo ist ein Bericht über einen Verhandlungsversuch durch die Weiße Burg zu finden. Als im Jahre 944 FJ das Tauwetter einsetzte, sandte Aldeshar Hilfstruppen nach Caembarin, Ileande nach Tova und Talmour nach Khodomar.

Die nächsten neunzehn Jahre waren für Falkenflügel nicht fortwährend von Kriegsführung geprägt, aber die Erholungspausen waren nur sehr kurz. Nationen stellten sich gegen ihn und wurden besiegt. Im Jahre 963 FJ war Artur Falkenflügel – bis auf das von Tar Valon regierte Gebiet – uneingeschränkter Herrscher jeder Meile vom Rückgrat der Welt bis zum Aryth-Meer. Mit Ausnahme Moreinas, wo der Hochgouverneur des Steins von Tear sich auf Falkenflügels Seite stellte und ein Aufstand gegnerischer Adliger ihm den größten Teil des restlichen Landes einbrachte, hatte er alle diese Gebiete durch Eroberungen errungen.

Die Herrschaft des Hochkönigs

Abgesehen von den Ereignissen rund um Tar Valon verliefen die folgenden dreiundzwanzig Jahre, ungeachtet neun überlieferter Aufstände, überwiegend friedlich. Obwohl mehrere dieser Revolten eine erhebliche Ausbreitung fanden, errang offensichtlich keine davon die Unterstützung des Volkes. Sie entstanden ausschließlich unter verärgerten Adligen in den eroberten Ländern und brachen zusammen, sobald Falkenflügel Streitkräfte zur Niederschlagung entsandte.

Die letzten acht Lebensjahre Falkenflügels erfuhren jedoch eine völlig andere Gestaltung. Zu Anfang des Jahres 986 FJ fanden an drei Stellen der nördlichen Provinzen massive Trolloc-Invasionen statt. Der vierundsiebzigjährige Falkenflügel reagierte genauso schnell und entschieden wie eh und je. In einer Reihe von Schlachten, die im Sommer des Jahres 987 FJ in Talidar ihren Höhepunkt fanden, zerschlug er die Invasion so nachdrücklich, daß die Trollocs ihr Unwesen entlang der Großen Fäule während der nächsten fünfzig Jahre nicht mehr so heftig trieben.

Vielleicht ließ dieser kurze Krieg den Kampfgeist in Falkenflügel wieder aufleben, oder vielleicht gemahnte ihn der Tod seiner zweiten Frau Tamika an die eigene Sterblichkeit (aus nichtüberlieferten Gründen starb sie im Herbst nach Talidar). Es gibt Beweise dafür, daß er im Winter des Jahres 989 FJ mit umwälzenden Planungen begann. Im Jahre 992 FJ segelte eine Flotte unglaublichen Ausmaßes (die Angaben in den Quellen variieren stark, aber in einer bezeichnenden Quelle wird von zweitausend Schiffen aller Größen mit über dreihunderttausend Soldaten und Siedlern gesprochen) unter dem Kommando von Falkenflügels Sohn, Luthair Paendrag Mondwin, von westlichen Häfen ins Aryth-Meer hinaus. Ihre Bestimmung war Seanchan. Im darauffolgenden Jahr sandte Falkenflügel von südlichen Häfen aus eine weitere – den Überlieferungen nach gleich große – Flotte aus. Über diese Flotte ist weitaus weniger bekannt – nur daß ihre Bestimmung die unter anderem als Shara bekannten Lande waren und daß sie unter dem Kommando einer Tochter Falkenflügels stand. Das Schicksal der Seanchan-Expedition ist inzwischen nur allzu bekannt, aber über die Shara-Expedition herrscht Schweigen. In Logbüchern von Schiffen der Meervolk-Leute aus jener Zeit wird berichtet, daß die Anlandungen an der Küste von Shara im Jahre 993 FJ beobachtet wurden. Andere Logbücher berichten, daß man im Jahre 994 FJ viele Schiffe brennen gesehen habe, vor allem in jenen Buchten, in denen sie gelandet seien.

Vielleicht erhielt Falkenflügel unheilvolle Berichte von diesen Expeditionen, vielleicht war ihr Aussenden auch wie das letzte Aufblühen eines Baumes vor dem Absterben. Im Frühsommer des Jahres 994 FJ wurde Falkenflügel jedenfalls plötzlich von einer Krankheit heimgesucht und verfiel jäh. Er war den größten Teil des darauffolgenden Monats von Fieber heimgesucht, befand sich im Delirium und rief häufig nach seinem Schwert Gerechtigkeit. Mehreren Quellen zufolge sprach er oft, als wären Amaline oder Tamika oder beide anwesend. Seine letzten Worte waren: »Ich kann noch nicht kommen. Die Arbeit ist noch nicht vollbracht. Der Kampf muß noch ausgefochten werden.« Artur Paendrag Tanreall, Artur Falkenflügel, der Hochkönig, starb im Alter von zweiundachtzig Jahren. Und innerhalb von Monaten wurden die ersten Schlachten jenes Krieges geschlagen, der später der Hundertjährige Krieg genannt werden sollte.

Es besteht kein Zweifel, daß Falkenflügel beim Volk beliebt und geachtet war. Als Streitkräfte, die er gegen einen Aufstand ausgesandt hatte, im früheren Safer eintrafen, hatten sich, so berichtet die Quelle, die Menschen dieser Region bereits gegen die Aufständischen erhoben, sie gefangengenommen und ihre Anführer der Gerichtsbarkeit des Hochkönigs übergeben. Da mehrere Quellen berichten, er habe niemals Strafen über ein Gebiet verhängt, in dem Aufstände stattfanden, sondern nur über diejenigen, die tatsächlich daran beteiligt waren, ist anzunehmen, daß dieser Gegenaufstand dem Wunsch der Menschen entsprach, Falkenflügel zu unterstützen. Obwohl er sich selbst kein Denkmal errichtete (selbst das große Denkmal, das er in Talidar errichten ließ, wies weder seinen Namen noch sein Bild auf, sondern nur die Namen derer, die in der Schlacht von Talidar gefallen waren), scheint es, als habe jede Stadt und jedes Dorf ein Denkmal oder eine Gedenkstätte für den Hochkönig errichtet. Leider wurden alle diese Denkmäler, zusammen mit beinahe allem, was auf den Hochkönig oder seine Herrschaft hinwies, während des Hundertjährigen Krieges zerstört. Nachdem Falkenflügel das Denkmal in Talidar hatte errichten lassen, begann eine öffentliche Sammlung für ein ihm gewidmetes Denkmal, eine große Statue, die in der von ihm geplanten neuen Hauptstadt errichtet werden sollte. Selbst einige Quellen, die Falkenflügel ansonsten kritisch beleuchten, stimmen darin überein, daß diese Sammlung einer spontanen Regung des einfachen Volkes entsprang. Falkenflügel selbst versuchte, dagegen anzugehen, verbot es zunächst sogar und lenkte offenbar erst ein, als er erkannte, daß er diese Form eines Aufstandes nicht niederschlagen konnte.

Falkenflügel war eindeutig sowohl ein guter Herrscher als auch sehr beliebt. Quellen, die anderes behaupten, erweisen sich als vorurteilsbehaftet. Die Berichterstatter, die ermittelt werden können, waren ausnahmslos eng mit dem Adel der eroberten Länder verbunden. Verständlicherweise liebten viele der unterworfenen Adligen ihn nicht. Er benutzte sie, sofern ihre Fähigkeiten es rechtfertigten (viele dienten im Reich als Gouverneure oder Beamte), und das war für viele von ihnen ein wunder Punkt. Männer und Frauen, die ohne Falkenflügel Könige und Königinnen gewesen wären, sahen sich statt dessen in seinem Auftrag Provinzen regieren oder den Bau von Hochwasserdämmen überwachen. Ihre Titel wurden in vielerlei Beziehung unwichtig. Es konnte geschehen, daß Höherrangige unter Niedrigerrangigen oder sogar unter Bürgerlichen arbeiten mußten, da Falkenflügel die Leute strikt nach ihrem Verdienst einsetzte. Zusätzlich teilte er alle Nationen in Provinzen auf, welche die alten Landesgrenzen häufig überschnitten. Während niedrigerrangige Provinzbeamte stets aus dem jeweiligen Gebiet stammten, wurde niemand zum Gouverneur einer Provinz ernannt, zu der ein Teil seines Geburtslandes gehörte, und Falkenflügel stellte auch sicher, daß Soldaten in der Garnison einer Provinz stets aus einer anderen Provinz des Reiches stammten. Diese Vorkehrungen ermöglichten es jedem Gouverneur, sich eine persönliche Machtgrundlage aufzubauen. So wie Falkenflügel Menschen aufgrund ihrer Verdienste förderte, degradierte er sie, wenn sie versagten. Er übte wenig Nachsicht mit Unvermögen und keinerlei Nachsicht mit Missetaten oder Amtsmißbrauch. Gleich, welcher Herkunft, wurden Amtsinhaber, die sich als unfähig erwiesen hatten, sofort entlassen, während jene, die sich krimineller Handlungen schuldig gemacht hatten, oft verbannt und zu Zwangsarbeit verurteilt wurden (im Gegensatz zu Freiheitsstrafen ein übliches Schicksal von Verbrechern jener Zeit), wobei man sie ihres Besitzes und ihrer Titel für verlustig erklärte. Wenn dies aus der Sicht der Adligen bereits schlimm war, nahm er ihnen auch noch die besonderen Privilegien, die sie in verschiedenen Ländern beanspruchten. Jedermann war im Angesicht der Gesetze des Hochkönigs gleich.

Es gibt kaum Überlieferungen über das Rechtssystem unter Falkenflügel, aber es ist bekannt, daß er Schulen einrichtete, in denen Richter und Rechtsanwälte ausgebildet wurden, und daß jedermann, ob hoch oder niedrig gestellt, das Recht auf einen Anwalt hatte, wenn er vor einem Dreiergremium erscheinen mußte, das aus Richtern bestand sowie aus Geschworenen, die man anhand von Volkszählungslisten ausgewählt hatte. Was natürlich bedeuten konnte, daß Adlige von bürgerlichen Richtern und Geschworenen verurteilt wurden. Richter und Rechtsanwälte dienten offensichtlich niemals länger als sechs Jahre an einem Ort und wurden strikt dem Ehrenkodex verpflichtet. Außerdem gab es gewisse Vorschriften für den Fall, daß Berufung gegen den Urteilsspruch eines Gerichts eingelegt wurde, wobei die letzte Berufung Falkenflügel oblag. Mehr ist nicht bekannt über das ausgefeilteste und am besten geregelte Rechtssystem, das die Welt je gesehen hat, wie die meisten Historiker meinen.

Es wurde so häufig wiederholt, ›daß eine Jungfrau allein und juwelenbehangen furchtlos von einem Ende von Falkenflügels Reich zum anderen reiten konnte‹, daß es inzwischen zu einem Klischee geworden ist, und doch scheint es der Wahrheit sehr nahe zu kommen. Falkenflügel schuf eine Bürgerwehr – den Berichten zufolge gut ausgebildet, sehr diszipliniert und nach einem strikten Verhaltenskodex ausgerichtet –, die nicht nur in Städten und größeren Ortschaften wachte, sondern auch auf den Landstraßen patrouillierte.

Auch über Falkenflügels Privatleben ist nur sehr wenig zu erfahren. Seine Heirat mit Amaline Paendrag Tagora war offensichtlich eine Liebesverbindung. Beweise dafür kann man den sogenannten Amaline-Gedichten entnehmen, die den Versuch der völligen Vernichtung all dessen weitgehend überstanden, was während der ersten drei Jahrzehnte des Hundertjährigen Krieges Falkenflügels Andenken bewahrte. Als Werk eines mäßigen Dichters sind sie auch das Werk eines Mannes, der von der Frau zutiefst ergriffen war, an die er die Gedichte richtete.

Es ist belegt, daß Amaline im Jahre 942 FJ Zwillinge gebar, Amira und Modair, aber die Namen zweier weiterer Kinder sind unbekannt. Im Jahre 959 FJ wurde Modair im Kampf getötet, und obwohl Falkenflügel gewiß trauerte (›Verlust‹, das einzige der Amaline-Gedichte, das kein Liebesgedicht ist, erzählt sicherlich von dieser Zeit), waren es im Jahre 961 FJ der Gifttod Amalines und ihrer drei verbliebenen Kinder, die ihn fast zugrunde richteten.

Verschiedene Quellen gebrauchen für die Zeitspanne von 961 FJ bis 965 FJ, die letzten Jahre der Konsolidierung und auch der fast verheerenden Invasion der Aiel-Wüste im Jahre 964 FJ, Begriffe wie ›die Schwarzen Jahre‹ und ›die Jahre stillen Zorns‹. Es heißt, Falkenflügel habe sich vor allen menschlichen Empfindungen verschlossen, ›und er begrub Liebe und Mitleid am tiefsten‹. Auch Berichterstatter mit einer eindeutigen Vorliebe für Falkenflügel stimmen darin überein, daß er seine Suche nach den Mördern streng und erbarmungslos durchführte. Sie erwähnen über hundert Hinrichtungen. Anfänglich behandelte Falkenflügel auch Aldeshar, das Land, das ihm zuletzt zugefallen war, ohne Zweifel grausam: keine Gefangennahme in zahlreichen Schlachten, Verschleppung fast der gesamten Bevölkerung in andere Teile des Reiches,

Obwohl die Ersten von Mayene erklären, Falkenflügel habe einen Enkel namens Tyrn gehabt, gibt es keinen Beweis dafür, daß auch nur etwas von Falkenflügels Blut ihn überlebte, und in allen verbliebenen zeitgenössischen Berichten wird dies ebenfalls eindeutig geleugnet. Bedenkt man andererseits den Zustand der Dinge nach Falkenflügels Tod, wäre gewiß jeder seiner lebenden Abkömmlinge aus Sicherheitsgründen verborgen gehalten worden.

Beschlagnahmung aller Besitztümer des Adels sowie Enteignung aller Händler und ihre Vertreibung in alle Winkel des Reiches. Wäre diese Behandlung fortgesetzt worden, hätte Falkenflügel während seiner restlichen Herrschaft zweifellos Tausenden von Aufständen entgegentreten müssen, statt den nur wenigen, wie die Überlieferung berichtet.

Die Rettung des Reiches (und sehr wahrscheinlich auch Falkenflügels Rettung) kam in Gestalt einer Frau namens Tamika. Über sie ist über ihren Vornamen hinaus nur ganz wenig bekannt. Alle Quellen stimmen darin überein, daß sie fast dreißig Jahre jünger war als Falkenflügel. Einige behaupten, sie habe die Macht lenken können, andere behaupten, sie sei eine abtrünnige Aes Sedai gewesen. Sicher ist, daß sie Falkenflügel aus den Schwarzen Jahren hinausführte. Auf ihr Geheiß mäßigte er seine Behandlung Aldeshars, ließ die Menschen zurückkehren und gab beschlagnahmte Besitztümer zurück. Durch sie schwand die Härte, die sich von Aldeshar aus in die übrigen eroberten Länder ausgebreitet hatte, wie Eis bei Tauwetter.

Falkenflügel traf Tamika im Spätjahr 964 FJ nach seiner Rückkehr aus der Aiel-Wüste und heiratete sie ein Jahr darauf. Mehrere Quellen berichten von den Tamika-Gedichten und behaupten, sie zeigten einen ebenso verliebten Mann wie die Amaline-Gedichte, aber natürlich überdauerte keines dieser Gedichte. Gewiß hatte Tamika Anteil an Falkenflügels Rückkehr zu seiner früheren Staatsführung und möglicherweise auch an Verbesserungen in der Verwaltung und bei der Besteuerung, die nach dem Jahr 965 FJ vorgenommen wurden, und somit auch Anteil an Falkenflügels Ruf als großartiger Herrscher. Ihr erster Sohn, Luthair Paendrag Mondwin, wurde im Jahre 967 FJ geboren. Sie hatten noch drei oder vier weitere Kinder, über die fast nichts bekannt ist. Zumindest zwei der Kinder waren Töchter, da eine die ›Shara-Expedition‹ befehligte, und ein Teilbrief in der Königlichen Bibliothek von Cairhien besagt, daß ›der große Falkenflügel weniger als eine Stunde vor dem Eintreffen der Nachricht des tragischen Tods seiner Tochter Laiwynde und ihres Sohnes starb, der letzten Blutsverwandten Falkenflügels diesseits der Meere‹. Tamika selbst starb im Jahre 987 FJ. Die Todesursache ist nicht überliefert.

Tamika hatte eine entschieden kühle und distanzierte, wenn auch sicherlich keine offen feindliche Beziehung zur Weißen Burg. Aber im Jahre 968 oder 969 FJ weigerte sich Bonwhin entweder, sie zu empfangen, oder Tamika verweigerte sich einem Ruf Bonwhins, was aber unwahrscheinlich ist, da in dieser Zeitspanne sogar Falkenflügel selbst einer Einladung der Aes Sedai gefolgt wäre. Doch hätte Bonwhin der Königin und Ehefrau des unbestrittenen Herrschers über jeden Fleck dieser Erde, der nicht von Tar Valon regiert wurde, ein Gespräch verweigert?

In allen Berichten über Falkenflügel wird auch sein Umgang mit der Weißen Burg erwähnt. Zu Beginn war Falkenflügel den Aes Sedai nicht feindlich gesinnt. Er näherte sich Tar Valon offensichtlich, um Hilfe bei Verhandlungen mit seinen zahlreichen Feinden im Jahre 944 FJ zu erbitten, doch ohne Ergebnis. Obwohl Tar Valon nicht offen an den Kriegen gegen Falkenflügel beteiligt war, erhielt jeder Herrscher, der Streitkräfte gegen ihn sandte, zunächst einmal bis zu vier oder fünf Aes Sedai-Berater, bevor der Herrscher in irgendeiner Form gegen Falkenflügel vorging. Ob Tar Valon an der Herausforderung beteiligt war oder nicht – die Herrscher sahen irgendwann keine andere Möglichkeit mehr, als sich ihm entgegenzustellen. Falkenflügel vermutete jedenfalls, daß Tar Valon seinen Feinden half oder sie gar anstiftete.

Allen Quellen zufolge unternahm Falkenflügel während der Konsolidierung offiziell nichts gegen Tar Valon. Sicherlich hatte Amaline damit zu tun. Sie war gewiß keine Aes Sedai und wahrscheinlich keine Machtlenkerin, doch darf man vermuten, daß sie als sehr junge Frau zur Weißen Burg kam, um sich ausbilden zu lassen. Allem äußeren Anschein nach schloß Falkenflügel schließlich Frieden mit der Weißen Burg, wenn auch kein unterzeichneter Vertrag vorliegt. Im Jahre 954 FJ akzeptierte er die Aes Sedai-Beraterin Chowin Tsao von der Grünen Ajah. Auch die Herrscher, die ihn bekämpften, hatten natürlich noch Berater aus Tar Valon an ihrer Seite, aber die Weiße Burg nahm Falkenflügel gegenüber stets einen offiziell neutralen Standpunkt ein, und es scheint, daß Falkenflügel diese Haltung zumindest nach außen hin billigte.

Offensichtlich gab es während der Schwarzen Jahre eine zeitweilige Unterbrechung der Beziehung. In einem bruchstückhaften Brief, der zuverlässig vom Jahr 962 FJ datiert, wird Chowin Tsao als Falkenflügels Beraterin genannt, aber ein weiterer Brief (nach internen Beweisen wahrscheinlich aus dem Jahre 967 FJ) behauptet, daß ›der Hochkönig sich nach fünf Jahren mit Tar Valon ausgesöhnt und zugestimmt hat, erneut eine Beraterin aus den Reihen der Schwestern anzuerkennen‹.

Was auch immer der Grund für die Unterbrechung war, die Aussöhnung war ernst gemeint, solange sie dauerte. Im Jahre 974 FJ setzte Falkenflügel die Aes Sedai überall im Reich großzügig ein. Sie hatten bedeutende und verantwortliche Positionen inne und dienten sogar als Provinzgouverneure. Und dann entließ Falkenflügel im Herbst des Jahres 974 FJ kurz entschlossen nicht nur seine Aes Sedai-Beraterin (deren Name unbekannt ist), sondern auch alle Aes Sedai, die Posten in seinem Reich innehatten. Zu Beginn des Frühjahrs 975 FJ setzte er einen Preis auf den Kopf jeder Aes Sedai aus, die sich weigerte, Tar Valon zu entsagen, obwohl es keinen glaubwürdigen Beweis dafür gibt, daß er von ihnen den Treueid gefordert hätte. Im Sommer desselben Jahres hatten seine Befehlshaber nicht nur das gesamte Gebiet Tar Valons besetzt, sondern belagerten auch die Stadt selbst.

Diese Belagerung sollte Falkenflügels restliches Leben und sogar noch einige Monate darüber hinaus andauern. Es ist anzunehmen, daß Tar Valon trotz der Hilfe der Einen Macht gefallen wäre, wenn man die Stadt nicht in einer – wenn auch unorganisierten – Hilfsaktion mit einem beständigen Strom an Lebensmitteln versorgt hätte, die man über den Fluß in die Stadt schmuggelte. Während Falkenflügel selbst überaus beliebt war, hatten viele Menschen auch nichts gegen Aes Sedai und spürten, daß es falsch und sogar gefährlich war, gegen Tar Valon zu ziehen. Zudem unterstützten viele Adlige Tar Valon heimlich.

Warum bekämpfte Falkenflügel Tar Valon so heftig? Viele stimmen darin überein, daß er im Jahre 974 FJ zu der Überzeugung gelangte, Tar Valon benutze ihn, um die eigene Macht zu stärken. Aes Sedai regierten jetzt mehr als ein Drittel der Provinzen des Reiches, und es scheint wenig zweifelhaft, daß diese Frauen ihre Befehle eher von Bonwhin als von Falkenflügel entgegennahmen. Sehr wahrscheinlich hatte Bonwhin versucht, seine Entscheidungen eine Zeitlang zu beeinflussen und zu lenken, und wenn man ihr endgültiges Schicksal bedenkt (im Jahre 992 FJ vom Saal der Burg abgesetzt, gedämpft und bis zu ihrem Tod im Jahre 996 FJ zur Arbeit bei den Tellerwäschern verbannt, obwohl letzteres nur Quellen außerhalb der Burg zu entnehmen ist), ist es möglich, daß sie die von Aes Sedai gesetzten Grenzen vielleicht überschritten hatte. Aber das ist nur Spekulation.

Mehrere Quellen behaupten, Falkenflügel habe einen Beweis dafür entdeckt, daß die Burg hinter einem oder allen Aufständen gestanden habe, denen er sich in jener Zeit gegenübersah, obwohl er zu dem Zeitpunkt ausreichend lange mit Tar Valon zu tun gehabt hatte, um angesichts solcher Ränke nicht ernsthaft überrascht zu sein. Einige Quellen behaupten, er habe erkannt, daß Bonwhin selbst mit dem Tod Amalines und ihrer Kinder zu tun hatte. Das würde zumindest die Heftigkeit erklären, mit der er sich gegen Tar Valon wandte. Es war ein Krieg bis aufs Messer und bis zum Schluß ohne Waffenstillstand. Falkenflügel lehnte noch auf dem Totenbett das Angebot der Aes Sedai zum Heilen ab, das ihn hätte retten können.

Tamikas mögliche Rolle in der Beziehung zu Tar Valon wurde zahllose Male analysiert, ›möglich‹, weil es trotz ihrer offensichtlichen Macht im Reich keinen Beweis für eine solche Rolle gibt.

Andere Spekulationen reichen vom Denkbaren (daß Falkenflügel einfach beschlossen habe, alles Land besitzen zu wollen) bis zum Bizarren (ein finsteres Ränkespiel der Burg; jene, die Aes Sedai-Verschwörungen hinter jedem Busch sehen, neigen eher zu dieser Vermutung, obwohl sich die Ziele der angeblichen Intrige den Überlieferungen nach stark widersprechen). Und die Jalwin Moerad-Theorie ist bei jenen beliebt, die offensichtliche Gründe zurückweisen.

Über Moerad ist nur sehr wenig bekannt, obwohl er in mehreren Quellen erwähnt wird – erstaunlicherweise auch in Briefen, die in der Terhana-Bibliothek in Bandar Eban gefunden wurden. Im Jahre 973 FJ tauchte er an Falkenflügels Hof auf, was auch seinen ersten Auftritt in der Geschichte bedeutete. Viele Zeitgenossen fragten sich nach seinem Hintergrund, und einige, die allzu gründlich danach forschten, erlitten tödliche Unfälle. Überliefert wurde, daß sich Tamika Moerad gegenüber kalt, wenn auch stets korrekt verhielt, und obwohl Falkenflügel ihrem Rat vertraute, wurde Moerad im Spätsommer des Jahres 974 FJ einer der engsten Berater des Hochkönigs. Er behielt diese Stellung trotz häufiger längerer Abwesenheit, seiner flatterhaften Art und seines von mehr als einem Beobachter als ›überaus verrückt‹ geschilderten Temperaments bis zu Falkenflügels Tod bei.

Moerad schien die Aes Sedai seltsamerweise offen zu verachten, und selbst jene, die Aes Sedai hassen, sind klug genug, vorsichtig zu sein. Und doch kann man Moerad wegen dieser Empfindungen kaum verdammen.

Eine teilweise erhaltene Handschrift (aus einer Privatsammlung in Andor), die ungefähr aus der Zeit dreiundzwanzig Jahre nach Falkenflügels Tod datiert, unterstützt diese unsicheren Fakten. Dem Verfasser nach beriet Moerad innerhalb weniger Tage nach Falkenflügels Ableben Marithelle Camaelaine. Als sie ermordet wurde, beriet er vermutlich Norodim Nosokawa (wieder innerhalb weniger Tage), und unmittelbar nach Nosokawas Tod in einer Schlacht tauchte Moerad an Elfraed Guitamas Seite auf. Da diese drei in den zwanzig Jahren nach Falkenflügels Tod fast sein gesamtes Reich übernommen hatten, war Moerad offensichtlich entweder ein sehr geschickter Berater oder ein Mann mit einem scharfen Blick für den Sieger. Angaben darüber, inwieweit diese Entwicklung dafür verantwortlich war, daß sich Falkenflügel gegen die Aes Sedai wandte, fehlen leider in den Handschriften. Eine beachtenswerte Anmerkung: Der Verfasser behauptet, daß Moerad nicht alterte seit dem Tag, an dem er auftauchte, bis zum Tag seines jähen Verschwindens etwa vierzig Jahre später. Die Entscheidung darüber, was dies über den Wahrheitsgehalt der Quelle aussagt, bleibt dem Leser überlassen.

Soweit das Leben Artur Falkenflügels, des Hochkönigs. Was hätte er vollbringen können, wenn er sich nicht gegen die Aes Sedai gewandt hätte? Die Vereinigung der gesamten Welt? Hätte er nicht soviel Energie gegen Tar Valon verbraucht, hätte er seine Expeditionen nach Seanchan und Shara früher beginnen können, und sie wären niemals verloren gewesen, wenn er sich persönlich darum gekümmert hätte, so lauten die Vermutungen. Wen machen wir verantwortlich? Falkenflügel? Bonwhin? Menschen, deren Namen im Nebel der Geschichte für immer verloren sind? Einige werfen ihm Versagen vor, weil seine Taten ihn nicht überlebten, aber wenn es so war, dann war es ein Versagen, von dem andere Menschen nur träumen können.

Der Hundert-jährige Krieg

Artur Falkenflügels Tod hinterließ eine große Leere. Da er keine lebenden Erben für sein Reich hinterlassen hatte – zumindest keine Erben, die sich als solche zu erklären wagten –, hatte jeder starke Führer berechtigte Aussichten, das Land zu regieren. Die stärksten Adligen begannen sofort um die Herrschaft zu wetteifern, während andere die Gelegenheit zu dem Versuch nutzten, kleinere Besitztümer aus dem Ganzen herauszulösen. Fast augenblicklich brach Krieg über das Legat des Hochkönigs herein. Dieser Kampf, der große Teile der Länder zwischen dem Aryth-Meer und der Aiel-Wüste und vom Meer der Stürme bis zur Großen Fäule entvölkerte, dauerte über ein Jahrhundert und wurde später als der Hundertjährige Krieg bekannt. Am Ende war Artur Falkenflügels Reich zerschlagen, und die heutigen Nationen erhoben sich aus den Trümmern.

Die Weiße Burg überstand das Chaos, wenn auch nur durch äußeres Eingreifen. Trotz Falkenflügels Tod führte Souran Maravaile, einer seiner Befehlshaber, die Belagerung der Weißen Burg fort, um zu beenden, was der Hochkönig begonnen hatte. Da ihm ein Großteil der Streitkräfte des toten Königs zur Verfügung standen, hätte er die Weiße Burg möglicherweise erfolgreich gestürzt. Viele Geschichten schreiben es Deane Aryman zu, die nach Bonwhins Absetzung zur Amyrlin erhoben wurde, die Burg gerettet zu haben, indem sie Souran vom Abbruch der Belagerung überzeugte. Sicher ist, daß Deane ihm begegnete und ernsthaft versuchte, den von Bonwhin angerichteten Schaden rückgängig zu machen, aber neue Beweise besagen jetzt, daß in Wahrheit Ishara, seine Geliebte und die Tochter von Falkenflügels Provinzgouverneur in Andor, Souran überzeugte, die Burg freizugeben. Deane konnte jedoch das Ansehen der Burg wiederherstellen. Man glaubt, daß sie die kriegführenden Adligen überzeugen wollte, die Leitung der Burg anzuerkennen und so die Einigkeit im Land wiederherzustellen, als sie bei einem Sturz vom Pferd starb. Die Kriege zwischen den Adligen und den Splittergruppen wurden fortgeführt, bis einzelne Nationen ausreichend gestärkt waren, sich gegen sie zu stellen.

Einigen Provinzen gelang der Übergang zur Nation relativ unbeschadet. Andor gehörte dazu: Ishara erklärte Andor zur souveränen Nation und nahm den Titel Königin an, aber ihr war die Königswürde auch nicht fremd. Die frühere Gouverneurin, Isharas Mutter, war die Tochter des letzten Königs von Aldeshar gewesen, bevor Falkenflügel es eroberte.

Nachdem Souran das Heer von Tar Valon abgezogen hatte, schloß er sich in Caemlyn, der Hauptstadt Andors, Ishara an. Viele glauben, Ishara habe ihn vom Abbruch der Belagerung überzeugt, weil sie wußte, sie würde die Unterstützung der Burg brauchen, um Andor während der kommenden Kriege halten zu können. Diese Vermutung wird weiterhin gestützt durch die Tatsache, daß sie versprach, ihre erste Tochter zur Ausbildung in die Burg zu schicken, ob sie die Macht werde lenken können oder nicht. Sie machte es zum Gesetz, daß stets die älteste Tochter des Herrschers von Andor in der Burg ausgebildet werden und der Herrscher eine Aes Sedai-Beraterin haben solle. Zu dieser Zeit stand noch nicht fest, daß Andor nur weibliche Herrscher haben würde.

Souran wurde dreiundzwanzig Jahre nach Kriegsbeginn getötet. Ishara hatte auch keinen Thronfolger, da ihre Söhne ebenfalls gefallen waren. Um die Erbfolge Andors weiterzuführen, nahm ihre Tochter Alesinde den Thron ein. Auch Alesindes Söhne starben im Kampf, so daß wieder eine Tochter den Löwenthron bestieg. Im Verlauf des Hundertjährigen Krieges regierten neun Königinnen Andor und vergrößerten das Gebiet. Bei Kriegsende war es festgeschriebene Tradition, daß eine Tochter als Königin regierte, daß die Söhne Soldaten wurden und daß der älteste Sohn das Heer leitete.

Durch Isharas Klugheit wurde Andor eine der ersten und stärksten Nationen, die sich aus Falkenflügels zerfallenem Reich neu gründeten.

Im Verlauf des Krieges entstanden viele weitere Nationen, bildeten sich um, zerfielen und bildeten sich erneut. Nach über einem Jahrhundert Krieg versiegten die Kämpfe allmählich und endeten ungefähr im Jahre 1117 FJ schließlich ganz.

Nicht nur Nationen erwuchsen aus dem Chaos. Eine weitere Blüte jener Jahre waren die Kinder des Lichts, im Jahre 1021 FJ von Lothair Mantelar gegründet, um gegen die Schattenfreunde zu predigen. Auch sie machten durch die Gewalt dieser Zeit eine Wandlung durch.

Andor war eine der wenigen Nationen, denen es gelang, über den Hundertjährigen Krieg hinaus ihre Souveränität und Stabilität zu bewahren. Ein großer Teil dieses Erfolges ist den neun Königinnen von Andor zu verdanken, welche die Nation während des Hundertjährigen Krieges zusammenhielten (die angegebenen Daten gelten als recht zuverlässig):

1. Ishara, regierte von 994 bis 1020 FJ
2. Alesinde, regierte von 1020 bis 1035 FJ
3. Melasune, regierte von 1035 bis 1046 FJ
4. Termylle, regierte von 1046 bis 1054 FJ
5. Maragaine, regierte von 1054 bis 1073 FJ
6. Astara, regierte von 1073 bis 1085 FJ
7. Telaisien, regierte von 1085 bis 1103 FJ
8. Morrigan, regierte von 1103 bis 1114 FJ
9. Lyndelle, bestieg den Thron im Jahre 1114 FJ und regierte einundfünfzig Jahre lang

Während der nächsten seltsamen neunzig Jahre entwickelten sie sich von asketischen Predigern, die kämpfen konnten, wenn es sein mußte, zu einer gut ausgerüsteten und disziplinierten militärischen Organisation, die sich der Ausrottung der Schattenfreunde geweiht hatte, wo immer es sein mochte. Niemand weiß, wann sie den Namen Weißmäntel erhielten, aber es darf bezweifelt werden, daß dieser Name jemals anders als verächtlich gebraucht wurde.

Von den Kriegsjahren als solchen haben nur bruchstückhafte Berichte überdauert. Die Jahre 994 bis 1117 FJ gelten als allgemein anerkannte Zeitangabe, aber kein fähiger Historiker läßt sie unbezweifelt gelten. Während die Überlieferungen den Kriegsanfang genau bestimmen, könnte das Jahr des Kriegsendes irgendwann zwischen 1115 und 1119 FJ liegen.

Niemand weiß sicher, wann die Irrtümer begannen. Bereits in der dritten Dekade des Krieges berichten verschiedene Quellen unter verschiedenen Datumsangaben über das gleiche Ereignis. Gegen Ende des Krieges berichten jedoch Schreiber im gleichen Land unter unterschiedlichen Daten über die örtliche königliche Erbfolge. Vernünftige Historiker haben sich – zugegebenermaßen willkürlich – auf eine Überlieferung geeinigt, deren Daten aus dem ersten Drittel des Krieges angemessen genau, im zweiten Drittel fraglich sind und im letzten Drittel auf die bestmöglichen Schätzungen gestützt werden müssen. Aufgrund dieser Widersprüche wurde der Farede-Kalender entwickelt und nach dem Krieg übernommen, wodurch das Jahr 1135 FJ (wie wir glauben) zum Jahr 1 der Neuen Ära wurde.

Vierundzwanzig Nationen stiegen während und unmittelbar nach dem Krieg auf, einschließlich der vierzehn gegenwärtig noch bestehenden Länder. Jene Nationen waren Almoth, Altara, Amadicia, Andor, Arad Doman, Arafel, Cairhien, Caralain, Ghealdan, Goaban, Hardan, Illian, Irenvelle, Kandor, Kintara, Mar Haddon, Maredo, Malkier, Mosara, Murandy, Saldaea, Shienar, Tear und Tarabon.

Malkier, dessen Symbol ein goldener Kranich im Flug war, wurde im Herbst des Jahres 955 NÄ von Trollocs überrannt, und im Jahre 957 NÄ bedeckte die Große Fäule das Land vollkommen, das als das Königreich der Sieben Burgen bekannt gewesen war.

Obwohl Malkier die einzige Nation während dieser Zeitspanne war, die der Großen Fäule zum Opfer fiel, war es sicherlich nicht die einzige, die unterging. Almoth, Caralain, Goaban, Hardan, Irenvelle, Kintara, Mar Haddon, Maredo und Mosara schwanden einfach dahin, bis im Jahre 600 NÄ nur noch wenige Angehörige ihrer Völker überlebt hatten und beanspruchten, was offensichtlich verloren war. Einige Teile dieser Länder wurden zu verschiedenen Zeiten von anderen Nationen beansprucht, und im Jahre 800 NÄ waren auch die Geister der gefallenen Nationen verschwunden. Vielleicht ließen sie einen Namen zurück, um das Grasland zu kennzeichnen, auf dem einst ihr Volk gedieh. Far Madding war die einzige größere Ansiedlung, die von allen diesen gefallenen Nationen überdauert hat.

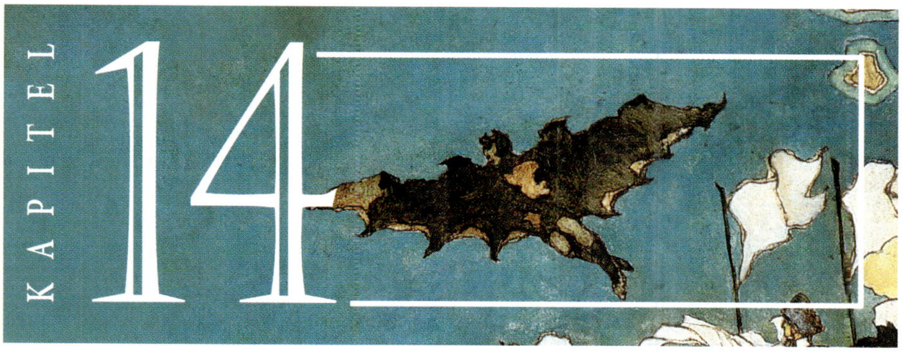

Die Neue Ära

Mit dem Ende des Hundertjährigen Krieges begann eine fast eintausend Jahre währende Zeit relativen Friedens. Es gab noch immer Streit zwischen einzelnen Ländern, aber der Bevölkerungsstand war so weit herabgesunken, daß sich diese Streitigkeiten selten ausweiteten. Die meisten Herrscher versuchten einfach, alles Land zu halten, das sie beanspruchten. Die Gesellschaft als Ganzes baute sich allmählich aus den Trümmern des Krieges neu auf. Handel und Verkehr ersetzten Eroberungen.

Im Jahre 509 NÄ gewährten die Aiel, die als geheimnisvolles, gefährliches und abgeschieden lebendes Volk bekannt waren, dem Land Cairhien das Recht, die Aiel-Wüste zu durchqueren, was vorher allen Menschen außer Kesselflickern und Hausierern versagt geblieben war. Sie schenkten den Cairhienern einen jungen Baum, der *Avendoraldera* genannt wurde, einen Sproß des sagenhaften *Avendesora* (der ein Abkömmling der Chorabäume ist). Um ihre Gabe zu besiegeln, wiesen die Aiel sie an, ein Banner mit dem dreilappigen Blatt des *Avendesora* und nicht mehr Waffen mit sich zu tragen, als sie zur Selbstverteidigung brauchten. Der freie Durchgang durch die Wüste ermöglichte cairhienischen Händlern den Zugriff auf Seide und andere seltene Güter, die nur in Ländern jenseits der Wüste erhältlich waren.

Während der letzten Jahre wurde entdeckt, daß die Aiel einen einleuchtenden Grund für ihr Geschenk des *Avendoraldera* hatten. Während der Zerstörung der Welt hatten die Vorfahren der Cairhiener den Aiel-Vorfahren geholfen, indem sie ihnen den Zugang zum Wasser gewährten, und als die Aiel herausbekamen, wer ihre ehemaligen Helfer waren, bezahlten sie ihre Ehrenschuld, hielten es aber nicht für nötig, den ›Feuchtländern‹ eine Erklärung abzugeben.

Die Zufuhr an Shara-Gütern machte nicht nur Cairhien reich, sondern auch seine Nachbarn. Zum ersten Mal bezog das Land Güter, die mit denen der Meervolk-Kaufleute konkurrieren konnten. Dieses Glück schien den Cairhienern eine Neue Ära des Wohlstands einzuläuten. Niemand ahnte, daß das Geschenk der Aiel bereits den Samen für einen weiteren blutigen Krieg enthielt.

Die Länder entlang der Grenze zur Großen Fäule waren selten in Kriege verwickelt, denn sie mußten schon die Große Fäule und die Trollocs bekämpfen. Andere Länder haben jedoch eine lange Geschichte solcher ›kleinen‹ Kriege untereinander aufzuweisen, unter denen diejenigen zwischen Andor und Cairhien, Tear und Illian, Tear und Cairhien und Arad Doman und Tarabon erwähnenswert sind.

Über die Jahre hinweg erlangten die Kinder des Lichts Herrschaft über Amadicia, auch wenn sie nicht dem Namen nach herrschten. Noch hatten Könige und Königinnen den Thron inne, aber sie unternahmen nichts ohne Zustimmung des Kommandeurs aller Lordhauptleute der Kinder des Lichts. Im Jahre 957 NÄ richteten die Kinder ihren Blick nach Altara, und Murandy und Illian glaubten, auch an der Reihe zu sein. Das Ergebnis ist unter den Kindern als ›die Störungen‹ und der restlichen Welt als Weißmäntel-Krieg bekannt: Lordhauptmann Pedron Niall (der später zum Kommandierenden Lordhauptmann ernannt wurde) übernahm die Führung der Kinder des Lichts, während Mattin Stepaneos, König von Illian, der Opposition vorstand. Obwohl feststeht, daß Niall aus dem überwiegenden Teil der Schlachten siegreich hervorging und Mattin Stepaneos tatsächlich in der Schlacht von Soremaine gefangennahm (in der es nur die Tapferkeit der illianischen Gefährten dem Hauptteil des illianischen Heeres ermöglichte, der Falle zu entrinnen), konnten die Kinder letztendlich doch nicht so viele Schwierigkeiten auf einmal verkraften. Mattin Stepaneos, der für das Konzil der Neun in Illian wieder ausgelöst wurde, zwang die Kinder schließlich, einen Vertrag zu unterschreiben, in dem die vor dem Krieg geltenden Grenzen zwischen Amadicia und Altara wiederhergestellt wurden.

Im Jahre 965 NÄ bestieg Laman Damodred den Thron Cairhiens, und der wiederaufgenommene Krieg zwischen Andor und Cairhien sollte mit nur kurzer Unterbrechung bis zum Jahre 968 NÄ andauern.

Andere Nationen hatten ebenfalls ihre Probleme, als sich das Jahrtausend dem Ende zuneigte. Illian und Tear traten im Jahre 970 NÄ erneut in einen Krieg ein, der fast sechs Jahre andauerte, obwohl einige Schreiber die periodisch auftretenden Kämpfe in drei getrennte Kriege aufteilen. Außerdem waren die Feindseligkeiten zwischen Cairhien und Andor dauerhaft geworden. Selbst die Heirat Taringail Damodreds von Cairhien, des Neffen König Lamans, mit Tigraine, der Tochter-Erbin von Andor, gewährte nur vorübergehenden Frieden. Die aus politischen Gründen geschlossene Ehe wurde, besonders für Tigraine, als nicht glücklich überliefert. Sie verschwand im Jahre 972 NÄ. Die regierende Königin Mordrellen starb ohne Erben und löste so einen internen Erbfolgekampf aus, der damit endete, daß Morgase Trakand den Thron einnahm. Um einen weiteren Krieg mit Cairhien zu vermeiden, heiratete Morgase Tigraines Witwer Taringail, aber anders als Tigraine scheute sie sich nicht, ihn daran zu erinnern, daß er niemals der Mitherrscher Andors sein konnte.

Ein an einem Berghang ins Rollen geratender Stein kann eine Lawine auslösen, auch wenn es richtig und notwendig war, daß der Stein ins Rollen geriet. Morgases Unvermögen, Taringails Ehrgeiz zu beschwichtigen, war solch ein Stein. In Cairhien war wohlbekannt, daß Laman seinen Neffen nicht nur als Mitherrscher, sondern als alleinigen Herrscher Andors sehen wollte. Solches ist in Cairhien, wo Kinder das ›Spiel der Häuser‹ bereits mit ihren Puppen und Spielzeugsoldaten üben, schwer geheimzuhalten. Es wurde schnell allgemein bekannt, daß Taringail Morgase als Herrscher nicht das Wasser reichen konnte. Komplotte zur Absetzung Lamans wurden geschmiedet, und er heckte Gegenpläne aus. Als unwichtigeren Teil eines seiner Pläne ließ er den *Avendoraldera* fällen, um einen Thron zu bauen, wie es niemals einen zweiten geben würde. Der Baum wurde gefällt, und die Lawine kam ins Rollen.

DER AIEL-KRIEG

Der Zerstörung des *Avendoraldera* folgte ein Krieg, den man sich in seinen schlimmsten Alpträumen nicht vorstellen kann. Im späten Frühjahr 976 NÄ drangen Zehntausende von Aiel über die Drachenmauer und brachen über Cairhien herein. Den Menschen Cairhiens schien es, als habe sie die gesamte Aiel-Nation überfallen. Tatsächlich waren es aber nur vier Clans: die Nakai, die Reyn, die Taardad und die Shaarad, alle unter der Leitung Janduins, eines Eisenberg-Taardads und Clanhäuptlings der Taardad-Aiel. Sie hatten von Lamans Tat gehört und wollten den ›Baummörder‹ für sein Verbrechen bestrafen, obwohl dies erst viele Jahre später bekannt wurde. Die ›Aiel-Invasion‹ fegte über Cairhien hinweg; die Eindringlinge nahmen die Hauptstadt ein und setzten sie nur Monate, nachdem sie über die Drachenmauer gelangt waren, in Brand. Nur die Bibliothek blieb erhalten. Von Cairhien aus breitete sich der Aiel-Krieg, wie er bald genannt wurde, durch Tear, über den Erinin nach Andor und schließlich, drei Jahre nach Beginn, nach Tar Valon selbst aus. Zu dieser Zeit hatte bereits fast jedes Land Soldaten gegen die Eindringlinge gesandt. Erst weitaus später wurde entdeckt, daß die Aiel tatsächlich Laman ›Baummörder‹ verfolgten. Den Menschen und Herrschern der Feuchtlande schien es, als wären die Aiel nur auf Beute aus. Viele Städte und Ortschaften wurden geplündert, wenn auch, dem Aiel-Gesetz gemäß, nur ein Fünftel von allem genommen wurde. Natürlich sahen sich diejenigen, die Besitz oder geliebte Menschen verloren, als Opfer gefährlicher Wilder. Sie überlegten nicht, wieviel mehr ihnen die Sieger hätten nehmen können, wenn sie gewollt hätten.

DIE NATIONEN UND GENERÄLE DES GROSSEN BÜNDNISSES WÄHREND DER SCHLACHT AN DER LEUCHTENDEN MAUER

An dem zeitweiligen Bündnis waren beteiligt: Shienar mit neunundzwanzigtausend, Andor mit achtundzwanzigtausend, Illian mit sechsundzwanzigtausend, Tear mit vierundzwanzigtausend, Arafel mit einundzwanzigtausend, Cairhien mit sechs- bis siebentausend, Ghealdan mit fünftausend, Amadicia mit viertausend, Murandy mit drei- bis viertausend und Altara mit ungefähr dreitausendfünfhundert Mann. Tar Valon schickte zwölftausend Mann, während die Kinder des Lichts viertausend entsandten. Die Streitkräfte jeder einzelnen Nation hatten ihren eigenen Führer; das war der Herrscher selbst oder ein Lord, der als der beste Befehlshaber für diese Nation erachtet wurde.

Zunächst wären zumindest einige Nationen bereit gewesen, Agelmar von Shienar als Befehlshaber aller zu akzeptieren, aber König Laman von Cairhien bestand auf seinem Befehlsrecht, als sei die ungebrochene Reihe von Katastrophen, die Cairhien erlitten hatte, eine Empfehlung. Der Amyrlin-Sitz, Tamra Ospenya, wollte die Zügel in Händen der Weißen Burg sehen. Die Tairener (unter anderen) stellten sich dem genauso nachdrücklich entgegen wie die unerbittlichen Kinder des Lichts. Auch Mattin Stepaneos und Pedron Niall boten sich an. Schnell erhoben auch andere Nationen Anspruch auf die Führung, zur Befriedigung ihres Nationalstolzes, bis deutlich wurde, daß kein allgemeiner Befehlshaber gewählt werden konnte.

Als Ergebnis hatte jede Nation einen Sitz in einem entscheidungsbefugten Konzil inne, ungeachtet der Größe ihres Kontingents. Das galt auch für die Kinder des Lichts. Marya Somares, eine Graue Schwester und erfahrene Vermittlerin, hatte den Sitz für die Burg inne, beraten von Azil Mareed, einem Domani-Befehlshaber, welcher schon lange die Burgwache befehligte. Das Feldkommando über die Heere sollte täglich wechselnd unter den Mitgliedern des Konzils weitergegeben werden, ausschließlich Marya Sedai und natürlich Mareed, der kein Mitglied war. Das Konzil hielt sein erstes Treffen zwölf Tage vor Danshu im Jahre 978 NÄ ab.

Vielleicht hatte das Konzil seine Wahl der Reihenfolge, in der das Kommando weitergegeben werden sollte, gut getroffen – oder vielleicht ließen sie den besten Befehlshabern auch bewußt den Vortritt. Die Reihenfolge der Kommandos lautete: 1. Lord Agelmar Jagad von Shienar 2. Pedron Niall, Kommandierender Lordhauptmann der Kinder des Lichts 3. Lord Aranvor Naldwinn, Hauptmann der Königlichen Garde von Andor (der am dritten Kampftag getötet wurde) 4. Lord Hirare Nachiman von Arafel (der bei einem Gemetzel während der Verfolgung nach der Schlacht getötet wurde) 5. König Mattin Stepaneos von Illian 6. Hochlord Astoril von Tear 7. Lord Aleshin Talvaen von Ghealdan 8. Lord Aeman Senhold von Amadicia 9. König Laman Damodred von Cairhien (der am dritten Tag getötet wurde) 10. Ein zu wählender Altarener 11. Ein zu wählender Murandianer.

Kein Altarener oder Murandianer hatte jemals das Kommando inne. Altara und Murandy boten beide eine Schar Lords – und manchmal auch Ladies – an der Spitze ihrer eigenen Gefolgsleute auf. Keine Nation hatte einen Gesamtführer. Diese Adligen hatten vermutlich ihre eigene Rotation ausgearbeitet, so daß im Konzil jeden Tag einer von ihnen für alle anderen sprach. Tatsächlich erschienen neun oder zehn Adlige jeder Nation bei jedem Treffen, die alle behaupteten, sie seien an der Reihe. Keiner von ihnen trug wahrhaft zu Entscheidungen bei, da sie die meiste Zeit mit Gezänk verbrachten. Einige führten sogar Duelle aus, die sich aus diesen Streitgesprächen ergaben, und es gingen sogar Gerüchte, daß mehrere Duelle zwischen altarenischen adligen Frauen ausgefochten wurden, von denen mindestens eines tödlich endete.

Die Altarener und Murandianer waren im Kampf untauglich, da jeder Adlige sich nach Belieben aussuchte, wo und wann er kämpfte. Darum erlitten sie solch hohe Verluste.

Die Schlacht von Tar Valon, auch die Schlacht an der Leuchtenden Mauer, die Schlacht der Nationen, die Schlacht des Roten Schnees oder die Schlacht des Blutigen Schnees genannt, begann am Morgen des Tages vor Danshu im Jahr der Gnade 978 NÄ, als die Aiel durch einen losen Zusammenschluß in die Schlacht geführt wurden, der allgemein ›der Große Zusammenschluß‹ oder ›das Große Bündnis‹ genannt wird.

Das nur sehr kurze Bündnis bestand, zusätzlich zu den überlebenden Streitkräften Cairhiens, aus einem von Tar Valon und zehn anderen Nationen sowie den Kindern des Lichts ausgehobenen Heer. Obwohl die Kinder des Lichts verstimmt darüber waren, daß der Krieg, der die Zivilisation retten sollte, zu einer Schlacht zum Schutz der Tar Valon-›Hexen‹ geworden war, kämpften sie zusammen mit den anderen. Aes Sedai nahmen ebenfalls an der Schlacht teil. Dies war bei weitem das beste Bündnis zwischen den Ländern, seit Artur Falkenflügels Reich gestürzt war, aber es endete nach dem Aiel-Krieg wieder.

Das Bündnis hatte eine gewaltige Streitmacht ausgehoben – schätzungsweise einhundertsiebzigtausend Mann –, ein Heer von einer Größe, wie es seit Artur Falkenflügels Zeiten kein zweites gegeben hatte. Oft wird behauptet, die Aiel hätten doppelt so große Streitmächte besessen wie das Heer des Bündnisses, aber verläßlichere Schätzungen setzen ihre Anzahl auf einhunderttausend oder weniger fest. Seit kurzem kann man Aiel befragen. Sie behaupten, daß die vier Clans zu keiner Zeit einhunderttausend Speere westlich der Drachenmauer besaßen. Sie setzen die Anzahl auf siebzig- bis achtzigtausend fest, auf die Hälfte oder noch weniger des Bündnisheeres. Wenn man den erwiesenen Ruf der Aiel als Soldaten und ihr unter Janduin vereinigtes Kommando bedenkt, widerspricht das Verhältnis zwei zu eins zugunsten des Bündnisses dem tatsächlichen Ausgang der Schlacht keineswegs.

Die Dauer der Schlacht ist strittig. Zunächst muß festgehalten werden, daß Schlachten dieses Ausmaßes zwangsläufig in eine Anzahl kleinerer Schlachten unterteilt werden können. Jede dieser Schlachten und einzelnen Gefechte überlappten einander zeitlich oft und beeinflußten so den Ausgang anderer Kampfhandlungen.

Der Tag vor Danshu (dem siebenundzwanzigsten Tag Nesans) war der erste von drei Tagen schwerer Kämpfe auf beiden Seiten des Erinin gegen das Vordringen der Aiel nach Tar Valon. Es gab auch Kämpfe um die Brücken über den Alindrelle Erinin. Der erste Schnee war schon längst gefallen, und beide Seiten wurden nicht nur durch den hohen Schnee am Boden behindert, sondern auch durch mehrere kurze Schneestürme während der ersten beiden Kampftage. Die Aiel hatten niemals zuvor Schnee erlebt, und doch beeinträchtigte er ihre kämpferischen Energien offenbar nicht. Ihre Flankenangriffe und periodischen Vorstöße hielten das Bündnis in der Defensive. Am Morgen des zweiten Tages tobten noch schwere Schneestürme, aber am späten Nachmittag klarte das Wetter auf, und das Ende der Schlacht wurde zwar in tiefem Schnee, aber unter einem hellen, klaren Himmel ausgetragen.

Gegen Ende des dritten Tages führten die Aiel schließlich ihren Plan aus, Laman von Cairhien zu töten, und es gelang ihnen während der darauffolgenden Nacht, ihre Kräfte an der Ostseite des Erinin zusammenzuziehen. Sicherlich wären Schiffe beim Versuch, sich dem Kampfgebiet zu nähern, von Katapulten und Feuerpfeilen beschossen worden. Aus diesem Grund hielten sich Händlerschiffe stets weit von Schlachten fern, und viele Flußschiffe, die auf das Ende der Schlacht warteten, hatten sich oberhalb und unterhalb von Tar Valon versammelt. Die Aiel benutzten Ruderboote und sogar Baumstämme, um jene Schiffe zu erreichen und sie zu kapern, ohne daß am Ufer etwas bemerkt wurde. Mit Seilen zogen sie diese Schiffe dann, stets bis fast zum Versinken beladen, wie Fähren zwischen den Ufern hin und her. Ein bemerkenswertes Heldenstück, um so mehr, wenn man bedenkt, daß die Aiel weder mit Flüssen noch mit Schiffen vertraut waren. Bei Sonnenaufgang des vierten Tages zogen sie bereits ostwärts.

Dieser Zug erwischte das Bündnisheer unvorbereitet, aber in der Annahme, daß sich die Aiel geschlagen zurückzögen, begann das Bündnis eiligst eine Verfolgung zu Pferde und verstrickte die Nachhut der Aiel in Scharmützel, die am späten Nachmittag des zweiten Tages nach Danshu begannen. Einige dieser Kämpfe verliefen in der Tat recht heftig und wiederholten sich zwanzig Tage lang in unregelmäßigen Abständen bis nur sechs Tage vor dem Lichterfest, als sich die Aiel nach Brudermörders Dolch zurückzogen und die Bündniskräfte die Verfolgung aufgaben.

Die meisten Historiker berichten, daß die Schlacht an der Leuchtenden Mauer drei Tage andauerte, aber einige schließen den ersten Verfolgungstag mit ein, wodurch es insgesamt vier Tage wären. Einige wenige behaupten wahrhaftig, die Schlacht habe angedauert, bis die Aiel nach Brudermörders Dolch hinein ›gejagt wurden‹. Der Wert letzterer Überlieferungen kann an der Tatsache gemessen werden, daß sie ebenso behaupten, die Aiel seien nur knapp entkommen, bevor ein starker Angriff des Bündnisses sie vernichtet habe. Jeder tüchtige Heereshistoriker erkennt sofort, daß das Bündnis – wäre es tatsächlich zu einem solchen Angriff in der Lage gewesen – diesen bereits während der ersten Verfolgungstage geführt hätte, bevor seine Infanterie sowohl von der eigenen Kavallerie als auch von den Aiel überholt worden wäre. Scharmützel mit tausend und mehr Männern auf beiden Seiten fanden während der gesamten Verfolgung statt.

Im Frühjahr des Jahres 979 NÄ unterzog sich Cairhien, das im Aiel-Krieg seinen König und einen großen Teil der Heereskräfte verloren hatte, einer internen politischen Neuausrichtung der Häuser – auch als der Vierte Krieg der Cairhienischen Erbfolge bekannt –, die damit endete, daß das Haus Damodred den Thron an das Haus Riatin verlor. Der Konflikt wurde überwiegend durch das große ›Spiel der Häuser‹ ausgetragen und führte niemals gänzlich zum Bürgerkrieg. Diese politische Neuordnung schien den Feindseligkeiten gegenüber Andor ein Ende zu setzen, aber sie bedeutete auch, daß Taringail Damodred sich seinen Traum nicht mehr erfüllen konnte, einen Sohn auf dem Thron Cairhiens und eine Tochter auf dem Thron Andors zu sehen. Ihm nahestehende Menschen berichteten, das habe ihn verbittert, und einige glauben, er könnte geplant haben, den Löwenthron von Andor selbst einzunehmen. Im Jahre 984 NÄ wurde er ermordet. Die meisten Quellen vermuten, daß seine Ermordung vom Hause Riatin von Cairhien angeordnet wurde, um zu verhindern, daß die Erben des Hauses Damodred nach dem Thron streben könnten, aber es gab auch Gerüchte, daß jemand es getan habe, der Morgase treu ergeben war, um sie vor Taringails Ehrgeiz zu schützen.

Im Herbst des Jahres 997 NÄ erklärte sich in Ghealdan ein Mann, der als Logain Ablar bekannt ist und die Macht lenken konnte, zum Wiedergeborenen Drachen. Artur Falkenflügels taktische Meisterschaft war nötig gewesen, um Amalasan aufzuhalten. Wer würde diesen neuen falschen Drachen fassen oder gefangennehmen? Nachdem Ablar Krieg über Ghealdan, Altara und Murandy gebracht hatte, wurde er jedoch tatsächlich von einem losen Bündnis südlicher Nationen gefangengenommen und zur Weißen Burg gebracht, wo er gedämpft wurde.

Das Erscheinen eines falschen Drachen schien den Leichtgläubigen eine Warnung vor zu erwartenden Seltsamkeiten zu sein, da im Jahre 998 NÄ plötzlich Trollocs in Emondsfelde, einem kleinen Bauerndorf in Andor, einst in der Nation Manetheren gelegen, auftauchten, die seit den Trolloc-Kriegen nicht mehr außerhalb der Grenzlande gesehen worden waren. Mit den Worten eines der Berichterstatter: ›Alles zuvor Geschehene war nur Staub, der die Hänge herabrieselt. Die Lawine sollte erst noch folgen.‹

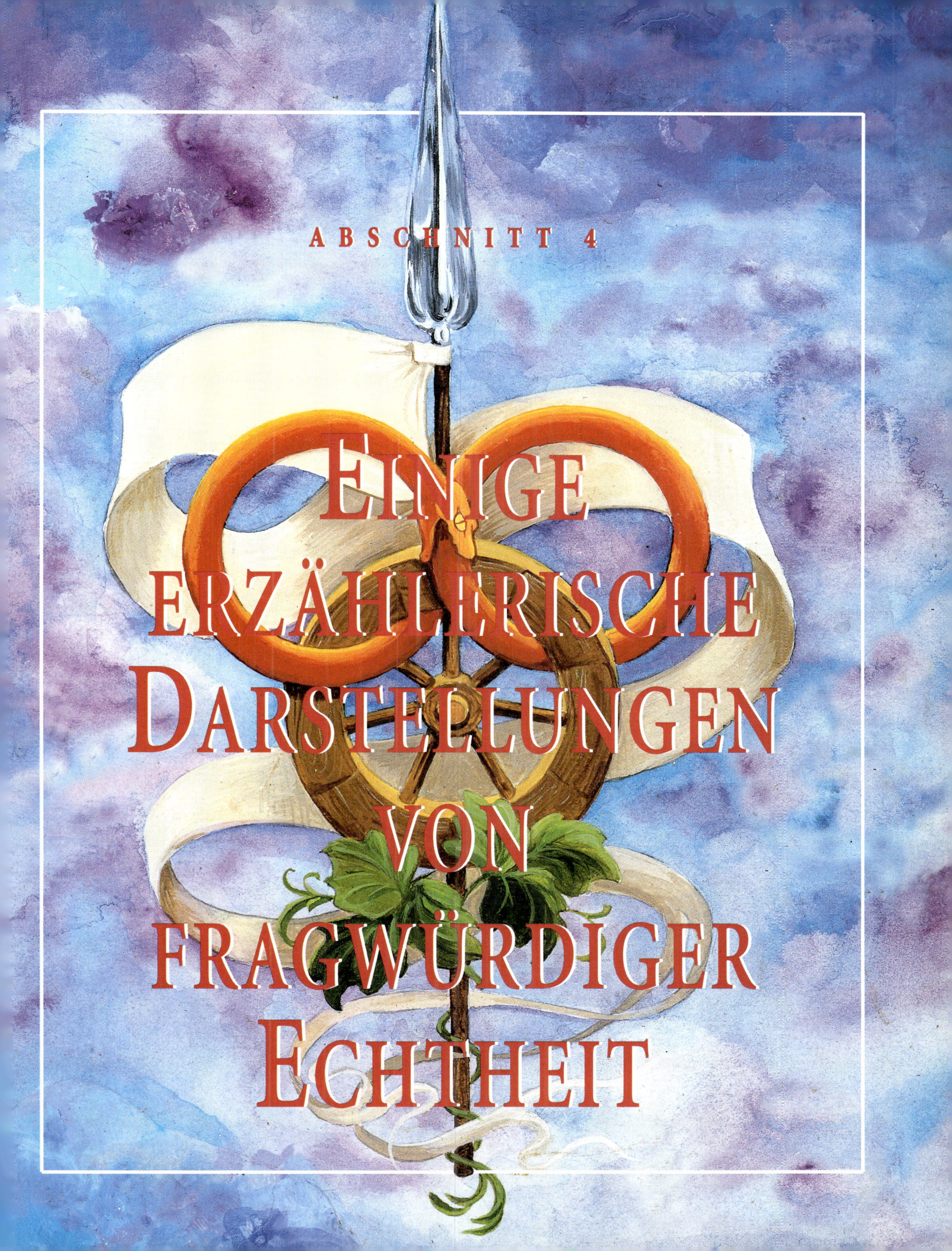

ABSCHNITT 4

Einige erzählerische Darstellungen von fragwürdiger Echtheit

© DKS

© DKS

©DKS

©DKS

ABSCHNITT 5

DIE WELT DES RADES

Die Welt nach der Zerstörung

Geographiestudenten wissen, daß Wind, Wetter und Zeit die Gestalt jedes Kontinents oder Meeres verändern können. Unsere Welt hat jedoch durch die Zerstörung zwei sehr unterschiedliche Geographien.

Keine überlieferten Landkarten zeigen die Welt so, wie sie war, bevor ihre Kontinente durch die Eine Macht auseinandergerissen wurden, aber es besteht kein Zweifel, daß sie sich erheblich von der heutigen Welt unterschied. Die Zerstörung scheint von Shayol Ghul nach außen gedrungen zu sein – was verständlich ist, da die Hundert Gefährten ursprünglich hier wahnsinnig wurden –, und in entfernteren Teilen der Welt war die Zerstörung vielleicht nicht so umwälzend. Unser heutiges Wissen ist auf gelegentliche Hinweise beschränkt, die von Forschern und Studenten historischer Geographie entdeckt wurden: Ruinen, die offensichtlich weit von ihrer ursprünglichen Umgebung entfernt stehen, oder Gegenstände, die gewisse Hinweise auf ihren Ursprung geben.

DIE WELT

Geographen neuerer Zeit verstehen erst allmählich die wahren Dimensionen und Grundzüge der Welt. Forscher und Händler bringen Kunde über Länder jenseits des Meeres und der Wüste mit, aber noch immer sind große Gebiete auf keiner Karte verzeichnet.

GEWICHTE UND MASSE

Meile: Ein Entfernungsmaß, das eintausend Spannen entspricht.

Hufe: Eine Gebietseinheit zur Landvermessung, entspricht 100 mal 100 Schritten.

Spanne: Ein Entfernungsmaß, das zwei Schritten entspricht. Ein Schritt sind drei Fuß. Eintausend Spannen sind eine Meile.

Gewichtseinheiten:
10 Unzen = 1 Pfund
10 Pfund = 1 Stein
10 Steine = 1 Zentner
10 Zentner = 1 Tonne

Es gibt drei Hauptkontinente und je eine Eisregion an beiden Polen. Unser Land, die Aiel-Wüste und Shara bilden einen Kontinent, und Seanchan den zweiten, weitaus größeren, der weit über das Aryth-Meer hinweg in westlicher Richtung liegt. Ein unbenannter Kontinent, der nur durch Meervolk-Forschungen bekannt ist, liegt weit im Süden. Ein vierter Kontinent könnte hinter den wuchtigen Eismassen der südlichen Polarregionen verborgen liegen, was aber nicht genau bekannt ist.

DER HAUPTKONTINENT

Nur der Teil dieses Kontinents, in dem sich unsere Länder befinden, ist vollständig kartographiert. Diese Länder werden im Norden von den Bergen des Verderbens, im Westen vom Aryth-Meer, im Süden vom Meer der Stürme und im Osten vom Rückgrat der Welt (auch als Drachenmauer bekannt) begrenzt.

Die Berge des Verderbens erheben sich vom Ostmeer, verlaufen durch die Aiel-Wüste und durch Shara direkt bis zum Westmeer und vielleicht sogar unter Wasser noch weiter, wenn sie, wie vermutet, eine weltweite Erhebung sind, die während der Zerstörung gebildet wurde.

Sowohl nördlich als auch südlich der Berge des Verderbens erstreckt sich das als Große Fäule bekannte unfruchtbare Land, ein vollkommen vom Dunklen König verdorbenes Gebiet, in dem Trollocs, Myrddraals und andere bösartige Schattenwesen leben. Tief in der Fäule liegt der dunkle Vulkan Shayol Ghul, der Ort, an dem sich das Gefängnis des Dunklen Königs befindet. Einige sehr alte Überlieferungen deuten darauf hin, daß der Berg vielleicht einst eine Insel in einem kühlen Meer war. Unterhalb der verbotenen Hügel von Shayol Ghul erstreckt sich ein nebelverhülltes Tal, das als Thakan'dar bekannt ist. Trotz des Nebels und der vorhandenen Eismassen nur wenige hundert Meilen nördlich ist dieses winterkalte Tal genauso trocken wie jede Wüste.

Rund um Shayol Ghul und nördlich der Großen Fäule erstreckt sich eine Wüste, die als Verdorbenes Land bekannt ist. Ohne jedes Leben, wird diese Einsamkeit sogar von den widerlichen Wesen der Großen Fäule gemieden. Historiker glauben, daß dieses Gebiet die Hauptlast des Krieges der Macht trug und daß es daher vollkommen verdorrte. Durch seine Nähe zu Shayol Ghul und dem verderblichen Einfluß des Schattens wurde dieser Zustand zweifellos erhalten. Niemand weiß, ob nördlich des Verdorbenen Landes noch etwas anderes als das Eis des Nordmeers liegt. Jain Weitschreiter soll freiwillig dorthingereist sein, aber welches Wissen auch immer er erlangte, es ging verloren, als er in den weglosen Tiefen dieses Gebietes verschwand.

Im Westen des Landes liegt das große Aryth-Meer.

Im Süden befindet sich das Meer der Stürme und in einiger Entfernung der Südküste die Inseln des Meervolks. Diese Inseln liegen in etwa südlich von Illian und Mayene im Meer der Stürme verstreut, und nur das Meervolk selbst kennt ihre genaue Anzahl und Lage.

Im Osten des Landes liegt die hoch aufragende Bergkette des Rückgrats der Welt, auch Drachenmauer genannt, die das Land von der Aiel-Wüste trennt. Es gibt nur vier begehbare Pässe durch diese Berge und eine Südroute um sie herum. Der nördlichste Übergang, der Tarwin-Paß, liegt zwischen den Bergen des Verderbens und der Drachenmauer am Rande des Gebietes, das früher das Königreich von Malkier genannt wurde. Jetzt ist es Teil der Großen Fäule. Weiter südlich, am Rande Shienars, schlägt der Niamh-Paß eine Bresche durch die Berge, der in Wirklichkeit aus einer Reihe von Pfaden besteht, welche die Bergkette zur Aiel-Wüste durchqueren.

Der bekannteste Übergang, der Jangai-Paß, liegt unmittelbar südlich von Brudermörders Dolch, dem vorherrschenden Gipfel der Bergkette in Cairhien. Während des Aiel-Krieges überquerten die Aiel den Jangai nach Cairhien hinein. Vor dem Krieg führte hier die Haupthandelsroute zwischen Cairhien und Shara entlang. Sie wird noch immer von Kesselflickern und Händlern benutzt, die Handel mit den Aiel treiben wollen.

Es gibt am Ostende des Haddon Mirk noch einen weiteren, unbenannten Übergang über die Berge, südlich der Quelle des Iralell, der nur zum Ogier-*Stedding* Shangtai führt.

Eine Landpassage südlich der Drachenmauer ist möglich, erfordert aber die Durchquerung der gefährlichen Versunkenen Lande unmittelbar nördlich von Mayene und führt nur zu den Trockensanden im südlichen Teil der Aiel-Wüste.

Die Versunkenen Lande sind ein riesiger, trügerischer Salzwassersumpf, ein dichter Laubdschungel mit gelegentlichen seichten Stellen, die mit hohen Gräsern zugewachsen sind. Es gibt nur wenige freie Wasserwege und noch weniger trockenes Land.

Der Sumpf ist von einer Vielfalt fliegender und schwimmender Geschöpfe bevölkert. Unter den eher gefährlichen Schwimmern sind die Wassereidechsen zu nennen, die bis zu zwanzig Fuß lang werden können, einen mächtigen Kiefer und messerscharfe Zähne haben. Die meisten Schlangen sind überaus giftig. Unter den weniger gefährlichen Geschöpfen gibt es viele buntgefiederte Vögel: den *Nedar* oder Gurami, der bis zu dreihundert Pfund schwer werden kann; den *Soetam*, eine große Ratte, die zehn Stein wiegt, und die Sumpfkatze, die im Durchschnitt eineinhalb Zentner schwer wird. Diese grüngrau gesprenkelte Sumpfkatze schwimmt gern, im Gegensatz zu ihren landgebundenen Verwandten. Außerdem gibt es zwei Arten sehr kleinen Rotwilds: den Spießbock, der einem Menschen kaum bis zum Knie reicht, und das Gabelhorn, das hüfthoch wird. Wie jedes andere Säugetier der Versunkenen Lande können auch sie sehr gut schwimmen.

Östlich der Versunkenen Lande und an die Küste angrenzend liegt *Termool* oder Trockensand. Südlich der Aiel-Wüste gelegen, ist dies ein Gebiet, in dem selbst die kundigen Aiel kein Wasser finden. Diese Sandwüste aus Wanderdünen, die zwei- oder dreihundert Fuß hoch werden können, besitzt weder Oasen noch Quellen und gilt als völlig unbelebt. Schreckliche Sturmwinde erheben sich plötzlich, wehen mehrere Tage lang unvermindert und lassen weite Gebiete rauher Landschaft völlig verändert zurück. Selbst die Aiel meiden diese Gegend.

Die Aiel-Wüste nördlich des Trockensands ist die Heimat der großen Aiel-Clans; sie nennen sie das Dreifache Land. Über die Aiel-Berichte hinaus ist nur sehr wenig über dieses Land bekannt. Der größte Teil der Wüste besteht aus weglosem Ödland und trockenen Ebenen mit einer gelegentlichen Oase oder Bergkette. Man weiß, daß sich drei kleinere Bergketten vom Rückgrat der Welt aus in die Wüste erstrecken.

Irgendwo tief in der Wüste liegt die uralte Stadt Rhuidean, aber nur die Aiel kennen ihre genaue Lage.

Entlang des nordöstlichen Randes der Wüste erheben sich einhundert bis einhundertfünfzig Fuß hohe Klippen. Von den Aiel Klippen der Dämmerung genannt, erstreckt sich diese große Landmasse (zweifellos während der Zerstörung entstanden) von den Bergen des Verderbens ungefähr zweihundertfünfzig Meilen südwärts und wird von einer Reihe Bergketten unterschiedlicher Höhe noch überragt. Der übrige östliche Rand der Wüste wird von einem massiven Erdspalt begrenzt, der eine Tiefe von einer Meile bis zu drei Meilen aufweist. Der Große Riß verläuft vom Ende der Klippen der Dämmerung über vierhundertfünfzig Meilen weit ins Meer der Stürme. Er wird auf beiden Seiten von Ödland und Bergen begrenzt, aber die Ostseite, von der Wüste abgewandt, scheint sehr fruchtbar zu sein.

Es ist nicht bekannt, wie weit sich dieses Ödland nach Osten erstreckt, und es gibt auch kaum weitere Informationen über dieses Gebiet. Shara, wie es (unter anderem) von den Bewohnern genannt wird, die ihre Zurückgezogenheit eifersüchtig schützen, wird im Süden vom Meer der Stürme und im Osten vom Morenal-Meer begrenzt. Es soll an der Südküste fünf befestigte Seehäfen besitzen, in denen aller Auslands-Seehandel betrieben wird. Nur auf wenigen Landkarten ist die Shara-Küste ausgewiesen, denn wer allein schon in ihre Sichtweite gelangt, fordert eine heftige und häufig auch tödliche Abwehr der Einheimischen heraus. Die fünf befestigten Häfen im Süden sind die einzigen Häfen, die fremden Schiffen zugänglich sind.

Die Berge des Verderbens in Seanchan wurden von den Männern in Artur Falkenflügels einfallenden Heeren so benannt, die sofort eine Ähnlichkeit zwischen diesen und unseren Bergen desselben Namens feststellten. Seanchan umfaßt auch einen Teil der Großen Fäule, obwohl sie dort weniger gefährlich ist, da Trollocs und Myrddraals während des Jahrtausends nach der Zerstörung in diesem Teil der Welt völlig ausgelöscht wurden. Dennoch findet man noch immer einige Wesen, wie den Draghkar, in diesem Teil der Großen Fäule.

Falkenflügels Eindringlinge erkannten die bedingte ›Sicherheit‹ an diesem Ort offenbar, denn sie nannten ihn – obwohl ein Mensch dort schneller sterben kann als in jeder anderen Umgebung im Reich Seanchan – die ›Geringere Große Fäule‹. Die Seanchaner selbst nennen ihn im allgemeinen einfach Große Fäule.

Die Meerleute erzählen furchterregende Geschichten über jene, die das Land der Wahnsinnigen zufällig betraten und wieder zu ihren Schiffen zurückkehrten. Die Einheimischen erholten sich anscheinend nie von der Zerstörung. Es wird berichtet, daß die Menschen in kleinen, primitiven Dörfern in elenden Hütten leben. Jeder Fremde läuft Gefahr, Machtlenkern beiderlei Geschlechts zu begegnen. Die männlichen Machtlenker sind wegen des Makels häufig wahnsinnig, aber die Frauen sind genauso gefährlich und unberechenbar. Begegnet der Fremde keinem Machtlenker, wird er von einer Meute Dorfbewohner überwältigt, die jeden Fremden zu töten versuchen. Anscheinend gibt es keine Möglichkeit eines friedlichen Kontakts.

DER KONTINENT SEANCHAN

Weit jenseits des Aryth-Meeres liegt der Kontinent Seanchan. Im Westen vom Morenal-Meer und im Osten vom Aryth-Meer begrenzt, soll seine größte Breite auf der südlichen Hemisphäre ungefähr vierhundert Meilen betragen. Die Entfernung von den Bergen des Verderbens im Norden zum südlichsten Punkt des Kontinents beträgt ungefähr viertausend Meilen.

Kreuz und quer von Flüssen und Bergketten durchzogen, besitzt der Kontinent im Süden, Osten und Westen auch vier Hauptinseln sowie drei in der Passage des Nordmeers gelegene Inseln.

DAS LAND DER WAHNSINNIGEN

Ungefähr gleich weit von den Grenzen Seanchans entfernt und südlich von unserem Land jenseits des Meers der Stürme liegt der dritte Kontinent. Namenlos bis auf die Bezeichnung, die ihm seine Bewohner gegeben haben, wurde er vom Meervolk entdeckt, die ihn das ›Land der Wahnsinnigen‹ nannten und ihn möglichst mieden. Bis zur vorliegenden Veröffentlichung waren sie die einzigen, die von seinem Vorhandensein wußten. Das Meervolk hat nicht einmal versucht, seine Küstenlinie zu kartographieren, obwohl man festhielt, daß der Kontinent von Osten nach Westen ungefähr siebenhundertfünfzig Meilen breit und von Süden nach Norden fünfhundert Meilen lang ist und sich seine Südküste bis auf fünfhundert Meilen an den Südgletscher heran erstreckt.

An der Küste befinden sich viele aktive Vulkane, die von See aus leicht erkennbar sind. Erdbeben und heftige Stürme sind in diesen Meeren üblich, und Eisberge bilden eine ständige Gefahr für Schiffe, die sich von der Südküste dieses Kontinents zu weit entfernen.

Shara

Nur die Argwöhnischen wagen es,
sich mit Wanderdünen einzulassen.

Ein Meervolk-Sprichwort über Shara

Das Land Shara blieb während der gesamten Geschichte seit der Zerstörung ein Rätsel. Durch steile Klippen oder die Stadtmauern der Küstenstädte von der Sicht Außenstehender abgeschnitten, schien das Volk von Shara entschlossen, sein Land und seine Kultur vor jedem möglichen fremden Einfluß zu schützen. Man weiß nicht, ob Shara Verunreinigung fürchtete oder sein Volk daran hindern wollte, etwas über die Außenwelt zu erfahren. Das meiste, was über Shara bis zum heutigen Tag bekannt ist, stammt aus den Schriften Jain Weitschreiters, des Meervolks und der Aiel. Diese drei Quellen widersprechen sich häufig, aber dennoch ergibt sich daraus das Bild eines Volkes, das mitunter äußerst zwiespältig ist. In Weitschreiters *Reisen* wird schlicht behauptet, daß es für die Kultur Sharas typisch sei, Fremde zu belügen. Nur wenige Berichte über die Menschen Sharas können als feste Tatsachen angesehen werden – mit Ausnahme der Erfahrungen von Händlern und Forschern, die sich mit ihnen beschäftigt haben. Sogar der Name ihres Landes scheint sich ständig zu ändern. Für diese Aufzeichnungen werden wir den Namen Shara beibehalten, denn er ist am leichtesten auszusprechen.

DAS LAND DER GRENZEN

Mit einem Meer an zwei Seiten, Bergen, Klippen und einem Erdspalt an den beiden anderen fiel es Shara nicht allzu schwer, den Zugang von Fremden zu begrenzen. Der Außenhandel ist streng auf die sechs dazu bestimmten Handelsstädte entlang den Klippen der Dämmerung und auf die fünf Handelshäfen an der Südküste beschränkt.

Diese Häfen und Städte sind so hoch ummauert, daß sich ihr Inneres dem Blick von außen entzieht. In den Hafenstädten erstrecken sich diese Mauern bis zum Hafen selbst. Keines der Gebäude dahinter ist hoch genug, um von außen gesehen zu werden, und Fremden ist es bei Todesstrafe untersagt, über oder auch nur auf die Mauern zu gelangen. An der Ostküste gibt es keine Handelshäfen. Jedes Schiff, dessen Besatzung so tollkühn ist, in Sichtweite dieser Küste zu segeln, wird von den einheimischen Machtlenkern rüde zurechtgewiesen. Jene unglücklichen Menschen, die absichtlich oder nach einem Schiffbruch das Land betraten, sind auf Nimmerwiedersehen verschwunden – entweder versklavt oder bei Entdeckung sofort getötet.

GEFÄHRLICHER HANDEL

Die Sharaner gewähren Fremden selbst innerhalb der bezeichneten sicheren Handelszonen ihrer Häfen und Städte keinen Einblick in ihr Leben, was oft sogar auch die Waren betrifft, die sie verkaufen. Händler lernen schnell, ihre Käufe sorgfältig auszuwählen. Wenn sie Stoff kaufen, auch wenn sie ihn in großen Mengen erstehen, muß jedes Bündel entrollt und von Anfang bis Ende geprüft werden, um sicherzustellen, daß er die richtige Länge hat und das Material durchgehend gleich ist. Die Shara-Händler geben nicht einmal ihre äußere Erscheinung preis und gehen unter Fremden nur mit Umhängen verhüllt und verschleiert umher. Als Ergebnis dieser Absonderlichkeit ist der Handel so erschwert, daß niemand Geschäfte mit Shara machen würde, wenn ihre Waren nicht so überaus einträglich wären. Doch die Seide und das Elfenbein, das sie exportieren, sind nirgendwo sonst (außer vielleicht in Seanchan) zu bekommen, und es besteht große Nachfrage danach.

Das Meervolk bestreitet zumeist den Handel in den Hafenstädten, obwohl gelegentlich auch Schiffe aus Illian, Mayene und einigen anderen seefahrenden Ländern ankommen. Der Landhandel lag dank der von den Aiel gewährte Passage überwiegend in den Händen Cairhiens, aber seit dem Aiel-Krieg war der Überlandhandel weitgehend nur eine Sache der Aiel und gelegentlich eines mit den Aiel befreundeten Händlers. Im allgemeinen sind die Menschen es zufrieden, dem Meervolk den Handel mit Shara zu überlassen, selbst wenn dies einen höheren Preis bedeutet.

HERRSCHER UND HERRSCHAFTSFORMEN

Die Sharaner beanspruchen für sich, ein einiges Reich zu sein, das seit der Zerstörung vollkommen im Frieden lebt, ohne Kriege oder Aufstände. Sie behaupten häufig, daß selbst die Trolloc-Kriege ihr Land nicht berührt hätten, im Gegensatz zu der Aussage der Aiel, daß dies doch der Fall gewesen sei, und der Tatsache, daß die Berge des Verderbens und die Große Fäule den nördlichen Teil des Landes fast genauso durchschneiden wie unser eigenes. Gelegentlich räumt ein Sharaner ein, daß die Trollocs ein gewisses Problem darstellten. Sie leugnen beständig jegliches Wissen über Artur Falkenflügels Invasionsflotte und behaupten entgegen Augenzeugenberichten des Meervolks, es habe sie niemals gegeben.

Kürzlich wurden einige Handschriften entdeckt, die, wenn sie echt sind, einige enthüllende Informationen über das bisher geheime Land Shara liefern. Es ist nicht bekannt, ob diese Handschriften von einem Einheimischen oder einem Fremden angefertigt wurden, dem es gelang, die außergewöhnlich streng gehaltenen nationalen Sicherheitsvorschriften zu durchdringen. Wenn es ein Einheimischer war, muß es eine hochgestellte Persönlichkeit gewesen sein, die mit der Niederschrift ein hohes Risiko einging.

Diesen Handschriften zufolge wird das Land von einem unumschränkten Monarchen regiert, der im Falle einer weiblichen Herrscherin Sh'boan und im Falle eines männlichen Herrschers Sh'botay genannt wird. Dieser Monarch, der zur Zeit der Handschriften eine Sh'boan war, wählt einen Gefährten aus, in diesem Falle einen Sh'botay, und regiert dann sieben Jahre lang unumschränkt. Am Ende des siebten Jahres stirbt die regierende Monarchin, und die Herrschaft geht auf ihren Gefährten über, der eine neue Gefährtin erwählt und danach bis zu seinem Tod sieben Jahre lang regiert. Dieser Brauch wurde offensichtlich seit der Zeit der Zerstörung vor dreitausend Jahren unverändert beibehalten. Die Menschen glauben, der Tod der Herrschenden sei einfach der ›Wille des Musters‹, aber der unbekannte Schreiber denkt anscheinend anders darüber.

Die Ayyad

Die Handschrift besagt, daß es in Shara Machtlenker gibt, sowohl Männer als auch Frauen, die Ayyad genannt werden. Sie leben in Dörfern, die von der Außenwelt abgeschnitten und von hohen Mauern umgeben sind. Niemand außer den Ayyad darf eintreten, und vermutlich verläßt sie auch kein Ayyad ohne Erlaubnis, obwohl die Quelle dieser Erlaubnis etwas ungenau ist, was der Schreiber offensichtlich beabsichtigt hat. Jeder gewöhnliche Mensch, dem es gelingt, Zutritt zu einem dieser Dörfer zu erlangen, wird bei Entdeckung getötet. Alle Sharaner wissen, daß kein Ayyad die Macht ohne Anweisung oder Erlaubnis der jeweils regierenden Sh'boan oder des Sh'botay lenkt.

Die Ayyad werden nach der Geburt im Gesicht tätowiert. Wird bei einem Sharaner im späteren Leben entdeckt, daß er die Macht lenken kann, wird er ergriffen, tätowiert und für den Rest seines Lebens in ein Ayyad-Dorf gebracht, da man dies als Ergebnis einer Vereinigung zwischen einem seiner Vorfahren und einem Ayyad ansieht.

Geschlechtsverkehr zwischen Ayyad und gewöhnlichen Menschen bedeutet für den gewöhnlichen Menschen die Todesstrafe; für den Ayyad ebenfalls, sofern eine Vergewaltigung bewiesen werden kann. Jedes Kind aus einer solchen Verbindung wird getötet, indem es den Elementen preisgegeben wird.

Für gewöhnlich verlassen nur weibliche Ayyad die Dörfer. Männliche Ayyad werden vollkommen klösterlich gehalten. Es ist verboten, einem männlichen Ayyad das Lesen oder Schreiben beizubringen oder etwas anderes als zu essen, sich zu kleiden und einfache Aufgaben zu erfüllen. Männliche Ayyad werden zur Zucht weiblicher Ayyad benutzt. Die Ayyad führen – sehr ähnlich wie die Cairhiener die Stammbäume ihrer reinrassigen Pferde – genaue Aufzeichnungen über jede Erblinie.

Töchter werden von ihren Müttern, Söhne aber gemeinschaftlich aufgezogen. Anscheinend werden diese Jungen unter den Ayyad niemals ›Söhne‹ genannt, sondern nur ›die Männlichen‹. Hat ein Junge das Alter von ungefähr sechzehn Jahren erreicht, wird er aus seiner Gemeinschaft geholt, mit einer Kapuze verhüllt und in einem geschlossenen Wagen zu einem fernen Dorf gebracht, so daß er außerhalb der Dörfer nichts zu sehen bekommt. Wenn er sich in seinem neuen Dorf befindet, wird er mit einer Frau oder zwei Frauen zusammengeführt, die sich Kinder wünschen. Ungefähr mit einundzwanzig Jahren – oder eher, wenn es Anzeichen dafür gibt, daß er ein Machtlenker sein könnte – wird er erneut mit einer Kapuze verhüllt und fortgebracht, als würde er in ein anderes Dorf verlegt. Statt dessen wird er getötet und sein Körper verbrannt.

DEUTLICHES SCHICKSAL

Der Schreiber fährt mit einigen erstaunlichen Beschuldigungen fort, indem er behauptet, daß nicht der Wille des Musters für den alle sieben Jahre eintretenden Tod der Monarchen verantwortlich sei, sondern daß sie in Wirklichkeit von den Ayyad getötet würden. Tatsächlich sollen die Ayyad, unbemerkt vom Volk, die wahre Macht in Shara innehaben.

Der Monarch ist von Ayyad-Frauen als Dienerinnen umgeben. Nur über diese Frauen kann man sich Sh'boan oder Sh'botay nähern, und auch eine Antwort erfolgt üblicherweise über sie. Von Angesicht zu Angesicht mit Sh'boan oder Sh'botay sprechen zu dürfen, wird als selten gewährte große Ehre angesehen.

Überlebte ein Herrscher keine sieben Jahre, zeigte dies das Mißfallen des Schöpfers an, und im ganzen Land mußten Hoch- und Niedriggestellte gleichermaßen Buße leisten. Der Schreiber vermutet, daß diese Herrscher wahrscheinlich entdeckt hatten, daß die wahre Herrschaft über das Land in den Händen der Ayyad lag und die vorgeblichen ›Dienerinnen‹ im Umfeld des Monarchen im Auftrag der Ayyad handelten.

SKLAVEREI

Bei solch einer komplizierten Machtstruktur überrascht es nicht, daß die Sharaner auch Sklaverei betrieben. Wenn auch nur ein Teil dieser Handschrift der Wahrheit entspricht, zeichnet sich ein düsteres Bild ab. Vielleicht sollte man dankbar sein, daß sie ihre Geheimnisse hinter ihren Mauern bewahren, statt ihre Lebensweise den Nachbarn aufzudrängen.

Seanchan

Auf den Höhen sind die Pfade
mit Dolchen gepflastert.

Seanchanisches Sprichwort

Obwohl ihr Land viel weiter von unserem entfernt ist als Shara, fast dreitausend Meilen jenseits des Aryth-Meeres, muß das Volk von Seanchan angesichts der kürzlichen Ereignisse ernstgenommen werden. Um die Seanchaner zu verstehen, muß man zunächst sowohl ihre eigene Geschichte als auch den Anteil unserer Vorfahren an ihrer Geschichte kennen. Denn genauso wie Artur Falkenflügel für die Entstehung vieler unserer gegenwärtigen Nationen und Bräuche verantwortlich war, war sein Sohn Luthair Paendrag Mondwin in noch größerem Maße für Seanchan verantwortlich. Und zwar in noch größerem Maße, denn Luthairs Vermächtnis gebührt die Ehre, im Gegensatz zum Reich seines Vaters noch immer vollständig und stark zu sein.

Bevor Falkenflügel Luthair und seine Truppen über das Meer sandte, war Seanchan ein sich ständig veränderndes Gebilde von Staaten unterschiedlicher Größe und wurde überwiegend von Aes Sedai regiert. Jeglicher Versuch, die Geschichte Seanchans kartographisch festzuhalten, trieb einen Kartographen zum Wahnsinn, da sich die Grenzen durch die häufigen Kriege ständig verschoben, wenn Länder vollkommen vereinnahmt oder geteilt wurden und Aufständische Teile anderer Länder abtrennten, die manchmal zu einem eigenen Staat wurden und manchmal wiederum erobert wurden.

Das seanchanische Reichssiegel zeigt einen goldenen Falken im Flug, der drei Blitze in den Klauen hält. Das Reichsbanner zeigt eine breite königsblaue Einfassung um ein weißes Feld, in dem ein goldener Falke im Flug drei Blitze in den Klauen hält. In Anwesenheit der Kaiserin (oder des Kaisers) ist es mit goldenen Fransen versehen. In Anwesenheit des Thronerben ist es mit blauen Fransen versehen.

Es ist das gleiche Banner, das Falkenflügels Sohn, Luthair Paendrag, bei seiner Eroberung Seanchans vorantragen ließ. Seit seinem Sieg ist es unverändert geblieben.

Aes Sedai, die ihre Macht offen einsetzten, schlossen zeitweise Bündnisse miteinander, wenn sie beispielsweise eine aus ihren Reihen unterstützten, die einen Thron errungen hatte. In Wahrheit aber plante und intrigierte jede Frau für sich. Tatsächlich war dies jedermanns Art – nicht nur die der Aes Sedai – in ganz Seanchan. Die wenigen, die wirklich treu zu ihrem Wort standen, wurden als Narren angesehen. Mord war die üblichste Todesform unter den Aes Sedai und allen, die Macht erlangten.

Seanchan war fast schon seit der Zerstörung ein Land, in dem beständig Ränke geschmiedet und Kriege geführt wurden. Bündnisse bestanden stets nur zeitweise, meist während der Dauer eines Krieges und häufig nicht einmal so lange. Es war fast üblich, daß ein Staat zu Beginn eines Krieges ein Bündnis mit der einen Seite und am Ende des Krieges mit der anderen einging, und recht häufig wechselten die Staaten die

Das *A'dam* ist ein *Ter'angreal*, das vermutlich allein Seanchan vorbehalten ist und benutzt wird, um eine Frau zu beeinflussen, die die Macht lenken kann. Das gebräuchlichste *A'dam* besteht aus einem silbernen Metallkragen und einem Armband, die miteinander verbunden sind. Das *A'dam* kann nur von einer Frau benutzt werden, die zumindest die Fähigkeit besitzt, mit der Macht umzugehen, und es wirkt bei keiner Frau, welche die Macht nicht lenken kann. Das *Ter'angreal* stellt eine Verbindung zwischen den beiden Frauen her, so daß die Trägerin des Armbandes ihre Wünsche und Sehnsüchte auf die Frau mit dem Halsband übertragen kann. Wenn ein Mann, der die Macht lenken kann, durch ein *A'dam* mit einer Frau verbunden ist, führt das meist zum Tod beider. Schon die bloße Berührung eines *A'dam* kann einem männlichen Machtlenker Schmerzen bereiten, wenn das *A'dam* von einer Machtlenkerin getragen wird.

Seiten im Verlauf eines Krieges mehr als einmal. Keiner traute dem anderen.

Dies war der Hauptgrund dafür, daß Luthair Paendrag und seine Nachkommen ganz Seanchan erobern konnten. Einige Staaten verbündeten sich mit ihm gegen andere, aber keine Partei blieb beständig. Schließlich vertraute Luthair Paendrag, den die Seanchaner den Hammer nannten, keinem Einheimischen mehr, ebensowenig wie seine Nachkommen und die Nachkommen seiner Soldaten und Gefolgsleute. Luthair hegte dank der Erfahrungen seines Vaters ein tiefes Mißtrauen gegenüber allen Aes Sedai-Angelegenheiten. Als er die Aes Sedai, die Seanchan regierten, als Mörderinnen erkannte, wurde aus diesem Mißtrauen echter Haß.

EINE NATION

Schließlich verhielten sich die Verbündeten von Luthairs Nachkommen treu ergeben, weil inzwischen deutlich wurde, daß Luthairs Dynastie die größte Macht in Seanchan darstellte. Der höchste Adel Seanchans entstammte zur Gänze den Gefolgsleuten Luthair Paendrags, und es dauerte Jahrhunderte, bevor andere in den Stand ›des Blutes‹ erhoben wurden. Das eroberte Gebiet hatte jedoch für fast zweihundert Jahre Bestand, und weitere zwei Jahrhunderte vergingen, bevor der letzte Widerstand besiegt war und Luthairs Nachkommen ein vollkommen befriedetes Land regierten.

Ein weiterer Faktor, der Luthair Paendrag in die Lage versetzte, ein solch großes Land mit dermaßen vielen widerspenstigen Aes Sedai zu erobern, waren die Entdeckung des *A'dam*, das es ihm ermöglichte, gefangene Aes Sedai in seinen Dienst zu zwingen, und die später erfolgte Entdeckung der *Sul'dam*, was bedeutete, daß er gar keine Aes Sedai-Verbündeten mehr brauchte. Es besteht kein Zweifel, daß die gegenwärtige Macht der Kaiserfamilie über einen ganzen Kontinent unmittelbar mit der Unterjochung und Beherrschung aller Seanchan-Aes Sedai zu tun hat. Und fast ebenso sicher wußte Luthair von Anfang an, daß *Sul'dam* Frauen waren, die den Gebrauch der Einen Macht erlernen konnten, aber durch seinen Haß auf die Aes Sedai wurde dieses Wissen wahrscheinlich unterdrückt.

DIE MACHT KOPPELN

Im modernen Seanchan werden junge Frauen auf ihre Fähigkeit geprüft, die Macht zu lenken oder das Armband bis nach der Offenbarung zu tragen. Diejenigen, denen die Fähigkeit angeboren ist, werden als *Damane* sofort gekoppelt und in Dienst genommen. Sie werden vollständig aus den Familienaufzeichnungen und den Bürgerlisten getilgt, denn eine *Damane* ist weniger als ein Mensch. Da sie aber brauchbare Sklaven abgeben, werden *Damane* selten getötet, auch für solche Übertretungen nicht, die jeder geringerwertige Sklave mit dem Leben bezahlen würde. Sie werden als Strafe allerdings häufig schrecklich verstümmelt, da man die Macht auch ohne Hände, Füße oder Zunge lenken kann.

Junge Frauen, welche die Fähigkeit aufweisen, das *A'dam* benutzen zu können, aber die Macht nicht lenken können, werden zu *Sul'dam* oder ›Koppelhaltern‹ gemacht, für ihre Fähigkeiten geehrt und erlangen häufig auch Ansehen für ihre Familien. Sie werden in etwa auf die gleiche Art in der Fürsorge und Behandlung der *Damane* ausgebildet, wie ein Jäger ausgebildet wird, seine Hunde zu dressieren, nur daß die Verbindung weitaus persönlicher ist. Die *Sul'dam*, an roten Tafeln und gegabelten Silberpfeilen auf der Brust und an den Seiten ihrer dunkelblauen Gewänder zu erkennen, sind für jede Handlung der unter ihrer Aufsicht stehenden *Damane* verantwortlich. Es gibt natürlicherweise stets weitaus mehr *Sul'dams* als *Damane*. Daher ist es ungewöhnlich, wenn eine *Damane* im Verlauf ihres Lebens verschiedene *Sul'dams* hat.

Die *Damane* helfen auch beim Bau großer Brücken oder anderer Bauwerke, die ohne die Eine Macht nur schwer oder gar nicht zu errichten wären. Die wenigen *Damane*, die die Erdmacht ausreichend stark beherrschen, spüren Metalle und seltene Erze auf, veredeln sie und werden hoch geschätzt. Einige *Damane* werden auch zur Heilung reicher oder hochstehender Kranker und Verletzter eingesetzt. Häufig wird die Heilung jedoch abgelehnt, weil man glaubt, Aes Sedai seien keine Menschen. Vielleicht wird von dieser Fähigkeit deshalb selten Gebrauch gemacht. Die Fertigkeiten der *Damane* unterscheiden sich sehr von jenen, die Aes Sedai auf vielen Gebieten zeigen.

Männer, welche die Macht lenken können, werden hingerichtet und aus allen Überlieferungen gelöscht.

KLASSENSTRUKTUR

Seit der Eroberung durch Luthair hat sich Seanchan zu einer hierarchisch gegliederten Nation entwickelt, deren Gesellschaftsschichten recht starr festgelegt sind. Das heißt nicht, daß es keine Machtkämpfe gibt; diese finden aber fast alle zwischen Mitgliedern derselben Klasse statt. Die Gesellschaft gründet sich auf das Prinzip, daß jeder seinen Platz hat, an dem er dienen muß, und daß jeder seinen Platz auch ausfüllen sollte.

Die niedrigste Klasse in Seanchan sind üblicherweise die *Da'covale*, ›jene, die Eigentum sind‹, oder einfach *Covale*, ›Eigentum‹. Luthair war zweifellos überrascht, eine Kultur anzutreffen, die Menschen wie Tiere oder Haushaltswaren kaufte und verkaufte, aber sofern die Eroberer jemals versuchten, es zu ändern, scheiterten sie. Tatsächlich scheinen der größte Teil der Kultur und die meisten Bräuche Seanchans die Invasion unbeschadet überstanden zu haben. Man könnte sagen, Seanchan habe die Eindringlinge einfach vereinnahmt.

Ironischerweise sind – vielleicht aufgrund der weitverbreiteten Sklaverei – seanchanische Ehre und Macht nicht wie in den meisten ande-

Das erste *A'dam* wurde von einer Aes Sedai, Deain, geschaffen, die damit um Luthair Paendrags Gunst zu buhlen versuchte. Sie wußte, daß er keine Aes Sedai in seinen Heeren aufnahm, und die meisten Aes Sedai haßten ihn. Deain glaubte, Luthair würde letzten Endes siegen, und war überzeugt, daß sie reich belohnt würde, wenn sie ihm ein Geschenk machte, das ihm, bewußt oder unbewußt, die Macht der Aes Sedai zuspielte.

Mehrere Jahre danach wurden die ersten *Sul'dam* gefunden – Frauen, die lernen konnten, die Macht zu lenken, und die zwar den Funken besaßen, die Macht aber nicht ohne Ausbildung lenken konnten. Diese Frauen wurden als ideale Aufseher für die *Damane*, die Gekoppelten, angesehen. Zu ihrem Kummer wurde Deain mit Hilfe ihrer eigenen Erfindung gebannt. Sie war immerhin eine Aes Sedai und somit nicht vertrauenswürdig. Es wird berichtet, ihre Schreie hätten die ›Türme der Mitternacht erschüttert‹.

Als das *A'dam* im allgemeinen Gebrauch war, schwand der Titel Aes Sedai völlig aus Seanchan, und jene, welche die Macht lenken konnten, wurden wieder *Marath'damane* genannt, oder ›jene, die gekoppelt werden müssen‹.

Die Seanchaner legen auf Auftreten und Etikette größten Wert, und äußere Zeichen des jeweiligen Ranges sind wichtig. Die Art, wie Seanchaner ihre Köpfe rasieren, verdeutlicht diesen Punkt.

Mitglieder des Adels rasieren sich die Seiten des Kopfes, so daß oben ein Haarschopf bleibt, der häufig bis auf den Rücken hinabfällt. Ein Sprecher des Adels trägt die linke Seite des Kopfes rasiert und die rechte geflochten. Ein Sprecher des Thrones trägt die rechte Seite rasiert und die linke geflochten. Mitglieder der kaiserlichen Familie rasieren die Vorderpartie des Kopfes und tragen das Haar ansonsten lang. Der Herrscher und der ernannte Erbe rasieren sich die Köpfe vollständig. Bürgerliche rasieren sich die Köpfe gar nicht. Unter den Seanchanern zeigt niemand öffentlich Kahlköpfigkeit. Männer, die kahl werden, tragen üblicherweise eine Perücke oder müssen sich die Köpfe zumindest mit einer Kappe bedecken.

Lange lackierte Fingernägel sind ein weiteres sichtbares Zeichen des Ranges. Je länger die Fingernägel, desto höher der Rang eines Adligen. Alle Adligen tragen zumindest am kleinen Finger übertrieben lange Fingernägel. Mitglieder der kaiserlichen Familie haben drei lange Fingernägel, und zwar am kleinen Finger, am Ringfinger und am Mittelfinger, es bleiben also nur der Zeigefinger und der Daumen ausgespart. Der Herrscher trägt stets alle fünf Nägel lang. Die Nägel aller Lords und Ladies sind in den Farben ihrer Häuser lackiert.

ren Ländern notwendigerweise mit Freiheit gleichzusetzen. Bürgerliche und Händler stehen rangmäßig nur wenig über niedriggestellten Sklaven, aber viele Sklaven der Oberschicht, wie die *So'jhin*, die erblichen höheren Diener des Adels, bekleiden einen höheren Rang als freie Männer und Frauen. Einige der geehrtesten und mächtigsten Mitglieder der seanchanischen Gesellschaft sind tatsächlich Eigentum der kaiserlichen Familie. Es bedeutet für einen frei geborenen Bürgerlichen eine selten gewährte, aber überaus begehrte Ehre, als hochrangiger Diener auserwählt zu werden, da es eine der wenigen Möglichkeiten ist, über seinen Geburtsstand hinauszugelangen. Der Verlust der Freiheit selbst für zukünftige Generationen wird als geringer Preis dafür angesehen.

Der höchste Rang in der seanchanischen Gesellschaft wird zweifellos vom Adel eingenommen. Ursprünglich nur Nachkommen Luthair Paendrags selbst oder seiner Offiziere, hat sich der Adel im Verlauf der Jahre geändert. Heute ist es gelegentlich auch einem gewöhnlichen Soldaten möglich, als Belohnung in den Adelsstand erhoben zu werden.

Gegenwärtig wird das Reich von der Kaiserin vom berühmten Kristallthron des Hofs der Neun Monde aus regiert. Da sie als direkte Nachfahrin Luthair Paendrags angesehen wird, regiert sie unumschränkt.

Die Thronfolge wird nicht durch das Geschlecht bestimmt oder wie in vielen anderen Königreichen auf das erste Kind übertragen. Die Kaiserin wählt ihren Nachfolger innerhalb der engsten Familie aus. Wie man sich vorstellen kann, wetteifern die Familienmitglieder eifrig um die Gunst der Kaiserin. Ränke und Intrigen zwischen den Thronbewerbern werden nicht nur erwartet, sondern geradezu gefördert. Zeitigt ein solches Verhalten Erfolg, zeugt es nach seanchanischer Meinung von Stärke und einer guten Führungsnatur – zumindest der Art nach, wie Seanchaner sie schätzen. In gewissem Sinn werden die Machtkämpfe zwischen den Machthabern im Seanchan vor Paendrag heute zwischen Rivalen der Oberschicht ausgetragen.

KAISERLICHE HERRSCHAFT

Die kaiserliche Familie übt ihre Macht sowohl durch Einschüchterung als auch durch Einflußnahme aus. Der Kristallthron selbst ist ein großes *Ter'angreal*, dessen Anblick jedem das Gefühl von unendlicher Ehrfurcht und Verzauberung vermittelt. Natürlich ist es nur dem herrschenden Monarchen vorbehalten, ihn zu benutzen.

Die Mitglieder der kaiserlichen Familie und des Adels sprechen selten direkt mit jemandem, der einen niedrigeren Rang bekleidet, es sei denn, sie wollen ihm eine ungeheure Ehre erweisen. Die Verständigung wird überwiegend durch einen ›Sprecher‹ gewährleistet, einen meist erblichen Diener, der tatsächlich für seinen Herrn oder seine Herrin spricht. Dieser Sprecher erhält durch eine Vielzahl wortloser Gesten Anweisungen von seinem Herrn. Einem Menschen, der einen niedrigeren Rang bekleidet, ist es untersagt, einer Person höheren Ranges in die

Augen zu blicken. Selbst der Sprecher darf dem Herrn niemals direkt in die Augen sehen, während er auf Zeichen oder Befehle achtet.

SEANCHANISCHE EHRE

Trotz der staatlichen Einflußnahme auf ihr Leben ist den Seanchanern die Ehre äußerst wichtig. Sie praktizieren eine idealisierte Form der Ritterlichkeit, die sich auf den Wert des einmal gegebenen Wortes gründet. Sie sehen ein Ehrenwort als unumstößlich an, was für Männer, Frauen, Sklaven und Adlige gleichermaßen gilt.

Für Seanchaner sind Ehre und Stand unmittelbar mit der Fähigkeit verbunden, jemandem in die Augen zu sehen. Das Wort *Sei'taer* bedeutet in der Alten Sprache wörtlich ›direkter Blick‹ oder ›gleichwertiger Blick‹. Wenn jemand sagt, ein anderer habe oder sei *Sei'taer*, bedeutet das, daß er ›Gesicht‹ oder Ehre hat. ›Gesicht‹ kann vermindert oder verdient werden. Es kann auch verloren werden. Wenn Seanchaner sagen, jemand sei ›*sei'mosiev*‹ oder ›*sei'mosiev*‹ geworden, bedeutet das, daß er ›das Gesicht verloren hat‹. In der Alten Sprache bedeutet *sei'mosiev* wörtlich ›gesenkte Augen‹ oder ›niedergeschlagene Augen‹. Jedermann kann entweder durch seine eigenen Handlungen, seine Untätigkeit oder durch die Handlungen oder die Untätigkeit anderer *sei'mosiev* werden.

KAISERLICHE SICHERHEIT

Zu den geehrtesten kaiserlichen Dienern gehören die Männer der Totenwache, die persönliche Garde der kaiserlichen Familie. Sie sind gleichermaßen bekannt für ihre Bereitschaft zu sterben wie zu töten und leicht an ihren mit schwarzen Quasten versehenen Speeren und schwarzlackierten Schilden zu erkennen. Obwohl die meisten Angehörigen der Wache tatsächlich Eigentum der Kaiserin sind, werden sie als Zeichen kaiserlicher Gunst häufig an andere ausgeliehen. Die höchste Garde der Totenwache ist mit der persönlichen Sicherheit der Kaiserin und ihrer unmittelbaren Familie betraut und wird niemals ausgeliehen. Nicht alle sind Menschen. Ein Teil der Totenwache besteht aus Ogiern, die als einzige kein Eigentum sind und für unglaublich wild und für tödlicher als ihre menschlichen Kameraden gehalten werden. Die Ogier der Totenwache sind im Vergleich zu ihren Brüdern und Schwestern jenseits des Meeres im Verhalten und Handeln grausam.

Die Sucher der Wahrheit, eine Polizei- und Spitzelorganisation des kaiserlichen Throns, sind ebenfalls mit der kaiserlichen Sicherheit betraut. Aufgrund der großen Machtbefugnisse, die den Suchern zustehen, werden sie hoch geachtet und sind überaus gefürchtet. Aus allen Gesellschaftsschichten auserwählt, obwohl gewöhnlich nicht aus dem Adel, ist es eine große Ehre und ein Weg zu höherem gesellschaftlichen Rang, zum Sucher ernannt zu werden. Obwohl die meisten Sucher Eigentum sind, können sie jedermann gefangennehmen, der nicht auf ihre Fragen antwortet oder nicht mit ihnen zusammenarbeitet. Selbst

Die Schwerter seanchanischer Krieger und Adliger haben breite, gebogene Klingen, deren stumpfe Kante ein Viertel bis ein Drittel der Länge der Klinge aufweist, und ein zweihändiges Heft. Der Schwertknauf ist aufgesetzt. Bei Adligen ist dieser Aufsatz meist wie ein Tierkopf geformt, das Heft ist möglicherweise in Gestalt einer Frau oder eines Phantasiewesens gefertigt, und Schwert und Scheide sind mit Gold und Edelsteinen verziert.

Seanchanische Krieger benutzen auch Speere, die mit Quasten in den Hausfarben geschmückt sind, und Schilde, die ebenfalls in den Hausfarben lackiert sind, außer bei den Männern der Totenwache, deren Schwerter und Schilde schwarz sind.

Adlige sind davon nicht ausgenommen. Die Sucher selbst bestimmen das erforderliche Maß der Zusammenarbeit, werden nur durch die Kaiserin überprüft und sind ausschließlich ihr selbst treu ergeben.

Die Sucher der Wahrheit jagen Schattenfreunde und handeln als Geheimpolizei. Durch ihren Einsatz wird die Jagd nach den Schattenfreunden organisierter durchgeführt als in anderen Reichen, obwohl der Anteil der Schattenfreunde nicht geringer zu sein scheint als zu der Zeit, bevor die Sucher ihre Jagd begannen. Als Geheimpolizei decken sie verräterisches Verhalten auf und betätigen sich häufig auch als Folterknechte.

Die meisten Gefangenen der Sucher werden im bedrohlichen Turm der Raben festgehalten, dem kaiserlichen Hauptgefängnis. Viele der dortigen Gefangenen sind Adlige. Da niemand auch nur einen Tropfen adliges Blut verschütten darf, waren die Folterknechte gezwungen, für die dort einsitzenden Adligen entsetzlich schmerzhafte Befragungsmethoden zu ersinnen, die aber keine Verletzungen hinterließen. Die meisten Gefangenen, die wissen, daß sie in den Turm der Raben kommen sollen, versuchen sich umzubringen.

Sowohl der Turm der Raben als auch der Hof der Neun Monde liegen in Seandar, der Kaiserlichen Hauptstadt, im Nordosten des Kontinents Seanchan. Seandar ist die größte Stadt im Reich. Andere große Städte, der Größe nach geordnet, sind: Kirendad, Noren M'Shar, Asinbayar, Qirat, Imfaral (dort befinden sich die Türme der Mitternacht), Sohima, T'zura, Anangore, Shon Kifar und Rampore.

DIE WIEDERKEHR

In der ersten Zeit der Eroberung machte Luthair Paendrag kein Geheimnis aus seiner Absicht, Seanchan dem Reich seines Vaters jenseits des Meeres einzuverleiben. Als die Nachricht von Falkenflügels Tod eintraf und nicht dementiert wurde, kam Luthair zu dem eindeutigen Schluß: Mit diesem Reich war etwas geschehen. Luthair änderte sein Ziel dahingehend, daß er Seanchan nun nicht mehr Falkenflügels Reich einverleiben, sondern die Stärke des Landes benutzen wollte, um seine Macht zu sichern und notfalls mit ihrer Hilfe Falkenflügels Tod zu rächen. Dies geschah während der *Corenne*, der Wiederkehr.

Erst lange nach Luthairs Tod konnten schließlich die ersten Schiffe ungehindert über das Aryth-Meer nach Falme segeln. Die Seanchaner auf den über dreihundert Schiffen nannten sich *Hailene* oder in der Alten Sprache ›Jene, die vorher kommen‹, oder ›Vorläufer‹. Sie waren die Kundschafter der seanchanischen Angriffstruppen. Wenn sie das Reich unbeschadet vorfänden, sollten sie das ihnen gebührende Willkommen genießen und Nachricht schicken. Fänden sie es jedoch, wie es tatsächlich geschah, seit Falkenflügels Zeit sehr verändert vor, sollten sie den Weg für die Rückkehr vorbereiten, wenn nötig durch militärische Besatzung.

Die Invasionsmacht der *Corenne*, die aus verschiedenen Flotten mit Schiffen aller Größen bestand, hatte sich bereits seit vielen Jahren in jedem wichtigen Hafen und Meeresarm an der östlichen Küste von Seanchan gesammelt. Sie bestand aus Tausenden von Schiffen und Hunderttausenden von Menschen. Die Flotte war seit über einem Jahrhundert in Planung und wartete nur auf das Kommando der Kaiserin, über das Aryth-Meer zu segeln und das Heimatland des ersten Kaisers Seanchans zurückzuerobern.

KAPITEL 18

Die fremdartigen Wesen von Seanchan

Als Luthair Paendrags Truppen Seanchan eroberten, standen sie nicht nur den furchterregenden Aes Sedai gegenüber, welche die Macht rücksichtslos als militärische Waffe benutzten, sondern auch fremdartigen Bestien aus Alpträumen, die sich im Flug herabstürzten, die Männer mit Klauen und Zähnen angriffen, sie aus dem Sattel rissen und auf der Stelle verschlangen. Von gehörnten Froschwesen in Bärengröße bis zu pferdegroßen, katzenähnlichen Tieren schienen diese Wesen dem Bösen des Schattens entsprungen zu sein. Daher wurde dieses vermeintliche Schattengezücht, die Verteidiger des neuen Kontinents, auch die Heere der Nacht genannt.

Aber die fremdartigen Wesen waren kein Schattengezücht, sondern die Nachkommen von Bestien, die während der ersten tausend Jahre nach der Zerstörung mit Hilfe von Portalsteinen aus Parallelwelten zurückgeführt worden waren. Mit dieser Rückführung sollte wahrscheinlich versucht werden, Hilfe gegen das wirkliche Schattengezücht zu erhalten. Obwohl nichts über die Wirksamkeit der Wesen berichtet wird, wurde genau in dieser Zeitspanne alles Schattengezücht auf dem Kontinent ausgerottet. Die Wesen blieben, und ihre Abrichtung und Ausbildung überstanden bis zu Luthairs Ankunft alle politischen Umwälzungen. Das Wissen, das ihre Rückführung durch Portalsteine ermöglichte, ging jedoch verloren.

Zur Zeit der Invasion durch Luthair wurden Wesen wie *Grolm, Torm, Lopar, Corlm, Raken und To'raken* in allen Heeren des Gebietes eingesetzt. Nach seiner erfolgreichen Eroberung nahm Luthair sie in seine eigenen Truppen auf, wie auch die neu gekoppelten *Damane.* Seine Nachkommen führen diese Tradition fort. Die Tiere werden derzeit als wesentlicher Teil des Heeres gehalten, und ihren Abrichtern und Ausbildern ist ein ehrenwerter Platz in der Hierarchie sicher.

Tierabrichter sind in Seanchan bekannt als *Morat* oder ›derjenige, der abrichtet‹. Ein *Morat'grolm* ist zum Beispiel ein *Grolmabrichter.* Ein Ausbilder wird *Der'morat* genannt, wie in *Der'morat'grolm.* Das Wort *Der* bedeutet ›erfahren‹ oder ›Meister‹ und bezeichnet häufig den Rang.

TORM

Die klügsten der seanchanischen ›Exoten‹ (natürlich nach den *Damane*) sind die *Torm.* Sie erinnern an eine Kreuzung zwischen einer pferdegroßen Katze und einer Eidechse. Der *Torm* ist hauptsächlich ein Fleischfresser, kann sich aber, wenn nötig, auch drei oder vier Tage lang von Pflanzen ernähren. Wird ihm Fleisch länger vorenthalten, kann man ihn immer schwerer bändigen, da es ihn dann zur Jagd drängt.

Die *Torm* gebären trotz ihres reptilienhaften Aussehens einzelne lebende Junge und ziehen sie groß. Es gibt jedoch nicht viele Junge, wohl zum Teil aufgrund der hohen Sterblichkeit vor dem Erreichen des Erwachsenenalters. Bevor sie ausgebildet werden, kämpfen sie oft heftig gegeneinander um die Vorherrschaft, und auch solche Kämpfe enden häufig mit dem Tod.

Viele, die einen *Torm* gesehen haben, empfinden seinen Blick, abgesehen von den drei Augen, als sehr beunruhigend. Das ist teilweise seinem sehr hohen Intelligenzgrad zuzuschreiben, der weit über dem eines sehr klugen Hundes liegt. Obwohl ihre Sinne denen der Menschen insgesamt weit unterlegen sind, lösen die *Torm* bestimmte Aufgaben in ähnlicher Weise wie Menschen.

Aufgrund ihrer ausgezeichneten Jagdfähigkeiten versuchten frühe Abrichter, *Torm* als Fährtensucher und Jäger einzusetzen, aber sie erkannten, daß ein *Torm* nur jagt, was *er* will.

Ihre Schnelligkeit und Ausdauer als Reittiere sind denen eines Pferdes überlegen, aber sie sind bezüglich ihrer Reiter eigen. Nicht jeder kann einen *Torm* reiten. Tatsächlich ist es schwerer, jemand Geeigneten als *Morat'torm* als einen *Morat* für irgendeinen der anderen ›Exoten‹ zu finden. Denn aus unerfindlichen Gründen greift der *Torm* einen Reiter nach dem anderen an, bevor er schließlich einen bestimmten anerkennt. Danach erlaubt er keinem weiteren Reiter mehr aufzusteigen. Stirbt sein Reiter, dauert es einige Zeit, einen *Torm* dazu zu bringen, einen neuen Reiter aufsitzen zu lassen.

Um Meister der Tiere zu werden und sich so die Vorsilbe *Der* zu verdienen, muß man ein gewisses Dienstalter erreichen. Dieses Dienstalter zählt innerhalb jeder spezifischen Disziplin und des gesellschaftlichen Ranges insgesamt. Zum Beispiel wird der dienstälteste *Der'morat'corlm* gesellschaftlich niemals einem *Morat'lopar* gleichgestellt sein, und noch weniger einem *Der'suldam.* Händler oder *Morat* für gewöhnlichere Tiere, wie *S'redits* oder Pferde, rangieren unter jenen für ›Exoten‹.

Die gesellschaftliche Ordnung unter Exoten-Tierhändlern lautet wie folgt:

Der'sul'dam
Sul'dam
Der'morat'raken
Der'morat'to'raken
Morat'raken
Der'morat'torm
Morat'to'raken
Der'morat'lopar
Morat'torm
Der'morat'grolm
Morat'lopar
Der'morat'corlm
Morat'grolm
Morat'corlm

Sanschen

Torm

Wie Pferde werden auch *Torm* mit Zügeln und Schenkeldruck geführt.

Sie werden trotz der Tatsache, daß sie grausame Kämpfer sind, hauptsächlich von Kundschaftern geritten. Obwohl ihre Klauen und Schuppen sie scheinbar zu weitaus besseren Reittieren als Pferde machen, sind sie für ausgedehnte Kämpfe ungeeignet. Natürlich gibt es im Vergleich zu Pferden weitaus weniger *Torm*, und sie sind sowohl wegen der niedrigen Überlebensrate bis zum Erwachsenenalter als auch wegen der notwendigen langen Ausbildungszeit schwerer zu ersetzen. Der Hauptgrund für ihre beschränkte Einsetzbarkeit ist jedoch die Neigung des *Torm* zum Wahnsinn, wenn er einer Schlacht zu lange ausgesetzt ist. Dieser Wahnsinn kann selbst die bestens ausgebildeten *Torm* überwältigen. Wenn er ausbricht, kann sich der *Morat* nur noch festhalten, weil der *Torm* dann nicht mehr zu bändigen ist, vorprescht und tötet, wen er will, und nur innehält, um Körper niederzutrampeln oder zu fressen. Er beruhigt sich vielleicht erst wieder Stunden, nachdem der Kampf vorüber ist. Seltsamerweise wendet sich der *Torm* während dieser Ausbrüche selten gegen seinen Reiter, aber er greift jedermann sonst an, der sich in Reichweite befindet.

Ein *Torm* wird auch stets jeden in Reichweite befindlichen *Corlm* angreifen, und obwohl der *Morat* verhindern kann, daß der Angriff zu einem tatsächlichen Zweikampf wird, werden sie niemals zusammen eingesetzt.

CORLM

Auf den ersten Blick scheint der *Corlm* ein acht Fuß großer flügelloser Vogel mit einem langen Hals und einem Doppelkamm auf dem Kopf zu sein; doch statt mit Federn ist er mit langem, gestreiftem oder gesprenkeltem Fell bedeckt, das an das Farbmuster bestimmter Hauskatzen erinnert. Dieses Fell, das üblicherweise grau, schwarz oder braun ist, erstreckt sich bis über den Schwanz, den der *Corlm* beim Laufen zum Halten des Gleichgewichts flach ausstreckt. Der Doppelkamm ist in Wahrheit ein Paar hochstehender Ohren, die recht beweglich sind. Im Erwachsenenalter durchschnittlich dreihundert Pfund schwer, ist der *Corlm* mit vierzehigen Hinterfüßen mit kurzen Krallen und winzigen Vorderarmen ausgestattet, die er gewöhnlich dicht am Körper hält. Die Vorderarme werden trotz der ›Finger‹ mit den langen Krallen außer beim Nestbau und beim Fressen selten benutzt. Der *Corlm* besitzt einen großen Schnabel, der für den länglichen Kopf zu wuchtig wirkt und wie der Schnabel eines Raubvogels eine Kappe aufweist. Ebenfalls wie ein Raubvogel benutzt der *Corlm* seinen Schnabel zum Töten. Anders als der *Torm* hat er nur zwei Augen, die sich seitlich des Kopfes befinden.

Der *Corlm* ist ein Fleischfresser und äußerst geschickter Räuber, der seine Beute sowohl mit dem Geruchssinn als auch mit dem Gehör aufspürt. Er ist als Fährtensucher unübertroffen, kann über kurze Strecken schneller laufen als ein Mensch und ist auf langen Strecken gleich schnell. Der *Corlm* reagiert sowohl auf gesprochene Befehle als auch auf Pfiffe, die in so hohen Tonlagen ausgestoßen werden, daß ein Mensch sie nicht mehr hört.

Da sie anscheinend sogar in ihrer eigenen Umgebung einsiedlerisch

Corlm

leben, werden sie stets einzeln eingesetzt, da sie außer in der Paarungszeit nicht sonderlich gut miteinander auskommen. Die Weibchen legen immer nur ein Ei, das sie häufig nicht ausbrüten.

LOPAR

Als bester Kämpfer der ›Exoten‹ ist der *Lopar* ein hoch aufragendes Tier, das zwischen fünfzehnhundert und zweitausend Pfund wiegt. Er hat zwei von Hornwülsten umgebene große dunkle Augen in einem großen runden Kopf ohne äußere Ohren. Seine Beine sind im Vergleich zu seiner Größe länger als die eines Bären, wirken aber wegen ihrer Dicke und der übrigen Größe des Tieres dennoch kurz, und er wirkt gebeugt, wenn er auf allen vieren steht. Der *Lopar* hat eine unbehaarte ledrige Haut, deren Farben von Dunkelbraun bis zu einem hellrötlichen Schimmer reichen. Er hat sechs Zehen mit sehr großen einziehba-

Lopar

ren Krallen an beiden Vorder- und Hinterpfoten. Er benutzt die Vorderpfoten zum Greifen und Hantieren. Der *Lopar* reckt sich, wenn er kämpft, manchmal auf die Hinterbeine und ist dann zehn Fuß groß. Er kann einen Mann leicht vom Pferd reißen.

Der *Lopar* ist klüger als ein Hund, wahrscheinlich genauso klug wie ein *Torm.* Wie beim *Torm* empfinden einige Menschen den Blick als beunruhigend, aber der Blick eines *Lopar* enthält nicht die kalte Bosheit, die beim *Torm* erkennbar ist. Er kann genauso schnell oder schneller laufen als ein Pferd, ermüdet aber über weite Entfernungen leicht.

Trotz seiner furchterregenden Erscheinung kann der *Lopar* von jedermann geführt werden, der entsprechend ausgebildet ist, und ist gewöhnlich sanft und freundlich, solange ihm nicht befohlen wird zu kämpfen. Allerdings ähnelt die Paarung der *Lopar* einem Kampf und endet zumeist mit Verletzungen beider Tiere. Sie gebären stets Zwillinge, obwohl auch hier eine genauso hohe Sterblichkeit vorliegt wie bei allen ›Exoten‹. Männchen und Weibchen wetteifern mitunter um die Vorherrschaft, wobei sich jedes Tier zu seiner vollen Größe aufrichtet und laut brüllt. Das kleinere der beiden sinkt dann wieder auf alle viere und läßt sich fast augenblicklich flach auf den Bauch fallen. Sind beide

Tiere gleich groß, kann der Zweikampf Folgen haben, wenn sie vom *Morat* nicht ausreichend überwacht werden.

Der *Lopar* wird als Wachtier und als grausamer Kämpfer bei Schlachten eingesetzt. Für den Kampf wird er üblicherweise mit einem Lederumhang ausgerüstet, der zum Schutz für Rückgrat, Brustkorb und Bauch einander überlappende Metallplatten aufweist. Wegen seiner gewöhnlich sanften Natur und seiner ausgezeichneten Kampffähigkeiten verwendet der Adel *Lopar* meist zum Schutz seiner Kinder. Als Leibwächter eingesetzte *Lopar* werden oft anhänglich und beschützen um jeden Preis. Tiere, die diese Anhänglichkeit entwickeln, verlassen ihren Herrn nur widerwillig und verweigern dann häufig für einige Zeit das Futter.

GROLM

Grolm wiegen dreihundert bis fünfhundert Pfund und haben die Statur großer Bären, aber eine graugrüne Farbe und eine Hautstruktur wie dickhäutige Frösche. Wie die *Torm* haben sie drei Augen, aber ihre Augen sind klein und grausam, ohne die Intelligenz der *Torm* und von harten Wülsten umgeben. Ihre mit Hornrändern versehenen Schnäbel sind gekrümmt, damit sie Fleisch reißen können.

Im Gehen wirken *Grolm* fast unbeholfen, aber alle Spuren von Unbeholfenheit verschwinden, wenn sie laufen, wobei sie große Sprünge machen und dadurch rasch vorankommen. Sie besitzen ein sehr gutes Sehvermögen, einen scharfen Geruchssinn und sind ausgesprochene Landbewohner. Aufgrund dieser Charaktermerkmale sind sie ausgezeichnete Wachtiere. Sie lernen schnell, wer ein bestimmtes Gebiet betreten darf, und gebrauchen ihren Geruchssinn, um jedermann ausfindig zu machen, der aufgeregt oder ängstlich ist.

Grolm

Grolm werden im Kampf eingesetzt, wenn auch nur gegen leichtbewaffnete Gegner, um Lücken in eine feindliche Linie zu brechen, die schnell durch menschliche Soldaten genutzt wird. Sie können auch gegen die Kavallerie eingesetzt werden, da Pferde in ihrer Gegenwart häufig in Panik geraten. Man kann *Grolm* nur sehr schwer töten, denn ihre Haut ist ausreichend dick, um die meisten Angriffe von Schwertern, Streitäxten oder Speeren abzuwehren. Selbst wenn sie verletzt werden, machen harmlosere Wunden sie selten kampfunfähig. Sie müssen schon grausame Verletzungen davontragen, um auch nur langsamer zu werden, und sie genesen schnell. Das ist vorteilhaft, da ihre Jungen, die in Mehrfachgeburten zur Welt kommen, eine sehr hohe Sterblichkeitsrate haben. Selten überlebt mehr als ein Nachkomme einen Wurf.

In ihrer natürlichen Umgebung sind sie anscheinend Rudeltiere, obwohl es in Gefangenschaft geschehen kann, daß sie einander angreifen, wenn sie nicht ausreichend überwacht werden. Häufig zerfleischen und fressen sie einen der Ihren, der verletzt wurde, und sie fressen sogar ihre eigenen Toten.

Grolm werden mit gesprochenen Befehlen, Handzeichen und dem Gebrauch einer kleinen, durchdringenden, pfeifenähnlichen Flöte geführt. Es ist unter den *Morat'grolm* eine Frage des Stolzes, nur Handzeichen und die Flöte einzusetzen, vielleicht als unbewußte Nachahmung der Kommunikationsart des Adels.

RAKEN

Als großes Flugtier hat der *Raken* einen erheblich längeren Körper als ein Pferd, aber ungefähr den gleichen Umfang. Er besitzt eine ledrige graue Haut und mächtige große Schwingen, die denen einer Fledermaus sehr ähnlich sind. Seine Intelligenz entspricht in etwa der eines Pferdes. Am Kopf des Tieres befindet sich eine lange hornige Schnauze mit harten Wülsten, die sowohl als Lippen und Zähne als auch als mächtige Kiefer dienen, die ohne weiteres einen Ast oder Arm zertrennen können. Zwei vorn am Kopf befindliche Augen ermöglichen dem *Raken* eine hervorragende Sicht. Der Kopf wird von einem anmutigen Hals getragen. Der *Raken* hat einen dünnen Schwanz, der im Vergleich zum übrigen Tier recht schwach und bedeutungslos wirkt und im Flug meist ruhig bleibt. Dieser Schwanz ist aber tatsächlich sehr kräftig. Obwohl er nicht als Waffe benutzt wird, schlägt der *Raken* häufig vor Zorn damit aus, wenn er sich irgendwo niedergelassen hat, und es war bekannt, daß er einem *Morat* versehentlich Arm oder Bein brach, wenn dieser unvorsichtig genug war, ihm zu nahe zu kommen. Im Flug wird der Schwanz mit großer Gewandtheit zum Halten des Gleichgewichts und zur Steuerung benutzt. Der *Raken* hat zwei für seine Größe recht dünne Beine, die in Füßen mit sechs Fuß langen, sehr kräftigen und mit Krallen versehenen Zehen enden, von denen vier nach vorn und zwei nach hinten gerichtet sind.

Raken

Auf dem Boden kauert er sich gewöhnlich eher hin, als daß er aufrecht steht, und er hebt den Kopf auf dem langen Hals, um sich umzusehen. Er stellt sich nur dann aufrecht hin, wenn er aufgeschreckt wird oder fliegen will. Wenn ein *Raken* am Boden kauert, kann man einfach ein Bein über seinen Sattel schwingen.

Während sich der *Raken* am Boden langsam und unbeholfen bewegt, ist er ein äußerst behender Flieger und sehr schnell, wenn es nötig ist. Seine höchste Fluggeschwindigkeit entspricht der drei- bis vierfachen Geschwindigkeit eines Pferdes. Er kann diese Geschwindigkeit über kurze Entfernungen beibehalten, vermag aber auch recht lange Strekken mit niedrigerer Geschwindigkeit ohne Pause zu bewältigen.

Hauptsächlich für Spähflüge und zum Überbringen von Nachrichten eingesetzt, kann der *Raken* zwei kleine Menschen tragen und wird mit Zügeln, die durch ständig in den hornigen Nüstern des Tieres befestigte Ringe gezogen werden, und mit Schenkeldruck geführt. Die Reiter, *Morat'raken*, manchmal auch ›Flieger‹ genannt, sind entweder Frauen oder unterdurchschnittlich kleine Männer und reiten häufig zu zweit hintereinander auf einem eigens konstruierten Leichtgewichtssattel. *Morat*-Paare werden in Situationen eingesetzt, bei denen ein zweites Augenpaar vonnöten ist, wie bei Kundschaftsflügen, aber wenn hohe Geschwindigkeiten oder große Entfernungen zu bedenken sind, reitet nur ein *Morat*. Eine große Entfernung bedeutet für einen *Raken* dreibis vierhundert Meilen.

Ein *Raken* fliegt sogar, wenn er verletzt oder krank ist, dann natürlich nicht so weit oder so schnell, und er kann, wie Pferde, zu Tode geritten werden. Er hält sich sogar an senkrechten Wänden fest, wenn er irgendwo seine Krallen einschlagen kann. In einigen Fällen breitet er, wenn er über Abgründen kauert, seine Schwingen aus und hält sich

To'raken

damit fest. Der *Raken* läßt sich auch in großen Bäumen nieder, wo Äste ihn tragen können, aber er bevorzugt freies Gelände oder Klippen.

Er ist ein Allesfresser, obwohl er offensichtlich auch mit einer rein pflanzlichen Nahrung zufrieden ist. Weibliche *Raken* legen jeweils ein Ei.

TO'RAKEN

Der *To'raken* ist wahrscheinlich mit dem *Raken* verwandt und ihm vom äußeren Erscheinungsbild her auch sehr ähnlich, nur daß er viel größer und eher braun gesprenkelt als grau ist. Wie der *Raken* kauert auch er sich eher hin, als daß er sich aufrichtet, wenn er am Boden ist, und hebt den Kopf, um sich umzusehen. Aber der *To'raken* ist so groß, daß auch sein gebeugter Rücken neun Fuß oder mehr über dem Boden aufragt. Er hat den Intelligenzgrad eines Pferdes und ist ein Pflanzenfresser. Wie der weibliche *Raken* legen die Weibchen auch jeweils nur ein Ei. Der *To'raken* läßt sich, zweifellos aufgrund seiner Größe und seines Gewichts, nicht in großen Bäumen nieder. Er zieht Klippen- oder Hügelgrate bei weitem vor. Anders als der *Raken*, der sich einfach in die Luft erheben kann, muß der *To'raken* hundert Schritte laufen und dabei mit den Schwingen schlagen, bevor er vom Boden abheben kann.

Am Boden mindestens genauso unbeholfen wie der *Raken*, ist der *To'raken* in der Luft weder so behende noch so schnell wie der *Raken*. Seine Höchstgeschwindigkeit beträgt kaum die doppelte Geschwindigkeit eines Pferdes. Er krallt sich auch nicht an senkrechten Wänden an, benutzt aber ebenso wie sein Verwandter die Schwingen zum Festhalten.

Der Wert eines *To'raken* liegt in seiner Kraft und Ausdauer. Er kann tausend Meilen in mittelmäßiger Geschwindigkeit fliegen, wenn er nur einen *Morat* im Sattel trägt, kann aber auch weitaus schwerere Lasten tragen.

Er wird hauptsächlich zum Transport von Menschen eingesetzt, die schnell irgendwohin gelangen müssen, oder für dringende Ladungen. Er wurde gelegentlich auch mit einem hinter einem *Morat* sitzenden Bogen- oder Armbrustschützen im Kampf eingesetzt, aber er ist für die Bogenschützen erst dann ausreichend niedrig und langsam, wenn er in Reichweite der Pfeile und Armbrustbolzen am Boden gelangt. Anders als der *Raken* verweigert er den Weiterflug häufig, wenn er verletzt ist, außer bis zu einem sicheren Landeplatz.

Ein *Morat*, der mit einem *Raken* umgehen kann, kann auch einen *To'raken* lenken und umgekehrt, aber *Morat'raken* werden höher gewertet als *Morat'to'raken*. Wenn man einem *Morat'raken* befiehlt, einen *To'raken* zu fliegen, bedeutet das einen Gesichtsverlust für den Flieger, eine Tatsache, die sogar der Adel anerkennt, obwohl er sich wahrhaft selten darum kümmert, ob Bürgerliche das Gesicht verlieren.

Die Inseln der Meerleute

Ein Schiff lebt… behandle es gut und sorge für sein Wohlergehen, und es wird für dich gegen die schlimmste See ankämpfen.

Meervolk-Sprichwort

Die meisten der Inseln im Aryth-Meer und im Meer der Stürme sind Heimathäfen der Atha'an Miere, im allgemeinen als Meerleute oder als Meervolk bekannt. Nur wenige Außenstehende kennen diese Inselgruppen, da die Atha'an Miere Besuchern oder Händlern den Zutritt normalerweise verweigern, obwohl sie Eindringlinge gewiß nicht so grausam behandeln wie die Menschen Sharas oder Seanchans. Die Meerleute sind führend im Seehandel und betreiben fast den gesamten Seide- und Elfenbeinhandel mit Shara, und doch kennen die meisten Menschen sie nur aus Geschichten und Legenden.

Die bekannteste und größte Meervolk-Insel ist Tremalking, südwestlich von Tarabon und Amadicia. Weitaus kleiner sind die Inselgruppen, welche die westlich von Tarabon gelegene Aile Jafar und die westlich der Toman-Halbinsel gelegene Aile Somera bilden. Viele andere kleine bis mittelgroße Inseln, die im Meer verstreut liegen, sind nur dem Meervolk selbst bekannt.

Um die Atha'an Miere zu verstehen, darf man nicht nur ihre Inseln betrachten, sondern man muß auch ihre Schiffe und die Gewässer, die sie befahren, berücksichtigen, da sie den größten Teil ihres Lebens auf dem Meer verbringen. Sie werden auf dem Wasser geboren – selbst wenn die Mutter in einem geborgten Boot eigenhändig vom Land hinausrudern muß, um ihr Kind zu gebären –, und sie sterben auf dem Wasser, wenn irgend möglich. Sie verbringen höchstens mal eine kurze Zeit an Land, um auf ein anderes Schiff, eine andere Reise zu warten.

Bei der Zerstörung der Welt, als ihre Vorfahren dem zu Land herrschenden Aufruhr entflohen und sich in die Sicherheit des Meeres begaben, wußten die Atha'an Miere noch nichts über die Schiffe, die sie benutzten, oder über die Meere, die sie befuhren, sondern nur soviel, daß kein landgebundener Ort sicher war. Im Verlauf vieler Jahre lernten sie die Beschaffenheit der Stürme und Gezeiten kennen und wurden eins mit ihren Schiffen. Die Jendai-Prophezeiung, in jenen frühen Jahren zum ersten Mal ausgesprochen, weissagte, dem Meervolk sei das Schicksal beschieden, die Gewässer zu befahren, bis der Coramoor zurückkehre. Und die ungeheuren Weiten des offenen Meeres sind wahrhaft ihr Königreich.

DIE ATHA'AN MIERE

Mit lebhaft bunten Tätowierungen auf den Händen, von denen einige den Clan bezeichnen, glänzenden Schärpen um die Taille, Gold- und Silberschmuck und einer sehr eigenen Art, sich zu kleiden, sind die Atha'an Miere äußerlich genauso exotisch wie geheimnisvoll. Überall in der bekannten Welt erzählen Geschichten von der unwiderstehlichen Anziehungskraft der Meervolk-Frauen, des Inbegriffs von Schönheit und Versuchung. Die dunkel schokoladenbraune Färbung ihrer Haut und ihre unvergleichliche Anmut, durch jahrelanges Balancieren in der windgepeitschten Takelage der Schiffe auf unruhigem Meer erworben, tragen noch zu ihrem Reiz bei. Der Brauch des Meervolks, außer Schmuck oberhalb der Taille nichts zu tragen, sobald sie außer Sichtweite des Landes sind, hat die Legenden noch genährt. Die sehr muskulösen Männer, glattrasiert und mit freiem Oberkörper, werden ebenfalls als gefährlich gutaussehend eingestuft.

Männer wie Frauen tragen bauschige, um die Taille mit glänzenden bunten Schärpen gehaltene Hosen, mehrere Ohrringe, Halsketten und Armbänder und sind barfüßig, wobei die Qualität der Stoffe von Hosen und Schärpen unmittelbar mit dem Status des Trägers zusammenhängt. Im Hafen tragen die Frauen lose sitzende Blusen in bunten Farben – wahrscheinlich aus Rücksicht auf die Landbewohner. Außerdem ziert oft ein Ring ihren linken Nasenflügel, und Frauen von Rang tragen eine edle, mit Medaillons behängte Kette, die den Nasenring mit einem ihrer Ohrringe verbindet. Die Anzahl der Medaillons hat unmittelbar mit dem Rang zu tun, wobei hochrangige Frauen mehr Medaillons tragen als niedrigrangige. Männer verzichten auf derartigen Schmuck.

DIE BEFEHLSKETTE

Die Herrin der Segel ist die Befehlshaberin des Schiffs und der Mannschaft. Sie bestimmt, wann ein Schiff wohin fährt und wer an Bord sein darf. Sie ist zudem das Oberhaupt der Familie, welche die Schiffsmannschaft darstellt, auch wenn keine tatsächliche Blutsverwandtschaft besteht. Die Herrin der Segel trägt stets eine Nasenkette. Die daran befestigten Medaillons bezeichnen Clan, Septime und Rang.

Sie wird bei ihren Aufgaben von der Windsucherin unterstützt, die zweite Offizierin und Oberste Navigatorin ist. Es ist das große Geheimnis der Atha'an Miere, daß die Windsucherinnen häufig Frauen sind, welche die Macht lenken können. Alle weiblichen Machtlenker unter dem Meervolk, bis auf die wenigen Mädchen, die als Unterpfand zur Weißen Burg geschickt werden, um Mißtrauen zu begegnen, werden Windsucherinnen, obwohl nicht alle Windsucherinnen die Macht lenken können. Die Windsucherin gebraucht ihre Gaben und Fähigkeiten, um ihrem Schiff zu helfen und um es – sofern sie die Macht lenken kann – gegen Stürme und auch gegen feindliche Kräfte zu beschützen.

Die Verteidigung übernimmt der Lademeister. Häufig mit der Herrin der Segel verheiratet, hat er das erste und letzte Wort bei allen geschäftlichen Verhandlungen und in Fragen der Verteidigung. Er kann der Herrin der Segel nicht den Kurs befehlen, und sie kann ihm nicht befehlen, welche Waren er erstehen soll. Die Wirtschaftlichkeit des Schiffes, ja sogar sein Überleben, hängt jedoch von der reibungslosen Zusammenarbeit der Herrin der Segel und des Lademeisters ab.

Das Meervolk ist in Clans und Septimen unterteilt, wobei jeder Clan und jede Septime in den meisten der verschiedenen Inselhäfen ein eigenes Trockendock unterhält. Diese Docks kommen einem Heim zu Lande so nahe, wie es sich die Atha'an Miere erlauben. Jeder Clan wird von einer Vorsteherin geleitet – an Land entspricht das einem Clanhäuptling –, die von den Herrinnen der Segel aus den eigenen Reihen auf Lebenszeit gewählt wird. Die Herrin der Wogen benennt wiederum einen Schwertmeister, meist in Person ihres früheren Lademeisters und oft auch ihres Ehemanns, der den Lademeistern des Clans vorsteht und sie in Angelegenheiten des Handels und der Verteidigung zum Nutzen des Clans anweisen kann. Oft hat die Herrin der Wogen auch eine Windsucherin als Ratgeberin, üblicherweise die Frau, die ihr vor ihrer Beförderung in dieser Eigenschaft gedient hat. Ihre Windsucherin steht anderen Windsucherinnen vor. Eine Herrin der Segel behält ihre Mannschaft nach ihrer Ernennung zur Herrin der Wogen häufig bei (sie stellt weiteres Personal ein, wenn ihre zunehmenden Pflichten es nötig machen), obwohl sie das Schiff manchmal auch zeitweilig jemand anderem übergeben muß, während sie anderenorts Clanpflichten nachkommt. Eine Herrin der Wogen erkennt man an der großen Anzahl Medaillons an ihrer Nasenkette – üblicherweise berühren sie einander fast als geschlossene Linie von Nase zu Ohr – sowie an einem zweilagigen roten, goldgeränderten Sonnenschirm, den ihre Bediensteten tragen.

Alle Clans und Septimen, wie auch die Inseln selbst, werden von einer als Herrin der Schiffe bekannten Frau regiert. Sie besitzt dieselbe Amtsgewalt wie eine Königin an Land, nimmt ihren Rang aber nicht durch Geburt oder Erbfolge ein, sondern wird unter den Herrinnen der Wogen auserwählt. Sie ernennt wiederum einen Meister der Klingen, üblicherweise ihren früheren Schwertmeister, und eine Windsucherin als Beraterin, die allen Windsucherinnen vorsteht. Der Meister der Klingen steht allen Schwertmeistern vor und ist für die Verteidigung und Sicherheit der Atha'an Miere verantwortlich. Die Herrin der Schiffe kann sowohl an ihrem dreilagigen blauen, goldgeränderten Sonnenschirm als auch an einer dicht mit Medaillons behängten Nasenkette erkannt werden. Ihr Meister der Klingen besitzt einen zweilagigen Sonnenschirm in den gleichen Farben. Obwohl Herz und Seele bei ihrem Schiff sind, ist die Herrin der Schiffe im allgemeinen gezwungen, einen großen Teil ihrer Zeit an Land zu verbringen, um für ihr Volk leicht erreichbar zu sein. Dennoch ist ihr Hauptwohnsitz stets ihr Schiff.

DIE SCHIFFE

Für die Atha'an Miere ist jedes Schiff ein lebendiger Geist, mit dem Herzen und dem Mut eines Menschen ausgestattet. Die Schiffe sind genauso Teil der Meervolk-Familie wie jeder Mensch. Eine neue Mannschaft überwacht den Bau ihres Schiffes selbst und führt auch die meisten Facharbeiten selbst aus. Folglich ist jedes Schiff, das die Werften der Atha'an Miere verläßt, vom Kiellegen bis zur letzten Takelage und dem letzten Kalfatern von genau dem Volk mit Liebe erbaut, das es segeln wird.

Das Schiff gehört normalerweise dem Clan der Herrin der Segel, die es führt, wenn nicht der Herrin der Segel selbst, obwohl ein Schiff gelegentlich auch einem Clan gehört, dem die Mannschaft nicht angehört. Das kommt jedoch nur vor, wenn ein Schiff in Schulden geraten ist, die seine Mannschaft und der Clan nicht begleichen können. Dann segeln das Schiff und die Mannschaft so lange für ihre Wohltäter, bis die Schulden und alle zusätzlichen Zinsen vollkommen getilgt sind.

Die Schiffe der Atha'an Miere unterteilen sich in vier allgemeine Klassen. Von der kleinsten bis zur größten Kategorie sind das: Springer, Wogentänzer, Gleiter und Klipper. Alles was kleiner als ein Springer ist, wird als Boot, nicht als Schiff, angesehen. Die schnellste Schiffsklasse ist die der Klipper. Schmal, lang und unglaublich schnell übers Wasser gleitend, haben Klipper stets drei Masten und sind Rahsegler. Der Gleiter weist ebenfalls drei Masten auf und ist genauso lang wie ein Klipper, aber er ist breiter und hat eine größere Verdrängung, wodurch er langsamer ist, obwohl er meist immer noch weitaus schneller ist als jedes Festland-Schiff mit vergleichbarer Verdrängung. Der Wogentänzer, ein Zweimaster, ist zwar kleiner als der Gleiter, aber schneller und normalerweise genauso wendig. Das kleinste der Meervolk-Schiffe, der Springer, kann einen oder zwei Masten haben.

Die Schiffe haben unterschiedliche Takelagen. ›Hochtakelage‹ bedeutet, daß die Hauptsegel an jedem Mast Rahsegel sind. ›Halbtakelage‹ bedeutet, daß neben Rahsegeln auch Gaffelsegel als Hauptsegel gehißt sind. ›Niedrigtakelage‹ bedeutet, daß alle Masten als Hauptsegel oder einzige Segel Gaffelsegel tragen. Daher ist ›ein Halbtakelage-Gleiter‹ ein Schiff der Gleiterklasse, bei dem einer oder mehr, aber nicht alle Masten als Hauptsegel Rahsegel haben. Ein Klipper weist selbstverständlich immer eine Hochtakelage auf.

Diese Schiffe, jedem anderen Ozeanschiff sowohl in der Schnelligkeit als auch in der Lenkbarkeit weit überlegen, sind der Schlüssel zur unbestrittenen Vorherrschaft der Atha'an Miere im Seehandel. Von den Verheerungen der Trolloc-Kriege und des Hundertjährigen Krieges verschont geblieben, konnten sie ihre Seefahrt-Technologie ungestört weiterentwickeln. Auch jetzt noch ist diese Technologie gegenüber der lähmenden, konservativen Schwerfälligkeit der Festländer ein Vorteil.

DIE AMAYAR

Den meisten Festländern unbekannt, gibt es auf den Inseln Menschen, die sich auf dem Wasser genauso unwohl fühlen wie das Meervolk an Land. Ursprünglich stammen Waren wie das berühmte ›Meervolk-Porzellan‹ und edle Glaswaren von diesen fast unbekannten Menschen, die Amayar genannt werden.

Äußerlich sind die Amayar kleiner und hellhäutiger als die Atha'an Miere, mit einem hohen Prozentsatz blonden oder hellbraunen Haars und blauer oder haselnußfarbener Augen. Obwohl sie klein sind, durchschnittlich mit den Cairhienern vergleichbar, sind die Männer und Frauen jedoch meist von stämmiger Statur. Sie folgen dem – von ihnen so benannten – Weg des Wassers, der zwar nicht so pazifistisch ist wie der Weg des Blattes, aber dennoch eher das anerkennt, was ist, als das, was man sich wünschen könnte. Viele Amayar glauben, daß das, was wir ›Realität‹ nennen, nicht wirklich real, sondern nur ein Wegweiser auf dem Weg zu einer anderen Existenz ist. Gewalt wird ungern gesehen. Wenn junge Männer in einen Faust- oder Ringkampf geraten, werden sie dafür öffentlich der Schande bezichtigt. Mord und andere Gewaltverbrechen sind äußerst selten. Einen Mord vergißt man nicht, und er bedeutet generationenlange Schande.

Über Ehen zwischen den Atha'an Miere und den Amayar ist nichts bekannt. Sie wären vermutlich allein schon bei dem Gedanken entsetzt. Jeder empfindet die Art und die Bräuche des anderen unbewußt als unangenehm. Das allgemeine Empfinden der jeweils Ärmsten der einen Gruppe gegenüber den jeweils Reichsten der anderen Gruppe ist: ›Dem Licht sei Dank, daß ich nicht er bin.‹ Dennoch kommen sie recht gut miteinander aus, zum Teil aufgrund der gütigen Herrschaft des Meervolks und dem anständigen Geschäftsgebaren und zum Teil, weil keiner von beiden etwas besitzt – abgesehen von den Dingen, die sie durch Handel erwerben –, was der andere begehrt.

Die Amayar züchten Schafe, Ziegen und Kleinvieh, die entweder schwarz oder weiß und schwarz gesprenkelt sind. Ihre Pferde sind klein wie Festland-Ponys. Sie stellen unvergleichlich zartes Porzellan und bei allen Festlandnationen geschätztes Glas her. Die Atha'an Miere finden allgemein Anerkennung für ihr handwerkliches Können, aber das kümmert die Amayar nicht. Sie wissen über das Festland Bescheid, kennen die von den Atha'an Miere geforderten Preise und sind mit dem von ihnen erzielten Gewinn zufrieden, was für sie das einzig Wichtige ist. Sie wollen weder über das Meer reisen und ihre Waren selbst auf dem Festland verkaufen, noch wollen sie, daß Fremde ihr ruhiges Leben stören. Sie haben keinen Grund, die Festländer zu fürchten oder nicht zu mögen, und umgekehrt gilt das gleiche. Sie wollen einfach keine Fremden sehen. Das Meervolk kennen sie und vertrauen ihm weitgehend.

Nach Meervolk-Recht muß jedem Amayar die Durchreise gewährt werden, wenn er es wünscht, und es darf kein Geschenk als Gegenleistung angenommen werden. Aber sie reisen nur selten zwischen den Meervolk-Inseln umher und niemals zum Festland. Die einzigen Schiffe, die sie selbst besitzen, sind recht klein und werden zum Fischen in den Küstengewässern der Inseln benutzt. Selbst unter den Fischern der Amayar können nur wenige schwimmen. Einige Amayar arbeiten in den Werften, Seilerwerkstätten und Trockendocks des Meervolks, aber sie bleiben immer nur so lange, bis sie die Summe verdient haben, die sie verdienen wollten, und ziehen dann weiter.

Obwohl die Mehrheit der an Land wohnenden Bevölkerung der Inseln Amayar sind, werden die Gouverneure aus den Reihen der Atha'an Miere ernannt, niemals aus denen der Amayar. Den Meerleuten fällt diese Pflicht schwer, da sie nicht ausschließlich vom Schiff aus erfüllt werden kann, aber sie vertreten auch die Ansicht, daß eine Insel wie ein Schiff behandelt werden muß, daß man das ›Schiff‹ pflegen und sich um die ›Mannschaft‹ kümmern muß. Da das Meervolk bei seinen Schiffen bleiben will, wagen sich die Gouverneure nur selten von den Häfen und Schiffbau-Einrichtungen fort, es sei denn, sie unternehmen eine Inspektionsreise. Das Ergebnis ist eine freundliche Mißachtung der Amayar, die sich infolgedessen bei der Regierung ihrer Dörfer selbst überlassen sind. Es gibt keinerlei Berichte oder auch nur Gerüchte über einen Aufruhr oder Widerstand gegen ihre Herrscher.

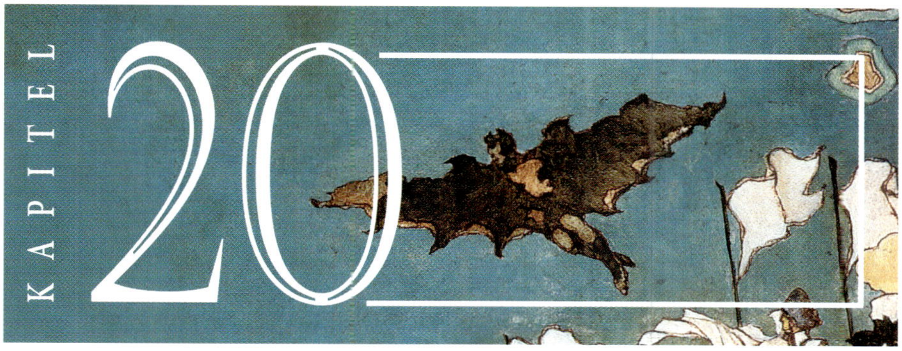

DIE AIEL

Bis der Schatten fort ist, bis das Wasser fort ist,
mit entblößten Zähnen in den Schatten,
mit dem letzten Atemzug herausfordernd,
am letzten Tag in Sichtblenders Auge speien.

Aiel-Eid

DIE WÜSTE

Östlich der Drachenmauer und westlich der Klippen und Schluchten Sharas liegt die Aiel-Wüste. Sie ist ein rauhes, zerklüftetes, fast völlig wasserloses und scheinbar unbewohnbares Land, das in der Trolloc-Sprache *Djevik K'Shar*, ›Der Sterbende Grund‹, genannt wird. Und doch ist diese Wüste die Heimat der Aiel, einer Menschenrasse, die so wild und widerstandsfähig wie ihre zerklüftete Umgebung ist. Diese großen, hellhaarigen Menschen sind erbitterte Kämpfer und geschickte Spurensucher, wobei sowohl Männer als auch Frauen sich im Kampf bewähren. Sie verschleiern ihre Gesichter, bevor sie töten, und haben sich den wohlverdienten Ruf erworben, ihr Land gegen Außenstehende wirkungsvoll zu verteidigen. Sie nennen die Wüste das Dreifache Land, weil sie glauben, daß sie in erster Linie ein Prüfstein ist, der sie formt, in zweiter Linie ein Testgelände für sie, auf dem sie ihren Wert beweisen können, und drittens eine Strafe für ihre Sünde – obwohl offensichtlich unbekannt ist, worin diese Sünde genau besteht. Nur jene wenigen Auserwählten, die gut mit den Aiel auskommen, wagen die Wüste zu betreten: Hausierer, fahrende Sänger und die Tuatha'an-Kesselflicker. Einst waren auch die Händler Cairhiens willkommen, aber diese Einstellung änderte sich, als Laman den *Avendoraldera* zerstörte. Alle anderen werden als Feinde betrachtet.

Die Aiel waren nicht immer ein Volk von Kriegern. Neuere historische Informationen enthüllen, daß die Aiel nicht nur ihre kriegerischen Neigungen erst nach der Zerstörung entwickelten, sondern tatsächlich mit den friedlichen Tuatha'an verwandt sind, die sie zwar meiden, denen sie aber niemals Schaden zufügen.

Die Geschichte der Aiel

Während des Zeitalters der Legenden hatte sich ein friedlich gesinntes Volk, das als die Da'shain-Aiel bekannt war, vertraglich dem Zweck verschworen, den Aes Sedai zu dienen und einem pazifistischen Kodex zu folgen, der als der Weg des Blattes bekannt war. Innerhalb dieses Kodexes mußten alle Prüfungen angenommen und ertragen werden. Es gab keine Entschuldigung für Gewalt. Alle, die in jener Zeit lebten, wußten von dem Vertrag und dem Kodex der Aiel und ehrten sie dafür. Ihre Dienste waren hochgeschätzt und ihre Gesänge für alle eine Kostbarkeit. Als der Krieg kam, und danach die Zerstörung der Welt, verrieten sie ihren Kodex nicht an den Kampf. Dies geschah jedoch nicht etwa aus mangelndem Mut, denn es gibt Geschichten, die besagen, daß die Da'shain einer Gefahr bis zum Tode trotzten, ohne eine Hand zu erheben, nur um Zeit zu gewinnen, damit andere leben konnten.

Als die Zerstörung begann, erkannten die Aes Sedai offensichtlich, daß die Da'shain sinnlos niedergemetzelt würden, wenn sie in den Städten blieben. Vielleicht gab es auch eine Weissagung, daß die Aiel einen Mann hervorbringen sollten, der sich gegen den Dunklen König stellen würde. Die Aes Sedai müssen gewußt haben, daß die Da'shain zu stolz waren, die Städte nur um ihrer eigenen Sicherheit willen zu verlassen, und ersannen daher eine große, ihnen würdige Aufgabe. Man übergab ihnen kostbare *Angreale* und *Ter'angreale* und befahl ihnen, sie an einen sicheren Ort zu bringen. Da wahnsinnige männliche Aes Sedai in der Welt wüteten, war es wichtig, diese mächtigen Hilfsmittel aus ihrer Reichweite zu bringen. Die Da'shain haben niemals erfahren, daß diese Aufgabe auch dazu diente, sie selbst vor Schaden zu bewahren, weil die Aes Sedai sie nicht länger schützen konnten.

Die erste Spaltung

Vor der Zerstörung wurde nichts darüber bekannt, daß die Da'shain-Aiel Schaden erlitten hätten oder auch nur bedroht worden wären. Jedermann wußte, daß sie sich an den Vertrag gebunden fühlten und dem Weg des Blattes folgten. Aber der Pazifismus der Da'shain wurde im Zuge des allumfassenden Kampfes ums Überleben während der Zerstörung nicht länger geduldet. Schließlich beschlossen einige der Da'shain im Verlauf der Jahre, die anderen zu verlassen, überzeugt davon, daß das

Wächteramt über die Aes Sedai-Relikte eine hoffnungslose Mission war. Sie beschlossen, den Alten Gesang zu suchen, vielleicht in der Hoffnung, eine bessere Zeit herbeizuführen, in welcher der Weg des Blattes alles und das Leben nicht so hart wäre. Sie brachen zugunsten ihrer eigenen Zukunft den Vertrag mit den Aes Sedai und wurden daher von den übrigen Aiel als Verlorene aufgegeben. Diese Splittergruppe war der Anfang der Tuatha'an, die sich auch heute noch dem Weg des Blattes und der Suche nach dem Alten Gesang widmen.

DIE ZWEITE SPALTUNG

Jene Aiel, die blieben, hielten sich weiterhin an den alten Vertrag, konnten aber ihre eigenen Kinder und Familien nicht vor den gesetzlosen Horden schützen, welche die zerstörte Welt durchstreiften. Kinder wurden entführt, Frauen vergewaltigt, Männer getötet, und sie konnten sich nicht gegen diese Greueltaten verteidigen oder sie rächen, ohne ihren Kodex zu verraten. Irgendwann empfanden die jüngeren Männer den Weg angesichts solcher Verluste als zunehmend untragbar. Einer nach dem anderen beschloß, sich dem Kampf zu stellen. Das Ergebnis war die erste Tötung durch einen Aiel und seine Verstoßung, wie auch die aller ihm Nachfolgenden, weil sie ihren Glauben verraten hatten. Zu dieser Zeit glaubte man, daß der Vertrag und der Weg des Blattes einen Aiel ausmachten. Als der erste junge Mann seiner Familie half, hieß es, ihm sei befohlen worden, ›das Gesicht zu verbergen … Ich hatte einst einen Sohn mit einem solchen Gesicht. Ich möchte es nicht bei einem Fremden sehen.‹ Dies war der legendäre Beginn der Angewohnheit der Aiel, ihr Gesicht zu verhüllen, bevor sie töten.

Keiner dieser verstoßenen jungen Männer war bereit, die Wagen, in denen sie gelebt hatten, vollkommen aufzugeben, sondern sie folgten ihnen nach. Sie betrachteten sich noch immer als Aiel, behielten auch diesen Namen bei und weigerten sich, den Gedanken hinzunehmen, daß die Bereitschaft, ihre Familien zu verteidigen, ihr Erbe vollkommen auslöschen könnte. Sie lebten in Zelten, nährten sich vom Land und boten jenen Schutz, die sich nicht selbst schützen konnten, obwohl die Beschützten beharrlich ihre Existenz leugneten.

DIE TÖCHTER DES SPEERS

Die kämpfenden Männer hatten bereits eine recht große Gruppe aufgebaut, als sich ihnen die erste Frau anschloß. Ihr Name war Morin, und sie war eine Mutter, deren kleine Tochter entführt worden war. Sie kam zu den Kriegern, um sie um Hilfe zu bitten, und bestand dann darauf, sie bei der Befreiung ihrer Tochter zu begleiten, wobei sie sich des Umstands durchaus bewußt war, daß dies die ständige Abwesenheit von den Wagen und ihrer Familie bedeutete. Bis dahin hatte niemals eine Aiel-Frau an Kämpfen teilgenommen, obwohl mehrere den Kriegern zu Hilfe geeilt waren. Die Legenden besagen, daß für Morin ein Speer gekürzt wurde,

Aviendha

der das Urbild für die inzwischen berühmten Aiel-Stabspeere wurde, die Männer und Frauen gleichermaßen benutzen.

Es heißt, Morin habe geschworen, ihr altes Leben und ihren Ehemann zurückzulassen und nur noch mit dem Speer verheiratet zu sein. Sie bewies sich im Kampf und wurde die erste Tochter des Speers. Selbst heute darf keine Tochter des Speers heiraten und in der Gemeinschaft bleiben, und sie darf nicht kämpfen, wenn sie ein Kind erwartet, obwohl uneheliche Beziehungen offensichtlich recht üblich sind. Jedes Kind einer Tochter des Speers wird einer Familie überlassen, die es großzieht, wobei niemand die wahre Identität der Mutter oder ihres Kindes kennt. Die übliche Aufforderung an eine neue Tochter des Speers lautet: ›Du darfst keinem Mann gehören, noch darf ein Mann dir gehören, noch ein Kind. Der Speer ist dein Geliebter, dein Kind und dein Leben.‹ Interessant ist die Feststellung, daß keine der männlichen Kriegergemeinschaften sich auch nur annähernd so strenge Beschränkungen auferlegt wie diejenigen, die Morin erstmals aufstellte.

Es gibt Hinweise darauf, daß Morin vorhersah, dem Kriegerhäuptling Jeordam ein Kind zu gebären, was auch geschah, wodurch die sich selbst fortzeugende eigene Kultur der in Zelten lebenden Aiel entstehen konnte. Zu jener Zeit nannten sie die Pazifisten bereits ›Jenn Aiel‹ – ein spöttischer Ausdruck für die ›einzigen wahren Aiel‹ –, während die Krieger einfach ›Aiel‹ waren. Natürlich leugneten die Wagenbewohner noch immer die Existenz ihrer Beschützer. Falls sie die Ausgestoßenen überhaupt mit einem Namen belegten, so ist er unbekannt.

Noch immer wollten die Krieger einige Aspekte ihres ursprünglichen Glaubens nicht aufgeben. So benutzten sie beispielsweise keine Schwerter, da ein Schwert nur dazu diente, Menschen zu töten. Alle ihre Waffen konnten zur Jagd, zum Bauen oder zum Ackerbau wie auch zur Verteidigung benutzt werden. Auf diese Art konnten sie noch immer behaupten, dem Weg und dem Namen Aiel treu zu sein.

Im Laufe der Zeit entwickelten sich die kriegerischen Aiel weiter, und die Jenn Aiel, die diesen höhnisch gemeinten Namen schließlich übernahmen, schwanden allmählich. Die Krieger bildeten ihre eigene Kultur und eigene Fähigkeiten aus, wobei sie immer weniger persönlichen Kontakt zu den Wagenbewohnern hatten. Ihre Anzahl nahm jetzt durch Geburten zu, so daß keine Aushebungen bei den Jenn mehr nötig waren. Die Geburtenrate der Jenn Aiel sank, und sie verloren Menschen an die Dürren und Unbilden des Weges, die ihre abgehärteteren, in Zelten lebenden Verwandten kaum zu beeinträchtigen schienen. Die wenigen Aes Sedai, welche die Jenn Aiel unterwegs aufgelesen hatten, halfen wahrscheinlich, die Verluste möglichst gering zu halten, aber auch sie konnten den Lauf der Dinge nicht aufhalten. Diese alten Aes Sedai mieden jeglichen Kontakt zu den kriegerischen Aiel, wahrscheinlich genauso entsetzt wie die Jenn über das, was aus den Ausgestoßenen geworden war. Als Überlebende der Zerstörung waren sie sich sicher, daß die Jenn Aiel, die ihrer Erinnerung nach den Da'shain Aiel gedanklich und kulturell am nächsten waren, ihre Hilfe und ihren Schutz brauchten.

Die Wassergabe

Wir haben kein klares Bild von der für die Aiel-Nomaden verstrichenen Zeit, aber es ist bekannt, daß ihre Wanderungen sie schließlich am Rückgrat der Welt entlang und durch das heutige Cairhien führten. Dort entdeckten sie, daß einige Menschen noch immer die Gabe des Großmuts besaßen, ein ihrer Erfahrung mit Nicht-Aiel nach so ungewöhnlicher Umstand, daß er in ihre Volkssagen aufgenommen wurde. Bis heute hat die Geschichte überdauert, wie der Anführer einer befestigten Stadt seine

Zustimmung gab, die Aiel alles Wasser nehmen zu lassen, das sie haben wollten, wenn sie die Brunnen gruben, um es zu erlangen. Im Rückblick war es nur gesunder Menschenverstand, da die Brunnen der örtlichen Bevölkerung noch lange, nachdem die Reisenden weitergezogen waren, dienlich sein würden, aber für die Aiel war es das erste Mal in ihrer Erinnerung, daß sie nicht um das kämpfen mußten, was sie benötigten. Dies führte Hunderte von Jahren später zum Geschenk des *Avendoraldera*, eines Sprößlings des einzigen überlebenden Chorabaumes, an die Cairhiener, als man entdeckte, daß sie die Nachkommen jener waren, die den Aiel Wasser gewährt hatten.

Vom Rückgrat der Welt aus überquerten die Aiel, angeführt von den Aes Sedai, einen der wenigen Pässe, um ostwärts in das jenseitige verlassene Land zu ziehen, vielleicht als Versuch der Aes Sedai, die Jenn-Aiel vor einer Unterwanderung durch andere Kulturen zu schützen, so daß die Prophezeiung aus der Zeit der Zerstörung wahr werden könnte. Die Zeltbewohner folgten ihnen, noch immer bereit, die Jenn zu verteidigen, falls es nötig werden sollte, obwohl sie es zu dieser Zeit mehr aus Gewohnheit und Tradition denn aus Notwendigkeit taten.

Einige Zeit nach dem Überwechseln in die Wüste teilten sich die Zeltbewohner in Clans und Septimen, während die Jenn ihre herkömmlichen Familienverbände und ihre Gesellschaftsstruktur offensichtlich beibehielten.

RHUIDEAN

Tief in der Wüste, in dem am Fuße eines Berges gelegenen und später Chaendaer benannten Tal, hielten die Wagen schließlich an, und die Jenn Aiel machten sich daran, mit Hilfe der Aes Sedai eine Stadt zu errichten. Sie nannten sie Rhuidean. Der Entwurf der Stadt war wahrscheinlich von Aes Sedai-Erinnerungen an Städte vor der Zerstörung geprägt, mit hohen Gebäuden aus vielfarbig schimmerndem Glas, die bis in den Himmel reichten, prächtigen Statuen und breiten Prachtstraßen. Der letzte überlebende Chorabaum, von den Feuchtländern *Avendesora* genannt, wurde auf dem Hauptplatz aufgestellt.

Die Zeltbewohner breiteten sich außerhalb der Stadt über das recht unfruchtbare Land aus und nahmen es in Besitz. Schließlich wuchs ihre Anzahl so sehr an, daß ein Wettstreit unter ihnen begann, bis alle Spuren ihrer ursprünglichen Einheit vernichtet wurden. Sie vergaßen den Weg des Blattes, ihre Verwandtschaft mit den Jenn und alles über ihr Erbe – nur nicht die Eroberung ihres rauhen neuen Heimatlandes und ihre Streitigkeiten untereinander.

In der großen unvollendeten Stadt starben die Jenn aus. Trotz der ernsthaften Bemühungen der Aes Sedai lösten sich ihre Pläne und die Prophezeiung in nichts auf. Sie erkannten, daß sie einen Fehler gemacht hatten. Wenn den Aiel ein Kind geboren werden sollte, um den Dunklen König zu bekämpfen, würde es nicht den Jenn geboren werden. Aber die Aes Sedai hatten keinerlei Verbindung zu den kriegerischen Aiel-Nomaden. Um die Prophezeiung und vielleicht auch ihren Herrschaftsanspruch zu retten, mußten die Aes Sedai eine Möglichkeit finden, den Kriegern die Wahrheit so zu vermitteln, daß sie sie nicht auch noch vernichteten.

DAS VERMÄCHTNIS RHUIDEANS

Die Aes Sedai nahmen mittels ihrer Träume Kontakt mit den Weisen Frauen der Aiel auf und sandten eine Botschaft, daß alle Clanhäuptlinge nach Rhuidean kommen sollten, damit sie selbst und ihre Clans sich nicht vollkommen auflösen würden. Wer kam, erhielt die Chance, die Aiel zu vereinen, aber wer sich weigerte, würde zusehen müssen, wie sein Volk mit der Zeit verschwand. Ersteren wurde ein beständiger Waffenstillstand versprochen – der Friede von Rhuidean –, der nicht gebrochen werden konnte. Die Aes Sedai schufen im Herzen Rhuideans ein gewaltiges *Ter'angreal*, das die Geschichte der Aiel in sich barg. Alle Häuptlinge waren aufgefordert, die Stadt zu betreten und sich den Glassäulen des *Ter'angreals* zu stellen. Jene, die zurückkehrten – nur einer von dreien –, hatten die Kraft bewiesen, sich der Wahrheit ihres Erbes und dem Wissen um die Prophezeiung, die durch sie erfüllt werden sollte, zu stellen.

Auf diese Weise gelang es den Aes Sedai sicherzustellen, daß die Geschichte der Aiel nicht verlorenginge und die Prophezeiung noch immer erfüllt werden könnte. Von dieser Zeit an wurden alle Clanhäuptlinge aufgefordert, Rhuidean zu betreten und durch das *Ter'angreal* zu gehen, bevor sie als Häuptlinge anerkannt wurden.

Zukünftige Weise Frauen wurden ebenfalls aufgefordert, zwischen die Glassäulen zu treten, allerdings erst bei ihrem zweiten Besuch in der Stadt. Sie hatten eine weitaus höhere Überlebensrate als die Männer. (Bei ihrem ersten Besuch mußten sie ein aus drei Bögen bestehendes *Ter'angreal*, sehr ähnlich demjenigen, das in der Weißen Burg für die Aufgenommenen benutzt wurde, betreten.)

So hielten die Häuptlinge und die Weisen Frauen die Geschichte der Aiel fast dreitausend Jahre lang geheim und leiteten ihr Volk nach ihrem Gutdünken an, während sie es vor der Wahrheit schützten. Schließlich starben auch die letzten der Jenn und der Aes Sedai, aber erst nachdem die Aes Sedai eine Machtstruktur errichtet hatten, die Rhuidean vor Außenstehenden schützen und für die Aiel bewahren sollte. Außerhalb der Wüste wußte man nichts von der Existenz der Stadt, da die vorgeschriebene Strafe für einen Nicht-Aiel, der das Tal Rhuideans betrat, der Tod war. Selbst unter den Aiel sahen nur die Häuptlinge und Weisen Frauen das Innere der Stadt selbst – bis sie kürzlich als Wohnort zugänglich gemacht wurde.

DIE ENTWICKLUNG DER AIEL-CLANS

Die kriegerischen Aiel breiteten sich weiterhin überall in der Wüste aus. Zwölf Clans entstanden und entwickelten sich zu Nationen, die gegeneinander kämpften, wie die meisten Nationen es tun. Aber hauptsächlich bekämpften sie jedermann, der es wagte, die Wüste uneingeladen zu be-

Die Enthüllung Rhuideans durch Rand al'Thor hat diese uralte Stadt der Welt offenbart. Sie liegt über einem neu entstandenen See, der von einem unterirdischen Meer mit frischem Wasser gespeist wird. Dieser See speist wiederum den einzigen bekannten Fluß in der Wüste, der das Wasser in Länder führt, die seit der Zeit der Zerstörung nur Dürre gekannt haben. Als Folge dieser Veränderungen bewohnen die Aiel jetzt die Stadt, welche die Jenn nicht vollenden konnten.

Rand al'Thor enthüllte jedoch mehr als nur die Landschaft Rhuideans. Er enthüllte der Allgemeinheit der Aiel auch die Geheimnisse ihrer eigenen Geschichte, was die Aes Sedai sorgfältig vermieden hatten. Der Glaube, daß die Aiel die Aes Sedai einst im Stich ließen, war ebenso lange Teil der Aielgeschichte wie der Glaube, daß es ihre Vernichtung bedeutete, wenn dies ein zweites Mal geschähe, aber das Wissen, daß ihre gesamte Lebensart den Verrat vielleicht in sich einschloß, war mehr, als viele ertragen konnten. Sie litten unter der ›Trostlosigkeit‹, einer Krankheit, die Aiel dazu veranlaßt, ihre kriegerische Art abzulegen, die Wahrheiten zu leugnen und sich zu weigern, dem Mann zu folgen, den die meisten für den *Car'a'carn*, den Häuptling aller Häuptlinge, halten.

treten. Einige Außenstehende, von den Aiel ›Feuchtländer‹ genannt, wagten sich trotz der Drohungen hinein, durch die Verheißung von Seide und Elfenbein angezogen, die unmittelbar hinter ihren Grenzen zu finden waren. Die wenigen, die den Versuch überlebten, brachten Geschichten über die bösartigen hellhaarigen Krieger mit den verschleierten Gesichtern mit, die unvermittelt dem Boden entsprangen, um Unbefugte mit müheloser Leichtigkeit zu töten. Selbst Artur Falkenflügel konnte das stolze Wüstenvolk nicht erobern. Ihre Wildheit und ihr unorthodoxer Kampfstil waren selbst *seinem* hochgradig fähigen Heer überlegen.

Allmählich durch die unversöhnlichen Härten ihres Landes geprägt, verdienen die Aiel ihren schrecklichen Ruf weitgehend. Sie verschleiern ihre Gesichter noch immer, bevor sie töten, und sind mit Waffen genauso gefährlich wie mit bloßen Händen. Der Nachhall der Liebe ihrer Vorfahren zu Musik und Tanz kann jetzt nur noch gehört werden, wenn ihre Flötenspieler die wartenden Clans mit ihrer Musik in den Kampf begleiten. Noch heute berührt kein Aiel freiwillig ein Schwert, auch nicht angesichts des Todes, oder reitet ein Pferd, wenn er nicht dazu gezwungen wird.

EHRENKODEX UND VERPFLICHTUNG

Die Aiel haben den Kodex passiver Ergebenheit durch einen eigenen Ehrenkodex und eine *Ji'e'toh* genannte Verpflichtung ersetzt. Demnach gibt es viele Möglichkeiten, Ehre zu erlangen, jede mit ihrem eigenen Maßstab und Preis. So kann man im Kampf die geringste Ehre erlangen, indem man tötet, denn jedermann kann töten, während man die meiste Ehre dadurch erlangt, daß man einen bewaffneten lebenden Feind berührt, ohne ihm Schaden zuzufügen. Einen Feind gefangenzunehmen und ihn zum *Gai'schain* zu machen, liegt zwischen diesen beiden Extremen. Jedermann muß durch den Kodex seinen eigenen Ehrenpfad suchen, und Ehre wird in der Aiel-Gesellschaft höher geschätzt als alles andere.

Innerhalb des Kodexes gibt es auch viele Grade der Schande, die in manchen Fällen als schlimmer angesehen wird als Schmerz, Verletzungen oder sogar der Tod. Die alle anderen Facetten in all ihren verschiedenen Abstufungen überwiegende Facette des Kodexes ist das *Toh*, oder der Schwur: Jegliche Verpflichtung, gleichgültig wie gering oder bedeutend, *muß* vollständig erfüllt werden. Das *Toh* ist diesen Menschen so wichtig, daß ein Aiel notfalls sogar Schande auf sich nimmt, um eine Verpflichtung, die jemandem, der nicht an den Kodex gebunden ist, vielleicht geringer erscheinen mag, zu erfüllen.

Bemerkenswert ist auch die Rolle der *Gai'schain*. Der Name bedeutet in der Alten Sprache ›dem Frieden im Kampfe verschworen‹ und wird auf jene Aiel angewandt, die während eines Überfalls oder Kampfes von anderen Aiel gefangengenommen werden. Diese Gefangenen sind durch das *Ji'e'toh* gefordert, denjenigen, die sie gefangengenommen haben, ein Jahr und einen Tag lang zu dienen, in dieser Zeit keine Waffe zu

Den zwölf Clans der Aiel – den Chareen, den Codarra, den Daryne, den Goshien, den Miagoma, den Nakai, den Reyn, den Shaarad, den Shaido, den Shiande, den Taardad und den Tomanelle – folgte ein dreizehnter, die ausgestorbenen Jenn, auch der ›Clan, den es nicht gibt‹ genannt. Jeder Clan besteht aus vielen Septimen, wie die Jaern Rift Septime der Codarra und die Weißberg Septime der Chareen, wobei keine Anzahl an Septimen vorgeschrieben ist.

Zusätzlich werden die Krieger selbst in zwölf getrennte Gemeinschaften unterteilt. Diese sind die *Seia Doon* (Schwarzaugen), die *Far Aldazar Din* (Brüder des Adlers), die *Rahien Sorei* (Läufer der Dämmerung), die *Sovin Nai* (Messerhände), die *Far Dareis Mai* (Töchter des Speers), die *Hama N'dore* (Bergtänzer), die *Cor Darei* (Nachtspeere), die *Aethan Dor* (Roten Schilde), die *Shae'en M'taal* (Steinhunde), die *Sha'mad Conde* (Donnergänger), die *Tain Shari* (Blutabkömmlinge) und die *Duadhe Mahdi'in* (Wassersucher). Jede Gemeinschaft hat ihre eigenen Gebräuche und manchmal besondere Pflichten. Die Roten Schilde erfüllen zum Beispiel polizeiliche Aufgaben, und Steinhunde werden während Rückzügen häufig als Nachhut eingesetzt, während Töchter des Speers oft Kundschafter sind. Überfälle und Kämpfe zwischen Clans waren seit der Bildung der ersten Clans üblich, aber die Mitglieder einer Gemeinschaft bekämpfen einander nicht, auch wenn ihre Clans es tun. Daher gibt es auch während offener Kriegshandlungen stets Verbindungslinien zwischen den Clans.

Der Kleiderkodex unter den Aiel hat sich seit der Zeit der Legenden und der Da'shain Aiel kaum geändert. Der *Cadin'sor*, der von allen Männern und allen Töchtern des Speers getragen wird, ähnelt sehr der Arbeitskleidung der alten Da'shain. Sogar das Wort bedeutet in der Alten Sprache, grob übersetzt, Arbeitskleidung. Der klassische Mantel und die Hose sind in Braun- und Grautönen gehalten, die sich Fels, Sand oder Schatten anpassen. Die Aiel haben sie durch weiche, kniehohe, wüstenerprobte Schnürstiefel ergänzt, sowie einen *Shoufa*, ein schalähnliches Kleidungsstück, das um Kopf und Hals gewickelt wird und nur das Gesicht freiläßt. Wenn sie sich aufs Töten vorbereiten, ziehen sie den *Shoufa* auch über Nase und Mund, verschleiern das Gesicht traditionsgemäß. Der einzige Unterschied zwischen der Kleidung männlicher Krieger und der anderer Aielmänner besteht darin, daß die Krieger einen längeren Dolch tragen. Der *Cadin'sor*-Mantel ist bei jedem Clan anders geschnitten und unterscheidet sich auch innerhalb der Septimen leicht, obwohl die Abweichungen, die jedem Aiel geläufig sind, für einen Außenstehenden schwer zu erkennen sind.

Alle Aielmänner und die Töchter des Speers tragen das Haar kurz geschnitten, bis auf einen Pferdeschwanz im Nakken. Frauen, die keine Töchter des Speers sind, tragen das Haar schulterlang oder länger, flechten es aber selten und stecken es auch selten auf. Sie halten es nur häufig mit einem Tuch aus dem Gesicht. Ihre langen Mäntel, Blusen und Umschlagtücher sind in tristen Wüstenfarben gehalten, aber sie schmücken sich mit vielen Armbändern und Halsketten, oft aus Elfenbein oder Metallen. Hochrangige Frauen zeigen ein Übermaß an wertvollem Schmuck. Töchter des Speers besitzen häufig Schmuck, tragen ihn aber nur gelegentlich anläßlich einer Feier oder anderer besonderer Gelegenheiten. Die Männer tragen überhaupt keinen Schmuck, obwohl das Kennzeichen eines Häuptlings häufig das metallische Aussehen eines seltsamen Armbands hat.

berühren und keinerlei Gewalt anzuwenden. Sie müssen diesen Dienst demütig und gehorsam versehen, ohne sich zu beklagen oder an Flucht zu denken, und tragen weiße Gewänder, um sich während ihres Dienstes eindeutig von anderen Aiel zu unterscheiden. Vielleicht kann dies als ein Schritt zurück zum gehorsamen und friedlichen, üblicherweise den Aes Sedai geweihten Dienst der ursprünglichen Da'shain Aiel angesehen werden. Ebenfalls dem Kodex gemäß sind Weise Frauen, ein Hufschmied, ein Kind unter zehn Jahren und eine Frau mit einem Kleinkind häufig vom Dienst als *Gai'schain* ausgenommen.

DIE WEISEN FRAUEN

Wie in den meisten Weltkulturen gibt es auch unter den Aiel jene, welche die Macht lenken oder dieses erlernen können. Weise Frauen spüren Frauen mit dem Funken auf und bilden sie zu Weisen Frauen aus. Alle Machtlenker sind Weise Frauen, aber nicht jede Weise Frau kann die Macht lenken. Alle Weisen Frauen werden in der Heilkunst, der Kräuterkunde und anderem unterrichtet. Sie besitzen Autorität und Einfluß bei den Septimen und den Clanhäuptlingen und tragen auch eine große Verantwortung. Sie bleiben allen Fehden und Kämpfen fern und dürfen, dem *Ji'e'toh* gemäß, in keiner Weise verletzt oder behindert werden. Nähme eine Weise Frau an einem Kampf teil, würde das eine schwerwiegende Verletzung der Bräuche und der Tradition bedeuten. Kürzlich ist es geschehen, und die Auswirkung ist noch immer erkennbar.

Die Frauen meiden aus Gewohnheit jeden Kontakt mit Aes Sedai, wahrscheinlich um zu verhindern, daß sie Machtlenker unter ihnen erkennen. Einige Weise Frauen sind auch Traumgängerinnen, welche die Welt der Träume, *Tel'aran'rhiod*, betreten und in ihren Träumen mit anderen sprechen können.

Junge Männer, die entdecken, daß sie die Macht lenken können, verlassen ihre Clans, um sich dem Dunklen König an den Hängen Shayol Ghuls zu stellen und zu sterben.

DIE AIEL-KULTUR

Die Aiel erlernen in früher Jugend durch Spiele, die Können, Schnelligkeit und Genauigkeit verbessern sollen, Überlebensfähigkeiten und die Handhabung des Speers. Aber sie werden auch in den Feinheiten des *Ji'e'toh* und der Staatskunst unterwiesen, wie auch in grundlegender Arithmetik und im Lesen. Obwohl die Aiel scheinbar ein barbarisches Leben führen, schätzen sie Bücher und Literatur hoch und sind normalerweise recht gebildet. Jeder Hausierer, der Bücher anbietet, ist bei ihnen willkommen.

Seit die Aiel kein Nomadenleben mehr führen, haben sie zwischen Klippen, Hügeln und Schluchten der Wüste Festungen in den Stein gehauen. Jede Septime hat ihre eigene Feste, in der die Dachherrin, üblicherweise die Ehefrau des Häuptlings, herrscht und das Recht hat, selbst ihren eigenen Ehemann am Wasser und im Schatten willkommen zu heißen oder abzuweisen. Die meisten Wohnungen bestehen über dem Erdboden aus Ton und Ziegelsteinen, mit flachen Dächern, auf denen Pflanzen angebaut werden können, sind aber üblicherweise tief in das Gestein eingefügt, wo es große und bequeme Räume gibt, die gut gegen die Hitze abgeschirmt sind. Aielräume sind mit Teppichen ausgelegt sowie mit Wandbehängen, mit bequemen Matten und Kissen, Regalen und Tischen, nicht aber mit Sesseln ausgestattet. Bei den Aiel besitzt nur der Häuptling einen Sessel. Obwohl sich die Aiel einfach kleiden, sind ihre Behausungen normalerweise in bunten Farben gehalten. Edle Skulpturen, Porzellan und viele Bücher schmücken die Nischen und verleihen dem Inneren so viel Glanz und Vornehmheit, wie das Äußere trist ist. Die Aieltradition, ein Fünftel des bei einem Angriff oder in einem Krieg Vorgefundenen zu erbeuten, hat es den meisten von ihnen – besonders im Aiel-Krieg, als sie die Drachenmauer überquerten – ermöglicht, viele seltene Gegenstände zu erwerben. In dieser angenehmen, vom rauhen Land unbeeinträchtigten Umgebung leben die Aiel nur wie Nomaden, wenn sie den Herden auf der Suche nach Weideland folgen oder zum Kampf ausziehen.

In jeder Feste wird auf terrassenförmig angelegten Vorsprüngen und den Flachdächern der Häuser eine breite Vielfalt von Feldfrüchten angebaut, die in dem rauhen Klima meist per Hand bewässert werden müssen. Diese tägliche unangenehme Aufgabe wird normalerweise von den Kindern und den *Gai'schain* ausgeführt. Der sorgfältige Anbau bringt Früchte und Gemüse hervor, durch die eine sehr abwechslungsreiche Ernährung gewährleistet ist.

Weben, Schmuckherstellung und Schmiedekunst sind die wichtigsten handwerklichen Fertigkeiten. Die Aiel schürfen ihr eigenes Gold und Silber sowie viele weniger wertvolle Erze. Sie schürfen auch Rubine, Saphire, Mondsteine und Feuertropfen, die sie aber nicht schleifen. Metallarbeiten jeglicher Art sind bei den Aiel hoch geschätzt. Schmiede können nicht zu *Gai'schain* gemacht werden, da dieser Dienst den Zugriff auf ihr Können ein Jahr und einen Tag lang verhindern würde. Wolle und Algode werden zu verschiedenen Stoffen verwoben. Die Wolle stammt von den Schafen und Ziegen, die auf dem kärglichen Land grasen, und die Algode von intensiv bewässerten Stellen innerhalb jeder Feste. Es gibt nur sehr wenig brauchbares Holz in der Wüste und daher auch keine Zimmerleute. Die wenigen hölzernen Gegenstände, die in die Wüste gebracht werden, sind hoch geschätzt.

AIEL-VERWANDTSCHAFT

Die Verwandtschaftsbeziehungen innerhalb der Aiel bilden einen sowohl genau festgelegten als auch weitgespannten Bogen. Für jeden durch Blutsverwandtschaft oder durch Heirat erworbenen Verwandtschaftsgrad gibt es eine besondere Bezeichnung. Erstbrüder und Erstschwestern sind jene, die dieselbe Mutter haben, aber nicht notwendigerweise denselben

DER WEG DES BLATTES
Durch den Weg des Blattes der Tuatha'an sollten alle Menschen nach dem Vorbild des Blattes leben. ›Weil das Blatt seine vorbestimmte Zeit lang lebt und nicht gegen den Wind ankämpft, der es davonträgt. Das Blatt schadet niemandem und fällt schließlich herab, um neue Blätter zu nähren.‹ Die Tuatha'an glauben, daß kein Mensch einem anderen Menschen aus irgendeinem wie auch immer gearteten Grund Schaden zufügen sollte.

Vater. Zweitbrüder und Zweitschwestern sind die Kinder des Erstbruders oder der Erstschwester der eigenen Mutter, und Schwester-Mütter und Schwester-Väter sind die Erstschwestern und Erstbrüder der Mutter. Ein Großvater oder eine Großmutter ist Vater oder Mutter der eigenen Mutter, während die Eltern des eigenen Vaters Zweitgroßväter oder Zweitgroßmütter sind. Die Verwandtschaftsbezeichnungen schließen auch einige nicht durch Blutsverwandtschaft entstandene Beziehungen mit ein. Freunde, die sich so nahestehen wie Erstschwestern oder Erstbrüder, werden Nächst-Schwester oder Nächst-Bruder genannt. Nächst-Schwestern nehmen einander häufig formell als Erstschwestern an. Nächst-Brüder tun dies fast niemals.

Die Aiel leben nicht immer in monogamen Ehen. Niemand nimmt Anstoß daran, wenn ein Mann zwei Frauen heiratet. Die Frauen sind üblicherweise Nächst-Schwestern oder Erstschwestern, die dann Schwester-Frauen werden. Sind sie erst einmal vereint, werden sie genauso als miteinander wie auch mit dem Mann verheiratet angesehen. Es gibt jedoch keinerlei Überlieferungen darüber, daß eine Frau zwei Männer geheiratet hätte.

DIE VERLORENEN

Was geschah mit jenen Aiel, welche die Wagen vor so langer Zeit verlassen haben, um den Alten Gesang zu suchen? Unter den Nachkommen der ursprünglichen Da'shain-Aiel folgen nur noch die Tuatha'an dem Weg des Blattes. Den meisten als die Reisenden bekannt, ziehen sie in Karawanen bunter Wagen im Land umher. Angeleitet von einem *Mahdi* genannten Mann, führt jede Karawane ihre Suche nach dem verlorenen Traum vom Frieden fort. In ebenfalls bunte Gewänder gehüllt, bewegen sie sich, als lauschten sie ständig einer Melodie, stets zum Tanz bereit. Anders als die Aiel, die nur Kampfgesänge oder Klagelieder für die Verstorbenen kennen, singen oder spielen die Tuatha'an bei jeder Gelegenheit.

Die Tuatha'an sind auch als die Kesselflicker bekannt, wobei sie gelegentlich auch andere Arbeiten ausführen. Sie sind handwerklich überaus geschickt. Und doch werden sie von den Leuten in den Dörfern und kleinen Städten, die sie nicht verstehen, gemieden, und man mißtraut ihnen. Geschichten, üblicherweise falsche Geschichten, besagen, daß die Kesselflicker kleine Kinder stehlen und versuchen, junge Menschen zu ihrem Glauben zu bekehren. Die Tatsache, daß sie sich gegen solche Angriffe nicht zur Wehr setzen, unterstützt jene in ihrem Glauben, die hassen wollen. Tatsächlich werden die meisten, die zur Lebensart der Kesselflicker überwechseln, einfach durch die Schlichtheit ihrer Ansichten angezogen.

Die Kesselflicker sind eines der wenigen Völker, denen es aus Traditionsgründen erlaubt ist, die Wüste unbelästigt zu durchqueren, zweifellos weil die Häuptlinge der Aiel-Clans ihre Geschichte kennen. Die Tuatha'an selbst wissen sicher nichts mehr über ihren Ursprung oder ihre Verwandtschaft mit den Aiel.

Die Ogier

Säubert das Feld, ebnet es,
laßt kein Unkraut und keine Stoppeln stehen,
hier arbeiten wir, hier plagen wir uns,
hier werden die hoch aufragenden Bäume gedeihen.

Aus einem Ogier-Lied

Im Gegensatz zu den anderen bisher beschriebenen Rassen beanspruchen die Ogier kein bestimmtes Land, sondern leben eher in ihren abgeschlossenen *Stedding.* Sie sind auch die einzige bekannte natürliche, nichtmenschliche empfindungsfähige Rasse. (Wesen wie die Nym und Trollocs sind konstruiert und daher künstlich, nicht natürlich.) Ogier ähneln im allgemeinen Körperbau und in der Kleidung Menschen, sind aber eine genetisch gesonderte Spezies mit langen Pinselohren und breiten, schnauzenähnlichen Nasen. Sie sind weitaus größer als Menschen und leben auch entschieden länger. Die normale Lebensspanne eines Ogiers beträgt mindestens das Drei- bis Vierfache der Lebensspanne eines Menschen. Sie werden als zu unreif angesehen, ihr *Stedding* zu verlassen, bis sie das Alter von mindestens einhundert Jahren erreicht haben. Dieses längere Leben ist vielleicht auch der Grund für ihr wohlerwogen gemächliches und selbstsicheres Verhalten. Sie empfinden Menschen als gehetzt und ungeduldig.

Loial

STEDDING-STANDORTE

Es gibt einundvierzig bewohnte *Stedding* in der ›bekannten Welt‹ – das heißt zwischen dem Aryth-Meer und der Aiel-Wüste. Da die Anzahl der Bewohner erheblich variiert und Ogier solche Zahlen nicht als festhaltenswert erachten, wird geschätzt, daß der durchschnittliche *Stedding* eine Einwohnerschaft von etwas über sechstausend Ogiern hat. Die gesamte Ogierbevölkerung zwischen dem Aryth-Meer und dem Rückgrat der Welt beträgt vielleicht etwas mehr als zweihundertfünfzigtausend.

Als die Zerstörung vorüber war – und die Erinnerungen und der menschliche Hader noch frisch waren, wenn man die Lebensspanne der Ogier bedenkt –, wählten die Ogier, welche die verlassenen *Stedding* neu besiedelten, häufig die in der rauhen Bergwelt oder in dichten Wäldern gelegenen. Das *Stedding* Tsofu in Cairhien ist das am wenigsten von den Menschen abgeschiedene, und selbst dieses liegt eine volle Tagesreise von der nächsten menschlichen Ansiedlung entfernt.

Das Rückgrat der Welt birgt in seinen zerklüfteten Gipfeln und Tälern mit zwölf Ogier-*Stedding* die dichteste Ansammlung in einem Gebiet. Es sind von Norden nach Süden: das *Stedding* Qichen, das *Stedding* Sanshen, das *Stedding* Handu, das *Stedding* Chanti, das *Stedding* Lantoine, das *Stedding* Yongen, das *Stedding* Mashong, das *Stedding* Sintiang, das *Stedding* Taijing (östlich von Cantoine), das *Stedding* Kolomon, das *Stedding* Daiting und das *Stedding* Shangtai, wo Loial geboren wurde.

In Brudermörders Dolch, abseits des Rückgrats der Welt, gibt es nur einen *Stedding*: den *Stedding* Yontiang.

Westlich der Drachenmauer und östlich des Flusses Erinin gibt es vier *Stedding*: das *Stedding* Nurshang, zwischen Brudermörders Dolch und Shienar, das *Stedding* Tsofu in Cairhien, das *Stedding* Cantoine, unmittelbar nördlich des Flusses Irallel, und das *Stedding* Jenshin in Haddon Mirk.

Die Grenzlande weisen sieben *Stedding* auf, die zweitgrößte Dichte in einem Gebiet: das *Stedding* Chosium; Jongai und Saishen in Saldaea, das *Stedding* Chiantal in Kandor, die *Stedding* Shanjing und Tanhal in Arafel und das *Stedding* Sholoon in Shienar.

Drei sind in den Schwarzen Hügeln zu finden: die *Stedding* Feindu, Shajin und Jentoine. Die *Stedding* Shamendar, Taishin, Leitiang und Tsochan liegen in den Wäldern nördlich des Flusses Ivo.

Sechs liegen in den Verschleierten Bergen. Es sind von Norden nach Süden: das *Stedding* Chinden, das *Stedding* Tsofan, das *Stedding* Yandar, das *Stedding* Madan, das *Stedding* Jinsiun und das *Stedding* Shangloon.
Im Gegensatz dazu gibt es in den Bergen nördlich des Flusses Dhagon nur zwei *Stedding*: Mintai und Wenchen. Und zwei weitere befinden sich entlang der Schattenküste: das *Stedding* Shadoon und das *Stedding* Mardoon.

STEDDING

Ogier-*Stedding* scheinen auf unbekannte Weise abgeschirmt zu werden, wodurch die Eine Macht innerhalb ihrer Grenzen weder gebraucht noch erspürt werden kann. Versuche, die Macht von außen in ein *Stedding* hineinzulenken, bewirken im Inneren nichts. Sogar die Luft in einem *Stedding* unterscheidet sich von der Außenluft. Sie ist frischer oder friedlicher und veranlaßt die meisten Besucher, beim Betreten überrascht zu erschaudern. Kein Trolloc betritt ein *Stedding*, wenn er nicht dazu gezwungen wird, und sogar Myrddraals tun dies nur, wenn es absolut notwendig ist, und auch dann nur höchst widerwillig. Es heißt, daß sich auch wahrhaft geweihte Schattenfreunde dort unbehaglich und unwillkommen fühlen. Die genauen Eigenschaften eines *Stedding* sind unbekannt.

GESCHICHTE

Im Zeitalter der Legenden lebten und arbeiteten die Ogier unter Menschen und reisten auch weit außerhalb ihrer *Stedding*. Sie besaßen die besondere Gabe, Dinge wachsen zu lassen, und arbeiteten eng mit den Nym zusammen. Obwohl sie keine Beziehung zur Einen Macht hatten, besaßen viele von ihnen die Fähigkeit, Lebendiges, besonders Pflanzen, mit ihren Gesängen zu beeinflussen. Sie konnten Pflanzen dazu bringen, auf Klänge zu reagieren und sich in jede gewünschte Form zu entwickeln. Sie konnten eine Pflanze auch ermutigen, stärker und höher zu wachsen. Die wenigen Ogier, die diese Gabe heute noch besitzen, sind als Baumsänger bekannt. Die erstaunlichen Erfolge, die sie erzielen, ohne der Elternpflanze Schaden zuzufügen, werden hoch geschätzt. Im Zeitalter der Legenden war diese Fähigkeit sehr verbreitet.

Die Ogier standen auch in dem Ruf, der Durchführung der Gesetze dieses Zeitalters gedient zu haben. Obwohl sie als friedliches und sehr schwer zu erzürnendes Volk gelten, behaupten einige alte Geschichten, daß sie an der Seite der Menschen in den Trolloc-Kriegen gekämpft hätten, und bezeichnen sie als unversöhnliche Feinde.

Während der Zerstörung der Welt veränderten sich Land und Meer so drastisch, daß die *Stedding* verlorengingen oder vereinnahmt wurden. Jene Ogier, die die Umwälzung von Land und Meer überlebt hatten, waren danach heimatlose Vertriebene auf der Suche nach ihren verlorenen Schutzgebieten. Unter den Ogiern ist diese Zeit als das Exil bekannt. Nach vielen Jahren wurde ihr Sehnen nach dem Frieden und der Schönheit, die nur innerhalb der *Stedding* existieren, so stark, daß sie krank wurden und nach und nach starben. Es gab mehr Tote als Überlebende. Seit jenen Tagen verlassen die Ogier die *Stedding* nicht mehr für längere Zeit, weil sie sonst das Sehnen überwältigt und sie schwach werden. Wenn sie nicht zurückkehren, sterben sie. Obwohl dies während des Zeitalters der Legenden nicht galt, hat das lange Exil die Überlebenden und ihre Nachkommen offensichtlich so sehr sensibilisiert, daß jetzt alle Ogier an die *Stedding* gebunden sind.

LEBENSART

Obwohl weithin als erstaunliche Steinmetzen bekannt, bevorzugen es die Ogier, mit Lebendem und Wachsendem zu arbeiten. Ogier waren in der Alten Sprache als *Tia avende alantin* oder ›Brüder der Bäume‹ bekannt. Die Steinmetzarbeiten nahmen sie erst im Exil auf und bewiesen darin schnell ein ähnliches Talent wie bei der Aufzucht von Pflanzen. Aufgrund ihrer Liebe zu Lebendigem wirken die meisten ihrer Steinmetzarbeiten vom Entwurf her erstaunlich lebhaft. Wenn man ihnen freie Hand gibt, wie beim Bau des größten Teils der Stadt Tar

Valon, können sie Gebäude erschaffen, die fast die Illusion von Leben vermitteln. Viele der großen Menschenstädte rühmen sich noch immer von Ogiern erbauter Gebäude. Obwohl die meisten Ogier glauben, Steinmetzarbeiten lägen jenseits ihrer Fähigkeiten, bringen sie ihnen das Geld, um Waren für die *Stedding* einzuhandeln.

Als die *Stedding* wiederentdeckt wurden, ließen sich die Ogier mit dem Entschluß dort nieder, auch dort zu bleiben. Die Narben des langen Exils sind jetzt der ganzen Rasse eingemeißelt. Sie haben kaum Kontakt zu Menschen und verlassen ihre Behausungen nur, um zu einem anderen *Stedding* zu reisen oder Steinmetzarbeiten auszuführen. Ogier werden außerhalb der *Stedding* so selten gesehen, daß die meisten Menschen nicht mehr glauben, daß es sie gibt, sondern sie für Phantasiegeschöpfe halten.

In den *Stedding* bewohnen die Ogier in die Erde gebaute Häuser. Sie verbringen viel Zeit damit, sich um Lebendes zu kümmern, besonders um die Großen Bäume. Diese riesigen Harthölzer ragen Hunderte von Fuß in die Luft und haben Stämme von einhundert Fuß Durchmesser. Vor der Zerstörung waren solche Bäume nichts Außergewöhnliches, aber jetzt sind sie recht selten geworden und werden von den Ogiern eifersüchtig gehütet. Viele *Stedding* benutzen den glatten Stumpf eines dieser Bäume für Versammlungen.

Die zweitgrößte Liebe der Ogier ist das Wissen. Sie lieben es, zu lesen und zu schreiben, und schätzen Bücher und Überlieferungen über alles. Aufgrund ihrer längeren Lebensspanne, ihrer Tradition des Geschichtenerzählens und ihrer Bildung beinhalten viele ihrer Geschichten Kenntnisse, die den Menschen längst verlorengegangen sind. Ogier haben ihre eigene Schriftsprache, die den Menschen nur als Ogierschrift bekannt ist.

Jedes *Stedding* wird von einem Rat der Älteren regiert, die innerhalb und unter den einzelnen *Stedding* öffentliche Versammlungen abhalten. Diese Versammlungen werden traditionell am großen Stumpf des *Stedding* abgehalten. Die Älteren haben bei der Versammlung den Vorsitz, aber jeder andere erwachsene Ogier darf vor dem Stumpf sprechen, obwohl die meisten einen Fürsprecher wählen, der dem Rat ihren Fall unterbreitet. Diese Fürsprecher werden nicht entlohnt, sondern handeln als solche, weil sie an die Ogier, die sie vertreten, und an die Wahrhaftigkeit ihrer Anliegen glauben.

Der Rat, der die einzige ständige Regierung innerhalb eines *Stedding* ist, wird in besonderen Angelegenheiten hin und wieder von anderen Ogiern unterstützt, wenn deren Fähigkeiten gebraucht werden. Die Ogier bedienen sich auch eines Lehrsystems, um jüngere Ogier zur Verantwortung und geschickten Nutzung ihrer Fertigkeiten heranzubilden. Diesen Jungen werden während ihrer Ausbildung die eher niederen Aufgaben zugewiesen, weil die Ogier glauben, daß solche Arbeit den Charakter bildet.

Die Ogier sind in vielerlei Hinsicht eine fast matriarchalische Gesellschaft. Den Vorsitz im Rat der Älteren hat häufig eine Frau inne, und

Mütter und Ehefrauen besitzen mehr Autorität als ihre Ehemänner. Ehen werden, mit Einverständnis der zukünftigen Braut, von Müttern arrangiert, während der zukünftige Bräutigam kein Mitspracherecht hat. Mancher junge Ogier geht als Junggeselle zur Arbeit und erfährt bei seiner Rückkehr, daß er am nächsten Tag ein Bräutigam sein wird.

Zusätzlich zur Hege der Pflanzen und den Steinmetzarbeiten züchten die Ogier auch Schafe, weben Stoffe und gestalten schöne Metallarbeiten und Schmuck. Ihre Kleidung ist oft üppig bestickt, wobei Frauen aufgestickte Blumen in ihrem Rang entsprechender Anzahl tragen. Mädchen tragen nur an den Jacken Blumenschmuck, während die Gewänder der Frauen im Rat der Älteren vom Hals bis zu den Knöcheln bestickt sind. Es werden auch Halsketten und Armbänder getragen, aber keine Ohrringe. Die Ohren der Ogier sind eine sekundäre erogene Zone und werden daher teilweise von Haar bedeckt gehalten. Sie so weit zu entblößen, daß Ohrringe sichtbar wären, würde die Empfindsamkeit der Ogier zu sehr erschüttern. Alle Frauen tragen ihr Haar lang und offen, die Männer tragen es kürzer.

Die Jacken der Männer haben unterschiedliche Längen, und ihre Hemden und Hosen sind schlicht. Alles an der Kleidung und am Schmuck der Ogier spiegelt ihre tiefe Achtung für die Natur und alle Lebewesen wider. Vielleicht ist ihr Rückzug von der Menschheit eine Warnung davor, daß die Menschheit diese Achtung verliert.

Die Kurzen Wege

DIE GABE

Während der Zerstörung merkten die in ihren *Stedding* verbliebenen Ogier, daß sie dort sozusagen gefangen waren – das Reisen zwischen den *Stedding* war zu gefährlich geworden –, so daß sie sich in einer Art Exil befanden – ohne Kontakt zu ihren Brüdern und Schwestern in anderen *Stedding*.

Zu dieser Zeit wurde männlichen Aes Sedai, die dem Wahnsinn noch nicht anheimgefallen waren, in den *Stedding* Zuflucht geboten. Nur dort konnten sie sich von dem Makel befreit fühlen, den der Dunkle König auf *Saidin* gelegt hatte. Aus Dankbarkeit für diesen Schutz machten einige Aes Sedai den Ogiern ein Geschenk, das es ihnen ermöglichte, sicher von einem *Stedding* zum anderen zu gelangen. Dies waren die Kurzen Wege, durch die Eine Macht geschaffene Wege von einem *Stedding* zum anderen. Sie waren eine Welt für sich, denn auch wenn das Land zwischen zwei *Stedding* verwüstet oder verheert wurde, blieben sie unverändert und von der Zerstörung unbeeinflußt.

Schließlich verließen alle männlichen Aes Sedai die *Stedding* wieder, getrieben von dem Bedürfnis, die Wahre Quelle zu spüren, und von der vergeblichen Hoffnung, der Makel auf *Saidin* sei verschwunden. Zuvor machten sie den Ogiern jedoch noch ein weiteres Geschenk: den Wachstumszauber.

DAS WEGETOR

Der Wachstumszauber ist ein *Ter'angreal*, das durch verschiedene Gesangesarten aktiviert wird. Er ermöglichte es den Ogiern, die Wege auszudehnen. Als verlorene *Stedding* wiedergefunden wurden, bildeten die Ogier Wege dorthin aus. Der Zauber kann zwar keinen vollkommen neuen Weg erschaffen, aber er kann eine Abzweigung von einem bestehenden Weg ›wachsen‹ lassen, die zu einer ›Blume‹ besungen werden kann, der ›Blume‹ des Wegetors – das ist der einzige Teil der Wege, der real existiert. Wegetore sind organisch sehr kompliziert beschaffen. Wenn sie aktiviert werden – üblicherweise indem man den ›Schlüssel‹ bewegt, der wie ein verrückbares *Avendesora*-Blatt gestaltet ist –, verwandelt sich das geschnitzte Laub langsam in lebendes Gebüsch, und die Doppelflügel des Tores schwingen auf, um eine glasartige, spiegelähnliche, durchlässige Barriere freizugeben.

Zu jedem Wegetor gehören zwei dieser Schlüssel in Form von *Avendesora*-Blättern, einer außen, einer innen. Die Tore können geschlossen werden, indem man beide Blätter auf dieselbe Seite bringt und so ein Öffnen von der anderen Seite verhindert.

Da die Wege von der Einen Macht ausgebildet werden, was innerhalb eines *Stedding* nicht funktioniert, lagen die Wegetore stets unmittelbar außerhalb eines *Stedding*. Als das Netzwerk der Wege wuchs, verband es schließlich nicht nur die *Stedding*, sondern auch die großen, von Ogiern erbauten Städte, so daß die Ogier leichten Zugang hatten. Sie pflanzten außerhalb der Städte Haine mit einer breiten Vielfalt von Pflanzen und Bäumen an, die den dort arbeitenden Ogiern Trost spenden sollten, damit die Sehnsucht sie nicht überwältigte. Aber viele dieser Haine sind seitdem verschwunden. Der Hain in Caemlyn wurde durch die sich ausbreitende Stadt vereinnahmt. Derjenige in Cairhien wurde vernachlässigt, bis er von anderen Wäldern nicht mehr zu unterscheiden war. Der Hain außerhalb Tears ist jetzt kahles Weideland, und der Hain in Illian wurde auf einen königlichen Park für den Herrscher und seine Günstlinge reduziert. Aber die Wegetore selbst existieren überall noch, obwohl sie sich jetzt vielleicht in einem Hof oder sogar im Fundament eines neuen Gebäudes befinden.

INNERHALB DER KURZEN WEGE

Die Wege leben auf eine Weise, die selbst die Ogier nicht verstehen und die Aes Sedai vergessen haben. Sie existieren durch die Eine Macht außerhalb der normalen Beschränkungen von Zeit und Raum. Viele Ogier glauben, daß sie tatsächlich eine Welt für sich sind, die nur durch das Muster verbunden ist. Für das Netzwerk der Wege gelten keine normalen physikalischen Gesetze. Rampen, Inseln und Brücken hängen scheinbar frei in einer gewaltigen Leere. Richtungen wie Norden und Süden, oben und unten haben auf den Wegen, die sich häufig ohne ersichtlichen Grund auf- oder abwärts winden, keine Bedeutung. Ein Tagesmarsch kann einen Reisenden zu einem Ziel in Hunderten von Meilen Entfernung bringen, abhängig von dem gewählten Weg. Wegweiser – hohe Steintafeln mit in Metall eingelegter Ogier-Schrift – stehen an jedem Schnittpunkt mehrerer Wege. Steinsäulen als Wegweiser kennzeichnen den Zugang zu jeder Brücke und Rampe.

Laut den Aufzeichnungen der Ogier waren die Wege ursprünglich gut beleuchtet, so daß ein Reisender die Myriaden in der gewaltigen Weite schwebender Inseln sehen konnte. Tag und Nacht waren bedeutungslos. Die Inseln selbst waren üppig mit Teppichen dichten Grases und einer Vielfalt von Obstbäumen bewachsen. Mit einer Größe von fünfzig bis gut hundert Spannen Durchmesser variierten diese Inseln in der Form von länglichen Ovalen bis zu vollkommenen Kreisen. Auf jeder grünen Insel waren rundum Einfriedungen gewachsen, vielleicht um unvorsichtige Wanderer oder Packtiere vor dem Herunterfallen zu bewahren. Die Brücken hatten Geländer, aber die breiten, die Inseln und Brücken verbindenden Rampen wiesen nur eine brusthohe Balustrade aus weißem Gestein auf, wo Brücke und Rampe zusammentrafen.

Ogier und von Ogiern geführte Menschen waren die einzigen, die diese Wege benutzten. Einige Aes Sedai-Überlieferungen behaupten, daß die Aes Sedai, die die Wege schufen, Fallen für jegliches Schattengezücht ausgelegt hätten, das Zugang erlangte. Beweise dafür wurden zusammen mit den Schattengezücht-Opfern gefunden, und es besteht Grund zu der Annahme, daß diese Fallen nicht mehr wirksam sind.

ENTARTUNG DER KURZEN WEGE

Fast zweitausend Jahre lang boten die Wege Ogiern und Menschen gleichermaßen einen sicheren Durchgang. Während des Hundertjährigen Krieges veränderten sie sich, was allerdings so langsam vonstatten ging, daß nur wenige es bemerkten, bis Dunkelheit die Brücken ganz umhüllte. Zunehmend mehr Reisende, die hineingingen, kamen nicht wieder hervor. Andere wurden darin von Wahnsinn befallen. Jene, die noch sprechen konnten, klagten über *Machin Shin* oder eine Gegenwart, die in den Schatten lauerte. Die Wege wurden vollkommen dunkel. Die Älteren der Ogier untersagen jetzt jedermann den Zugang, da die Dunkelheit und das Wesen, das auf den Wegen umherstreift, sie zu einer tödlichen Gefahr gemacht haben. Die wenigen, die sie während der letzten Jahre dennoch bereisten, berichten, daß das organische Gestein, einst wunderschön und glatt, jetzt narbig und gebrochen ist und manchmal zerfällt, wenn man es berührt. Die Bäume und das Gras, die einst die Inseln zierten, sind längst verschwunden, und die Dunkelheit ist tiefer als die Nacht und läßt sich von keinem Licht durchdringen.

Die Wege wurden von männlichen Aes Sedai aus der Einen Macht und daher mit *Saidin* gestaltet. Die Entartung der Wege ist mit fast absoluter Sicherheit das Ergebnis des Makels *Saidins*, der in das einsickert, was daraus gemacht ist.

MACHIN SHIN

Seit sich die Dunkelheit auf die Wege herabgesenkt hat, jagt in ihren Tiefen ein kalter Wind, der mit der Stimme des Todes und des Verfalls heult und durch die Wege weht, wo sich kein Wind regen sollte. Von den Ogiern *Machin Shin*, Schwarzer Wind, genannt, sucht er sie heim und nährt sich an unvorsichtigen Reisenden. Selbst die Ogier wissen nicht, was er ist. Da die Wege aus der makelbehafteten Macht geboren wurden, wurde der Schwarze Wind vielleicht ebenfalls aus der Verderbtheit geboren. Einige sagen, er könnte ein natürlich entstandener, jedoch verderbter Schmarotzer sein. Andere glauben, er sei ein Überbleibsel aus dem Krieg der Schatten, der sich auf den Wegen verbirgt und keinen Ausweg mehr findet. Was auch immer sein Ursprung sein mag – es ist eine unbestreitbare Tatsache, daß *Machin Shin* Geister und Seelen stiehlt und die Überlebenden als leere lebende Hüllen zurückläßt.

Tel'aran'rhiod

Tel'aran'rhiod ist ein auf keiner Karte verzeichneter Ort, den viele besuchen, wo aber niemand lebt. Es ist sowohl von dieser Welt als auch getrennt davon. Es ist die Welt der Träume, auch als ›die unsichtbare Welt‹ bekannt. Das aus den Leben der Menschen gewobene Muster ist nur eine Realität und Teil eines größeren Musters, das aus jeder einzelnen möglichen Realität gewoben wird, und die Alten glauben, daß sich *Tel'aran'rhiod* in den Zwischenräumen des Gewebes befindet.

DIE WELT DER TRÄUME

Fast jeder kann mit dieser Welt zufällig in Berührung kommen. Man braucht nur einen Traum, um sie für einen Augenblick betreten zu können. Dies geschieht meist so kurz, daß Betroffene nicht einmal merken, daß sie an einen Ort jenseits der normalen Träume geraten sind. Anders als persönliche Traumlandschaften ist *Tel'aran'rhiod* jedoch ein existierender Ort mit existierenden Gefahren. Eine im Traum erhaltene Wunde ist beim Erwachen noch vorhanden, selbst wenn der Körper die Welt der Träume niemals wirklich betreten hat. Wer in normalen Träumen ›stirbt‹, wacht üblicherweise wieder auf, aber wer in *Tel'aran'rhiod* stirbt, wacht niemals wieder auf.

Diese wechselseitige Wirkung betrifft nur Lebewesen, und die wache Welt wird in keiner Weise durch Handlungen in der Welt der Träume beeinflußt, solange sie kein anderes Lebewesen betreffen.

DAS BETRETEN *TEL'ARAN'RHIODS*

Während viele diese Welt zufällig sehen, haben nur sehr wenige jemals die Fähigkeit besessen, sie willentlich zu betreten. Solche Menschen sind als Traumgänger bekannt. Einige Aiel-Traumgänger können die Wahre Quelle nicht berühren, weshalb dieses Talent nicht mit der Fähigkeit, die Eine Macht zu lenken, verbunden ist.

Obwohl Traumgänger *Tel'aran'rhiod* ohne Zuhilfenahme ihrer normalen Träume betreten können, erlauben gewisse *Ter'angreale* dem nicht mit dem Talent ausgestatteten Benutzer und selbst einem gewöhnlichen Sterblichen den Zutritt ebenfalls. Es gibt Gerüchte, die Gestaltung solcher *Ter'angreale* lebe vielleicht wieder auf. Man muß angeblich nur mit dem an die Haut gehaltenen *Ter'angreal* einschlafen, um *Tel'aran'rhiod* betreten zu können.

Ein Machtlenker mit der Fähigkeit des Schnellen Reisens kann die unsichtbare Welt körperlich betreten, weil das Reisen das Gewebe um *Tel'aran'rhiod* auf die gleiche Weise öffnet wie den Durchgang zu einem vorgegebenen Ort in der wachen Welt. Aiel-Traumgänger warnen jedoch davor. Sie glauben, daß jene, die dies tun, einen Teil ihrer Menschlichkeit verlieren. Ob dem so ist oder nicht – wer körperlich dorthin reist, steht anderen Gefahren gegenüber als derjenige, der es im Traum betritt. Traumgänger brauchen sich nicht um Nahrung und Ruhe zu sorgen, da sie in den Träumen keinen Hunger verspüren und ihre Körper ständig ruhen. Nur ein physisch anwesender Besucher *Tel'aran'rhiods* wird schließlich sowohl der Ruhe als auch der Nahrung bedürfen.

EINE ANDERE REALITÄT

Tel'aran'rhiod ist eine unbeständige Spiegelung der wachen Welt. Alle Berge, Kontinente, Meere, Ebenen und Wälder existieren dort ebenso wie Gebäude und Straßen und entsprechen zum überwiegenden Teil denen in der wachen Welt. Sie sind alle von fester Beschaffenheit und einigermaßen dauerhaft und erscheinen daher in *Tel'aran'rhiod* ebenso. Alle beweglichen Gegenstände, wie Schalen auf einem Tisch, Papiere und Nahrung, sind vergänglich, erscheinen und verschwinden oder verändern sich ständig. Vielleicht existieren sie in der wachen Welt nicht lange genug an einem Ort, um in der Welt der Träume mehr als einen flüchtigen Eindruck zu hinterlassen. Jegliche Nahrung, die ein physisch anwesender Besucher vielleicht essen kann, wird wahrscheinlich verschwinden, bevor sie den Magen erreicht hat, und so nicht sehr nahrhaft sein. Papiere auf einem Schreibtisch verändern Text und Position vielleicht unmittelbar vor den Augen des Betrachters, oder Schmuck taucht in einem Schmuckkasten auf und verschwindet wieder. Nur Gegenstände, die lange genug unbewegt bleiben, um einen beständigen Eindruck zu vermitteln, wie an der Ranke hängende Früchte oder Gemüse, mögen ausreichend lange existieren, daß der Besucher sie gebrauchen kann. Wie auch immer

Die Träume eines Individuums bilden ihre eigene Welt, die von anderen berührt werden kann. Aiel-Traumgänger besitzen die Fähigkeit, Träume anderer zu betreten und sie dazu zu benutzen, Botschaften zu hinterlassen; ein Beispiel dafür ist der Ruf, der die Clanhäuptlinge nach Rhuidean zog. Innerhalb solcher Träume ist der Besucher im Nachteil und kann vom Träumer gefangen werden. Obwohl es durchaus möglich ist, andere in seine Träume hineinzuziehen, tun Traumgänger dies nie, weil sie es für viel zu gefährlich und für ein Vergehen halten.

Lord Perrin Aybara

er etwas verwendet, es beeinflußt dessen Gegenstück in der wachen Welt nicht.

Menschen sind nicht die einzigen Lebewesen, die diese Welt bereisen. Auch wilde Tiere ziehen dorthin, zahme Tiere werden dort jedoch niemals gesehen. Einige glauben, daß zahme Tiere durch ihre Beziehung zum Menschen so weitgehend verändert wurden, daß sie ihre Verbindung zur Dauerhaftigkeit der Natur, und damit zur Welt der Träume, für immer verloren haben.

Die Welt der Träume kann, anders als die wache Welt, durch Gedanken ihrer Besucher verändert und beeinflußt werden. In dieser Hinsicht ähnelt sie einem tatsächlichen Traum sehr – Gedanken können für diese Welt im Kern Realität werden. Man kann fast alles gestalten, was vorstellbar ist. Leider vergeht das Geschaffene, wenn die Konzentration des Gestalters nachläßt. Physik wirkt hier anders. Man kann von einem Ort zum anderen fliegen – oder sich einfach einen anderen Ort vorstellen und dort erscheinen. Man kann jede Erscheinungsform annehmen – auch jede vorstellbare Kleidung.

Diese Anpassungsfähigkeit *Tel'aran'rhiods* macht es sehr verführerisch. Aber es ist auch sehr gefährlich. Daher verbieten Aiel-Traumgänger jedem Unerfahrenen, seine Wege allein zu beschreiten. Die Aes Sedai haben keine solche Regel, vielleicht weil Traumgänger in den letzten tausend Jahren unter den Aes Sedai selten waren.

WOLFSTRAUM

Während des letzten Jahrhunderts tauchten neue, nicht mit der Einen Macht in Verbindung stehende Fähigkeiten auf. Möglicherweise sind es alte Talente, die während der Umdrehungen des Rades verlorengingen. Zu diesen neuen Fähigkeiten gehören die der Wolfsbrüder, die häufig an ihren goldenen, wolfsähnlichen Augen zu erkennen sind. Wolfsbrüder können direkt mit Wölfen in Verbindung treten, von Geist zu Geist, über große Entfernungen, und ihre Sinne sind geschärft und eher denen eines Raubtiers als denen eines Menschen ähnlich. Auch sie können *Tel'aran'rhiod* betreten, obwohl sie es Wolfstraum nennen. Zu den wenigen bekannten Wolfsbrüdern gehören Elyas Machera, einst ein Behüter, und Lord Perrin Aybara, als ›Goldauge‹ bekannt.

Wolfsbrüder finden einen anderen Zugang zum Wolfstraum als Traumgänger. Lord Perrin erzählt von einem flüchtigen Bild eines Fensters, das sich auf andere Ereignisse an anderen Orten hin öffnet. Er glaubt, diese ›Fenstervisionen‹ hingen vielleicht mit der gelegentlich bei Traumgängern vorkommenden Fähigkeit zusammen, Hinweise auf zukünftige Ereignisse zu erkennen, aber es gibt zu wenig verfügbare Angaben darüber.

ABSCHNITT 6

INNERHALB DES LANDES

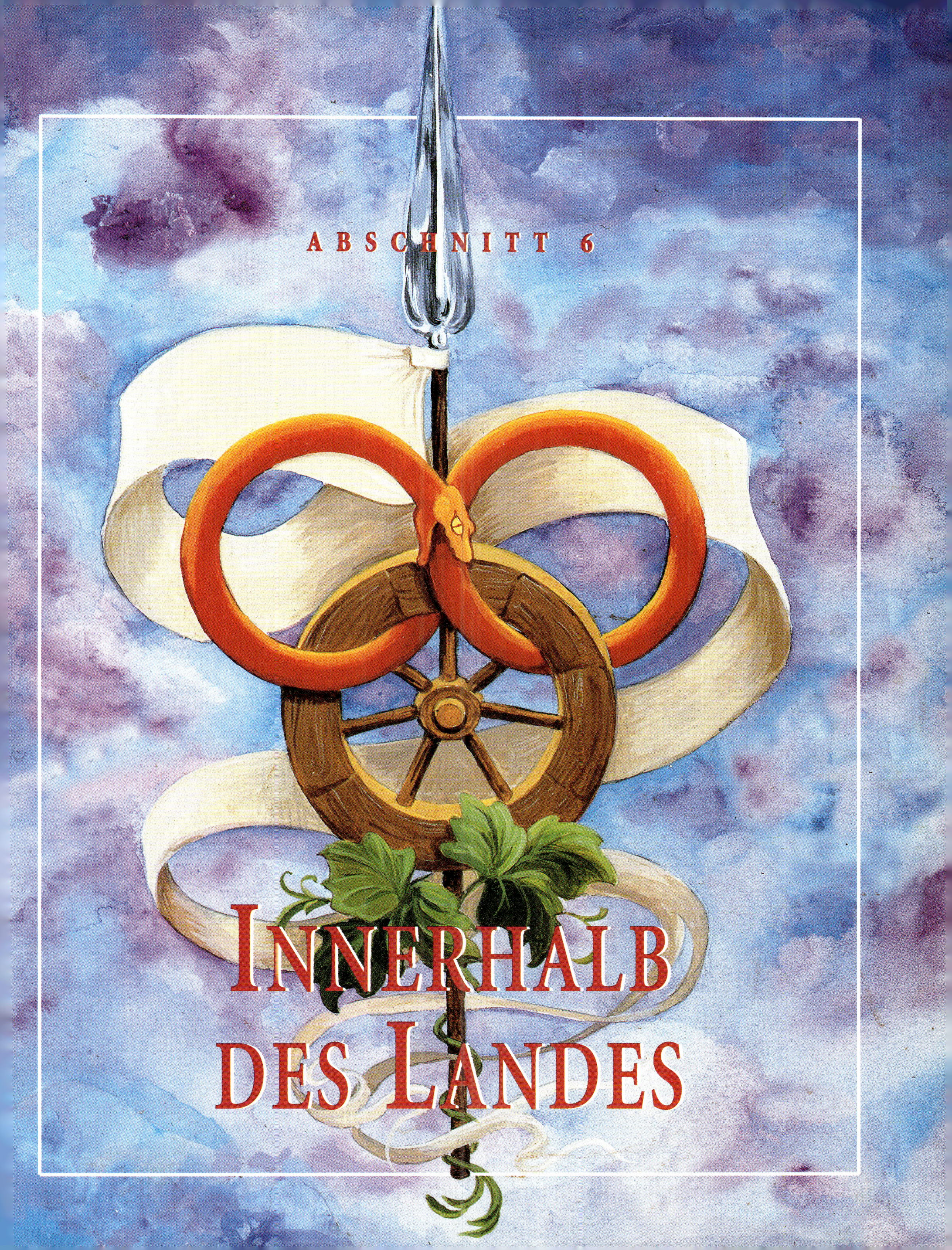

Im Zeitalter der Legenden war die Welt dicht bevölkert, und jedes Stück Land hatte seinen Besitzer. Die verheerenden Umwälzungen im Zuge der Zerstörung dezimierten die Bevölkerung, aber am Ende der Regierungszeit Artur Falkenflügels war alles Land zwischen der Aiel-Wüste und dem Aryth-Meer dennoch von einem gewissen Grad an Zivilisation geprägt. Nach Falkenflügels Tod verringerte sich die Bevölkerungszahl erneut, wofür nicht allein das Chaos des Hundertjährigen Krieges verantwortlich war. Gegen Ende des Krieges beanspruchten die Herrscher Länder, für deren Erhaltung ihnen die menschliche Arbeitskraft fehlte. Dieser Niedergang schreitet bis heute fort. Es gibt weite Flächen unbewohnten Landes, die kein Reich für sich beansprucht, wie auch Gebiete, die praktisch autonom sind, obwohl sie theoretisch irgend jemandem gehören, die aber jenseits der Verteidigung oder Aufsicht durch ihre ›offiziellen‹ Herrscher liegen. Städte und sogar einige Großstädte liegen verlassen und zerstört da.

Niemand ist sich sicher, warum die Bevölkerung abgenommen hat, obwohl einige die Meinung vertreten, daß dies durch die Berührung des Dunklen Königs aufgrund der allmählich schwächer werdenden Siegel verursacht wurde. Andere glauben, es sei einfach ein Nebenprodukt der erzwungenen Umkehr der Welt zu primitiveren Wegen, da Wissen und Werkzeuge der Zivilisation verlorengingen. Was auch immer der Grund ist – alle Nationen sind davon betroffen, von den weiten, leeren Fluren der mächtigen Weißen Burg bis zum kleinen Dorf Emondsfelde in Andor, das vergessen hat, daß es jemals Teil einer größeren Nation war.

Gegenwärtige Unruhen bewirken weitgreifende politische Veränderungen im ganzen Land, und es ist schwierig – wenn nicht unmöglich –, annähernd genaue politische Informationen zu erhalten. Daher sind die Namen und Statistiken des folgenden Kapitels den letzten offiziellen Aufzeichnungen entnommen und stellen die Dinge nicht notwendigerweise so dar, wie es ihrem aktuellen Stand entspricht.

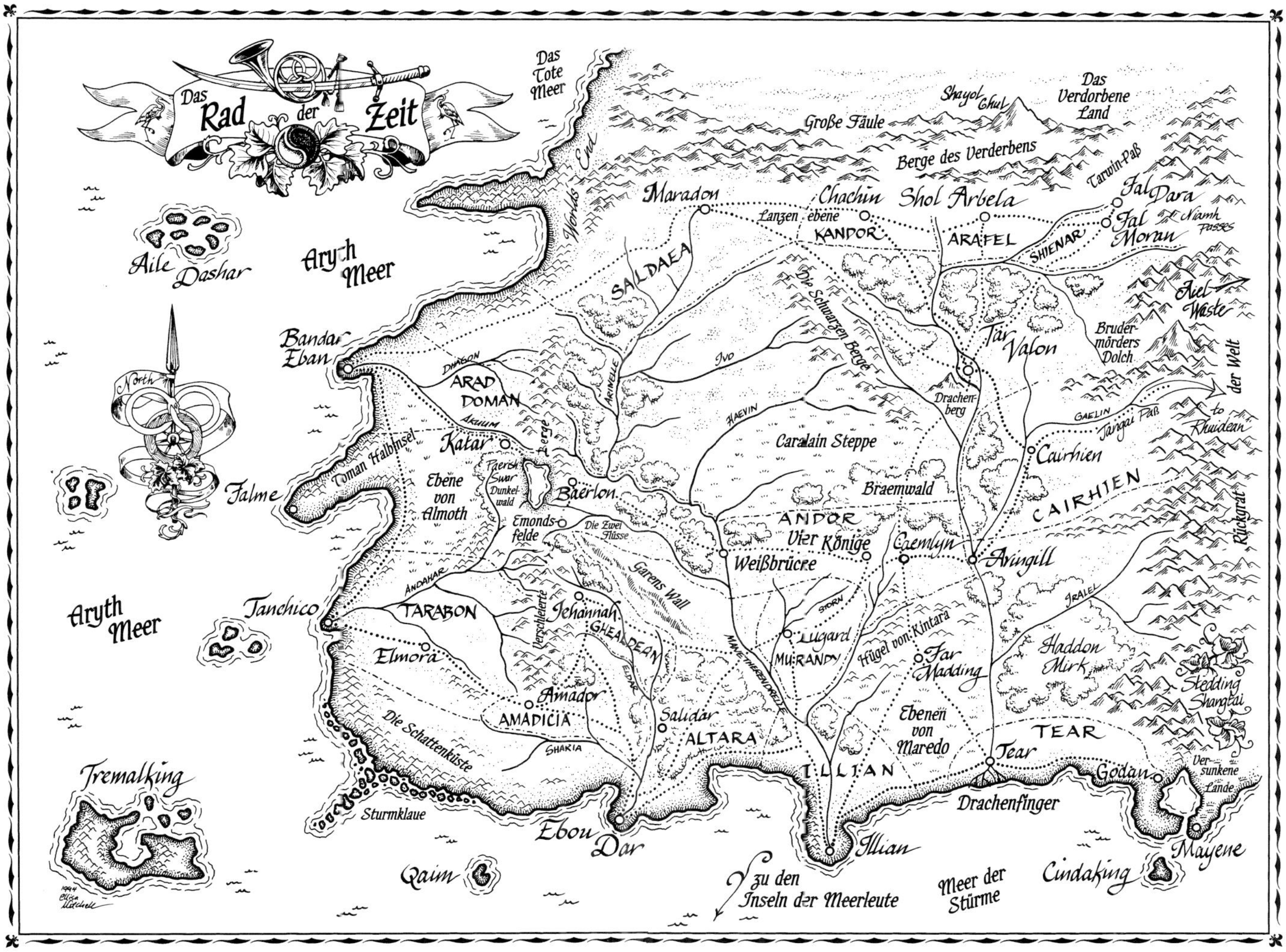

Das Rad der Zeit
Das Tote Meer
Shayol Ghul
Das Verdorbene Land
Große Fäule
Berge des Verderbens
Tarwin-Paß
Maradon
Chachin
Shol Arbela
Fal Dara
Fal Moran
Lanzen ebene
KANDOR
ARAFEL
SHIENAR
Aile Dashar
Aryth Meer
SALDAEA
Die Schwarzen Berge
Aiel Wüste
Bandar Eban
Tar Valon
Brudermörders Dolch
ARAD DOMAN
Drachenberg
der Welt
Katar
Caralain Steppe
Jangai Paß
Toman Halbinsel
to Rhuidean
Cairhien
Ebene von Almoth
Baerlon
Braemwald
Falme
CAIRHIEN
Emondsfelde
Die Zwei Flüsse
ANDOR
Vier Könige
Caemlyn
Aringill
Rückgrat
Weißbrücke
Garens Wall
Aryth Meer
Tanchico
TARABON
Jehannah
GHEALDEAN
Lugard
Hügel von Kintara
Haddon Mirk
Elmora
MURANDY
Far Madding
Stedding Shangtai
Amador
AMADICIA
Ebenen von Maredo
TEAR
Salidar
ALTARA
Tear
Die Schattenküste
Tremalking
ILLIAN
Godan
Versunkene Lande
Sturmklaue
Drachenfinger
Ebou Dar
Illian
Mayene
Qaim
zu den Inseln der Meerleute
Meer der Stürme
Cindaking

DIE WEISSE BURG

Eine Aes Sedai lügt niemals,
aber die Wahrheit, die sie ausspricht,
ist vielleicht nicht die Wahrheit, die du zu hören glaubst.

Ein auf die Schwestern der
Weißen Burg angewandtes Sprichwort

AES SEDAI

Während der Jahrhunderte der Umwälzungen seit der Zerstörung der Welt gelang es nur der Stadt Tar Valon und den dort lebenden Aes Sedai, sowohl ihre Souveränität als auch ihre Traditionen ungebrochen aufrechtzuerhalten. Kein Königreich oder Volk, außer vielleicht die Ogier, konnte an die Langlebigkeit der Regierung der Weißen Burg in Tar Valon herankommen und noch weniger das Maß an Einfluß erreichen, wie ihn die Aes Sedai im restlichen Land ausüben, obwohl einige Menschen sie noch immer für die Zerstörung der Welt verantwortlich machen. Gewiß behaupten viele Aes Sedai, ihre Traditionen seien seit der Zeit vor der Zerstörung unverändert geblieben, aber die historischen Beweise zeigen, daß sich die heutigen Aes Sedai in ihrer Organisation und ihrem Wissensstand erheblich von ihren Vorgängern unterscheiden.

Obwohl die Aes Sedai die Welt in dem Glauben lassen, die Weiße Burg habe ein Monopol auf die Machtlenkung, zumindest unter Frauen, bleibt es eine Tatsache, daß es eine unbekannte Anzahl nicht zur Burg

SIEGEL DER WEISSEN BURG
Eine stilisierte Flamme; eine weiße, mit der Spitze nach oben gerichtete Träne; die Weiße Flamme; die Flamme von Tar Valon.

BANNER
Die Flamme von Tar Valon inmitten eines Wirbels oder einer Spirale aus sieben Farben, die zum Mittelpunkt hin folgendermaßen angeordnet sind: Blau, Grün, Weiß, Braun, Grau, Gelb, Rot. Jedes Element der Spirale umkreist die Flamme einmal vollständig, bevor ihr breitestes Ende den Rand des Banners erreicht.

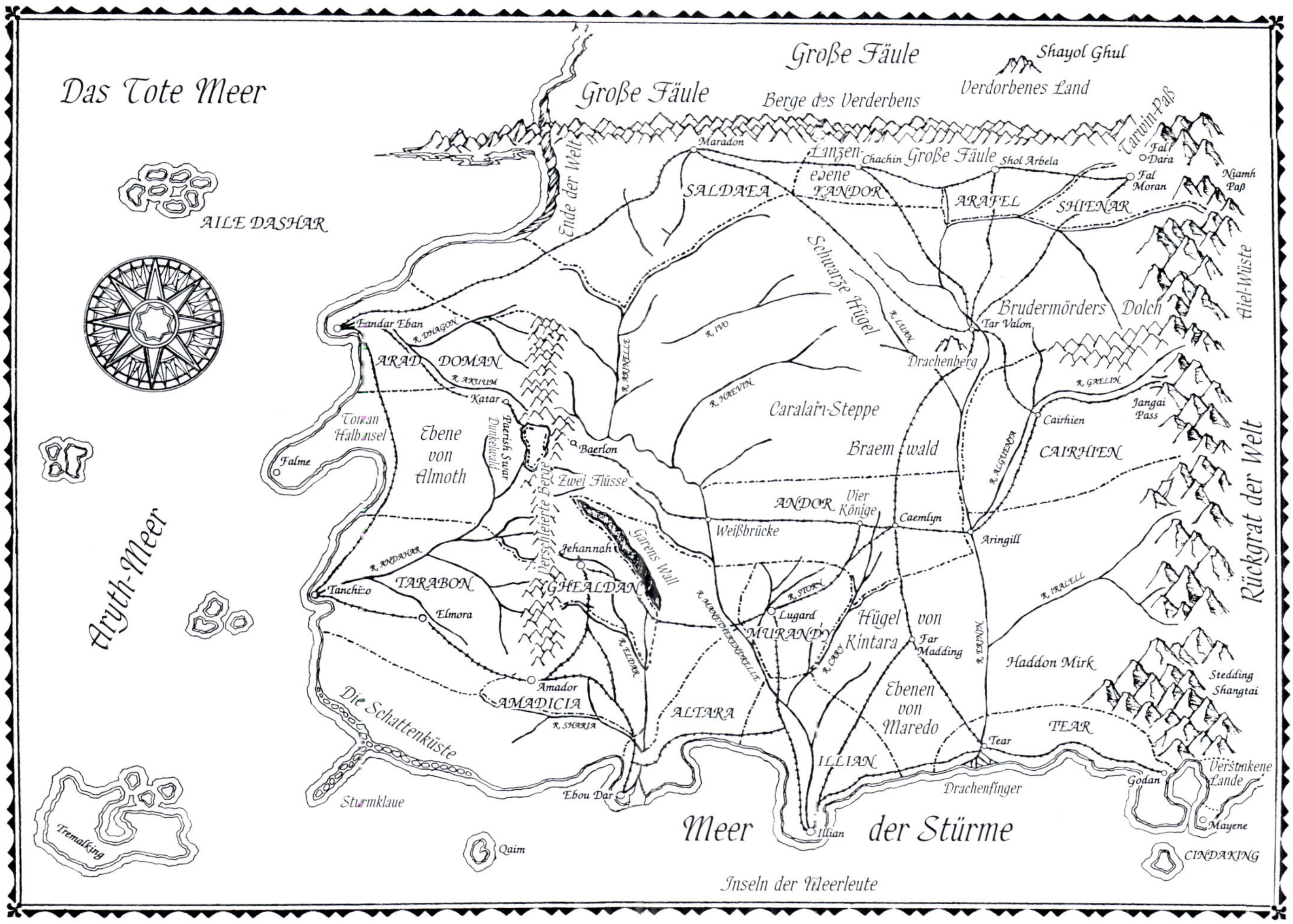

gehöriger Machtlenkerinnen gibt. Normalerweise suchen nur wenige Aes Sedai nach Nachwuchs, aber wenn sie tatsächlich ein Mädchen mit den Voraussetzungen für eine Machtlenkerin entdecken, lassen sie sich durch nichts davon abhalten, sie als Novizin in der Weißen Burg aufzunehmen. (Die Geschichte berichtet, daß die meisten Novizinnen sechzehn Jahre oder jünger waren, als sie aufgenommen wurden, und die Burg weigerte sich normalerweise, Novizinnen über achtzehn aufzunehmen, da sie zu alt seien, sich noch der Disziplin zu fügen.) Aes Sedai durchforsten das Land nicht, sondern lassen ein Mädchen lieber von selbst zu einer Aes Sedai – oder, noch besser, direkt zur Burg – kommen und um Aufnahme bitten. Unter den nicht zur Burg gehörigen Machtlenkerinnen befinden sich auch Wilde, welche die Fähigkeit in sich selbst entwickeln, und Frauen, die aus dem einen oder anderen Grund aus der Burg fortgeschickt wurden. In letzter Zeit gab es Berichte über Weise Frauen der Aiel und Windsucherinnen des Meervolks. Machtlenkerinnen, die keine Aes Sedai sind, verbergen ihre Fähigkeiten häufig vor allen anderen und ziehen sogar fort, wenn diese Fähigkeiten bei ihnen vermutet werden. Der Grund ist einfach: Es ist die Angst davor, daß die Aes Sedai glauben

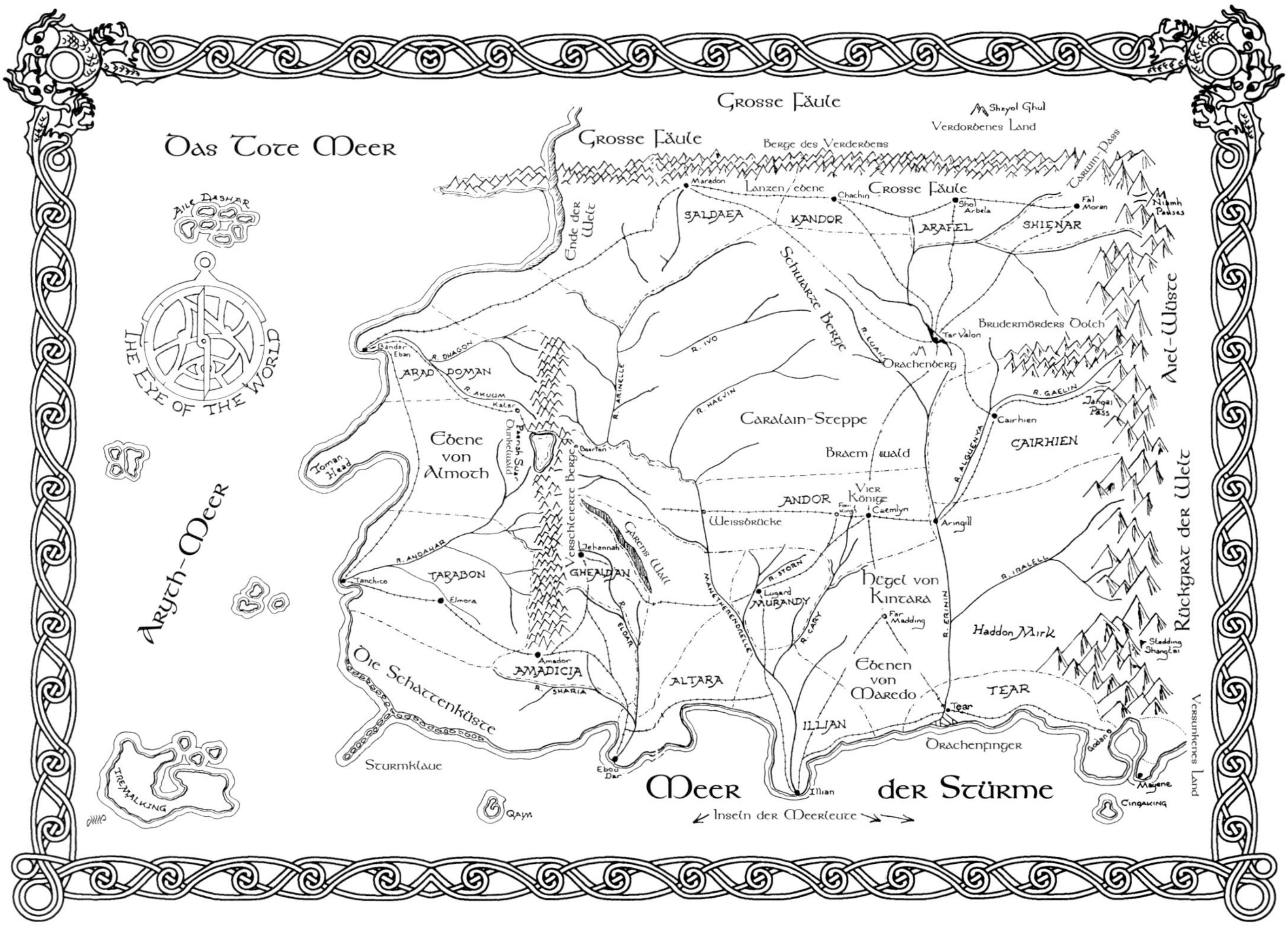

Die älteste bekannte Karte des Landes

Eine Aes Sedai, die anonym bleiben will, und ein gedämpfter männlicher Machtlenker wurden gebeten, das Gefühl des Lenkens der Macht zu beschreiben. Ihre Antworten lauteten folgendermaßen:

Aes Sedai:
»Wenn ich mich ausstrecke, um die Wahre Quelle zu berühren, um mich von der Macht erfüllen zu lassen, fühle ich mich auf eine Weise heil und vollständig, die mich erkennen läßt, wie leer und oberflächlich mein Leben ist, wenn ich die Macht nicht lenke. Es ist eine große Freude – fast eine Entzückung – und ein Gefühl, vollkommen in die Wärme und Liebe des Lichts eingehüllt zu sein. Nur wenn ich die Macht lenke, spüre ich, daß ich wirklich lebe. Die Macht loszulassen, ist, als würde man das Sonnenlicht ausschließen. Ohne sie bin ich leer, wie ein seiner Farbe beraubtes Gemälde. Das ist vermutlich der Grund dafür, daß unsere Ausbildung so anspruchsvoll ist. Wäre sie es nicht, bestünden Zweifel daran, ob wir die Willenskraft besitzen, die einmal verfügbare Macht wieder loszulassen.«

Asha'man:
»Ich habe gehört, daß die Frauen die Wärme der sie umhüllenden Empfindungen verspüren. Für mich ist es anders. Für mich ist die Berührung der Quelle wie ein Rückzug von allen Empfindungen, während ich mir gleichzeitig allem anderen auf einmal bewußt bin. Die Macht ist nicht leicht zu erlangen. Man muß eher darum kämpfen, sie zu ergreifen und festzuhalten, wohl wissend, daß sie einen verschlingen wird, wenn man diesen Kampf verliert. Es ist dem Balancieren auf einer rollenden Lawine ähnlich: Wenn man ausgleitet, gerät man darunter und wird gnadenlos zerdrückt, aber wenn man das unsichere Gleichgewicht halten kann, gibt es nichts, was man nicht tun könnte.

Und natürlich ist da der Makel, der *Saidin* wie ein giftiger Ölfilm auf der Oberfläche eines edlen Weins bedeckt. Es ist unmöglich, die Quelle zu berühren, ohne das Gift zu spüren, aber es ist nicht wichtig – nur die Macht allein ist wichtig…«

könnten, sie forderten, eine von ihnen zu werden. Aes Sedai bestrafen ungerechtfertigte Forderungen mit einer Härte, an die sich die Bestrafte ihr restliches Leben lang erinnert.

Obwohl auch Frauen, welche die Macht ohne den Segen der Weißen Burg lenken, vorsichtig sind und sich verborgen halten, haben Männer mit der Fähigkeit weitaus mehr zu fürchten. Sie werden gejagt, insbesondere von der Roten Ajah, und wenn sie gefangengenommen werden, bringt man sie gemäß dem Burggesetz nach Tar Valon, wo sie verurteilt, gedämpft und von der Fähigkeit getrennt werden. Die Geschichte berichtet, daß nur wenige dieser Männer ausreichend lange auf freiem Fuß blieben, um nachhaltigen Schaden anzurichten, und sie waren seit der Zerstörung Gegenstand von Angst und Abscheu. Häufig verriet die eigene Familie eines Mannes den Aes Sedai dessen Geheimnis. Welche Veränderungen es mit sich bringt, daß solche Männer jetzt bei den Asha'man aufgenommen werden, wird erst die Zeit erweisen.

DIE POLITISCHE STÄRKE DER BURG

Die Aes Sedai behaupten, daß niemand außer einer Machtlenkerin eine andere Machtlenkerin wirklich verstehen kann, und tatsächlich sind Angst, Mißtrauen und Haß natürliche Begleiterscheinungen des Un-

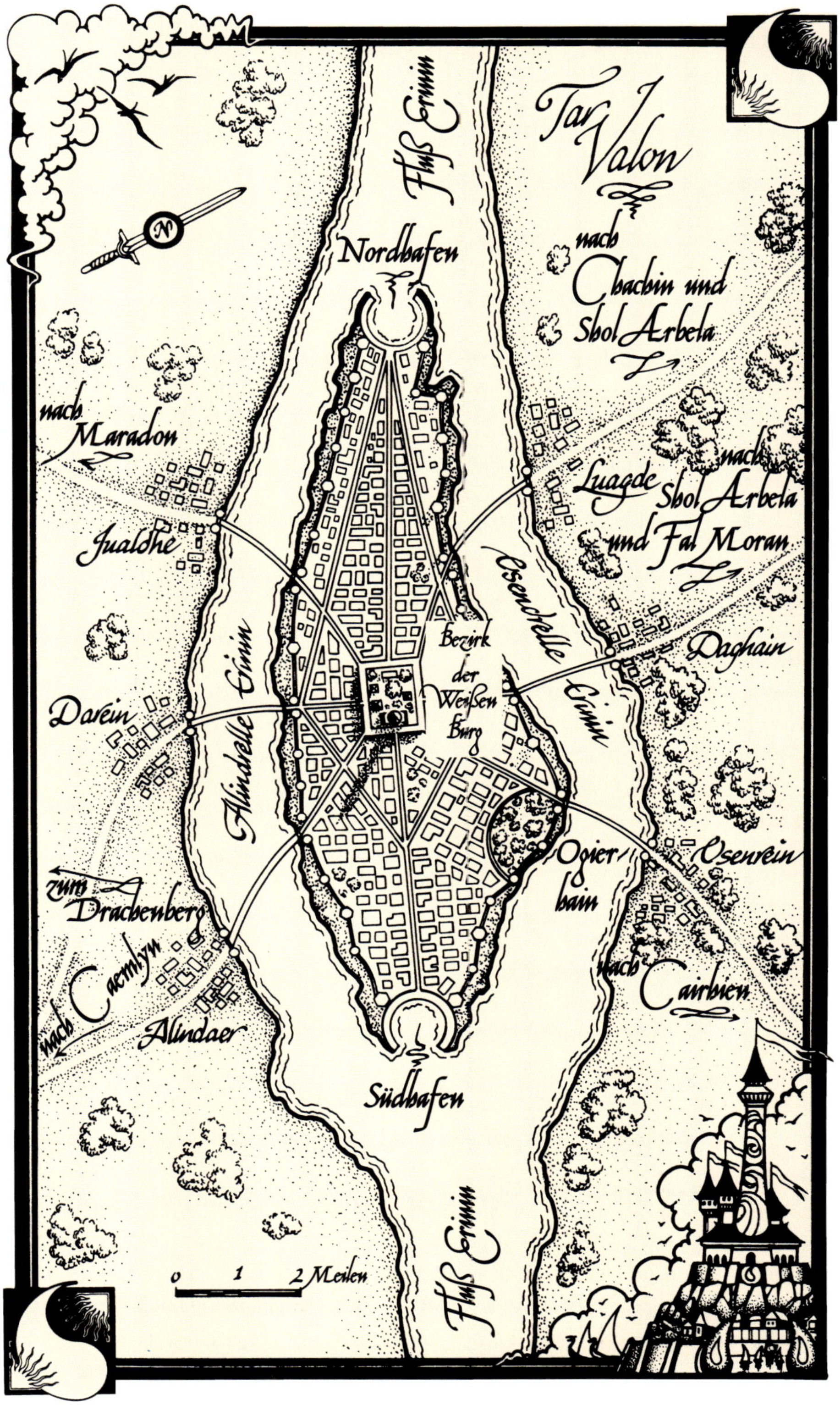

wissens. Würden sie nicht durch die politische Stärke der Weißen Burg unterstützt, würden die Machtlenkerinnen zum Ziel aller möglichen Angriffe jener, die sie für Hexen halten. Um das zu verhindern, haben die Aes Sedai dafür gesorgt, daß fast alle Herrscher zeitweise eine Aes

Sedai-Beraterin hatten. Sie behaupten sogar, daß die Könige und Königinnen in Wirklichkeit nur Marionetten seien, die den Launen und Regeln der geheimen Schriften der Weißen Burg folgen. Obwohl viele Herrscher diesen Punkt gewiß bestreiten würden, stellt wahrscheinlich keiner die Tatsache in Frage, daß sich die Aes Sedai in viele Angelegenheiten einmischen, die sie eigentlich nichts angehen. Es heißt, daß sie das ›Große Spiel‹ – auch bekannt als das ›Spiel der Häuser‹ – erfanden.

EINE GETRENNTE RASSE

Das Mißtrauen, mit dem die Aes Sedai häufig betrachtet werden, ist auch dadurch bedingt, daß sie *anders* sind. Das Lenken der Einen Macht verändert sie. Das alterslose Aussehen der Aes Sedai ist wohlbekannt. Außerdem leben Aes Sedai weitaus länger als gewöhnliche Sterbliche – obwohl nicht mehr so lange wie im Zeitalter der Legenden –, weil das Machtlenken den Alterungsprozeß tatsächlich verlangsamt.

Natürlich dient das Verweben der Stränge der Macht auch dazu, Aes Sedai von anderen zu unterscheiden, da sie mit der Macht Werke vollbringen, die ansonsten unmöglich wären – nur durch die Drei Eide eingeschränkt, die sie leisten müssen, wenn sie zu Aes Sedai erhoben werden, während sich gewöhnliche Sterbliche auf ihren Verstand, ihre Muskeln und von Menschen gefertigtes Werkzeug verlassen müssen. Obwohl die Fähigkeiten der Aes Sedai sicherlich begrenzt sind, sind diese Grenzen doch für jene, welche die Macht nicht lenken können, so gut wie unsichtbar.

TALENTE

Einige Aes Sedai besitzen im Gebrauch der Macht eine besondere Fähigkeit, die Talent genannt wird. Diese Talente manifestieren sich in bestimmten Gebieten und sind nur selten mit der Gabe des Individuums, die Macht zu lenken, verbunden. Das am häufigsten vorhandene Talent ist die Gabe des Heilens. Andere Haupttalente umfassen den Wolkentanz, die Wetterbeeinflussung und den Erdgesang, der die Steuerung der Erdbewegungen einschließt. Seltenere Talente, wie die Fähigkeit, *Ta'veren* zu sehen, um – wenn auch im kleinen – ihre schicksalstreibende Kraft zu verdoppeln, werden kaum genannt. Einige Haupttalente, wie das Schnelle Reisen – die Fähigkeit, sich von einem Ort zum anderen zu begeben, ohne den Zwischenraum zu überbrükken – werden erst jetzt wiederentdeckt. Andere, wie das Vorhersagen und das Graben – das Auffinden von Erzen und gelegentlich ihre Bergung – sind selten. Viele Talente, wie das Ausrichten der Matrix, das Wirbelnde Erdfeuer und die Milchigen Tränen, sind heutzutage nur noch dem Namen nach bekannt.

Eines der Talente, das bis vor kurzem verloren geglaubt wurde, ist das Talent des Träumens, das angeblich im Jahre 526 NÄ nach dem Tod Corianin Nedeals, der letzten bekannten Träumerin, verschwunden

DREI EIDE

Bevor eine Aufgenommene in den Grad der Aes Sedai erhoben wird, wird sie aufgefordert, drei Eide zu schwören, während sie die Eidesrute festhält, ein *Ter'angreal*, das die Eide bindend macht. Sie besagen:

1. Kein Wort zu äußern, das nicht der Wahrheit entspricht.
2. Keine Waffe zu gestalten, mit der man jemand anderen töten kann.
3. Die Eine Macht niemals als Waffe zu benutzen, außer gegen Schattengezücht oder in Notwehr zur Verteidigung des eigenen Lebens oder des ihres Behüters oder einer anderen Aes Sedai.

Diese Eide waren früher nicht zwingend vorgeschrieben, aber verschiedene Ereignisse vor und seit der Zerstörung machten sie unumgänglich. Der zweite Eid war der erste, der nach dem Krieg der Schatten übernommen wurde. Der erste Eid wird zwar dem Wortsinn nach eingehalten, jedoch häufig durch geschickten Wortgebrauch abgeschwächt. Es wird angenommen, daß die beiden letzteren unantastbar sind.

war. Durch die Entdeckung der Traumgängerinnen der Aiel und die Gerüchte über eine Aes Sedai, die dieses Talent besitzen soll, scheint es, als wäre es im Muster wieder an die Oberfläche gelangt.

AUSBILDUNG ZUR AES SEDAI

Wenn entdeckt wird, daß ein Mädchen die Fähigkeit, die Macht zu lenken oder dieses zu lernen, besitzt, wird sie für eine jahrelange sorgfältige Ausbildung zur Weißen Burg gebracht.

Mädchen mit dem Funken beginnen als Novizinnen und erhalten Unterrichtskurse und Aufgaben, die sowohl Körper und Geist stärken als ihnen auch das Wesen der Aes Sedai vermitteln sollen. Sie lernen, wie sie ihre Gabe gebrauchen können, und sie erfahren die Folgen eines Mißbrauchs, denn obwohl die Gabe naturgegeben ist, kann sie jemandem von einem aus dreizehn Aes Sedai bestehenden Zirkel genommen werden. Diese Strafe wird nur für die schlimmsten, gegen die Burg gerichteten Verbrechen auferlegt. Als Warnung müssen alle Novizinnen die Namen und Verbrechen all der Frauen lernen, die in der Geschichte der Burg gedämpft wurden. Bis vor kurzem wurde seit über einhundert Jahren keine Frau mehr gedämpft.

Normalerweise dauert die Ausbildung einer Novizin fünf bis zehn Jahre, bis sie in den Rang einer Aufgenommenen erhoben wird. Während dieser Zeit herrschen sehr strenge Regeln und eine starre Disziplin. Bei äußerst seltenen Gelegenheiten ist es Wilden – Frauen, welche die Macht bereits lenken können – gestattet, sich je nach Fähigkeiten und Reife sofort um eine Einstufung als Aufgenommene zu bemühen, aber dies ist in der gesamten Geschichte der Weißen Burg nur wenige Male geschehen und überaus umstritten. Alle, die in den Rang einer Aufgenommenen erhoben werden wollen, müssen eine Abschlußprüfung ablegen, bei der in einem Gewölbe im Keller unter der Weißen Burg ein *Ter'angreal* benutzt wird. Eine Anwärterin muß sich nackt ausziehen, nacheinander durch die drei Silberbögen des *Ter'angreals* gehen und den Weg zurück finden. Jede Anwärterin darf die Prüfung zweimal verweigern, aber bei der dritten Weigerung, das *Ter'angreal* zu betreten, oder wenn die Novizin nicht durch alle drei Bögen des *Ter'angreals* gehen kann, wird sie der Burg verwiesen und kann niemals eine Aes Sedai werden.

Nach Ansicht der Aes Sedai soll dieses *Ter'angreal* die schlimmsten Ängste der Anwärterinnen zutage fördern, die sie durchleben müssen, um Aufgenommene zu werden. Der erste Bogen steht für das, was war, der zweite für das, was ist, und der dritte für das, was sein wird. Einige, die sie betreten, kehren niemals zurück. Um wieder hervorzukommen, muß ihr Wunsch, eine Aes Sedai zu werden, stärker sein als alles andere.

Nach Abschluß dieser Prüfung wird eine erfolgreiche Anwärterin in die Reihen der Aes Sedai aufgenommen. Nun erhält sie den Großen Schlangenring und tauscht ihr einfaches weißes Novizinnengewand gegen ein Gewand mit sieben schmalen Farbstreifen an Saum und Auf-

Einige Träumer können traumwandeln; sie besitzen die Fähigkeit, *Tel'aran'rhiod* und die Träume anderer zu betreten; ausnahmslos alle Träumer haben jedoch im Rahmen ihrer Träume Visionen, die anscheinend auf recht spezifische Art von zukünftigen Ereignissen erzählen. Aes Sedai, die das Phänomen untersucht und darüber geschrieben haben, glauben, daß die Vorahnungen dieser Träumer nicht so sicher eintreten, wie die in einer Weissagung gesehenen, aber sie räumen ein, daß sie weitaus mehr als nur Träume sind. Gelehrte glauben, daß diese Träume *mögliche* zukünftige Ereignisse anzeigen und daher sorgfältig gedeutet werden müssen. Einige sagen, jene Träume seien die Warnung des Musters vor dem, was geschehen könnte, solange es noch eine Möglichkeit gibt, das Gewebe des Musters zu verändern.
Menschen mit dieser Gabe wissen aber, daß gewisse Ereignisse geschehen *werden* und daß diese Ereignisse fest im Gewebe des Musters verankert sind. Das Vorhersagen wird häufig irrigerweise als Art des Träumens angesehen, aber es kann nicht willentlich herbeigeführt werden, und einige Menschen mit dieser Gabe haben in ihrem ganzen Leben nur eine oder zwei ›Visionen‹. Das Vorhersagen ist auch mit der Macht verbunden (nur Machtlenker besitzen die Gabe der Weissagung), aber Träumen und Traumwandeln sind nicht mit der Fähigkeit verbunden, die Macht zu lenken. Dies mag teilweise erklären, warum es mehr Traumwandlerinnen oder -gängerinnen unter den Weisen Frauen als Träumer unter den Aes Sedai gibt.

schlägen. Die Aufgenommenen sind etwas weniger durch Regeln eingeschränkt als die Novizinnen, und es ist ihnen – in Grenzen – gestattet, ihre eigenen Studiengebiete zu erwählen.

Normalerweise dauert es viele Jahre, bis eine Aufgenommene in den Rang einer vollständigen Aes Sedai aufsteigt. Die Prüfung zur Aes Sedai umfaßt den Beweis der Fähigkeit, die Macht zu lenken und unter ›extremen Bedingungen‹ ruhig zu bleiben, aber ihre Einzelheiten sind ein streng gehütetes Geheimnis. Um zur Aes Sedai erhoben zu werden, muß die Aufgenommenen-Anwärterin die Drei Eide auf die Eidesrute leisten. Als neuernannte Aes Sedai muß sie erklären, welche der sieben Ajahs sie für sich erwählt. Jetzt hat sie das Recht, die Stola mit der Flamme von Tar Valon zu tragen, die mit Fransen in der Farbe ihrer Ajah versehen ist.

Jede Frau, die zur Weißen Burg kommt und lernen kann, wird gelehrt, aber offensichtlich haben nicht alle die Voraussetzungen für eine Aes Sedai. Dann werden sie soweit ausgebildet, daß ihr Umgang mit der Macht für sie und andere sicher ist, und dann fortgeschickt. Bei einer Frau mit den erforderlichen Voraussetzungen bringt die Burg jedoch unendlich viel Geduld auf. Langsam Lernende werden, im Gegensatz zu jenen, welche die Prüfungen nicht bestehen, ermutigt weiterzumachen. Es wird berichtet, daß einige mehrere Jahrzehnte brauchten, um die Aes Sedai-Stola zu erlangen.

Das Große Schlangensymbol existierte schon lange, bevor das Zeitalter der Legenden begann. Es ist eine Schlange, die ihren eigenen Schwanz frißt, ein Symbol für die Zeit und die Ewigkeit. Der Schlangenring ist heute ein Zeichen der Schwesternschaft der Aes Sedai. Eine Aufgenommene muß ihn stets am dritten Finger der rechten Hand tragen. Vollwertige Aes Sedai können den Ring an jedem Finger tragen oder ihn auch abnehmen, wenn die Umstände es erfordern.

BEHÜTER

Wenn eine Frau Aes Sedai geworden ist, darf sie sich mit einem Behüter verbinden. Obwohl die meisten Ajahs daran festhalten, eine Aes Sedai dürfe sich nur mit einem Behüter auf einmal verbinden, gibt es bezüglich ihrer Anzahl kein Gesetz. Rote Schwestern verbinden sich nicht mit Behütern, während sich Grüne mit beliebig vielen verbinden.

Das Verbinden geschieht mit der Einen Macht und bindet den Behüter und die Aes Sedai dauerhaft aneinander. Aus ethischen Gründen muß der Behüter – auch *Gaidin* oder Bruder des Kampfes genannt – der Verbindung freiwillig zustimmen, aber es ist bekannt, daß es auch gegen den Willen des Behüters geschah. Der Bund verleiht dem Behüter die Gabe des Schnellen Heilens und die Fähigkeiten, lange Zeit ohne Nahrung, Wasser oder Ruhe auszukommen sowie den Makel des Dunklen Königs über einige Entfernung zu spüren.

Der Bund ermöglicht es der Aes Sedai zu wissen, ob ihr Behüter lebt, egal wie weit entfernt er sein mag. Wenn er stirbt, wird sie Zeitpunkt und Art seines Todes durch den Bund erfahren. Später verbindet sich die überlebende Aes Sedai häufig anderweitig, wenn auch selten bevor der durch den Tod verursachte gefühlsmäßige Aufruhr vorüber ist. Wenn der Behüter überlebt, seine Aes Sedai aber getötet wird, verliert er den Lebenswillen. Schlimmer noch, er scheint den Tod zu suchen. Bemühungen, diese Behüter am Leben zu erhalten, scheitern üblicherweise.

Siuan Sanche

DER AMYRLIN-SITZ

Die Amyrlin ist zweifellos eine der mächtigsten, wenn nicht *die* mächtigste Einzelherrscherin im Land. Elisane Tishar wird allgemein als die erste angesehen, die den Titel des Amyrlin-Sitzes des Saales der Weißen Burg trug, über einhundert Jahre bevor die Burg tatsächlich fertiggestellt wurde. Das genaue Datum ihrer Ernennung ist nicht mehr bekannt, aber man weiß, daß sie vom Jahre 98 NZ an regierte. Die Namen derjenigen, die ihr seit Artur Falkenflügels Zeit folgten, sind ebenfalls nicht mehr bekannt (sie sind höchstens noch in Geheimakten der Burg zu finden). Nachstehend werden die Amyrlins von (ungefähr) 939 FJ bis zu der Zeit, als im Jahre 999 NÄ die gegenwärtigen beiden Anspruchserhebenden ernannt wurden, aufgelistet. Die Daten der ersten beiden Amyrlins sind geschätzt, da alle Daten aus der Zeit des Hundertjährigen Krieges fragwürdig sind.

1. Bonwhin Meraighdin* (Rote Ajah): 939(?) FJ. Stab und Stola wurden ihr genommen, weil sie versucht hatte, Artur Falkenflügel zur Herrschaft über die Welt zu bringen. Sie war die letzte der Roten Ajah, die erhoben werden sollte, bis Elaida a'Roihan Siuan Sanche absetzte.
2. Deane Aryman (Blaue Ajah): 992(?) FJ–1084(?) FJ.
3. Selame Necoine (Grüne Ajah): 1084(?)–5 NÄ.
4. Rabayn Marushta (Weiße Ajah): 5–36 NÄ.
5. Dalaine Ndaye (Graue Ajah): 36–64 NÄ.
6. Edarna Noregovna (Blaue Ajah): 64–115 NÄ.
7. Balladare Arandaille (Braune Ajah): 115–142 NÄ.
8. Medanor Eramandos (Graue Ajah): 142–171 NÄ.
9. Kiyosa Natomo (Grüne Ajah): 171–197 NÄ.
10. Catala Lucanvalle (Gelbe Ajah): 197–223 NÄ.
11. Elise Strang (Graue Ajah): 223–244 NÄ.
12. Comarra Zepava (Blaue Ajah): 244–276 NÄ.
13. Serenia Latar (Graue Ajah): 276–306 NÄ.
14. Doniella Alievin (Braune Ajah): 306–332 NÄ.
15. Aliane Senican (Weiße Ajah): 332–355 NÄ.
16. Suilin Escanda (Blaue Ajah): 355–396 NÄ.
17. Nirelle Coidevwin (Grüne Ajah): 396–419 NÄ.
18. Ishara Nawan (Blaue Ajah): 419–454 NÄ.
19. Cerilla Marodred (Graue Ajah): 454–476 NÄ.
20. Igaine Luin (Braune Ajah): 476–520 NÄ.
21. Beryl Marle (Weiße Ajah): 520–533 NÄ.
22. Eldaya Tolen (Blaue Ajah): 533–549 NÄ.
23. Alvera Ramosanya (Gelbe Ajah): 549–578 NÄ.
24. Shein Chunla (Grüne Ajah): 578–601 NÄ.
25. Gerra Kishar (Graue Ajah): 601–638 NÄ.
26. Varuna Morrigan (Grüne Ajah): 638–681 NÄ.
27. Cemaile Sorenthaine (Graue Ajah): 681–705 NÄ.
28. Marasale Jureen (Gelbe Ajah): 705–732 NÄ.
29. Feragaine Saralman (Blaue Ajah): 732–754 NÄ.
30. Myriam Copan (Grüne Ajah): 754–797 NÄ.
31. Zeranda Tyrim (Braune Ajah): 797–817 NÄ.
32. Parenia Demalle (Graue Ajah): 817–866 NÄ.
33. Sereille Bagand (Weiße Ajah): 866–890 NÄ.
34. Aleis Romlin (Grüne Ajah): 890–922 NÄ.
35. Kirin Melway (Braune Ajah): 922–950 NÄ.
36. Noane Masadim (Blaue Ajah): 950–973 NÄ.
37. Tamra Ospenya (Blaue Ajah): 973–979 NÄ.
38. Sierin Vayu (Graue Ajah): 979–984 NÄ.
39. Marith Jaen (Blaue Ajah): 984–988 NÄ.
40. Siuan Sanche* (Blaue Ajah): 988–999 NÄ. Ihr wurden Stab und Stola in einer Aktion abgenommen, die noch immer umstritten ist (einige behaupten, sie habe zur Spaltung der Burg geführt), und sie wurde – zusammen mit ihrer Behüterin der Chroniken – gedämpft.
41. Elaida a'Roihan (Rote Ajah): 999 NÄ. Amyrlin der Burg in Tar Valon.
41. Egwene al'Vere (keine Ajah): 999 NÄ. Amyrlin der Burg im Exil.

Im Jahre 999 NÄ fand in der Burg zum ersten Mal seit ihrer Gründung eine Spaltung statt. Beide ›Burgen‹ beanspruchen das Recht, eine Amyrlin zu ernennen. Nur die Zeit wird zeigen, welche überleben wird.

* Seit der Zerstörung der Welt sind nur drei Amyrlins Stola und Stab abgenommen worden. Die erste, Tetsuan, regierte vor Bonwhin und soll am Verrat Manetherens während der Trolloc-Kriege beteiligt gewesen sein. Tetsuan gehörte zur Roten Ajah. Aufschlüsselung nach Ajahs: 11 Blaue, 9 Graue, 7 Grüne, 4 Weiße, 3 Gelbe, 2 Rote, 5 Braune.

Moraine Damodred Aes Sedai und Lan Mandragoran

Egwene al'Vere

Viele gewöhnliche Menschen glauben, daß die unheimlichen Kampffähigkeiten jener Behüter auch eine Folge des Bundes seien, aber die Aes Sedai leugnen dies. Sie behaupten, daß Behüter hauptsächlich wegen ihrer natürlichen Begabungen auserwählt werden, die dann durch strenge Übung zur Vollkommenheit ausgebildet werden. Behüter leben dort, wo auch immer ihre Aes Sedai leben, und bewohnen in der Weißen Burg besondere Quartiere. Ihre Treue ist bedingungslos an ihre Aes Sedai gebunden, und jegliche Unstimmigkeiten sind ihre Privatsache. Es hat Fälle gegeben, in denen Aes Sedai ihre *Gaidin* geheiratet haben, hauptsächlich unter den Mitgliedern der Grünen Ajah, aber überwiegend sind die Beziehungen zwischen Aes Sedai und Behüter keusch. Diese Keuschheit beruht auf keinen Regeln oder Traditionen, sondern eher auf der Tatsache, daß die Zwänge des Lebens der Aes Sedai persönliche Beziehungen über die von Machtlenkerin und Behüter hinaus ausschließen.

DIE HIERARCHIE DER BURG

Jede Aes Sedai, außer dem Amyrlin-Sitz, gehört einer der sieben Gemeinschaften oder Ajahs der Weißen Burg an. Diese sieben Ajahs werden mit folgenden Farben benannt: Blau, Rot, Weiß, Grün, Braun, Gelb und Grau. Jede folgt einer besonderen Philosophie über den Gebrauch der Einen Macht und dem Zweck der Aes Sedai. Jede hat ihre eigene Tagesordnung, ihren eigenen inneren Führungsstil und ihre eigenen Traditionen.

Die Weiße Burg wird vom Turmrat regiert, der aus jeweils drei Repräsentanten jeder Ajah (›Sitzende‹ genannt), dem Amyrlin-Sitz und der Behüterin der Chroniken besteht. Dieses Konzil bestimmt die gesamte offizielle Politik.

Der Amyrlin-Sitz regiert den Saal von einem Sessel gleichen Namens aus und wird vom Saal der Burg auf Lebenszeit gewählt. Sie ist der oberste Vorstand der Burg und Mitglied *aller* Ajahs, worauf die sieben Farben auf ihrer Stola hinweisen. Gleichzeitig wird sie als zu *keiner* Ajah angehörig angesehen, da sie keine der anderen vorzieht. Als jedem König oder jeder Königin mindestens ebenbürtig betrachtet, hat die Amyrlin zumindest theoretisch die absolute Macht über alle Aes Sedai. Tatsächlich muß sie sich mit dem Saal, wie aus der Burg nahestehenden Quellen verlautet, meist auf ein recht kompliziertes Geben und Nehmen einlassen, um ihre Herrschaft zu untermauern. Es wurde vermutet, daß der Sturz der Amyrlin Siuan Sanche, der Jüngsten, die jemals Stola und Stab übernommen hatte, vielleicht durch ihr Unvermögen ausgelöst wurde, dieses fragwürdige Gleichgewicht aufrechtzuerhalten.

Die zweite in der Rangfolge ist die Behüterin der Chroniken. Sie wird von der Amyrlin erwählt – nach deren Übernahme des Sitzes – und entstammt traditionell derselben Ajah. Ihr Rangabzeichen ist ebenfalls eine Stola in der Farbe ihrer Ajah, obwohl die Behüterin der Chronik ihre Ajah nicht repräsentiert. Sie spricht nur für die Amyrlin. Sie ist auch die Schriftführerin der Amyrlin und beaufsichtigt die offiziellen Angelegenheiten der Burg.

Jede Ajah wird im Saal von ihren Sitzenden repräsentiert, und jede hat ihr eigenes internes Oberhaupt oder einen führenden Rat, aber das Oberhaupt einer Ajah ist nicht notwendigerweise auch eine Sitzende für diese Ajah – wenn nicht, sind die Sitzenden dem Oberhaupt ihrer Ajah für ihre Handlungen im Saal verantwortlich. Die Aes Sedai geben nicht gern Informationen über die einzelnen Ajahs weiter, und noch viel weniger die tatsächliche Identität ihrer Führer, die nur innerhalb jeder Ajah bekannt ist.

Das vorrangige Ziel der Roten Ajah ist es, das Land vor allen Männern zu schützen, welche die Wahre Quelle berühren können. Sie jagen diese Männer und dämpfen sie an Ort und Stelle oder bringen sie zur Burg, um sie dort zu dämpfen. Sie verbinden sich nicht mit Behütern, wahrscheinlich weil ihre Aufgabe es ihnen erschwert, einem Mann zu vertrauen. Die Rote – und größte – Ajah wird von einer Frau geleitet, die einen großen Teil der Macht sowohl in ihrer Ajah als auch unter den Aes Sedai insgesamt gebraucht.

Die Blaue Ajah wird ebenfalls von einer sehr mächtigen Frau geführt und ist vielleicht die einflußreichste aller Ajahs, obwohl sie eine der kleineren ist. Ihr Hauptziel ist es, wichtige Rechtsverfahren betreuen und Gerechtigkeit zu fördern. Blaue sind sowohl geschickt in politischen Manövern als auch fähige Verwalter. Seit Artur Falkenflügels Zeit sind mehr Amyrlins aus den Reihen der Blauen erhoben worden als aus jeder anderen Ajah.

Die Mitglieder der Braunen Ajah haben das weltliche Leben aufgegeben und sich der Suche nach dem Wissen und dem Erhalt des Wissens verschrieben. Sie werden von einem Herrscherkonzil angeführt. Sie sind hauptsächlich für die Beschaffung und die Aufbewahrung der gewaltigen Mengen gelagerter Bücher und Schriftrollen verantwortlich, welche die Burgbibliothek zur größten Fundgrube von Wissen im Lande machen. Vieles, was über Kunstfertigkeiten oder neue Talente bekannt ist, wurde von den Schwestern der Braunen Ajah entdeckt.

Die Grüne Ajah ist auch als die Kampf-Ajah bekannt. Ihr oberstes Ziel ist es, sich für *Tarmon Gai'don*, die Letzte Schlacht mit dem Dunklen König, bereitzuhalten. Als heftige Bekämpfer des Schattengezüchts sind sie auch für ihr Verständnis für die Menschen bekannt, ein unter den anderen Ajahs recht seltener Zug. Grüne Schwestern beschränken sich nicht nur auf einen Behüter. Obwohl dieser Umstand unter den Schwestern der anderen Ajahs manchmal Heiterkeit auslöst, ist es keine leichtfertige Praktik. Während der Trolloc-Kriege waren die zusätzlichen Behüter der Grünen im Kampf von Vorteil.

Aes Sedai mit einer besonders stark ausgeprägten Gabe des Heilens treten der Gelben Ajah bei. Gelbe Schwestern sind hingebungsvoll dem Heilen von Krankheiten und Verletzungen verschrieben, wie auch dem Entdecken neuer Heilmittel und neuer Nutzungsmöglichkeiten der Einen Macht, um Gesundheit wiederherzustellen.

Obwohl weder die Weiße Burg noch irgendeine Ajah jemals ihre Anzahl bekanntgegeben hat, sind im Hinblick auf die Ajahs grobe Schätzungen möglich. Die Rote Ajah ist mit einer zahlenmäßigen Mitgliedschaft im Verhältnis von annähernd eins zu fünf Aes Sedai zur Zeit der Aufzeichnung (ein Hinweis auf die Wichtigkeit ihrer anerkannt vorrangigen Aufgabe) sicherlich die größte Ajah, gefolgt von der Grünen und dann der Reihenfolge nach der Grauen, der Braunen, der Gelben, der Blauen und schließlich der Weißen Ajah. Anscheinend ist diese Verteilung seit der Zerstörung ungefähr gleich geblieben, da nur selten mehr als ein Platz im Rang verändert wurde, aber niemand kann wissen, welche Wirkung die gegenwärtigen Ereignisse zeitigen werden.

Verin Mathwin Aes Sedai

Es gibt noch eine achte Ajah, obwohl sie keinen Sitz und keine offizielle Vertretung im Saal hat und historisch niemals jemandem außerhalb der Aes Sedai gegenüber – außer in heftigem Leugnen – erwähnt wurde. Es ist die Schwarze Ajah. Die meisten Aes Sedai weigern sich, an ihre Existenz zu glauben. Ihre Schwestern sollen allen Eiden entsagt haben und nur dem Schatten dienen. Gerüchte besagen, daß sie als Mitglieder der anderen sieben Ajahs verkleidet die Hallen der Burg durchschreiten.

Die Mitglieder der Grauen Ajah sind Vermittlerinnen, die Harmonie und Eintracht suchen. Bei Vertragsabschlüssen setzen viele Königreiche beiderseits Graue Schwestern ein, um sicherzustellen, daß ihre Vereinbarungen Bestand haben, obwohl stets die Angst besteht, daß die Verträge den Zielen der Burg dienlicher sein könnten als denen der ursprünglichen Vertragspartner.

Die Weiße Ajah meidet sowohl die Welt als auch weltliches Wissen. Ihre Mitglieder werden von philosophischen Fragen in Anspruch genommen, und die Suche nach Wahrheit ist ihre alles vereinnahmende Leidenschaft.

SPIONE UND INFORMANTEN

Alle Ajahs, außer vielleicht der Weißen, haben ihre eigenen ›Augen und Ohren‹, die Informationen sammeln und sogar für sie spionieren. Diese Informanten sind selbst keine Aes Sedai und nur der einzelnen Ajah treu ergeben. Es gibt Gerüchte über Fälle von ›Doppelagenten‹, aber nur wenige sind mutig genug, den Aes Sedai auf diese Weise in die Quere zu kommen. Informanten für die Gelbe Ajah forschen nach Epidemien und gehäuft auftretenden Krankheiten, jene der Braunen nach verborgenen Büchern und Wissen, die der Grünen Ajah kundschaften militärische Dinge aus, und die Informanten der Blauen Ajah berichten über politische Machenschaften.

Jede Ajah bestimmt eine Schwester zur Leiterin ihres Geheimdienstnetzes, deren Aufgabe darin besteht, die vor Ort gesammelten Informationen zu koordinieren und sie dem Oberhaupt oder dem Herrscherkonzil dieser Ajah zu überbringen. Jede Ajah entscheidet dann, wieviel davon sie durch ihre Sitzenden an die Burg insgesamt weitergibt. Wissen, das sie mit dem Amyrlin-Sitz teilen wollen, wird üblicherweise durch die Behüterin der Chronik übermittelt. Zweifellos glauben die Aes Sedai, daß Wissen Macht ist. Vielleicht teilt deshalb keine Ajah jemals *alle* ihre Informationen mit dem Saal – oder mit der Amyrlin.

Die Amyrlin besitzt ihr eigenes ausgedehntes Geheimdienstnetz und ist daher vollkommen unabhängig von den Ajahs. Ein von ihr ernannter Aufseher ist offiziell das Oberhaupt des Geheimdienstes der gesamten Burg, ist aber tatsächlich nur der Amyrlin selbst verantwortlich.

Die Amyrlin ist nicht die einzige Aes Sedai, die ein persönliches Geheimdienstnetz besitzt. Bekanntermaßen haben nur die Weißen und jene Aes Sedai keines, die ihr Leben mit Studien in der Weißen Burg verbringen. Einzelne Aes Sedai müssen ihre Informationen nicht mit der Burg oder ihrer eigenen Ajah teilen. All diese übergreifenden, aber nicht miteinander in Beziehung stehenden Netze bewirken ein ausgedehntes, verwobenes Gewirr von Geheimnissen und Intrigen, wobei sich jede Aes Sedai zuerst und überwiegend auf ihre eigenen persönlichen Ziele konzentriert, und (desgleichen) auch jede Ajah.

GEHEIME AUFZEICHNUNGEN DER WEISSEN BURG

Es gab schon immer Gerüchte über einen abgeschlossenen Bereich der Bibliothek der Weißen Burg, der vermutlich nur einigen wenigen auserwählten Aes Sedai zugänglich ist. Die Weiße Burg hat dessen Existenz niemals ausdrücklich geleugnet – soweit man das nach allen öffentlichen Aufzeichnungen beurteilen kann –, aber andererseits ist es, wenn man die weithin bekannte unaufrichtige Art der Aes Sedai in Betracht zieht, durchaus möglich, daß sie die Wahrheit nur umgangen haben, weil sie glaubten, es nütze ihren Zwecken, wenn sie etwas zu verbergen oder zu tun vorgaben, was in Wirklichkeit gar nicht der Fall war. Ein weiteres, stets flüsternd weitergegebenes Gerücht, dem die Weiße Burg interessanterweise auch niemals ausdrücklich widersprochen hat, besagt, daß es ein dieses Geheimarchiv betreffendes Burggesetz gibt. Demnach ziehen unbefugte Versuche, die Unterlagen einzusehen, mehrere Strafen nach sich, und das Offenbaren entweder der Existenz des Archivs oder seines Inhalts ist mit Verrat oder Aufruhr gleichgesetzt. Zudem soll dieses Gesetz selbst Teil des Archivs sein, womit sich der Kreis der Geheimhaltung auf eine Art schließt, die für alle anderen außer Aes Sedai oder Seanchanern unfaßbar wäre.

Mats Dolch

DIE WEISSE BURG

Jede Ajah besetzt eine der sieben wie Kuchenstücke geformten Sektionen in der oberen Hälfte der großen Hauptburg, in der sich sowohl die Quartiere ihrer Mitglieder als auch für diese Ajah reservierte Versammlungs- und Arbeitsräume befinden, obwohl einige Mitglieder der Braunen auch Räume in oder nahe der riesigen Bibliothek besitzen. Diese Sektionen sind gleich groß, was für die Ajahs nicht gilt, aber selbst die größte Ajah, die Rote, füllt den ihr zugeteilten Platz nicht annähernd aus. Der Hauptsaal der Burg und alle Aufenthaltsräume liegen in der unteren Hälfte des Gebäudes.

Die Burg war niemals vollkommen belegt, seit sie ursprünglich erbaut wurde, und tatsächlich scheint sie eher Bewohner zu verlieren als dazuzugewinnen. Obwohl sie sorgfältig darauf achten, dies niemals in Gegenwart einer Schwester der Roten Ajah zu erwähnen, glauben einige Aes Sedai, daß das Beseitigen männlicher Machtlenker aus dem Genbestand, zusammen mit dem Umstand, daß weibliche Aes Sedai selten heiraten und selbst Kinder haben, der Grund für das allmähliche Verschwinden von Machtlenkern aus der Bevölkerung während der letzten dreitausend Jahre ist.

DIE BIBLIOTHEK

Das größte Bauwerk neben der Burg selbst ist innerhalb des Aes Sedai-Geländes die Große Bibliothek. Sie enthält sowohl gewaltige Magazine als auch Arbeits- und Werkräume, und es heißt, sie habe genauso viele geheime wie offene Bereiche. Zweifellos beherbergt sie auch unzählige Objekte der Macht. Obwohl sie Außenstehenden nur teilweise zugänglich ist, besteht wenig Zweifel, daß sie eine der größten Sammlungen an Wissen über die Welt enthält, wenn nicht die größte überhaupt.

TAR VALON

Die Stadt Tar Valon wird von einem vom Saal der Burg gewählten Rat von Aes Sedai regiert. Dieser Rat beaufsichtigt einen Stab von Angestellten und Bürokraten, die keine Aes Sedai sind und welche die tagtägliche Verwaltung der Stadt innehaben. Diese Aufgabe wird durch den Umstand erschwert, daß Tar Valon und seine Weiße Burg Menschen aus allen Ländern und aller Ränge anziehen. Sie kommen über die großen, von Ogiern erbauten Brücken in die Stadt zu Staatsbesuchen oder Pilgerfahrten oder um Verträge oder Geschäfte abzuschließen. Obwohl die Insel nur drei oder vier Meilen im Durchmesser mißt, leben und arbeiten innerhalb ihrer Mauern Vertreter fast jeder Rasse und jedes Landes.

Tar Valons zentrale Lage zwischen den Grenzlanden des Nordens und den Königreichen des Südostens und Westens macht es zu einem idealen Handelsplatz. Der Fluß Erinin erlaubt Schiffsverkehr, während die großen Brücken Landkarawanen leichten Zutritt verschaffen.

Seit Tar Valon im Jahre 98 NZ errichtet wurde, ist die Stadt niemals Eindringlingen zugefallen und hat nur selten einen Angriff erlebt. Dies ist hauptsächlich ihrer Eigenschaft als Herz und Seele der Aes Sedai und ihrer Burg zu verdanken. Nur sehr wenige Befehlshaber sind bereit, Frauen gegenüberzutreten, welche die Eine Macht lenken können. Und auch der Umstand, daß die ganze Insel ummauert ist, schreckt Möchtegern-Eroberer ab.

Die Kinder des Lichts

GESCHICHTE

Die Kinder des Lichts wurden im Jahre 1021 FJ, während des Hundertjährigen Krieges, von Lothair Mantelar als Priesterschaft gegründet, mit der Aufgabe, Schattenfreunde zu bekehren. Während des folgenden turbulenten Jahrhunderts entwickelte sich die Gruppe von Priestern zu Kämpfern. Zunächst kämpften sie nur, wenn es nötig war, aber als das Chaos im Laufe der Kriegsjahre zunahm, wuchs auch das Bedürfnis nach militärischem Eingreifen gegen die Schattenfreunde. Die Kinder des Lichts wandelten sich, bis sie ungefähr im Jahre 1111 FJ eine eigenständige militärische Gemeinschaft geworden waren, die sich der Bekämpfung des Dunklen Königs und der Vernichtung aller Schattenfreunde verschrieben hatte.

ZIEL UND ZWECK

Aufgrund ihres weißen Umhangs als Markenzeichen auch verächtlich ›Weißmäntel‹ genannt, glauben die Kinder, vom Licht aufgerufen zu sein, den Schatten zu bekämpfen. Die Männer folgen einem sehr strengen asketischen Glauben und vermitteln den Eindruck, nur sie allein würden die Wahrheit und den Weg zur Rechtschaffenheit kennen. Sie scheinen entschlossen, jedem, der

SIEGEL DER KINDER
DES LICHTS
Die goldene Sonne; das Sonnenwogen

BANNER
Eine goldene wogende Sonne auf einem weißen, goldgeränderten Feld

nicht mit ihnen übereinstimmt, ihre Version der Wahrheit aufzuzwingen.

Obwohl sie der Vergleich beleidigen würde, weist die Organisation der Kinder einige Ähnlichkeiten mit derjenigen der Aes Sedai auf. Beide Gemeinschaften werden von einem einzigen Oberhaupt geführt. Beide schulden keiner Nation Treue. Das zentrale Hauptquartier der Kinder, die Hochburg des Lichts, liegt in Amadicias Hauptstadt Amador, aber nur ein kleiner Prozentsatz der Kinder befindet sich jeweils in der Festung. Die meisten von ihnen reisen ständig auf der Suche nach Schattenfreunden umher.

Anders als die Aes Sedai, leisten die Kinder keine Eide, die sie davon abhalten könnten, Menschen zu töten oder gewöhnlichen Leuten Schaden zuzufügen. Obwohl sie nur dem Kampf gegen Schattenfreunde und Schattenwesen verschworen sind, bleibt es jedem Hauptmann oder Befehlshaber selbst überlassen zu entscheiden, was den Unterschied zwischen einem Schattenfreund und einem Unschuldigen ausmacht, sowie die Schuld und das Strafmaß des ersteren zu bestimmen. Nach Auffassung der Weißmäntel sind alle Aes Sedai Schattenfreunde, wie auch alle, die sie unterstützen. Ihre Behauptung basiert auf dem Glauben, daß während der Zerstörung die Aes Sedai und die Eine Macht die Welt vernichtet hätten. Zweifellos sind die Kinder für die unduldsame Einstellung gegenüber den Aes Sedai in Amadicia verantwortlich. Jedermann, der die Fähigkeit besitzt, die Macht zu lenken, wird dort geächtet. Alle Machtlenker sollen per Gesetz gefangengenommen oder ins Exil geschickt werden, aber in Wahrheit werden die meisten wegen ›Widerstand bei der Gefangennahme‹ getötet.

Die Kinder üben offiziell keine Herrschaft aus. Während kein Amyrlin-Sitz jemals seine Regentschaft über Tar Valon und sein Hoheitsge-

Die Kinder des Lichts, oder Weißmäntel, tragen stets einen rein weißen Umhang oder Wappenrock über ihrer Kleidung und Rüstung. Die linke Brust jedes dieser Umhänge weist ein aufgesticktes goldenes Sonnenbanner auf, das Symbol des Lichts, dem zu folgen sie geschworen haben. Die Umhänge und Wappenröcke aller Offiziere sind weiterhin bei Unteroffizieren mit silbernen Blitzen und bei höheren Offizieren mit goldenen Sternen oder Achselstücken geschmückt. Jedes Kind ist mit einem konischen Metallhelm und einem einfachen Brustharnisch ausgerüstet. Es erfüllt jedes Mitglied des Standes mit großem Stolz, seinen weißen Umhang makellos und die Rüstung glänzend zu erhalten. Alle Kinder tragen Schwerter, wenn auch niemals in den Empfangsräumen des Kommandierenden Lordhauptmanns oder unter der Kuppel der Wahrheit.

Mitglieder der Hand des Lichts tragen den gleichen weißen Umhang oder Wappenrock, aber zusätzlich schmückt ein roter Hirtenstab den Hintergrund des Sonnenbanners dieser ›Zweifler‹. Der Hochinquisitor trägt nur den roten Hirtenstab ohne Sonnenbanner.

biet geleugnet hat, beharren die Kinder des Lichts darauf, daß Amadicia eine eigenständige Nation und nur ihrem regierenden König oder ihrer regierenden Königin verantwortlich sei, obwohl tatsächlich die Kinder und ihr Kommandierender Lordhauptmann mittels ihrer militärischen und politischen Macht regieren.

Die Hochburg der Kinder des Lichts in Amador ist ihr Zentrum der Macht und der Bürokratie. Dort versammeln sich die Befehlshaber der Kinder, um das Vorgehen der gesamten Organisation zu beschließen. Unter der vergoldeten, von tausend Hängelampen beleuchteten Kuppel der Wahrheit oder in seinem persönlichen Empfangsraum führt das Oberhaupt der Weißmäntel, der Kommandierende Lordhauptmann, den Vorsitz über den Rat der Gesalbten, das aus ungefähr einem Dutzend der höchstgestellten Hauptleute sowie dem Hochinquisitor besteht.

DIE HAND DES LICHTS

Der Hochinquisitor – gegenwärtig Rhadam Asunawa – steht im Rang nur unwesentlich niedriger als der Kommandierende Lordhauptmann. Während die Befehlsgewalt über die Heere vom Konzil ausgeht, gibt er allein die Befehle für die untersuchende Hand des Lichts aus.

Die Mehrheit der Kinder sind Soldaten, die dem Kampf für das Licht geweiht sind. Sie stellen sich dem Tod als Teil ihrer Pflicht. Mitglieder

der Hand des Lichts setzen jedoch ihr Leben selten aufs Spiel. Sie dienen statt dessen als Verhör- und Besatzungsbeamte. Dieser Umstand, zusammen mit ihrer moralisch überlegenen Haltung, bringt ihnen häufig den Groll der regulären Truppen ein.

In ihren eigenen Reihen als ›die Hand, welche die Wahrheit hervorbringt‹, bekannt, gelten sie allgemein häufiger als ›die Zweifler‹. Jedoch werden sie selten direkt mit diesem Spitznamen angesprochen. Die Mitglieder verhalten sich oft so, als wären sie das Gesetz in Person und hätten nichts mit dem Rest der Kinder zu schaffen. Wenn sie auch formal dem Befehl des Kommandierenden Lordhauptmanns unterstehen, folgen sie doch nur dem Hochinquisitor.

Der eingestandene Zweck der Hand des Lichts besteht darin, bei Streitigkeiten die Wahrheit herauszufinden und Schattenfreunde zu entlarven. Sie unterliegt so gut wie keinen Regeln, und während der meisten Verhöre finden ausgiebige Folterungen statt. Ihren (anonymen) Kritikern nach verhören sie niemals einen Unschuldigen. In den meisten Fällen *erkennen* sie die von ihnen gesuchte Wahrheit. Sie müssen ihr Opfer nur zwingen, diese Wahrheit zu gestehen. Ihre Methoden und der Umstand, daß ausnahmslos jedermann einem Verhör unterzogen werden konnte – einschließlich anderer Kinder des Lichts –, haben dazu geführt, daß sie zutiefst gefürchtet werden.

MEISTER DER SPIONE

Der Geheimdienst der Kinder besteht aus ›Augen und Ohren‹, die überall in den Königreichen und Provinzen agieren. Alle gesammelten Informationen werden vom Meister der Spione geprüft und weitergegeben. Der ›offizielle‹ Meister der Spione und der Mann, dem die heikle Aufgabe, den Kommandierenden Lordhauptmann auf dem laufenden zu halten, tatsächlich zufällt, ist jedoch nicht derselbe. Es überrascht nicht, daß man in einer solch kontroversen Organisation wie derjenigen der Kinder des Lichts glaubt, die wahre Identität des Oberhaupts des Geheimdienstes müsse geschützt werden. Natürlich ist der Kommandierende Lordhauptmann nicht das einzige Kind, das Zugriff auf Informationen hat. Hochrangige Quellen behaupten, auch viele der Lordhauptmänner hätten ihre ›Augen und Ohren‹.

DIE ORGANISATORISCHE STRUKTUR

Die Kinder des Lichts schwärmen stets als berittene Kavallerie von ungefähr einhundert Mann aus. Der höchste Rang unter der Soldatenschaft ist der Lordhauptmann. Er befehligt meist eine Legion, die offiziell zweitausend Mann stark ist, obwohl sie tatsächlich größer sein kann, aber häufig auch kleiner ist. Die nächstfolgenden Ränge sind die des Oberleutnants, des Leutnants und des Unterleutnants. Darunter rangiert der Hundertmann, der theoretisch hundert Soldaten befehligt, was aber variiert.

Auch die Anzahl der Legionen innerhalb der Kinder schwankt ständig. Nicht alle Einheiten sind in Legionen organisiert, und nicht alle werden von einem Lordhauptmann befehligt. Kleinere Einheiten können von einem Leutnant oder sogar einem Unterleutnant befehligt werden. Der Leutnant ist üblicherweise der niedrigste Kommandorang, obwohl er meist höherrangigen Offizieren zuarbeitet. Ein Hundertmann, meist ein ehemaliger Soldat, rangiert unter Offizieren, aber über gewöhnlichen Soldaten. Befehligt ein Lordhauptmann eine Einheit oder Legion, erhält der als Stellvertreter gewählte Leutnant zeitweise den Rang eines Zweiten Hauptmanns zur Unterscheidung von den anderen Leutnants in der Einheit.

Unter dem Offizier und dem Hundertmann steht der Bannermann und darunter der Zweite Bannermann, der Korporal und der Zweite Korporal. Unter diesen stehen wiederum die Gruppenführer und die einfachen Kavalleristen. Die Aufgaben der Kinder sind genauso unterschiedlich wie die Größe der Einheiten und werden häufig immer wieder geändert, um dem jeweils angestrebten Ziel zu entsprechen. Mitunter wurden Soldaten sogar an die Zweifler ›ausgeliehen‹. Obwohl Zweifler auch kämpfen, ist nicht bekannt, daß *sie* jemals als reguläre Truppen ›ausgeliehen‹ wurden.

Das Militär des Landes

Es ist an der Zeit, mit Jak
von den Schatten zu tanzen.

Sprichwort der Bande der Roten Hand

NATIONALE HEERE

Ein Grund, warum die Kinder des Lichts ohne ernsthafte Herausforderungen Erfolg haben konnten, ist der seit dem Hundertjährigen Krieg bestehende allgemeine Mangel an militärischer Organisation und Disziplin in allen Nationen des Landes.

Die vorhandenen Heere werden überwiegend nur eingezogen, wenn es nötig ist. Sie bestehen meist aus nur teilweise ausgebildeten Männern, die eher dem Adligen, der sie einberuft und finanziert, persönliche Treue schulden als einer bestimmten Nation.

Weiterhin gibt es in den meisten Nationen Verbände, die dem Thron dieser Nation zu Treue verpflichtet sind. Diese Verbände können fünf- bis sechstausend Mann umfassen, was nach modernen Maßstäben viel erscheint, neben dem stehenden Heer von Zehntausenden zu Falkenflügels Zeiten aber armselig wirkt. Die wichtigsten militärischen Gruppierungen während der letzten Jahrhunderte waren: Amadicias Torwächter, die Königliche Garde der Königin von Andor, die Legion der Mauer (jetzt verstreut) in Ghealdan, die Gefährten in Illian, Mayenes Geflügelte Wachen, die Leibwache des Königs und die Legion des Panarchen (jetzt beide verstreut) in Tarabon, die Verteidiger des Steins von Tear, die Burgwache der Weißen Burg und natürlich die Kinder des Lichts.

Vielleicht hat es wegen des Spiels der Häuser in Cairhien niemals ein derartiges Heer gegeben. Auch Arad Doman hat nie solche Verbände besessen. Der dortige König wird vom Konzil der Kaufleute gewählt und kann mit einer Dreiviertel-Stimmenmehrheit abgesetzt werden. Eine dortige Soldateneinheit würde das Machtgleichgewicht in nicht hinnehmbarer Weise verlagern. Die Grenzland-Nationen haben sich aufgrund ihrer Nähe zur Großen Fäule zusammengeschlossen und unterhalten daher keine getrennten Heeresverbände.

BEFEHLSGEWALT

Allgemein ist der höchste offizielle Rang – neben dem Generalhauptmann, dem Lordhauptmann und einigen anderen – der des Hauptmanns. In der Königlichen Garde von Andor und bei den Kindern des Lichts sind die nächsthöheren Ränge die des Oberleutnants, des Leutnants und des Unterleutnants. Es ist nicht vorgeschrieben, wie groß ein von einem bestimmten Rang befehligter Verband sein muß. Die gene-

WAFFEN UND RÜSTUNG

Der größte Teil der Infanterie ist hauptsächlich mit Langspießen sowie mit Speeren, Hellebarden oder Streitäxten bewaffnet. Speer-, Hellebarden- und Streitaxttruppen werden als beweglicher angesehen als Langspieß-Träger, die aber dennoch bevorzugt werden, da sie gegen einen berittenen Angriff die beste Abwehr bilden. Zusätzlich zu diesen Waffen tragen die meisten Fußsoldaten Dolche und manchmal sogar ein Kurzschwert. Längere Schwerter sind in der Infanterie praktisch unbekannt, da sie für den Nahkampf als zu unhandlich angesehen werden.

Der durchschnittliche Fußsoldat trägt normalerweise ein Lederwams und eine Art Helm. Nicht selten ist das Wams mit Metallscheiben oder -plättchen verstärkt, und manchmal werden Kettenhemden benutzt, während Panzerrüstungen eher selten sind.

Die Bewaffnung und Rüstung der Kavallerie ist von Nation zu Nation verschieden, und innerhalb der Nationen auch von einem Gefolge eines Adligen zum nächsten. Die Rüstung reicht von voller Panzer- und Kettenrüstung für Pferd und Reiter bei der schweren Kavallerie bis zu Stahlhelm, Rücken- und Brustpanzern und Schutzhandschuhen bei der leichten Kavallerie. Einige berittene Einheiten weisen weitaus weniger Rüstung auf, da sie sich auf ihr Können verlassen.

Die Wachen der Kaufleute tragen, auch wenn sie beritten sind, zumindest einen Helm und ein mit Metallplättchen verstärktes Wams als Rüstung. Schwerter sind ihre gebräuchlichsten Waffen, obwohl einige auch Bogen oder gelegentlich Lanzen tragen.

In Falme

relle Bezeichnung für eine Einheit der Infanterie jeglicher Größe lautet ›Kompanie‹ und die der Kavallerie entweder ›Kompanie‹ oder ›Schwadron‹.

In der Kavallerie sind die Unteroffiziersränge die Korporale und die Bannerträger. Der Bannerträger fungiert meist auch als Rekrutierungsoffizier. Oberbannerträger und Oberkorporale sind ›fließende‹ Ränge, die nur innerhalb der jeweiligen Einheit gelten. Die Vorsilbe ›Ober‹ vor einem Rang ist nicht nur ein Ehrentitel, sondern zeugt auch von Autorität gegenüber anderen dieses Ranges.

In der Infanterie sind die Unteroffiziersränge die Gruppenführer (entspricht einem Korporal) und die Bannerträger. Es gibt auch Obergruppenführer und Oberbannerträger. Diese Titel werden genauso erdient und zeugen von ebensoviel Autorität wie bei der Kavallerie.

Diese eher einfache Organisation war einige Jahrhunderte lang ausreichend, da die meisten Schlachten zwischen Heeren von fünf- bis zehntausend Mann auf jeder Seite bestritten wurden. Bei größeren

Schlachten lag die höhere Befehlsgewalt fast immer beim Adel und war größtenteils davon abhängig, wie die Adligen sich selbst und ihre Häuser rangmäßig einschätzten.

DIE BANDE DER ROTEN HAND

Die großen Schlachten während Falkenflügels Aufstieg, mit Heeren von zweihunderttausend Mann und mehr auf jeder Seite, wie auch die der Trolloc-Kriege, in denen den Überlieferungen nach häufig dreihunderttausend Mann mit einer noch größeren Anzahl Trollocs und Myrddraals zu tun hatten, erforderten eine straffere Befehlsstruktur als die in den meisten Nationen übliche. In jener Zeit wurde ein Banner von einem Bannerhauptmann, eine Legion von einem Generalleutnant und eine Großlegion von einem Generalhauptmann befehligt. Das Heer selbst wurde von einem Generalmarschall befehligt, ein Titel, der dem Generalhauptmann ›auf Zeit‹ für ein Gesamtkommando verliehen wurde. Dies brachte alle Auseinandersetzungen über Adelsränge zum Stillstand.

Erst in den letzten Jahren hat ein gegenwärtiger Befehlshaber den Versuch einer Rückkehr zu jener früheren, zweckmäßigeren Militärstruktur unternommen. Dieser Befehlshaber ist Matrim Cauthon und sein Kommando die Bande der Roten Hand. Die ursprüngliche Bande der Roten Hand war eine Einheit legendärer Helden während der Trolloc-Kriege. Es heißt, sie wären den Trollocs als letzte zum Opfer gefallen, während sie König Aemon bewachten, als Manetheren fiel. Ob Cauthon die Geschichte des Namens seiner Gruppe bekannt ist oder nicht – er versucht anscheinend, die Normung der Größe, der Bezeichnung und der Zusammensetzung der Einheiten so wiedereinzuführen, wie sie vor dem Hundertjährigen Krieg bestand.

Obwohl seine Absichten noch unbekannt sind, zeugte Cauthons Organisation der Bande in Maerone bereits von einer Klugheit, die den meisten anderen Heeren fehlt. Dort war die Bande ungefähr sechstausend Mann stark und grob in Kavallerie und Infanterie unterteilt. Die berittenen Einheiten wurden wiederum in zwei Gruppen von jeweils ungefähr fünfzehnhundert Mann unterteilt, die annähernde Größe eines Banners, was der grundlegenden, auf dem Höhepunkt der Militärwissenschaft dieses Jahrhunderts eingesetzten militärischen Einheit entsprach.

Die berittenen Einheiten, von Lord Talmanes Delovinde und Lord Nalesean Aldiaya befehligt, erfuhren eine weitere Unterteilung in sechs Schwadrone, deren jede aus zehn Truppen bestand. Die erste Kavallerietruppe leitete die Einheit, und der Bannerträger trug deren Farben, das Banner mit der Roten Hand.

Die von Hauptmann Daerid Ondin befehligte Infanterie war in zwölf Kompanien unterteilt, deren jede aus fünf Schwadronen bestand. Jede Schwadron wies Langspießträger, Hellebardenträger und Armbrust-

MIT MACHT GESTALTETE KLINGEN

Während des Krieges um die Macht wurden viele Waffen mit Hilfe der Macht gestaltet. Unter diesen befanden sich sehr spezielle Schwerter, die nicht brechen und niemals ihre Schärfe einbüßen. Einige für Soldaten gestaltete Waffen wiesen kein besonderes Merkmal auf. Das Schwert der Malkieri-Könige war eines davon. Andere, für Lordhauptmänner gestaltete, trugen einen tief ins Metall eingravierten Reiher oder ein anderes Zeichen. Heute sind diese mit einem Reiher gekennzeichneten Klingen sehr selten, und ihr Gebrauch wird nur jenen gewährt, die den Titel eines Klingenmeisters tragen dürfen. Da es mehr Klingenmeister als Schwerter gibt, die den Krieg überstanden haben, sind viele der gegenwärtigen mit dem Reiher gekennzeichneten Schwerter kein Werk der Aes Sedai. Sie bestehen jedoch aus dem edelsten Stahl, den Menschen verarbeiten können.

schützen auf, wobei ein Bogenschütze oder Armbrustschütze auf ungefähr vier Langspießträger oder Hellebardenträger kam. Der Bande Nahestehende glauben, Cauthon wolle die Ausgewogenheit von Bogenschützen und Armbrustschützen verbessern.

Matrim ›Mat‹ Cauthon, Befehlshaber und Patron der Bande der Roten Hand, von vielen als Lord angesehen, ist in Wahrheit ein junger Bauer aus dem Bezirk der Zwei Flüsse in Andor. Als Sohn von Abell und Natti Cauthon soll er ein *Ta'veren* sein; außerdem ist er mit außergewöhnlichem Glück gesegnet. Niemand weiß sicher, woher er sein erstaunliches Wissen über Militärstrategien oder den ungewöhnlichen schwarzen, mit einem Raben gekrönten Speer, der als seine persönliche Waffe dient, bezog. Er ist als Verbündeter des Wiedergeborenen Drachen bekannt.

ANDOR

Vorwärts mit dem Weißen Löwen von Andor!
Schlachtruf der Königlichen Garde

GESCHICHTE

Andor ist nicht nur die größte Nation des Landes, sondern auch eine der ältesten. Seine Souveränität besteht seit Artur Falkenflügels Tod zu Beginn des Hundertjährigen Krieges. Davor war es eine Provinz unter Falkenflügels Gouverneurin Endara Casalain. Die Königliche Linie kann ihre Regentschaft in diesem Gebiet tatsächlich noch bis in die Zeit vor Falkenflügel zurückverfolgen, denn Endara war die Tochter Joal Ramedars, des letzten Königs von Aldeshar vor Falkenflügels Eroberung. Nach dem Tod des Hochkönigs verbündete sich die Tochter der Gouverneurin, Ishara, mit dem größten General, Souran Maravaile, um ihrer Mutter die Herrschaft über die Provinz zu entziehen und diese zu einer Nation zu machen. Ishara wurde die erste Königin von Andor.

Viele Traditionen Andors wurden während Isharas Regierungszeit begründet. Anders als die meisten anderen Regenten, die zu jener Zeit emporkamen, war Ishara klug genug zu erkennen, daß kein Herrscher fähig wäre, das gesamte Reich zu übernehmen und zu halten. Deshalb bemühte sie sich, kein größeres Stück Land zu übernehmen, als sie tatsächlich verteidigen konnte. Infolgedessen schlossen die ursprünglichen Grenzen Andors nur die Provinzhauptstadt Caemlyn und einige

SIEGEL
Ein wilder weißer Löwe; der Weiße Löwe.

BANNER
Ein wilder weißer Löwe auf rotem Feld.

HAUPTSTADT
Caemlyn.

Symbole umfassen den Löwenthron und die Rosenkrone von Andor.

wenige umliegende Dörfer ein. Nach fünf Jahren hatte Ishara ihren Herrschaftsbereich bis zum Erinin ausgedehnt, und das Land, das sie hielt, gehörte fraglos ihr. Andere Regenten jener Zeit waren so begierig auf neue Eroberungen, daß sie die Länder, die sie einnahmen, selten behielten. Isharas Tradition der vorsichtigen Ausdehnung wurde von allen nachfolgenden Königinnen fortgesetzt.

Ishara wußte, daß Andor zum Überleben sowohl eine starke militärische Präsenz als auch mächtige Verbündete brauchte. Viele Historiker glauben, daß diese Notwendigkeiten sie dazu veranlaßten, Souran Maravaile zu heiraten, da er Falkenflügels bester General und ein brillanter Militärstratege war. Andere glauben, daß Liebe zumindest eine geringe Rolle gespielt haben muß, da Souran trotz all seiner Fähigkeiten nur ein Bürgerlicher war. Souran befehligte zum Zeitpunkt von Falkenflügels Tod und ein Jahr danach die Belagerung Tar Valons. Man glaubt, daß er Ishara geliebt haben mußte, da er die so lange gehaltene Belagerung auf ihre Bitte hin bereitwillig abbrach. Aber ob es Liebe war oder nicht – Ishara wußte, daß sie sowohl Maravailes Heer als auch den guten Willen der Weißen Burg benötigte. Die Heirat mit Souran verschaffte ihr ersteres. Der Umstand, daß sie ihre Tochter zur Ausbildung in die Burg schickte, verschaffte ihr sowohl letzteres als auch eine Aes Sedai-Beraterin namens Ballair. Sie war die erste Herrscherin, die eine solche Beraterin hatte.

ERBFOLGE

Am bekanntesten ist die Tradition Andors, daß nur eine Königin den Löwenthron einnehmen und die Rosenkrone tragen darf, niemals aber ein König. (Dies entstand ursprünglich dadurch, daß keiner der könig-

Galads Siegel

Elayne Trakand

lichen Söhne den Hundertjährigen Krieg überlebte, aber es wurde schließlich auch zum Gesetz.) Die älteste Tochter wird Tochter-Erbin genannt. Sie wird dem Gesetz gemäß zunächst zur Ausbildung zur Weißen Burg gesandt und folgt ihrer Mutter nach deren Tod oder Rücktritt auf den Thron. Ihr ältester Bruder, der Erste Prinz des Schwertes, verpflichtet sich durch einen Schwur, seine Schwester mit seinem Leben zu schützen und zu verteidigen. Er wird von Kindheit an dazu ausgebildet, in Kriegszeiten die Königlichen Heere zu befehligen und ihr militärischer Berater zu sein. Hat die Königin keinen überlebenden Bruder, ernennt sie den Ersten Prinzen.

Wenn es keine überlebende Tochter gibt, wird der Thron an die nächste Blutsverwandte weitergegeben. Die Erbfolge war oft recht kompliziert, da alle Großen Häuser nach Jahren des Heiratens untereinander verwandt waren, und es führte zu Blutvergießen, wenn die Häuser sich nicht einig waren. Diese Konflikte sind außerhalb Andors als die Andoranischen Erbfolgekriege bekannt. Andoraner nennen sie einfach ›Störungen‹. Es gab drei Erbfolgekriege in Andor. Der letzte begann nach dem Verschwinden der Tochter-Erbin Tigraine, als der Tod Königin Mordrellens einen Machtkampf heraufbeschwor, aus dem Morgase aus dem Hause Trakand siegreich hervorging. Kürzlich verschwand Morgase, vermutlich ist sie tot.

NATIONALE STABILITÄT

Andor ist ein wohlhabendes Reich, das sich von den Verschleierten Bergen bis zum Erinin erstreckt, aber durch die Abnahme der Bevölkerung haben seine Königinnen die Herrschaft über die Länder westlich des Manetherendrelle mehrere Generationen lang nicht ausgeübt. Ausfuhrwaren wie Tuche, wertvolle Metalle, Eisenarbeiten, Tabak und Getreide bescheren Andor eine gesunde Wirtschaft. Der andoranische Markt genießt einen guten Ruf.

Andors Erfolg beruht weitgehend auch auf der Stärke seines Heeres, das hauptsächlich aus der Königlichen Garde besteht. Während der letzten drei Regierungen war ein Mann Herz und Seele der Garde: Generalhauptmann Gareth Bryne, jetzt im Ruhestand. Andor war stets dem Druck durch die Kinder des Lichts ausgesetzt, möglicherweise aufgrund seiner Verbindung zur Weißen Burg, und Andor und Cairhien standen häufiger im Krieg miteinander als irgendwelche anderen zwei Nationen außer Tear und Illian.

Gareth Bryne

DIE KÖNIGLICHE GARDE

Zieht Andor in den Krieg, werden Garde und Heer vom Ersten Prinz des Schwertes befehligt, aber die Königin reitet häufig mit ihnen. Es gibt viele Geschichten über mutige Herrscherinnen wie Königin Mordrellen, die das Löwenbanner allein und unbewaffnet mitten ins tairenische Heer trug, um ihre Truppen aufzumuntern. In Friedens-

Galad Damodred

Gawyn Trakand

Morgase Trakand, durch die Gnade des Lichts Königin von Andor, Verteidigerin des Reiches, Beschützerin des Volkes, Hochsitz des Hauses Trakand, wurde erst nach einem langen und erbitterten Kampf Herrscherin von Andor. Die Tochter-Erbin, Tigraine, war unter mysteriösen Umständen verschwunden und wurde für tot erklärt. Königin Mordrellen war ohne verfügbare Erben vor Kummer gestorben, was zum Dritten Andoranischen Erbfolgekrieg führte. Morgase überzeugte die stärksten Häuser Andors schließlich, ihren Anspruch als Cousine und nächste Blutsverwandte Tigraines zu unterstützen. Um ihre Position zu stärken, ging sie sogar so weit, den Witwer der früheren Tochter-Erbin, Prinz Taringail Damodred von Cairhien, zu heiraten, obwohl sehr wohl bekannt war, daß er ein schlechter Ehemann war. Morgase gebar Taringail zwei Kinder, die Tochter-Erbin Elayne und den Ersten Prinz des Schwertes Gawyn, und adoptierte seinen und Tigraines Sohn Galadedrid.

Nachdem sie den Thron übernommen hatte, erwies sich Morgase bald als scharfsinnige und fähige Führerin, indem sie jedermann vergab, der sich ihr entgegengestellt hatte. Diese Haltung trug sehr dazu bei, die schwärenden Feindseligkeiten zu vermeiden, die in so vielen anderen Ländern zu tödlichen Ränken geführt hatten. Sie war entschlossen, das Spiel der Häuser, *Dues Dae'mar*, in Andor nicht Fuß fassen zu lassen.

Das Symbol des Hauses Trakand ist ein silberner Keilstein. Morgases persönliches Symbol sind drei goldene Schlüssel.

zeiten ist die Garde für die Befolgung der Gesetze der Königin und für den Friedenserhalt verantwortlich. In weit von der Hauptstadt entfernten Gebieten übernehmen Mitglieder der örtlichen Miliz die Pflichten der Königlichen Garde.

CAEMLYN

Andors Hauptstadt Caemlyn ist nach Tar Valon eine der schönsten Städte im Land, obwohl ihre Einwohner dies vielleicht leugnen würden. Wie eine schimmernde Krone auf sanft gewellten Hügeln gelegen, besteht die Stadt aus zwei Abschnitten: der Neustadt, die allein durch Menschenhand vor noch nicht einmal zweitausend Jahren erbaut wurde, und der alten Innenstadt, die weitgehend von Ogier-Steinmetzen geprägt ist. Eine wuchtige Mauer aus silberweißem Stein bildet die offizielle Umgrenzungslinie der Stadt, unterbrochen von Rundtürmen, die hohe Bogentore flankieren. Außerhalb der Mauer erstrecken sich eng aneinander gedrängte Gebäude in allmählicher Auflockerung vom glänzenden Mosaik der Stadt aus. Die Innenstadt ist in einem Flickwerk aus Straßen und Seitenstraßen und mit Türmen und Kuppeln angelegt, die in der Sonne weiß und golden schimmern.

Der Palast ist sowohl Regierungssitz der Nation Andor als auch architektonischer Ausdruck ihres Herzens und ihrer Seele. Als strahlendes Beispiel für das handwerkliche Können der Ogier, scheinen die schnee-

ANDORANISCHE KLEIDUNG

Die Bewohner Andors sind im allgemeinen hellhäutig und häufig blauäugig und blond. Andoranische Frauen tragen normalerweise Gewänder mit eckigem Ausschnitt, der kaum Busen zeigt, und eng anliegenden Ärmeln, die gelegentlich mit Blumen und Blättern bestickt sind; die Kleider werden in der Taille gegürtet. Hochgeborene Damen tragen meist Seidengewänder mit Stickereien aus Metallfäden. Bürgerliche tragen im wesentlichen die gleiche Kleidung, aber aus Tuch und meist mit höheren Ausschnitten und einer Schürze.

Andoranische Männer tragen Hosen und Hemden mit einer Jacke darüber. Die Jacke weist umgeschlagene Manschetten und einen Stehkragen auf. Adlige tragen häufig Seide oder Brokat, oft mit Metallfäden bestickt. Die Kleidung Bürgerlicher besteht aus derbem, praktischem Tuch.

Palastdiener tragen eine rote Livree mit weißem Kragen und Manschetten sowie dem Weißen Löwen von Andor auf der Brust.

Zu den Uniformen der Königlichen Garde gehören eine rote Weste, ein glänzender Kettenpanzer und ein hellroter Umhang. Lange weiße Kragen liegen über der Rüstung, und weiße Manschetten leuchten an den Handgelenken. Sie tragen konische Helme mit geschlossenen Visieren und häufig Lanzen. Hochrangige Offiziere tragen ihren Rang bezeichnende Achselstücke auf den Schultern. Die Uniform des Generalhauptmanns weist vier goldene Achselstücke und breite goldene Bänder auf den weißen Manschetten auf.

weißen Erker und die Steinmetzarbeiten zart wie Spitze und doch auch so stark wie Eisen. Viele seltene Blumen und Pflanzen blühen fast ständig in den Gärten auf dem Palastgelände.

Caemlyn besitzt auch eine ausgezeichnete Bibliothek, obwohl sie

Thom Merrilin

nicht mit den Beständen der Bibliothek der Weißen Burg und der Königlichen Bibliothek in Cairhien mithalten kann.

WEISSBRÜCKE

Eine der bekanntesten Städte Andors ist Weißbrücke, das nach der gewaltigen schneeweißen Brücke über den Arinelle benannt ist. Die Stadt entstand rund um den großen, mit Steinen gepflasterten Platz am östlichen Ende der Brücke. Man glaubt, daß die Brücke aus dem Zeitalter der Legenden stammt. Sie wirkt wie aus zerbrechlichem weißem Glas, ist aber so massiv, daß nicht einmal Hammer und Meißel sie beschädigen könnten. Die weiße Brücke ist die einzige Möglichkeit, den Arinelle südlich von Maradon in Saldaea zu überqueren. Infolgedessen blüht in der Stadt der Handel.

Die meisten Gebäude Weißbrückes bestehen aus Stein oder Ziegeln und die Docks aus Holz. Hier sind alle Bevölkerungsschichten vertreten, von Händlern in ihren glänzend lackierten Kutschen und Samtmänteln bis zu Kleinbauern in rauhem Tuch.

Die früheste bekannte Landkarte von Andor

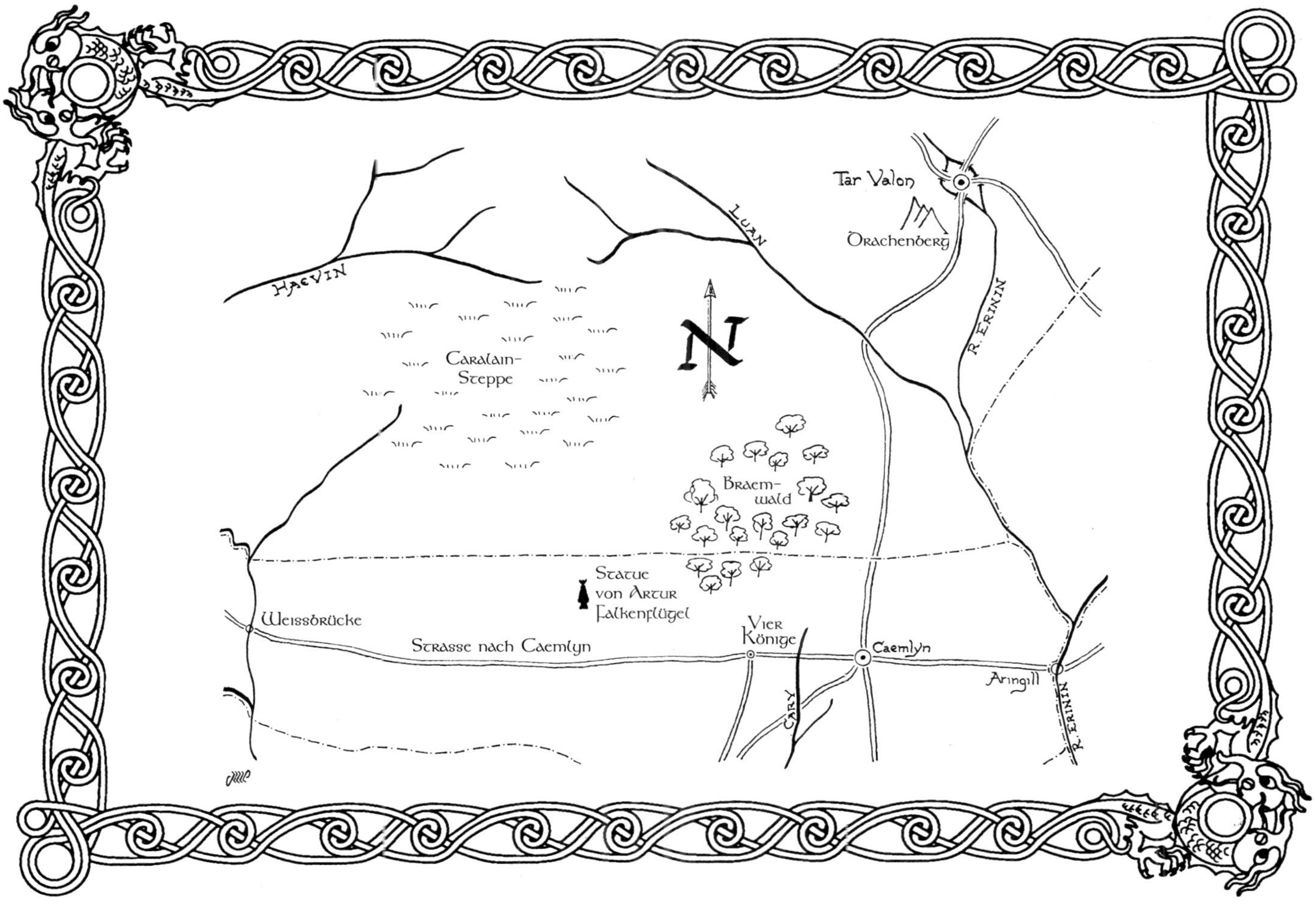

An der Straße zwischen Weißbrücke und Caemlyn liegen viele Städte und Dörfer unterschiedlicher Größe, einschließlich Vier Könige, Markt Sheran und Carysford am Fluß Cary.

DIE VERSCHLEIERTEN BERGE UND BAERLON

Ein großer Teil des Reichtums Andors wird aus den Tiefen der Verschleierten Berge entlang der westlichen Grenze gefördert. Die Berge haben ihren Namen durch den dichten Nebel erhalten, der ihre Gipfel das ganze Jahr über bedeckt. Viele glauben, es sei gefährlich, sie zu betreten, da im Nebel lebende Wesen einem Menschen das Fleisch von den Knochen streifen, bevor er schreien kann. Bergleute werden dort jedoch reich. Die Minen bringen Silber und Gold sowie auch Eisen und Kupfer hervor, die überwiegend in den großen Schmelzhütten nahe der Minen veredelt werden. Der Rest wird zu den für die Qualität ihrer Gußstücke bekannten Eisenhütten der Stadt Baerlon transportiert.

Die Baerlon am nächsten gelegene größere Stadt Andors ist Weißbrücke am Arinelle. Dazwischen liegt nur Wildnis, weshalb Baerlon und seine Eisenhütten durch eine Palisade aus Baumstämmen und Wachtürmen geschützt und seine Stadttore nur von Sonnenaufgang bis Sonnenuntergang geöffnet werden. Die Gebäude der Stadt bestehen aus Stein und Holz und sind mit Schiefer oder Ziegeln gedeckt. In den Straßen kann man mächtige dhurranische Zugpferde sehen, die große Wagen mit Erz von und zu den Eisenhütten ziehen. Im Norden der Stadt befindet sich eine große Bauerngemeinschaft, aber auch im Süden gibt es einige wenige Bauernhöfe.

Baerlon und die Minen liegen so weit vom Zentrum andoranischer Macht entfernt, daß es für die letzten Königinnen schwierig war, die Herrschaft über das Gebiet beizubehalten.

DIE ZWEI FLÜSSE

Eines der fast vergessenen Gebiete Andors sind die Zwei Flüsse, so benannt, weil seine Dörfer in einem vom Weißen Fluß, dem Fluß Taren und den Sandhügeln unterhalb der Verschleierten Berge gebildeten Dreieck liegen. Im Süden durch den Schattenwald und im Osten durch den Sumpf abgeschnitten, haben diese Dörfer wenig mit dem restlichen Andor gemein. Tatsächlich wissen die meisten Bewohner dieses Gebietes nicht einmal, daß es Teil eines größeren Königreichs ist. Sie sind es zufrieden, ohne Einmischung der Königin oder ihrer Garde ihre wertvollen Tuche, Tabak und Apfelweinbrand ausführen zu können. Sie lieben die Unabhängigkeit, sie sind eigensinnig, und ihr eiserner Wille hebt sie von den Menschen außerhalb dieses Gebietes ab.

Es gibt vier Dörfer in den Zwei Flüssen, die entlang einer von Norden nach Süden verlaufenden Straße liegen. Die Fähre über den Taren in Taren-Fähre, dem größten dieser Dörfer, bildet den einzigen öffentlichen Zugang zu den Zwei Flüssen. Das abgelegenste Dorf ist Devenritt am Südende der Alten Straße nahe dem Ufer des Weißen Flusses. Dazwischen liegen die Dörfer Wachhügel und Emondsfelde.

Emondsfelde liegt an der Kreuzung der alten Steinbruchstraße, die von einem vergessenen Steinbruch irgendwo in den Bergen herabführt, und der Nordstraße. Hier befindet sich auch die als Weinquelle bekannte Frischwasserquelle.

Die meisten kleineren Orte Andors werden – wie auch in vielen anderen Nationen – von zwei Gruppen geführt: dem Dorfrat unter dem Vorsitz des Bürgermeisters und dem von der Dorfweisen geführten Frauenkreis. Die Mitglieder des Dorfrates und des Frauenkreises werden von den Bürgern und Bürgerinnen gleichermaßen als ihre Vertreter gewählt. Der Bürgermeister wird vom Volk oder vom Dorfrat gewählt. Die Weise wird vom Frauenkreis auf Lebenszeit gewählt und gilt normalerweise als dem Bürgermeister gleichgestellt. Weise werden aufgrund ihrer Heilkunst und ihrer Fähigkeit, das Wetter vorherzusagen, sowie wegen ihres Empfindungsvermögens ausgesucht.

MANETHEREN

Obwohl sie sich kaum daran erinnern können, sind die meisten Bewohner von den Zwei Flüssen Abkömmlinge der verlorenen Nation Manetheren. Der Weiße Fluß ist tatsächlich ein Teil des Manetherendrelle, des ›Wassers der Bergheimat‹. Das Dorf Emondsfelde liegt an der Stelle, die ursprünglich Aemonsfelde genannt wurde, wo König Aemon vor zweitausend Jahren einen letzten hoffnungslosen Widerstand gegen den Schatten anführte. Die Überreste der großen Hauptstadt sind in einem Tal am östlichen Rand der Verschleierten Berge zu finden, obgleich außer dem fast unzerstörbaren Wegetor dort, wo einst das Rote Adler-Banner flatterte und Manetheren brannte, nichts von der alten Pracht geblieben ist.

Gerüchte besagen jedoch, daß das Rote Adler-Banner im Zwei-Flüsse-Gebiet in Händen von Lord Perrin Goldauge Aybara wieder flattert. Es wird berichtet, daß er das Land verteidigte, wo die Königin es nicht konnte und die Weißmäntel es nicht wollten. Er soll dem Land König Aemons die alte Pracht zurückgebracht haben.

Nynaeve al'Maera

Der Dorfrat regelt Angelegenheiten, die den Ort als Ganzes betreffen, und verhandelt mit den Räten anderer Orte über Fragen von beiderseitigem Interesse. Der Frauenkreis kümmert sich um Dinge, die als reine Frauenangelegenheiten erachtet werden, wie zum Beispiel, wann gepflanzt und wann geerntet werden soll. Obwohl ihre getrennten Pflichten genau festgelegt sind, liegen der Dorfrat und der Frauenkreis so häufig im Streit, daß dieser ständige Konflikt von den meisten Menschen nicht nur als normal, sondern sogar als traditioneller Teil des dualen Ratssystems angesehen wird.

ALTE WUNDER

Ein großer Teil des von der Königin von Andor beanspruchten Landes liegt brach und unbewohnt. Es gibt dort viele Artefakte aus verschiedenen Zeiten. Am Arinelle befindet sich eine Schlucht, in deren hohe Steilfelsen auf einer Länge von einer halben Meile hundert Fuß hohe Statuen eingemeißelt sind. Wahrscheinlich sind es Abbilder vergessener Könige und Königinnen, deren steinerne Züge teilweise schon fast vollständig zerfallen sind. Weiterhin existiert ein Turm aus glattem Stahl, zweihundert Fuß hoch und vierzig Fuß im Durchmesser, der sogenannte Turm von Ghenjei; er ist anscheinend massiv, da er keine Fenster und Türen hat. Die Erbauer beider Artefakte wie auch ihr Zweck sind unbekannt.

Die Grenzlande
Shienar, Arafel, Kandor und Saldaea

Der Tod ist leichter als eine Feder und die Pflicht schwerer als ein Berg.

Sprichwort in Shienar

DEN SCHATTEN AUFHALTEN

Weit im Norden des Landes versucht die Verderbnis der Großen Fäule unaufhörlich, die schwachen Siedlungen entlang ihrer Ränder einzunehmen. Am Ende der Trolloc-Kriege wurden die Schattenwesen in die Große Fäule zurückgedrängt, aber nur die Tapferkeit und Entschlossenheit der Krieger der Grenzlande haben sie dort gehalten. Shienar, Saldaea, Arafel und Kandor sind getrennte Nationen, jede eigenständig und unabhängig, aber sie erfüllen als Wächter des Schattens ein und denselben Zweck. Ihr Kampf endet niemals, selbst wenn sich das übrige Land im Frieden befindet. Aber dieser Kampf fordert einen hohen Tribut. Noch vor einer Generation gab es fünf anstatt vier Nationen. Jetzt sind von Malkier nur noch zerbrochene Türme und verseuchte Seen geblieben.

Um dem gleichen Schicksal zu entgehen, haben die Grenzländer entlang der ganzen Grenze zur Großen Fäule in Abständen von einer halben Meile Signaltürme errichtet. Diese hohen Steintürme ermöglichen eine gute Sicht und dienen einer leichteren Verteidigung. Sie sind mit einem großen Spiegel zum Aussenden von Signalen bei Tage und einer großen Eisenkohlenpfanne für Signalfeuer in der Dunkelheit ausgerüstet. Erblicken die Wächter Anzeichen einer drohenden Gefahr, signalisieren sie dies einer Reihe weiterer Türme zwei Meilen von der Grenze entfernt, von wo aus die Nachricht an die Festungen im Herzland weitergegeben wird. Die Festungen senden dann ihre Lanzenträger aus, um die Eindringlinge in die Große Fäule zurückzutreiben. Derselbe Signalturm kann dazu benutzt werden, die Bevölkerung zu warnen, damit sie sich in die Sicherheit der Festungen begibt.

Dennoch gelangt immer wieder Schattengezücht über die Grenze. Einige sind wegen ihrer menschenähnlichen Erscheinung und ihrer Fähigkeit, von Schatten zu Schatten zu gleiten, besonders schwer zu erkennen. Aus diesem Grunde ist es in allen Grenzländern Gesetz, daß niemand innerhalb der Mauern einer Stadt sein Gesicht verhüllen darf, denn ein Halbmensch kann nur unter Menschen wandeln, wenn sein Gesicht umschattet oder verborgen ist. Zusätzlich ist nachts jede Straße und Gasse hell erleuchtet, um Schatten so weit wie möglich auszuschließen. Der Kampf gegen die Große Fäule wirkt sich auf alle Bürger aus, die sich sehr wohl des Umstands bewußt sind, daß sie in diesen ständigen Kampf einbezogen sind.

Die verlorene Nation der Grenzlande, Malkier, blühte einst unter dem Banner des Goldenen Kranichs. Sie war genauso für die Kette der tausend Seen und die sieben großen Türme wie für ihre Helden bekannt. Jetzt ist von dieser Nation außerhalb der Großen Fäule nur noch ihr Ungekrönter König geblieben, al'Lan Mandragoran, Sohn des letzten regierenden Königs, al'Akir Mandragoran, und Erbe des verlorenen Thrones. Malkier fiel der Fäule im Jahre 953 NÄ zum Opfer, in dem Jahr, in dem Lan geboren wurde. Obwohl er noch ein Kind war, salbten ihn seine Eltern zum *Dai Shan*, was soviel heißt wie ›diademtragender Feldherr‹, und weihten ihn zum König. Das alte, durch Macht gestaltete Schwert der Malkieri-Könige wurde ihm übergeben. Sein Leben wurde der Aufgabe verschworen ›sich dem Schatten so lange entgegenzustellen, wie Eisen hart ist und Stein fortdauert, die Malkieri zu verteidigen, solange noch ein Tropfen Blut bleibt, und zu rächen, was nicht verteidigt werden kann‹. Sie sandten ihn aus dem verdammten Reich hinaus, und viele starben in ihrem letzten Kampf zur Gewährleistung seiner Sicherheit.

Er wurde von Shienar aufgenommen und großgezogen. Er vergaß seinen Schwur niemals und begann im Alter von sechzehn Jahren einen Ein-Mann-Krieg gegen die Fäule und den Schatten. *Aan'allein*, oder ›Mann, der ein ganzes Volk ist‹ genannt, wurde Lan mit seiner durch Macht gestalteten Klinge ein Klingenmeister. Er hätte seinen hoffnungslosen Kampf wahrscheinlich noch bis zum Tode weitergeführt, hätte Moiraine Sedai nicht im Jahre 979 NÄ eingegriffen. Sie überzeugte ihn davon, daß er seinem Zweck als ihr Behüter besser dienen könne, und verband sich mit ihm.

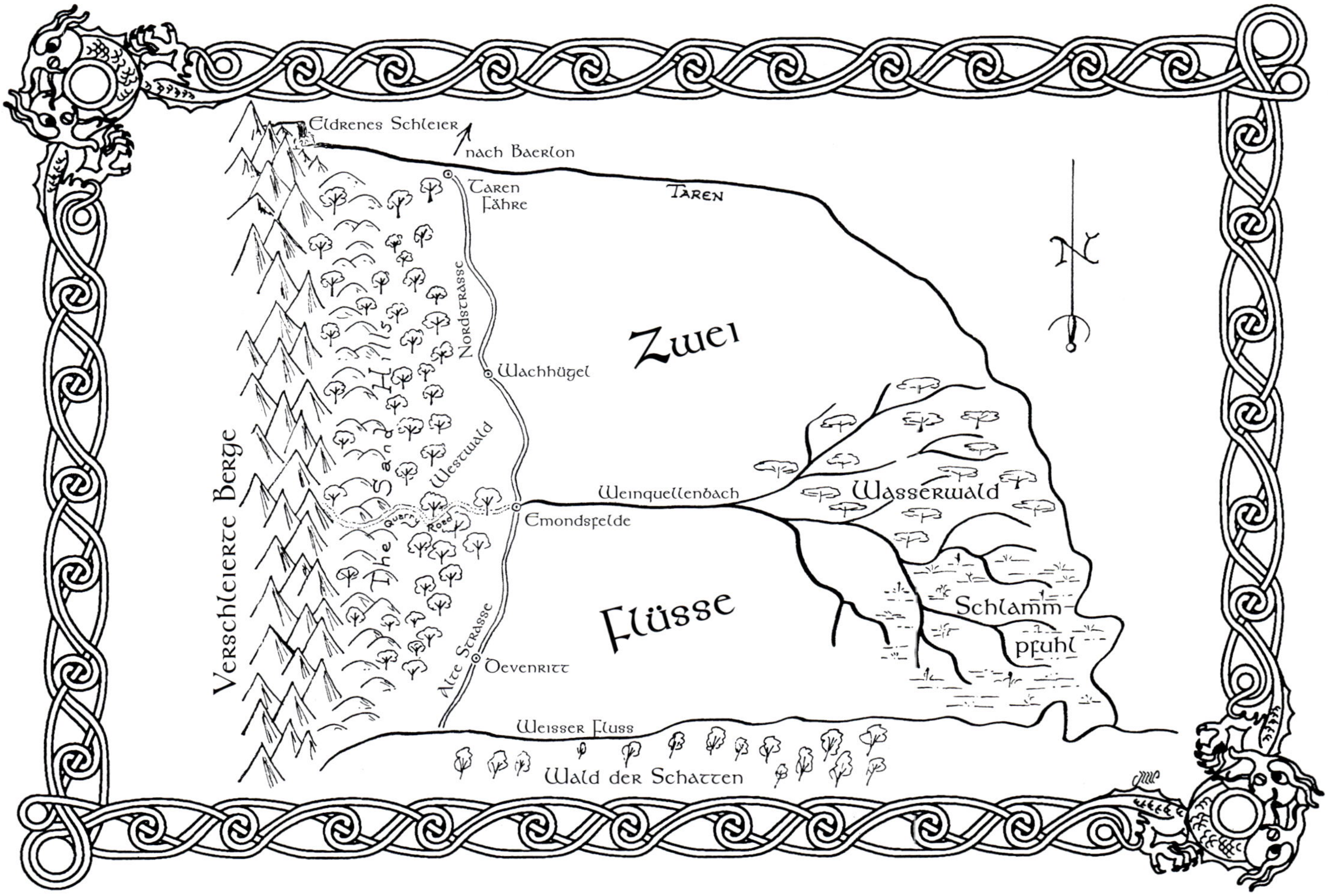

Die früheste bekannte Karte von den Zwei Flüssen

DAS AUGE DER WELT

Die jungen Männer der Grenzlande bewiesen sich häufig dadurch, daß sie sich auf die Suche nach dem Auge der Welt begaben, genauso wie die jungen Männer in Illian dem Horn von Valere nachjagen. Über das Auge war lediglich bekannt, daß es ein großer, tief in der Fäule verborgener Machtgegenstand war, der nur vom Grünen Mann in seinem verzauberten Wäldchen bewacht wurde. Er erwartete angeblich jene, deren Verlangen ausreichend groß war. Eine der Legenden um dieses Wäldchen besagte, niemand könne es zweimal finden, da es sich ständig fortbewege.

Das Auge ist (oder war) eine Ansammlung reiner Essenz *Saidins* und nur durch einen Mann nutzbar. Sie entstand während der ersten Zeit der Zerstörung durch einhundert zusammen wirkende Aes Sedai-Männer und Frauen. Sie starben bei ihrer Erschaffung, erhielten aber, trotz des Makels, deren Reinheit. Dem Grünen Mann wurde die Aufgabe übertragen, sie vor zukünftigem Verlangen zu schützen.

Aus Fal Dara heißt es, das Auge existiere nicht mehr, da das Verlangen, das es erfüllen sollte, bereits erfüllt worden sei. Wenn dem so ist, werden sich die jungen Männer der Grenze einer anderen Suche widmen müssen, um ihren Mut zu beweisen.

SIEGEL
Ein herabstoßender schwarzer Falke; der Schwarze Falke.

BANNER
Ein herabstoßender schwarzer Falke auf einem Feld aus drei blauen und zwei weißen horizontalen Streifen.

HAUPTSTADT
Fal Moran.

Die Symbole umfassen den Weißen Hirsch, das persönliche Symbol König Easars.

Trotz, oder vielleicht wegen der Tatsache, daß sie aufeinander angewiesen sind, rühmen sich die Grenzlandnationen stolz ihrer Unterschiede. Der Kampf ist derselbe, der Ehrenkodex ähnlich, aber ihre Gebräuche und Kleidung sind häufig recht verschieden.

SHIENAR

Der Friede sei Eurem Schwert gewogen.

Shienarischer Kriegersegen

Shienar ist ein Ort starker Kontraste. Im hohen Nordosten, eingegrenzt von den Bergen des Verderbens und dem Rückgrat des Drachen, liegt eine letzte Bastion der Zivilisation auf Messers Schneide zwischen der freudlosen Verderbtheit der Großen Fäule und den Gefahren der Aiel-Wüste. Die Winter sind dort ausreichend kalt, um Bäume bersten zu lassen, wenn ihr Saft gefriert, aber nur ein kurzes Stück entfernt schmachtet die Große Fäule in unnatürlicher Hitze.

Der Überlebenskampf an der Grenze zur Großen Fäule belastet das Leben jedes shienarischen Kriegers. Fragt man ihn, welche drei Dinge er am meisten schätzt, wird er höchstwahrscheinlich wie folgt antworten: Frieden – weil er nur Krieg kennengelernt hat. Schönheit – weil die Große Fäule voller Häßlichkeit ist. Und vor allem das Leben – weil er sich bereits dem Tod verschworen hat. Daher ist jedem von ihnen ein erfülltes Leben wichtiger als der materielle Wohlstand. Jeder lebt sein Leben in Vorbereitung auf die Schlacht, geschützt durch schwere Kleidung und Rüstungen, doch jeder Tote wird unbekleidet in den aufnahmewilligen Staub des Grabes gesenkt, ohne Sarg oder Leichentuch, die seinen Körper schützen würden, denn die Shienarer glauben, daß man aus der Erde geboren wird und so, wie man kam – nackt und unbewaffnet – in die letzte Umarmung der Mutter zurückkehren muß.

Alle berittenen shienarischen Krieger sind Lanzenträger. Sie bilden die beste schwere Kavallerie des Landes. Jeder Kämpfer trägt sein Haar zu einem Knoten gebunden und hat den Kopf teilweise rasiert. Seine Waffen sind stets in Reichweite. Die meisten Kämpfer tragen eines oder zwei Langschwerter über den Rücken gebunden und alle ein Breitschwert, eine Streitaxt oder einen Knüppel am Gürtel. Selbst in der Sicherheit der Festungen sind die Waffen griffbereit. Die Rüstung besteht üblicherweise aus einer Kombination von Leder und Kettenpanzerung, häufig von einem Wappenrock mit einem Schwarzen Falken bedeckt, und Stahlpanzerung schützt auch den verletzlichen Kopf, den Hals und die Brust ihrer mächtigen Schlachtrosse.

Selbst die shienarische Hauptstadt ist wie eine Festung angelegt. Wo immer möglich, ist die Stadt auf erhöhtem Boden errichtet, um das umliegende Land überblicken zu können. Der Umkreis von einer halben Meile oder mehr ist kahlgeschlagen, um heimliche Angriffe zu verhindern. Wegen dieser fehlenden Deckung wie auch wegen der hohen Wachtürme auf den umgebenden Mauern kann sich nichts ungesehen nähern. Die wuchtigen Stadttore sind eisenverstärkt, damit feindliche Kräfte, welche die Lichtung zu überqueren wagen, keinen leichten Zugang finden.

Shienar wird von der Hauptstadt Fal Moran aus von König Easar vom Hause Togita regiert, der aber wie die meisten Grenzland-Herrscher mehr Zeit mit seinen Söhnen im Sattel verbringt, als daß er Audienzen gibt. Fal Moran ist das Herz und die Seele Shienars, aber die grenznäheren Festungen, wie Fal Dara, verkörpern den wahren Geist dieses ewig im Kampf befindlichen Landes.

FAL DARA

Fal Dara liegt nahe der Grenze zur Großen Fäule und ist Teil der letzten Verteidigungslinie zwischen ihr und den Städten und Bauernhöfen im Landesinneren. Seine mit Türmen versehene Mauer umgibt Läden, Schenken und Wohnhäuser. Nur Bauerngemeinschaften liegen außerhalb ihres Schutzes. Die meisten Häuser innerhalb und außerhalb der Mauern haben spitz zulaufende, mit Holzschindeln gedeckte Dächer, die fast bis zum Boden reichen. Dadurch wird verhindert, daß sich in langen Wintern Schnee und Eis anhäufen und Schäden verursachen. Mitten in Fal Dara ist ein trockener Graben in den Boden eingelassen, der längs und quer mit scharfen Dornen versehen ist, und eine zweite Verteidigungsmauer mit Türmen schützt die innere Festung, ein massives Gebilde aus Stein, das auf dem höchsten Punkt eines Hügels errichtet wurde. Die Festung ist der Sitz des Herrn von Fal Dara, Agelmar Jagad, seiner Familie und seiner Gefolgsleute, Krieger und Diener. Die Festung wie auch die sie schützenden Mauern und die umliegende Stadt sind eher auf Stärke als auf Schönheit bedacht erbaut worden.

In der Zeit vor den Trolloc-Kriegen stand an diesem Ort die Stadt Mafal Dadaranell. Sie war von Ogiern erbaut worden und bestand aus großen Türmen, anmutig geschwungenen Gebäuden und verwinkelten Palästen, die durch breite Prachtstraßen verbunden waren. Aber nichts konnte die aus der Großen Fäule fliehenden Wogen von Schattengezücht aufhalten. Als die Trolloc-Kriege schließlich endeten, war Mafal Dadaranell dem Erdboden gleichgemacht. Die Überlebenden entschlossen sich, auf dem Platz der alten eine neue Stadt zu erbauen, aber die Ogier-Steinbaumeister waren fort. So wurde die Vollkommenheit der alten Stadt durch Einfachheit ersetzt – eine einzelne Rose, die einen Garten symbolisierte; die einfache Festung Fal Dara anstelle der Stadt Mafal Dadaranell.

Weisen auch nicht alle shienaranischen Städte und Festungen eine solch interessante Geschichte auf, so sind doch alle stärker durch die gemeinsame Bedrohung als durch ihre Treue zur Nation miteinander verbunden. Ankor Dail hält die östlichen Linien und bewacht das Rückgrat der Welt. Andere Festungen wie Mos Shirare, Fal Sion und Camron Caan tragen einen wesentlichen Teil zur Verteidigung Shienars bei, und jede hat ihre eigenen Geschichten und Helden.

ARAFEL

Der Tanz auf Schwertes Schneide ist süßer.

Sprichwort in Arafel

Das zerklüftete Arafel liegt unmittelbar westlich von Shienar. Die Menschen sind leicht an ihrer andersartigen Haartracht zu erkennen, da sie ihr Haar zu zwei langen Zöpfen geflochten und mit Silberglocken an

SIEGEL
Eine rote und eine weiße Rose; die Rosen.

BANNER
Drei weiße Rosen auf rotem und drei rote Rosen auf weißem quadratischem Feld.

HAUPTSTADT
Shol Arbela.

den Enden tragen. Die meisten gebürtigen Arafeler sind hellhäutig mit ungewöhnlich großen Augen. Wie alle Grenzländer halten auch sie eine starke militärische Tradition zum Schutz vor Wesen aus der Großen Fäule aufrecht. Arafelische Krieger sind geschickte Schwertkämpfer. Sie tragen stets zwei Schwerter und können auch beide gleichzeitig benutzen. Die Nation wird gegenwärtig von König Paitar Nachiman regiert, dessen Schwester Kiruna eine Aes Sedai der Grünen Ajah ist.

KANDOR

Kandor liegt zwischen Arafel und Saldaea an der Grenze zur Großen Fäule. Obwohl die Kriegskunst hier genauso stark ausgeprägt ist wie in jedem anderen Grenzland, haben die Kandori auch Handelsgeschick entwickelt und als einziges Grenzland eine hoch geachtete Kaufmannsgilde gegründet. Auch wenn Chachins Nähe zur Großen Fäule einen Status als Handelszentrum verhindert, haben sich die Kaufleute doch einen guten Ruf erworben und großen Wohlstand erlangt. Kandorische Männer sind leicht an ihren geteilten Bärten zu erkennen, wie auch an einer, zwei oder drei Silberketten über ihren Jacken. Sie tragen gewöhnlich auch einen Ohrring, der bei einigen erfolgreichen Kaufleuten recht auffällig ist.

Die gegenwärtige Herrscherin Kandors ist Königin Ethenielle Cosaru Noramaga.

SIEGEL
Ein sich aufbäumendes rotes Pferd;
das Rote Pferd

BANNER
Das Rote Pferd auf hellgrünem Feld.

HAUPTSTADT
Chachin

SIEGEL
Drei übereinander angeordnete silberne Fische; die Silbernen Fische

BANNER
Drei silberne Fische auf dunkelblauem Feld.

HAUPTSTADT
Maradon.

SALDAEA

Mein Herz erhebt sich mit der Sonne
zum Klingen der Schwerter.
Ich sterbe bei Sonnenuntergang…

Saldaeanisches Gedicht

Saldaea ist die größte der Grenzlandnationen. Es erstreckt sich von den wilden Klippen am Aryth-Meer, die als das Ende der Welt bekannt sind, bis zum Arinelle und dem nördlichen Rand der Schwarzen Hügel und umfaßt ein größeres Gebiet als Shienar und Arafel zusammen. Seine Herrscherin, die junge Königin Tenobia, verfügt über größere Besitzungen als der gesamte Stadtstaat Mayene.

Die Menschen sind ebenso für ihre schrägstehenden mandelförmigen Augen wie für ihr überragendes militärisches Können bekannt. Die Grausamkeit der Saldaeaner im Kampf kommt der jeder anderen Grenznation zumindest gleich, und ihre Reitkünste sind überragend. Tatsächlich stellen sie die beste leichte Kavallerie der bekannten Welt.

Diese Kavallerie kann berittene Manöver in Einheiten bis zu neuntausend Mann ausführen, ohne daß ein Pferd oder ein Reiter sein Ziel verfehlt. Die Männer zeigen mit geübter Bravour Kunststücke, die sonst nur Spielmänner ausführen – alles auf den Rücken galoppierender Kavalleriepferde. Es ist für sie nicht ungewöhnlich, auf Füßen oder Händen auf dem Sattel zu stehen, zwei Pferde auf einmal zu reiten – mit jeweils einem Fuß auf je einem Pferderücken –, in voller Laufgeschwindigkeit auf- und abzusteigen und sogar vollständig unter dem dahinstürmenden Tier hindurchzuschlüpfen.

Für die Verteidigung Saldaeas ist der Generalmarschall verantwort-

DER *SA'SARA*

Saldaeanische Frauen können trotz ihrer sonstigen Tugendhaftigkeit äußerst sinnlich sein. Hofdamen sind für ihre Verführungskünste bekannt, wobei sie die Fächersprache benutzen, um potentiellen Freiern ihre Gedanken mitzuteilen. Der berüchtigte *Sa'sara* ist ein wegen seiner Unschicklichkeit von mehreren saldaeanischen Königinnen verbotener Tanz – und doch beherrschen ihn insgeheim fast alle Adligen. Der *Sa'sara* bringt das Blut der Männer anscheinend in Wallung, wenn er von einer Frau gekonnt getanzt wird. Die saldaeanische Geschichte berichtet von drei Kriegen, zwei Aufständen und siebenundvierzig Fehden und Bündnissen zwischen Adelshäusern, wie auch von unzähligen Duellen, die durch Frauen entstanden, die den *Sa'sara* tanzten. Es gibt sogar die Geschichte einer besiegten Königin, die einen Aufstand verhinderte, indem sie für den siegreichen General tanzte.

Faile

lich, der das Heer befehligt. Gegenwärtig hat diesen Posten Lord Davram Bashere inne, der Onkel Königin Tenobias. Vor Bashere war Muad Cheade Generalmarschall. Er galt als wahnsinnig, da er stets davon überzeugt war, daß jemand ihn töten wollte, und doch endete jede von ihm befehligte Schlacht mit einem entscheidenden Sieg.

Krieg ist für Saldaeaner ein Familienereignis, da die Frauen der meisten Offiziere und aller Adligen ihre Männer traditionell bei allen Feldzügen, außer denen in die Große Fäule, begleiten, obwohl sie sich nicht eigentlich am Kampf beteiligen. Aber viele Geschichten erzählen von Frauen, welche die Schwerter ihrer gefallenen Männer übernahmen.

Tatsächlich wird von einer hochgeborenen saldaeanischen Dame erwartet, daß sie den ganzen Tag auf die Jagd reiten, dabei Gedichte rezitieren und anschließend abends die Laute spielen kann, während sie sich an intelligenten Gesprächen darüber beteiligt, wie man Trolloc-Angriffen begegnen kann. Die Bekleidung saldaeanischer Frauen, die in einem Gewand mit hohem Kragen und langen Ärmeln besteht, spiegelt ihre Willenskraft wider. Hochgeborene Frauen tragen üblicherweise feine Stickerei an Ärmeln und Kragen ihrer häufig aus Seide oder Brokat gefertigten Gewänder. Bauernmädchen kleiden sich im Grunde genauso, aber ihre Kleidung ist aus Tuch. Männer und Frauen aller Klassen reisen mit mindestens einem Dolch als Bewaffnung, obwohl Stahl in Saldaea nur dann blankgezogen wird, wenn man ihn auch zu benutzen gedenkt.

Saldaea besitzt eine starke Wirtschaft mit einem lebhaften Handel. Die Waren werden häufig bis nach Mayene oder Tear verschifft, wo sie beim Adel einen guten Preis erzielen.

Cairhien

Nimm, was du willst, und bezahle dafür.

Sprichwort in Cairhien

GESCHICHTE

Cairhien wurde zum Ende des Hundertjährigen Krieges eine unabhängige Nation. Seine Herrscher beanspruchten den Landstreifen von Shienar bis zum Erinin und zum Rückgrat der Welt; heute ist ihr Hoheitsgebiet nur noch halb so groß.

Im Jahre 566 NÄ gewährten die Aiel cairhienischen Kaufleuten das Exklusivrecht, die Seidenstraße vom Jangai-Paß durch die Aiel-Wüste zu bereisen. Gleichzeitig schenkten sie dem cairhienischen König *Avendoraldera*, den einzigen bekannten Schößling des verlorenen Baums des Lebens. Die Nation wurde durch den Handel mit Gegenden jenseits der Aiel-Wüste wohlhabend, was aber nicht lange andauerte. Der Aiel-Krieg von 976-978 NÄ verwüstete Cairhien und das übrige Land. Die Aiel brannten die Stadt nieder, wobei sie nur die Bibliotheken unberührt ließen, und verwehrten Cairhien fortan das Recht, die Seidenstraße zu benutzen.

Cairhiens fruchtbares Ackerland hatte ausreichend Nahrung für sein Volk hervorgebracht, aber nach dem Krieg schwärmten die Bauern und Flüchtlinge vom Land entlang der Drachenmauer in die größeren Städte aus, um hinter deren Mauern Schutz zu suchen. Da die Felder nun brachlagen, mußte der König auf den guten Willen der Nachbarstaaten und deren Schiffsladungen an Getreide zur Ernährung der Bevölkerung vertrauen.

Im Jahre 998 NÄ brannten die Kornspeicher nieder, und König Galldrian wurde ermordet, wodurch ein Erbfolgekrieg ausgelöst wurde – und eine Hungersnot, da die Getreideverschiffung unterbrochen wurde. Nur gut ein Jahr später stürmten die Aiel erneut aus der Wüste heran, um Cairhien im sogenannten Shaido-Krieg anzugreifen. Die Stadt und die Nation überlebten nur durch die Hilfe des Wiedergeborenen Drachen und seiner Verbündeten. Am Ende des Konflikts blieb der Sonnenthron leer, und Cairhien mußte sich der Vormundschaft eines fremden Herrschers unterwerfen. Keine andere überlebende Nation ist von solchen Höhen in solche Tiefen gestürzt, ohne ihre nationale Identität und ihren Stolz zu verlieren.

DAS SPIEL DER HÄUSER

Der Schlüssel für das Verständnis für Cairhiens wechselvolle Geschichte liegt in der Natur seines Volkes. Die Menschen sind insgesamt widerstandsfähig und unbeugsam und schätzen es, wenn sich die Welt um sie herum eher an strikt geordneter Ästhetik als an natürlichem Chaos orientiert. Und doch bedienen sie sich komplizierter politischer Intrigen, wobei sie sich als Meister der Irreführung und Heimlichkeit erweisen, um Macht und Status zu erlangen. Für einen Cairhiener ist nichts so, wie es scheint. Alles hat eine tiefere Bedeutung, einen verborgenen Grund. Die Adligen Cairhiens übernahmen das Intrigenspiel der Weißen Burg, wandelten es auf ihre Art ab und machten es zu dem, was jetzt als *Daes Dae'mar* bekannt ist, das gefährliche und häufig tödliche Spiel der Häuser.

SIEGEL
Eine von vielen Strahlen umgebene, goldene aufgehende Sonne; die Aufgehende Sonne

BANNER
Eine von vielen Strahlen umgebene, goldene aufgehende Sonne auf blauem Feld

HAUPTSTADT
Cairhien.

Symbole umfassen den Sonnenthron

Vor dem Aiel-Krieg besaßen die Damodred-Könige von Cairhien eine der wenigen durch Macht gestalteten, mit einem Reiher gekennzeichneten Klingen. Mit seinem juwelenbesetzten Heft und seiner aufwendig gearbeiteten, juwelenbesetzten Scheide war das Schwert so auffällig, daß es eher wie ein zeremonielles Schaustück als wie die außergewöhnliche Waffe wirkte, die es war. Der letzte Damodred-König, Laman, trug es, als er während des Aiel-Krieges den Aiel zum Opfer fiel, danach war das Schwert verschwunden. Erst kürzlich wurde entdeckt, daß die Aiel es als Beweis für seinen Tod an sich genommen hatten. Während des Shaido-Krieges kam es in Händen des Retters Cairhiens, des Wiedergeborenen Drachen, wieder zurück nach Cairhien.

Daes Dae'mar wird für die meisten verhängnisvollen Fehlschläge verantwortlich gemacht. Inzwischen ist bekannt, daß der Erste Aiel-Krieg eine unmittelbare Folge von König Laman Damodreds Versuch war, das Spiel zu spielen. Er vernichtete das Geschenk der Aiel – um sich in ein eindrucksvolles Licht zu rücken –, indem er den Baum, der einzigartig auf der Welt gewesen wäre, zu einem Thron machte, ohne zu ahnen, daß ihn das letztendlich das Leben kosten würde.

Nach dem Aiel-Krieg war es für den letzten König von Cairhien, Galldrian su Riatinrie, leichter, die Flüchtlinge versöhnlich zu stimmen und Getreide zu kaufen, als sich direkt mit dem Problem auseinanderzusetzen und möglicherweise Prestige zu verlieren. Einige behaupten, Galldrian habe sein Leben verloren, weil ihm das Spiel wichtiger war als das Wohlergehen seines Volkes. Seine Ermordung und die Verbrennung der Kornspeicher haben die Nation sowohl in einen Machtkampf als auch in einen Kampf ums Überleben verstrickt. Es besteht kein Zweifel, daß *Daes Dae'mar* hinter alledem stand.

DIE STADT CAIRHIEN

Im Gegensatz zu den komplizierten Manövern ihres Großen Spieles bevorzugen die höheren Kaufmannsklassen eine strenge Selbstbeherrschung und vollkommene Ordnung in ihrer Umgebung. Dies zeigt sich nirgends deutlicher als in der Hauptstadt Cairhien, die an der Stelle der alten Stadt Al'cair'rahienallen – was soviel heißt wie ›Hügel der Goldenen Dämmerung‹ – erbaut wurde. Al'cair'rahienallen wies direkt außerhalb seiner Grenzen ein großes Ogier-Gehölz auf, das aber nach den Trolloc-Kriegen nicht mehr gepflegt wurde, so daß die Großen Bäume verschwanden.

Cairhien ist innerhalb eines von hohen grauen Umgrenzungsmauern gebildeten Quadrats in einem genauen Gittermuster angelegt. An einer Seite der Stadt fließt der Alguenya, aber die Vollkommenheit der Mauern verhöhnen die Windungen von Hügeln und Fluß. Die Mauern werden nur durch mehrere gut bewachte quadratische Tore unterbrochen. Innerhalb der Mauern stehen in einem regelmäßigen Muster die Abgedeckten Türme von Cairhien, die bis zu ihren gezackten unvollendeten Spitzen von Gerüsten umgeben sind. Vor dem Aiel-Krieg waren diese Türme als Weltwunder berühmt, aber während des Krieges brannten sie aus und wurden im Shaido-Krieg noch einmal beschädigt.

In der ganzen Stadt verlaufen pfeilgerade gepflasterte Straßen, die in rechten Winkeln aufeinandertreffen. Geschlossene Sänften und Kutschen bewegen sich zwischen den Fußgängern, die sich betont um ihre eigenen Angelegenheiten kümmern. Alle Gebäude sind mit geraden Linien und scharfen Winkeln aus Stein erbaut. Die Hügel sind so eingeschnitten, daß sie wie von Menschen gemacht wirken.

Die meisten Gebäude haben in den Kriegen einigen Schaden erlitten. Nur die Königliche Bibliothek von Cairhien wurde von den Aiel absichtlich verschont, da sie kein Buch beschädigen oder zerstören woll-

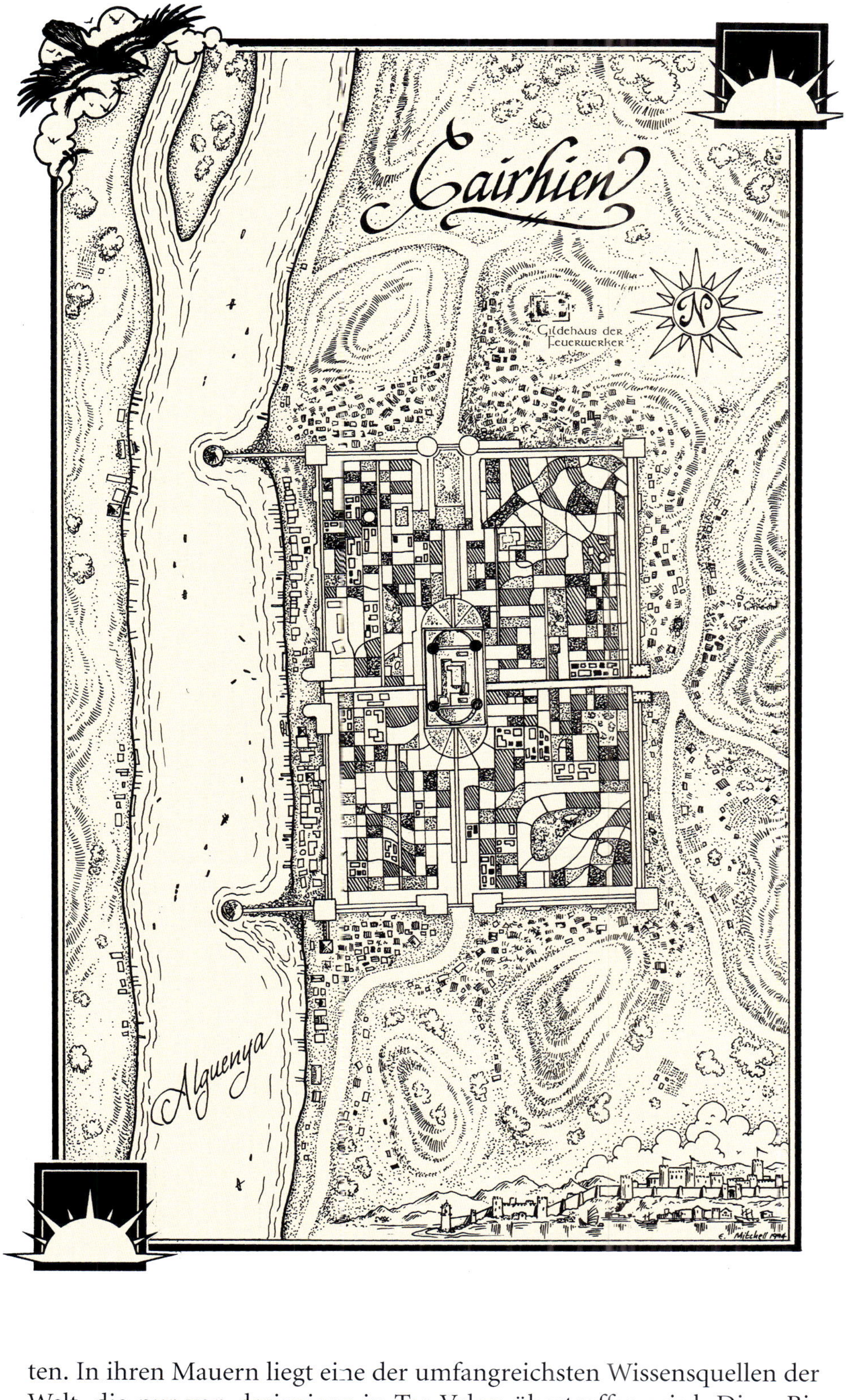

ten. In ihren Mauern liegt eine der umfangreichsten Wissensquellen der Welt, die nur von derjenigen in Tar Valon übertroffen wird. Diese Bibliothek ist wahrscheinlich der größte Reichtum der Nation, obwohl sich die meisten Cairhiener dessen nicht bewußt sind.

In letzter Zeit wurde Cairhien durch die Gründung einer Schule im

DER CAIRHIENISCHE KLEIDERKODEX

Die Gewänder der cairhienischen Oberschicht spiegeln ihren Wunsch nach Zucht und Ordnung wider. Die Menschen sind kleiner und hellhäutiger als die Andoraner, haben aber dunklere Haare. Die von ihnen bevorzugte dunkle Kleidung bildet einen Kontrast zu ihrer hellen Haut. Männer und Frauen tragen beide schwarze oder tiefblaue Gewänder und Jacken, deren Düsterkeit durch schmale waagerechte Farbschlitze über Brust und Körper und dunkel elfenbeinfarbene Spitze an Hals und Handgelenken gemildert wird. Die Anzahl der Farbschlitze zeigt den Rang des Trägers an, während ihre Farbe auf das jeweilige Haus hinweist.

Adlige Damen tragen ihr Haar kunstvoll gelockt und aufgetürmt. Die Männer tragen das Haar lang und mit Samtkappen bedeckt. Die bei offiziellen Gelegenheiten getragene Kleidung ist ähnlich. Selbst die Livreen der Diener weisen Farben nur in wenigen Streifen auf den Manschetten und an dem auf die Brust ihrer Jacke aufgestickten Hausemblem auf. Höhergestellte Diener tragen buntere Livreen als die ihnen untergeordneten.

Die unteren Klassen sind von den Beschränkungen des Großen Spiels vergleichsweise frei und können tragen, was sie wollen. Sie leisten sich häufig eine Extravaganz, die ihre Oberen vermeiden. Ihre Kleidung mag schlecht passen und schäbig sein, aber sie ist sehr farbenprächtig.

Die Kleidung der Heeresangehörigen ist ähnlich dunkel wie die der Adligen, weist aber etwas Schmuck auf. Offiziere tragen, ähnlich wie Adlige, farbige Rangschlitze an den Jacken. Sie rasieren sich die Vorderpartie des Kopfes und pudern sie weiß, während das Haar hinten lang herabhängt. Hochrangige Offiziere tragen kunstvoll vergoldete Kürasse und weiße Federn auf den glockenförmigen Helmen. Offiziere niederen Ranges und Soldaten tragen weitaus schlichtere Rüstungen. Normale Soldaten tragen das Haar kurzgeschnitten. Bis zum Shaido-Krieg rasierten die Adligen, welche die Soldaten befehligten, ihre Köpfe nicht, sondern überließen das den Bürgerlichen, aber danach übernahmen viele Adlige, die ›den Wolf gesehen‹ hatten – wie Cairhiener jene nennen, die Kampfhandlungen beigewohnt haben – den Brauch. Cairhienische Offiziere tragen auch kleine Banner an kurzen Stäben, ›Con‹ genannt, auf dem Rücken. Diese ermöglichen das leichte Ausfindigmachen eines Offiziers.

ehemaligen Anwesen des Lord Barthanes aufgewertet, in der Erfindern, Philosophen und Wissenschaftlern ein Platz zum Arbeiten geboten wird. Sie hat bereits einige erstaunliche Werke hervorgebracht.

DER SONNENPALAST

Auf dem höchsten Hügel, genau in der Mitte der Stadt, steht der wuchtige, quadratische Sonnenpalast von Cairhien, gekrönt von Stufentürmen, die in konzentrischen Quadraten zunehmender Höhe angeordnet sind. Innerhalb der Mauern des Palastes gibt es viele Gärten, und selbst die Pflanzen, Blumen und Bäume sind geometrisch exakt beschnitten und in quadratischen oder rechteckigen Beeten angeordnet.

Im Kern des Palastes befindet sich die Große Halle der Sonne, ein gewaltiger Thronsaal mit wuchtigen quadratischen Säulen aus blau gestreiftem Marmor und einer großen goldenen Aufgehenden Sonne, die als Mosaik in die tiefblauen Bodenfliesen eingelassen ist. Am jenseitigen Ende der Halle steht auf einem breiten Podest die Seele des Palastes, der Sonnenthron.

Als ein Beispiel cairhienischer Beschränkung ist der schwere Armsessel trotz der goldenen Seide und der Vergoldungen auf dem Holz in einfachen, strengen Formen gehalten. Eine Abweichung von dieser Strenge weist die goldene Sonne mit den wogenden Strahlen auf, die in die Rückenlehne des Thrones eingelassen ist.

Selbst Gebrauchsgegenstände und Kunstwerke, die in den düsteren Gängen des Palastes zu sehen sind, wurden aufgrund ihrer geraden Linien ausgewählt. Wandteppiche enthalten als einziges eine gewisse Farbenvielfalt, aber selbst dort ist das cairhienische Bedürfnis nach Nüchternheit durch die starre Anordnung der dargestellten Dinge sichtbar.

Während der Zeit der Seidenstraße wurde Cairhien ein Haupthandelszentrum und sein Fluß ein Haupttransportweg für Importe und Exporte.

VORTOR

Bevor die Shaido kamen, lag außerhalb der Mauern eine weniger wichtige Stadt, die unter dem Namen ›Vortor‹ bekannt war. Deren Gewirr von Holzgebäuden und kreuz und quer verlaufenden, ungepflasterten Straßen war ursprünglich eine Ansammlung von gesonderten Markt-

LICHTERFEST

Nur während der Feiern zum Lichterfest läßt die cairhienische Zurückhaltung nach. Zwei Tage lang sind aller Besitz und alle gesellschaftlichen Schranken zwischen Adligen und Bürgerlichen unwichtig. Die Cairhiener scheinen entschlossen, ein Jahr sorgsamer Umgangsformen mit zwei Tagen wilder Ungezwungenheit wettzumachen. An diesem Feiertag darf jeder Mann jede Frau und jede Frau jeden Mann küssen. So kann man Adlige und Bürgerliche zusammen in unterschiedlich vollständiger Bekleidung erblicken. Musik und Tanz erfüllen die Straßen. Adlige Frauen sind häufig mit hoch aufgetürmtem Haar und unter ihren Umhängen bis zur Taille nackt zu sehen.

Am Ende des Festes setzt jedermann die Maske der Zurückhaltung wieder auf, ohne daß irgend etwas, was während der Festlichkeiten geschehen sein mag, Auswirkungen zeigt.

dörfern für jedes der Stadttore. Nach dem Aiel-Krieg, als sich die aus dem Osten geflüchteten Bauern in Vortor niederließen, versorgte der damalige König Galldrian sie mit Getreide zu ihrer Ernährung und lenkte sie mit allen Arten von Paraden und Festlichkeiten von aufrührerischen Gedanken ab. Als Ergebnis war Vortor ein Ort ausschweifenden Treibens mit häufigen nächtlichen Feuerwerken, Pferderennen am Fluß und Spielmännern und Musikanten in jeder Schenke und an allen Straßenecken. Dennoch herrschte in Wirklichkeit tiefste Armut.

Als die Shaido Cairhien angriffen, brannte Vortor lichterloh, und viele außerhalb liegende Städte wurden ebenfalls vom Feuer verschlungen. Tain, eine Stadt auf der Aiel-Seite des Jangai-Passes, ein Überbleibsel aus der Zeit der Seidenstraße, hatte den Aiel-Krieg und die Schließung der Straße überlebt, fiel aber unter den Shaido. Selean, eine ähnliche, wenn auch größere Stadt auf der cairhienischen Seite des Passes, erlitt das gleiche Schicksal. Es besteht kein Zweifel, daß die Shaido die gesamte Nation zerstört hätten, wenn Cairhien nicht Hilfe gegen sie erhalten hätte. Immerhin haben die Cairhiener gelernt, daß ihr Großes Spiel gegen die Aiel eine nutzlose Waffe ist.

DIE ANDEREN NATIONEN

AMADICIA

Amadicia liegt südlich der Verschleierten Berge zwischen Tarabon und Altara. Es ist die Heimat der Kinder des Lichts, die hier durchgreifender regieren als der ›rechtmäßige‹ Herrscher. Der Anschein einer Monarchie wird aufrechterhalten, um die Kinder von zeremoniellen Pflichten zu befreien, und der König, gegenwärtig Ailron, verfügt über eine begrenzte Macht, solange er nicht gegen die Wünsche der Kinder angeht. Sein Serenda-Palast liegt nur zwei Meilen von Amador und der Hochburg der Kinder des Lichts entfernt. Wie um den Mangel an realer Macht auszugleichen, umgibt sich der König mit viel Prunk und zeremoniellem Gehabe.

Wie bereits erwähnt, sind das Lenken der Macht und Machtlenker in Amadicia verpönt. Und auch Diebe werden streng bestraft. Ein Dieb wird nach dem ersten Übergriff gebrandmarkt, nach dem zweiten Übergriff wird ihm die rechte Hand abgehackt, und nach dem dritten Übergriff wird er zur Strafe gehenkt, gleichgültig ob der gestohlene Gegenstand die Königskrone oder ein Laib Brot war. Diebe und Aes Sedai meiden die Nation, wenn es nur irgendwie geht.

SIEGEL
Ein rotes Distelblatt über einem silbernen, sechszackigen Stern; Distel und Stern.

BANNER
Die Distel und der Stern auf horizontal gestreiftem Feld mit drei blauen und zwei goldenen Streifen.

HAUPTSTADT
Amador

ALTARA

Lehn dich auf deinen Dolch, und
laß deiner Zunge freien Lauf.

Geläufiges altaranisches Sprichwort

Altara liegt zwischen den mächtigeren Nationen Illian und Amadicia eingekeilt am Meer der Stürme, wobei seine nördliche Grenze Murandy und Ghealdan berührt. Es ist nur dem Namen nach vereint. Die meisten seiner Einwohner bezeichnen sich lieber als zu einer bestimmten Stadt gehörig oder als Untertanen eines bestimmten Adligen, als daß sie sich als Untertanen der Königin oder als Bürger Altaras sehen. Selbst die Adligen scheint ihre Nation wenig zu kümmern, da sie selten Steuern bezahlen und sich allenfalls durch Lippenbekenntnisse zur Krone bekennen.

Der schwankende Thron

Der Thron der Winde ist kaum mehr als eine dem mächtigsten Adligen zustehende Auszeichnung, obwohl viele mächtige Adlige ihn verschmäht haben. In den tausend Jahren seit Falkenflügels Tod hat nur das Haus Todande den Thron fünf Generationen lang innegehabt. Der anschließende Niedergang war so dramatisch, daß das Haus allen anderen untergeordnet wurde. Die gegenwärtige Herrscherin, Königin Tylin Quintara vom Hause Mitsobar, ist die zweite ihres Hauses, die den Thron innehat. Ihr einziger überlebender Sohn und Erbe, Beslan, hat aber nur eine geringe Aussicht, ihr Nachfol-

SIEGEL
Zwei goldene Leoparde, einer über dem anderen; die Goldenen Leoparde; die Leoparde.

BANNER
Die Goldenen Leoparde auf einem Feld mit vier mal vier Quadraten in Rot und Blau; in der obersten Reihe dem Stab am nächsten befindet sich ein rotes Feld.

HAUPTSTADT
Ebou Dar.

Symbole umfassen den Thron der Winde.

ger zu werden. Mitsobar war kein mächtiges Haus, als Tylins Vater den Thron übernahm, und seine Herrschaft erstreckte sich nur unwesentlich über die Palastmauern hinaus. Dank seiner und ihrer eigenen Bemühungen beherrscht Tylin jetzt immerhin die Hauptstadt und hundert Meilen umliegendes Land. Altara ist dem Druck Amadicias ausgesetzt. Zweifellos wollen die Kinder Altara übernehmen, da nur seine Landeshoheit sie noch daran hindert, den Flußhandel auf dem Eldar an sich zu reißen oder nach Murandy und vielleicht sogar Illian zu marschieren. Wäre Illians Einmischung während des Weißmäntel-Krieges nicht gewesen, hätten sie bereits Erfolge verbuchen können.

Und doch hat Altara eine Art Nationalcharakter. Sein Volk, besonders der weibliche Teil, ist wild und kühn. Altaraner sind zwar äußerst höflich, reagieren aber auf eine Beleidigung schnell mit Stahl. Beim Duell sind alle Ränge gleich, was in der Hauptstadt Ebou Dar, dem Kultur- und Handelszentrum, am deutlichsten wird.

EBOU DAR

Die Stadt Ebou Dar liegt an einer breiten Bucht an der Mündung des Flusses Eldar. Der Fluß teilt die Stadt in zwei Hälften, deren eine Paläste und die Heime und Läden der Ober- und Mittelschicht und deren andere, als der Rahad bekannte, jene beherbergt, die niedriger gestellt sind und ein rauheres Benehmen an den Tag legen.

Die Stadt ist von Kanälen und Straßen mit allen Arten von Brücken durchzogen. Lastkähne und Boote werden durch die Kanäle gestakt,

DER ALTARANISCHE HOCHZEITSDOLCH

In Teilen Altaras, besonders in Ebou Dar, ist es für eine verheiratete oder verwitwete Frau Brauch, einen ›Hochzeitsdolch‹ zu tragen, der mit dem Heft nach unten von einer engen Halskette hängt. Bei der Hochzeit übergibt der Mann der Frau den Dolch als Teil der Zeremonie. Er fordert, daß sie ihn gebrauchen möge, um ihn zu töten, wenn er ihr jemals Mißfallen bereiten sollte.

Der Dolch sagt viel über seine Trägerin aus. Eine weiße Scheide bedeutet, daß die Frau verwitwet ist und nicht die Absicht hat, erneut zu heiraten. Eine blaue Scheide bedeutet, daß sie Angebote erwägen wird. In den Dolch eingelassene Edelsteine oder Glasperlen symbolisieren die Kinder der Trägerin, wobei weiße Steine für Söhne und rote für Töchter stehen. Wenn ein Sohn im Duell stirbt, wird die Einfassung des Steines rot und bei einer Tochter weiß emailliert. Sterben Kinder aus einem anderen Grund als durch ein Duell, werden die Einfassungen schwarz emailliert. Rote und weiße Einfassungen sind ein Quell des Stolzes für Ebou Dari-Frauen. Viele Frauen entfernen die Steine ihrer Kinder, wenn sie im Alter von mehr als sechzehn Jahren ein Duell verweigern.

Hochadlige und wohlhabende Damen tragen einen Hochzeitsdolch aus Gold und Edelsteinen, während der Bürgerlicher aus Messing und eingelassenem Buntglas besteht. Verlobte Frauen tragen eine enge Halskette, um zu zeigen, daß ihnen ein Dolch versprochen wurde.

Königin Tylin Quintara

während Kutschen, Wagen und Fußgänger die Straßen und Brücken bevölkern. Alle Gebäude sind hell, entweder aus weißem Stein oder hellem Marmor. Eine hohe, sehr dicke, ebenfalls weiße Mauer umgibt die Stadt. Sie wird von einer Reihe von Toren mit hohen, über den Straßen emporragenden Spitzbögen unterbrochen, die in die Innenstadt führen. Gepflasterte Plätze in der ganzen Stadt weisen entweder einen Springbrunnen, eine große Statue oder beides auf.

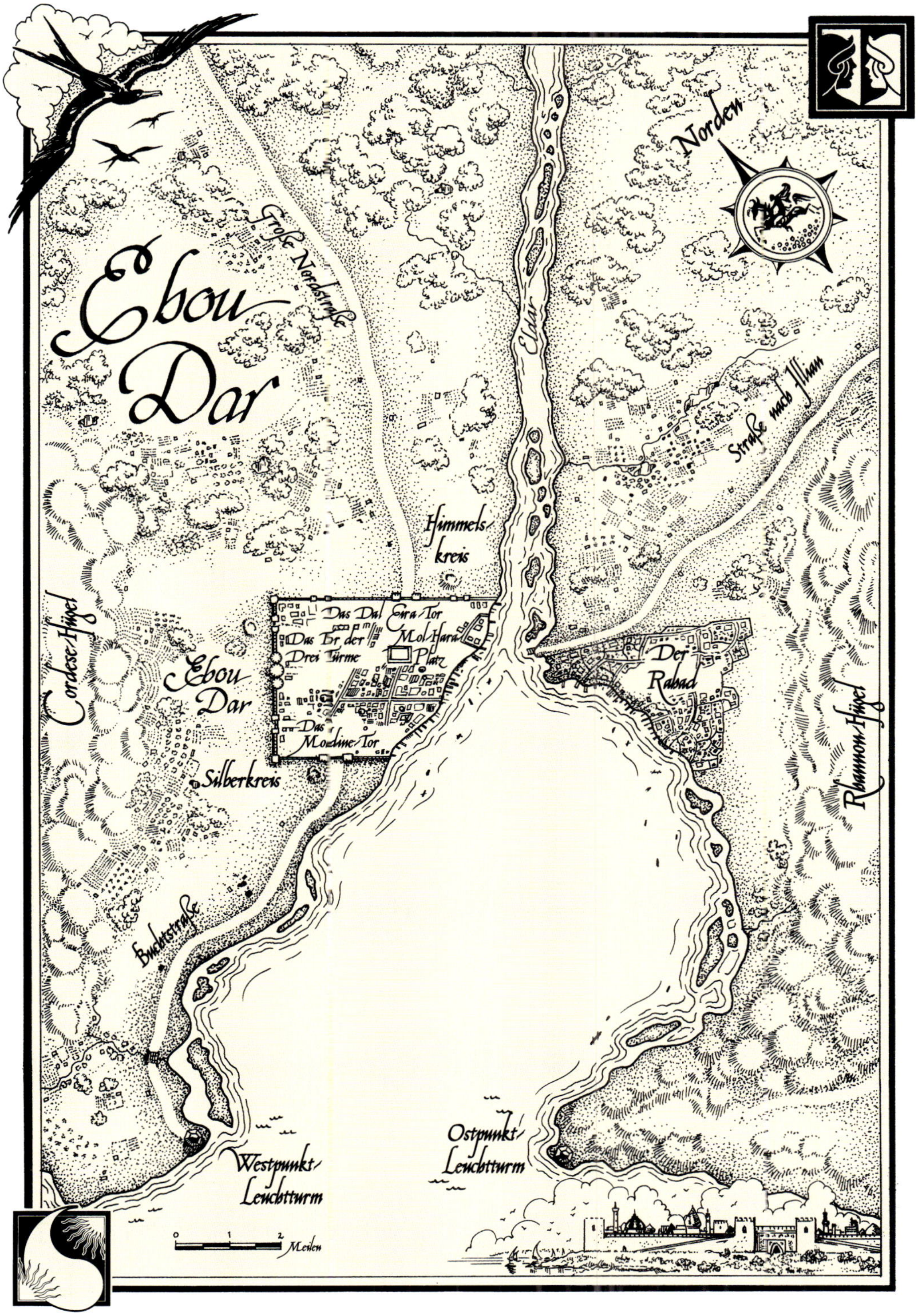

Der Tarasin-Palast

Der größte dieser Plätze ist der Mol Hara, der mit sehr hellen Pflastersteinen ausgelegt ist. In seiner Mitte steht auf einem hohen Podest über einem Springbrunnen die Heldenstatue einer Frau, die mit einem Arm

ALTARANISCHE MODE

Altaraner kann man an ihrem dunklen Haar, den dunklen Augen und der olivfarbenen Haut erkennen. Ebou Dari sind zudem leicht an ihrer charakteristischen Kleidung auszumachen. Die Frauengewänder sind oft hellfarbig mit enganliegenden Miedern und weiten Röcken über hellen Unterkleidern. Bürgerliche tragen sehr schmale, tiefe Ausschnitte, während die Mieder adliger Frauen einen runden oder ovalen Ausschnitt aufweisen. Bürgerliche Frauen tragen ihre Röcke stets seitlich über einem Knie gerafft, um die farbigen Unterkleider zu zeigen, während Adlige sie vorn angehoben tragen. Die meisten Frauen und auch einige Männer tragen große Ohrringe. Sowohl Männer als auch Frauen haben gebogene Dolche in ihren Gürteln oder Schärpen und häufig auch ein Messer.

Das Markenzeichen eines Mannes aus Ebou Dar ist seine lange, kunstvoll gearbeitete Weste, die häufig genauso farbig wie die Kleidung eines Kesselflickers ist und als einziges über hellen Hemden mit weiten Ärmeln getragen wird. Reiche haben manchmal einen dekorativen Seidenumhang um die Schultern gelegt, der bewußt zu klein ist, um auf herkömmliche Weise getragen zu werden. Dieses ›Cape‹ wird von einer zwischen den schmalen, bestickten Revers gespannten Silber- oder Goldkette gehalten. Dazu wird meist ein langes, schmales Schwert getragen. Männer und Frauen schmücken ihre Hände gleichermaßen mit Ringen.

Wie in den meisten Kulturen tragen die Reichen Seide und Brokat mit Stickereien und Edelsteinen, während die Armen und Menschen der Mittelschicht Wolle, Tuche und Glas benutzen.

zum Meer deutet, dem Herz des Ebou Dari-Handels. Eine Seite des Platzes wird von den weißen Kuppeln und Türmen des Tarasin-Palastes, dem Heim der altaranischen Monarchin, eingenommen. Der Palast ist vier Stockwerke hoch und schimmert weiß, bis auf die farbigen und goldenen Querstreifen an seinen Kuppeln. Innen jedoch ist jeder Raum farbig gestaltet. Feine Schattierungen von Blau, Gelb und Rosenrot schmücken die Wände und Decken, während die Böden mit Rauten in verschiedenen Farben gefliest sind. Meervolkporzellan, Kristall und Bronze glänzen in Bogennischen, und die meisten Wandteppiche stellen Meerszenen dar.

Die Gärten befinden sich in Höfen in der Mitte des Palastes. Die meisten nach außen gehenden Fenster sind stets mit Fensterläden verschlossen, da der Palast von drei Seiten von Häusern und Läden umgeben ist. Anders als in den meisten anderen Städten gibt es keine Vorschrift für die Anordnung der Häuser. Paläste sind von Gasthäusern und Läden umgeben, und große Häuser werden von Wirtshäusern, Fischhändlern und Messerschmieden flankiert.

Der Rahad

Sogar die verfallenen Gebäude des Rahad jenseits des Flusses sind weiß gestrichen, obwohl die Farbe hier schmutzig ist und bereits abblättert. Die Straßen in diesem Viertel sind oft nur enge, lichtlose Gassen, die von hoch aufragenden, fünf- und sechsstöckigen Gebäuden gesäumt sind. Ein Gestank nach Verfall erfüllt die Luft, während Fliegen und Ungeziefer sich am Müll in den Straßen laben. Hier ist die berühmte Grausamkeit der Ebou Dari am augenscheinlichsten, denn Duelle, die insgesamt ein alltäglicher Bestandteil altaranischen Lebens sind, finden im Rahad stündlich statt. Viele Gegner machen sich nicht einmal die Mühe, irgendwelche Regeln zu beachten, sondern stoßen ihrem Opfer einfach ein Messer in den Rücken. Häufig wird jemand nur deshalb getötet, weil er edle Kleidung trägt. In solchen Fällen wird ein Dolch mit sehr schmaler Klinge benutzt, um den Stoff nicht übermäßig zu beschädigen.

Duelle

Die Ebou Dari rühmen sich der Wildheit ihrer Frauen und ihres Mutes im Duell. Nur sehr wenige Männer oder Frauen erreichen das Erwachsenenalter, ohne mindestens ein Duell bestritten zu haben, und diese wenigen werden wegen Feigheit geächtet. Während Männer in vielen Teilen der Welt Duelle um Frauen ausfechten, ist es in Ebou Dar ebenfalls üblich, daß Frauen Duelle um Männer ausfechten. In beiden Fällen ist der ›Preis‹ damit einverstanden, dem Sieger zuzufallen. Die meisten Ebou Dari-Frauen, die lange genug überleben, um heiraten zu können, sehen Duellnarben als eine Art Schönheitsmerkmal an. Altaranische Frauen behaupten, einen Mann nur dann zu verletzen, wenn sie selbst verletzt, bedroht oder ungerecht behandelt wurden, aber dem Gesetz nach ist der Tod eines Mannes durch die Hand einer Frau stets gerechtfertigt, sofern sich kein anderer Sachverhalt ergibt. Daher sind Männer sehr um ihre Frauen bemüht.

Die meisten Altaraner außerhalb des Rahad sind äußerst höflich, solange man ihnen keinen Grund zur Herausforderung gibt. Allerdings kann alles Gesagte eine Herausforderung sein, wenn nicht eine der Parteien formell verkündet, der andere möge sich ›auf seinen Dolch lehnen‹. Das bedeutet, daß nichts Gesagtes beleidigen kann. Die meisten Altaraner und alle, die in Ebou Dar leben, sind mit mindestens einem gebogenen Duelldolch an der Taille bewaffnet, der stets griffbereit ist.

Salidar: Die Burg im Exil

Ebou Dar ist das politische Herz Altaras, aber eine seit dem Weißmäntel-Krieg verlassene und fast vergessene Stadt bedrohte kürzlich die Vormachtstellung der Hauptstadt. Diese Stadt, Salidar, liegt nur eine Meile östlich des Eldar und Amadicias. Einst als Geburtsort Deane Arymans bekannt, der Aes Sedai, die Bonwhin als Amyrlin nachfolgte und die Burg vor der Vernichtung rettete, war es eine Zeitlang für die meisten jener Aes Sedai das Heim der Weißen Burg im Exil, die dem offensichtlich überraschenden Streich entkamen, der die Burg in Tar Valon spaltete. Die Schwestern errichteten die Stadt neu und machten sie zu einer wahren Festung. Es bleibt abzuwarten, ob diese ›Burg‹ Tylins Widerstand gegen ihre Feinde stärken oder die bereits brüchige Nation eher schwächen wird.

Viele Städte Altaras ahmen die Ebou Dari-Vorliebe für weißes Mauerwerk nach. Die Stadt Remen am Fluß Manetherendrelle ist überwiegend aus Stein erbaut, und die Häuser sind mit bunten Ziegeln in allen Farben gedeckt. Die Straßen verlaufen in einem Wirrwarr von einem einzigen Platz aus. Die farbigen Dächer, genau wie die bunten Westen und Unterkleider der Menschen, lassen Remen für Außenstehende recht ausgelassen erscheinen. Im allgemeinen wirken Architektur und Menschen in Altara um so andoranischer, je weiter nördlich man gelangt.

SIEGEL
Ein roter Bulle; der Rote Bulle.

BANNER
Der Rote Bulle auf vertikal gestreiftem Feld mit drei blauen und zwei weißen Streifen. In Gegenwart des Herrschers ist es mit roten Fransen versehen.

HAUPTSTADT
Lugard.

MURANDY

Vertraue niemandem außer dir selbst – und selbst dir nicht allzusehr.

Lugardisches Sprichwort

Unmittelbar nördlich von Altara und südlich von Andor liegt die Nation Murandy. Wie die Altaraner achtet auch dieses Volk die politische Identität seiner Nation nicht so sehr wie seinen lokalen Adel. König Roedran ist der offizielle Herrscher, aber die tatsächliche politische Macht ist zwischen den fast unabhängigen Adligen aufgeteilt, die jeweils ihr eigenes kleines Gebiet regieren. Der König hat selten wirklich Einfluß auf die Ereignisse. Viele glauben, daß die Murandianer nur deshalb einen Herrscher dulden, weil sie eine Abschreckung gegen die Vereinnahmung durch Nachbarstaaten brauchen, denn ihr Mangel an nationalem Zusammenhalt hindert sie nicht daran, Außenstehenden gegenüber äußerst mißtrauisch zu sein. Die meisten betrachten jede von Fremden durchgeführte Handlung als Teil eines Komplotts. Andoraner werden hauptsächlich aufgrund einer langen Geschichte der Auseinandersetzungen entlang ihrer gemeinsamen Grenze sehr verachtet, obwohl die beiden Völker, außer durch ihre Kleidung, fast nicht zu unterscheiden sind.

Lugard

Im Herzen Murandys, am Ufer des Flusses Storn gelegen, ist die Stadt Lugard sowohl Hauptstadt als auch Handelszentrum der Nation. Tatsächlich erhält der Handel Lugard am Leben. Ungeachtet politischer Unstimmigkeiten oder allseitigen Mißtrauens bevölkern Frachtwagen jeglicher Form, Größe und Nationalität die großen freien Flächen Land, die innerhalb der Stadt für sie bereitgestellt wurden. Ställe, Pferdeweiden und Gasthäuser sind Häusern und Läden zahlenmäßig überlegen, und ständiger schwerer Verkehr zieht mit Waren von und nach Andor, Illian, Ghealdan, Altara und Arad Doman durch die Straßen.

Lugards berechtigter Ruf als Handelsplatz wird durch seinen ebenso berechtigten Ruf als Stadt des Diebstahls und der Zügellosigkeit getrübt. Lugarder betrachten jeden Fremden als geeignetes Ziel für Diebstahl oder Schwindel. Die bloße Erscheinung der Stadt strahlt eine Aura der Verrufenheit aus. Ihre grauen Umgrenzungsmauern sind an vielen Stellen eingestürzt. Die meisten der breiten Straßen sind ungepflastert, und selbst die gepflasterten Straßen sind sehr staubig. Die grauen Steingebäude mit ihren bunten Ziegeldächern sind stets von einer farbdämpfenden Staubschicht bedeckt. Gezackte, ungepflegte Steinmauern verlaufen kreuz und quer durch die willkürlich bebaute Stadt und kennzeichnen Teilungen, die im Laufe der Zeit von in Fehde liegenden Adligen gefordert worden waren.

Die Domani sind für ihr Essen berühmt. Es ist jedoch auch bekannt, daß ihre Eßgewohnheiten Fremden Angst vor dem Hungertod einjagen. Anstatt mit Gabeln oder Messern essen die Domani nur mit zwei dünnen Stäbchen, die zusammen benutzt und *Sursa* genannt werden. Diese Stäbchen werden in einer Hand gehalten und geschickt geführt.

ARAD DOMAN

Wer Handel mit einem Domani betreibt,
braucht dreifachen Verstand.

Warnung vor Torheit

Arad Doman liegt zwischen den Verschleierten Bergen und dem Aryth-Meer, unmittelbar nördlich der Ebene von Almoth. Obwohl die Ebene offiziell zu keinem Hoheitsgebiet gehört, kämpft Arad Doman

SIEGEL
Eine silberne Hand, die ein silbernes, mit der Spitze nach oben gerichtetes Schwert am Heft umfaßt; Schwert und Hand.

BANNER
Schwert und Hand auf horizontal gestreiftem Feld mit vier grünen und drei weißen Streifen.

HAUPTSTADT
Bandar Eban.

schon lange gegen Tarabon um die Herrschaft darüber. Die Domani glauben Abkömmlinge jener zu sein, die den Baum des Lebens gestalteten, aber wirklich legendär sind die Domani-Frauen. Mit kupferfarbener Haut und äußerst reizvoll, sollen sie einen Mann mit einem Blick um den Finger wickeln und sein Herz mit einem einzigen Lächeln gefangennehmen können. Ihre Kleidung wird nach allgemeinen Maßstäben als anstößig betrachtet. Ihre Gewänder bedecken den Körper von Kopf bis Fuß, sind aber fast durchsichtig, schmiegen sich an jede Rundung an und enthüllen zwar nichts, deuten jedoch alles an. Nur die Meervolk-Frauen bewegen sich mit noch sinnlicherer Anmut als die Domani, und keine andere Frau kann es mit einer Domani aufnehmen, wenn es um die Kunst der Verführung geht, die Mütter ihre Töchter schon im Mädchenalter lehren. Die meisten Domani-Händler sind Frauen, und die Nation verdankt ihren Reichtum deren Erfolg.

Domani-Männer sind an ihren langen, schmalen Schnurrbärten und den Ohrringen zu erkennen. Adlige tragen die Symbole ihres Hauses in ihren Schmuck eingearbeitet. So wie die Frauen für ihre Schönheit sind die Männer für ihr Temperament bekannt. Vermutlich bewirkt der Umgang mit den Domani-Frauen dies.

Bandar Eban ist Hauptstadt und Handelszentrum Arad Domans. Obwohl die Domani nicht gern übers Meer reisen, betreiben die Kaufleute der Domani hauptsächlich mit dem Meervolk Handel und verkaufen die Waren dann im Land. Sie treiben auch regen Handel mit Tarabon und Saldaea, obwohl dieser durch den Ausbruch des Krieges abnehmen könnte. Gegenwärtig wird die Nation von König Alsalam regiert, der kürzlich durch einen Bürgerkrieg im Lande und durch den Krieg mit Tarabon sowie durch – wie Gerüchte besagen – das Verschwinden mehrerer Mitglieder seiner Familie in Bedrängnis geriet.

TARABON

Das schönste zu enthüllende Geheimnis
ist das Gesicht hinter dem Schleier einer Dame
und das tödlichste
das des Funken eines Feuerwerkers.

Sprichwort in Tanchico

Tarabon, eine recht große Nation am Aryth-Meer, liegt unmittelbar südlich der umkämpften Ebene von Almoth. Taraboner bezeichnen sich als ›Baum der Menschen‹ und behaupten, von Herrschern und Adligen des Zeitalters der Legenden abzustammen. In der Zeit, als es in der Ebene von Almoth Leben gab, hieß es, daß Tarabon tatsächlich einen Zweig oder Schößling des *Avendesora* besäße. Sein Banner wurde ursprünglich zur Feier dieser Tatsache und ihres beanspruchten Erbes gestaltet.

Einst eine große Handelsnation, war Tarabon eine Hauptquelle für

SIEGEL
Ein goldener Baum mit dickem Stamm und ausladendem Geäst, der von den Wurzeln im Gleichgewicht gehalten wird; der Goldene Baum.

BANNER
Der Goldene Baum auf vertikal gestreiftem Feld mit vier roten und drei weißen Streifen.

HAUPTSTADT
Tanchico.

Symbole umfassen den Thron des Lichts.

edle Teppiche, Farben, Feuerwerke und andere Luxusgegenstände, aber jetzt macht die Nation schwere Zeiten durch. Tarabon streitet seit fast dreihundert Jahren mit Arad Doman um die Ebene von Almoth, aber erst im letzten Jahr hat sich dieser Konflikt zu einem erbitterten Krieg ausgeweitet. Da Tarabon sich auch zum Streit mit den Drachenverschworenen gezwungen sah, hat der so entstandene Doppelkonflikt die Mittel der Nation überfordert und den Bürgerkrieg in die Städte gebracht.

König, Panarchin und Versammlung

Tarabon wird gemeinsam von einem König und einer Panarchin regiert, die beide von der Versammlung der Lords gewählt werden und gleiche Befugnisse besitzen. Die Panarchin nimmt Steuern, Zölle und

DIE GILDE DER FEUERWERKER

Die Gilde der Feuerwerker bewahrt das Geheimnis, wie man Beleuchtungskörper herstellt oder Feuerwerke darbietet. Sie gründete ihr erstes Gildehaus in Tanchico und später auch eines in Cairhien, die jetzt allerdings beide nicht mehr bestehen. Feuerwerker dienen meist Lords und Königen, indem sie große Feuerwerke veranstalten, aber sie verkaufen auch kleinere Feuerwerke an andere Menschen.

Sie schützen ihre Geheimnisse um jeden Preis – selbst bis zum Mord. Wer nicht in diese Gilde hineingeboren wird, kann keinen Zugriff auf ihr Wissen erlangen. Jedes Gildehaus wird von einer Herrin oder einem Meister des Hauses geführt, welcher der Gilde gegenüber für alles verantwortlich ist, was dort geschieht.

Abgaben ein, befehligt die Bürgerwehr und überwacht die Amtsgerichte. Ihre persönliche Wache ist die Legion der Panarchin. Der König ist für die angemessene Ausgabe der Staatseinnahmen verantwortlich, befehligt das Heer und überwacht das Obergericht. Seine persönliche Wache ist die Leibgarde des Königs. Die einzige bedeutende politische Pflicht der Versammlung der Lords ist die Wahl beider.

Tanchico

Tarabons Hauptstadt ist vielleicht eine der ältesten noch bestehenden Städte auf dem Kontinent. Historiker behaupten, daß ein Teil des Palastes der Panarchin bereits im Zeitalter der Legenden erbaut wurde. Sie erwähnen eine Mauer mit einem alten Fries, der unbekannte Tiere darstellt. Dies könnte ein Beweis für ihre alte Abstammung sein, obwohl Zweifel angebracht sind. Kein Zweifel besteht hingegen daran, daß der Palast der Panarchin, auf einem der höheren Hügel Tanchicos erbaut, ein erstaunliches Gebilde ist. Seine Haupthalle ist von Reihen weißer Säulen gesäumt und zeigt viele alte Artefakte, wie man sie nirgendwo sonst findet, wie beispielsweise die unbezahlbaren *Cuendillar*-Figuren, seltene Skulpturen und sogar ein *Angreal*. Diese Halle ist der Öffentlichkeit drei Tage im Monat und an Festtagen zugänglich. Um genaue Daten zu erfahren, wende man sich schriftlich an den Palast der Panarchin.

Größer als Tear und vielleicht auch Caemlyn, erstreckt sich Tanchico über die steilen Hügel, welche die Tanchico-Bucht an der Mündung des Andahar umgeben. In dem großen Hafen wimmelt es normalerweise von Schiffen aller Arten. Drei getrennte Halbinseln ragen in den Hafen hinein: Verana im Osten, Maseta in der Mitte und Calpene dem Meer am nächsten. Diese Halbinseln werden von einem Dutzend Festungen rund um den Hafen bewacht. Jede der Halbinseln besitzt einen ›Kreis‹ oder eine Versammlungsarena, in deren kleinstem, dem Großen Kreis auf der Halbinsel Calpene, Tausende von Menschen Pferderennen oder Feuerwerke anschauen können. Die größte Arena ist der Königskreis auf der Halbinsel Maseta. Der ebenso wie der Palast der Panarchin auf der Halbinsel Verana gelegene Kreis der Panarchin ist wiederum etwas kleiner.

Hunderte weißer Paläste und anderer Gebäude mit vereinzelten vergoldeten Türmen oder Kuppeln bedecken die steilen Hügel. Leider stellt sich bei näherer Betrachtung heraus, daß der schöne Schein trügt. Im Laufe der Zeit wurden die Gebäude Tanchicos vernachlässigt, bis schäbige Ziegelsteine oder Holz unter dem Verputz hervorkamen. Die weiße Fassade bröckelt und enthüllt eine von innen vermodernde Stadt. Die Halbinsel Calpene wurde wegen der neuesten Schwierigkeiten ein Zufluchtsort für heimatlose Flüchtlinge. Alle Läden in dem Gebiet haben auf Dauer geschlossen. Halsabschneider und Diebe gehörten schon immer zum Stadtbild, aber jetzt sind sie die Herren der Straßen. Leibwächter wurden für Adlige zur Notwendigkeit.

Tanchico
N
Andabar
Palast der Panarchin
Kreis der Panarchin
Halbinsel Verana
Königskreis
Halbinsel Maseta
Großer Kreis
Halbinsel Calpene
Bucht von Tanchico
½
1 mi
Maßstab
Aryth-Meer

TARABONISCHE MODE

Es wird in Tarabon als unhöflich angesehen, sein Gesicht beim Essen oder Trinken vollkommen zu entblößen, weshalb Männer und Frauen einen durchsichtigen Halbschleier vor dem Gesicht tragen.

Tarabonische Männer tragen unter dem Schleier oft einen dichten Schnurrbart und eine dunkle, zylindrische Kappe auf dem dichten dunklen Haar. Sowohl Adlige als auch Bürgerliche tragen bauschige weiße Hosen und Jacken mit aufgestickten Schneckenverzierungen auf den Schultern, wobei die Jacken der Adligen meist aus edlerem Material bestehen. Unter den Jacken werden lose sitzende Hemden mit Stickereien auf der Brust getragen, und auch die Hosen sind gelegentlich bestickt.

Adlige Frauen verschleiern ihr Gesicht, aber sie mögen ihre Gestalt nicht verhüllen. Die meisten tragen enganliegende Gewänder aus dünner Seide, die fast genauso viel offenbaren wie die der Domani-Frauen. Bauersfrauen bevorzugen ebenfalls dünnen Stoff, obwohl ihre Gewänder meist trist gelbbraun sind.

Diener im Haushalt tragen ebenfalls Tuche, aber von edlerer Qualität als die den Bauern zugänglichen, und führen das Siegel ihres Hauses als Stickerei auf der Brust.

Das anfällige Gleichgewicht der Macht wird ständig durch die Menschen bedroht, die Anspruch auf den Thron erheben. Die Köpfe jener, die gefangengenommen werden, spießt man oberhalb der Verrätertreppe auf der Halbinsel Maseta auf, aber es ist ungewiß, ob solche Maßnahmen dieser alten Stadt – oder Tarabon – überleben helfen werden.

GHEALDAN

Gesegnet sei der Name des
Lord Drachen im Licht.

Danksagung des Propheten in Ghealdan

Das kleine Ghealdan liegt zwischen Amadicia und Altara. Bis vor kurzem war das von König Johanin vom Jheda-Palast aus regierte Ghealdan eine ziemlich ruhige Nation. Seine größte Sorge galt der möglichen Eroberung durch Amadicia. Dann kam der Prophet des Wiedergeborenen Drachen nach Ghealdan, die Ordnung war dahin, und der Mann, der auf dem ›vom Licht gesegneten Thron‹ saß, wurde abgesetzt. Vier verschiedene Herrscher nahmen den Thron im Zeitraum von einem halben Jahr ein, wobei es nur der letzten Herrscherin, Alliandre Maritha Kigarin, gelang, ihn länger zu halten. Johanin starb verdächtigerweise bei einem Jagdunfall. Seine Nachfolgerin Ellizelle starb nach einer demütigenden Niederlage vermutlich durch Selbstmord, und ihre Nachfolgerin Teresia regierte nur zehn Tage, bevor sie abdanken mußte, um einen reichen Kaufmann heiraten zu können, da die Eheschließung mit einem Bürgerlichen in Ghealdan den Verzicht auf den Thron bedeutete.

Wahrscheinlich hatten die Adligen von Ghealdans Hohem Kronrat bei der Absetzung der erfolglosen Herrscher ihre Hand im Spiel. Da die Weißmäntel auf eine Gelegenheit zur Übernahme warteten und

SIEGEL
Drei silberne Sterne, einer über zweien angeordnet; die Sterne; die Silbernen Sterne.

BANNER
Die Silbernen Sterne auf rotem Feld.

HAUPTSTADT
Jehannah.

Symbole umfassen den Lichtgesegneten Thron

das Chaos sich nacheinander in allen Städten ausbreitete, hatten sie kaum eine Chance. Alliandre überlebte nur, weil sie das Land mit dem Propheten teilte, anstatt zu versuchen, ihn zu vertreiben. Das Chaos regiert in den Städten und Dörfern, die der Prophet besucht, noch immer.

In jeder Stadt, die er aufsucht, geben die Menschen ihre Heime und Familien auf, um ihm zu folgen. Diese Gefolgsleute haben inzwischen eine Anzahl erreicht, die auch die Mittel der größten ghealdanischen Städte erschöpft. Nun weichen sie in schäbige Vorstädte aus, die manchmal ebenso groß oder größer sind als die eigentlichen Städte. Ghealdan ist eine Nation unter innerer Belagerung durch den Mann, der in Gestalt des Wiedergeborenen Drachen das Licht zu verkörpern behauptet.

Die meisten der Städte Ghealdans sind von Mauern umgeben und weisen hauptsächlich schiefergedeckte Steinhäuser auf. In größeren Städten findet man auch Gebäude mit mehreren Stockwerken und sogar Paläste. Vor Ankunft des Propheten waren die Ghealdaner vorsichtig im Umgang mit Fremden, aber jetzt wird ihr Land fast von Fremden vereinnahmt, die dem Propheten zu folgen behaupten. Einige Städte, wie Samara, sind während der Tumulte niedergebrannt, die aus

SIEGEL
Neun goldene Bienen, rautenförmig angeordnet, von oben nach unten 1-2-3-2-1; die Goldenen Bienen.

BANNER
Neun Goldene Bienen auf dunkelgrünem Feld. In Gegenwart des Herrschers ist es mit goldenen Fransen versehen.

HAUPTSTADT
Illian.

Symbole umfassen die Lorbeerkrone.

den Konflikten zwischen den Weißmänteln und den Gefolgsleuten des Propheten, die beide im Namen des Lichts zu kämpfen behaupteten, entstanden waren.

ILLIAN

Ihr könnt jeden Palast haben,
den ihr haben wollt,
solange er nicht größer ist als meiner.

Schicksalhafte Worte des
ersten Königs von Illian

Illian ist eine mächtige Nation am Meer der Stürme, die an die schwächeren Nationen Altara und Murandy angrenzt. Durch See-, Land- und Flußhandel zu Wohlstand gelangt, beschützte Illian das schwächere Altara während des Weißmäntel-Krieges, damit die Nation ein Puffer zwischen Illian und Amadicia bliebe. Der gegenwärtige Herrscher ist Mattin Stepaneos, der auch schon während des Weißmäntel-Krieges regierte. Sein Banner zeigt die Drei Leoparden, Silber auf Schwarz, und es heißt, er habe eine Aes Sedai-Ratgeberin. Seit Illian dem Wiedergeborenen Drachen anheimfiel, ist der Aufenthaltsort Mattin Stepaneos' unbekannt, und niemand weiß, ob er noch lebt.

Die Dreierregierung

Der König ist nicht der einzige politische Führer der illianischen Nation. Er wird vom Konzil der Neun ›beraten‹; das sind neun Adlige, denen es normalerweise gelingt, sich im Streit mit dem Herrscher um die Macht zu behaupten, dessen Einfluß weiterhin durch eine zweite ›ratgebende‹ Körperschaft, die Versammlung, geschwächt wird. Von illianischen Kaufleuten und Schiffseigentümern aus den eigenen Reihen gewählt, gelingt es auch ihnen häufiger, sich im Streit um die Macht zu behaupten, als daß sie dem Konzil der Neun oder dem König nützlichen Rat zukommen ließen.

In der Hauptstadt Illians legen der Palast des Königs und die Große Halle des Konzils, beide von Ogiern erbaut, Zeugnis von diesem Streit ab, der so alt wie Illian ist. Die beiden großen weißen Paläste stehen jeweils am entgegengesetzten Ende des mit Marmorsäulen bestückten Tammaz-Platzes, Illians großen Hauptplatzes, und jeder sieht auf den ersten Blick genauso aus wie der andere – mit Säulengängen, luftigen Balkonen, schmalen Türmen und purpurfarbenen Dächern. Aber es gibt einen feinen Unterschied. Der erste König von Illian teilte dem ersten Konzil mit, sie könnten jeden Palast haben, den sie haben wollten, solange er nicht größer wäre als seiner. Das Ergebnis war, daß der Palast des Konzils als exakte Kopie des Königspalastes erbaut wurde – aber in allen Maßen zwei Fuß kleiner.

Bis heute kämpfen das Konzil der Neun und der König gegeneinander, und die Versammlung behauptet sich gegen beide. Glücklicherweise gewährt dies den meisten Illianern die Freiheit, ihr Leben nach ihren eigenen Vorstellungen zu gestalten.

Die Stadt Illian

Im Gegensatz zu den Hauptstädten der meisten anderen Nationen hat Illian keine wuchtigen Verteidigungsanlagen. Seine Gebäude erheben sich aus dem sumpfigen Grasland, das den südlichsten Rand des Landes bedeckt. Aus einer gewissen Entfernung scheint die Stadt nur aus Türmen und Palästen zu bestehen, von denen viele durch die unverwechselbare Kunstfertigkeit der Ogier geprägt sind. Kanäle verlaufen kreuz und quer durch die Stadt und unter Brücken aller Formen und Größen hindurch, von denen einige ebenfalls von Ogiern erbaut wurden. Wagen, Kutschen mit Haussiegeln und Sänften eilen über Land, während Boote und Lastkähne das Netz der Kanäle befahren.

Illian, genauso groß wie Cairhien oder Caemlyn, ist ein bedeutender Seehafen und ein Fertigungszentrum für edle Teppiche, Textilien und Lederwaren. Große Gerbereien, die an einem Tag mehr Leder bearbeiten als die meisten Dorfgerbereien in Monaten, haben sich auf einer Anzahl kleinerer Inseln zwischen dem Sumpfgras niedergelassen.

Der Hafen beherbergt eine große Fischfangflotte, die genügend eßbare Meerestiere zur Ernährung Illians liefert und auch noch in Nachbarländer exportiert. Kleine Fischerboote, größere Lastschiffe und wendige Meervolk-Schiffe bevölkern die Bucht. Viele dieser Schiffe werden in Illians großen Werften gebaut, obwohl auch ihre

ILLIANISCHE MODE

Die meisten illianischen Männer tragen lange Mäntel mit Stehkragen und Bärte, die die Oberlippe freilassen. Viele Adlige tragen gold- oder silberverzierte Schuhe.

Frauen aller Ränge mögen Hüte mit breiter Krempe, die von langen, auf einfache und zugleich dekorative Art um den Hals geschlungenen Tüchern gehalten werden. Auch adlige Damen tragen gold- und silbergeschmückte Schuhe. Ihre Gewänder haben üblicherweise tiefe Ausschnitte, um die Vorzüge der Dame vorteilhaft darzubieten.

DIE GROSSE JAGD NACH DEM HORN

Der Legende nach wurde das Horn von Valere vor langer Zeit sicherheitshalber verborgen, bis es in der Letzten Schlacht gebraucht würde. Das Horn ist weitaus mehr als ein Musikinstrument, da es tote Helden zum Kampf gegen den Schatten aus dem Grab zurückrufen kann. Es trägt die Inschrift *Tia mi aven Moridin isainde vadin,* in der Alten Sprache: ›Das Grab kann meinem Ruf nicht widerstehen.‹ Der Prophezeiung nach wird es rechtzeitig vor der Letzten Schlacht gefunden werden. Zwischen dem Ende der Trolloc-Kriege und dem Anfang des Hundertjährigen Krieges wurde zu einer Jagd nach dem Horn aufgerufen. Viele Helden suchten danach, und obwohl niemand es fand, wurden ihre Geschichten Legenden, die jetzt Teil der Großen Jagd nach dem Horn sind, ein Bardenzyklus, den vollständig zu erzählen mehrere Tage dauert.

Fast vierhundert Jahre nach der letzten Jagd wurde beim Tevenfest in Illian zu einer neuen Jagd aufgerufen.

besten Arbeiten den Schiffen des Meervolks niemals gleichkommen werden.

Illians Hafenbereich ist recht groß. Das Riechende Viertel genannt – sein ›Duft‹ ist der Gestank nach Hanf und Pech und gesäuertem Hafenschlamm –, ist es fast völlig von der übrigen Stadt abgetrennt. Seine Bürger bleiben sich selbst überlassen, solange sie keine Adligen beleidigen. Sogar die Obrigkeit kümmert sich selten um Ereignisse im Riechenden Viertel.

Die Gefährten

Obwohl Illian über ausgezeichnete Streitkräfte verfügt, gehören seine besten Soldaten zu jener Eliteeinheit, die Illianische Gefährten genannt wird. Diese hervorragenden Truppen reiten traditionsgemäß bei jeder Militäraktion mit dem Kommandierenden General, um ausschwärmen zu können, wann immer ihre außergewöhnlichen Fähigkeiten benötigt werden. Während des Weißmäntel-Krieges errichteten die Kinder des

Lichts in Soremaine eine Falle für König Stepaneos, die sein gesamtes Heer vernichtet hätte, wenn nicht die Tapferkeit der Gefährten gewesen wäre. Sie hielten auf dem Schlachtfeld so lange stand, daß das restliche Heer sicher entkommen konnte, und verhinderten, daß Altara, wie auch Murandy und Illian, der Herrschaft der Weißmäntel zufiel.

TEAR

Wer auch immer den Stein von Tear innehat,
ist Herr der Stadt und des Landes Tear.

Tairenisches Sprichwort

Die Nation Tear liegt östlich von Illian und hält den größten Seehafen am Meer der Stürme, der ein gutes Stück oberhalb der Mündung des Erinin liegt und von der alten Festung, als Stein von Tear bekannt, bewacht wird. Im Gegensatz zu anderen bedeutenden Häfen, hat Tear jedoch keinen leichten Zugang zum Meer. Es wird durch das gewundene Labyrinth von Wasserstraßen im gewaltigen Delta der Mündung des Erinin geschützt, die als die Finger des Drachen bekannt sind. Sie stehen unter Oberaufsicht der Tairener, die keine Schiffe ohne tairenischen Lotsen hinein- oder hinauslassen. Unerfahrene Seeleute wären ohne einen Lotsen vielleicht verloren, aber auf die meisten Seereisenden, wie zum Beispiel das Meervolk, wirkt diese Vorsichtsmaßnahme lächerlich.

Das weite Land zwischen dem Meer und der Stadt Tear böte mehreren Städten Platz, aber die tairenischen Adligen lassen zwischen der

SIEGEL
Drei weiße, diagonal angeordnete Mondsicheln; die Monde; die Mondsicheln.

BANNER
Drei schräg über einem halb roten, halb goldenen Feld angeordnete weiße Mondsicheln.

HAUPTSTADT
Tear.

Symbole umfassen den Stein von Tear.

Stadt Tear und dem Meer keine Konkurrenz zu. Alle wichtigen Standorte sind den Adligen vorbehalten, und Städte müssen mit zunehmender Größe höhere Gebäudesteuern entrichten, so daß keine andere Stadt als Tear sich ausweiten kann.

Die Hochlords von Tear

Anders als andere Nationen hat Tear keinen Herrscher. Ein als die Hochlords von Tear bekanntes Konzil regiert als Körperschaft gemeinsam. Die Mitglieder dieses Konzils müssen einen bestimmten Rang bekleiden, aber es ist keine Anzahl Adliger im Konzil festgelegt. Alle Entscheidungen werden dem Volk als einstimmige Beschlüsse präsentiert. Die Herren des Landes – alle niedrig gestellte tairenische Adlige – tragen dann zur Ausführung der Erlasse der Hochlords bei.

Der Stein von Tear

Die Hochlords regieren vom Stein von Tear aus, einer trutzigen Festung, welche die Stadt Tear wie ein kleiner Berg überragt. Der Stein soll die älteste Feste der Menschheit sein. Er wurde irgendwann während oder kurz nach der Zerstörung der Welt mit Hilfe der Einen Macht erbaut. Stränge von Erde, Luft und Feuer wurden benutzt, um Steine aus allen Winkeln der Welt heranzuziehen und sie zu einem einzigen wuchtigen Gebilde ohne Fuge, Verbindungsstelle oder Mörtel zu verschmelzen. Der Stein ist über hundertmal angegriffen und belagert worden, aber niemals gefallen, bis der Wiedergeborene Drache und einige hundert Aiel ihn in einer einzigen Nacht einnahmen.

Tief im Inneren der Festung befindet sich das als das Herz des Steins bekannte große Gewölbe. Dort, inmitten schimmernder Sandsteinsäulen und goldener Lampen, befindet sich der Ort, an dem das große *Ter'angreal*-Schwert *Callandor* in seiner glitzernden Kristallpracht hing, bis der Wiedergeborene Drache es zurückforderte. Dort vollführten die Hochlords auch vier Mal im Jahr das Schutzritual, wobei sie behaupteten, sie beschützten die Welt vor dem Wiedergeborenen Drachen, indem sie *Callandor* festhielten. Bevor der Stein Rand al'Thor zufiel, betrat niemand die Festung ohne die Erlaubnis der Hochlords, und niemandem außer den Hochlords wurde der Zugriff auf das Herz des Steins gewährt. Meist gaben die Tairener nicht gern zu, daß das Herz des Steins – oder auch *Callandor* – überhaupt existierte. Jetzt, wo der Wiedergeborene Drache den Stein eingenommen und das Herz zugänglich gemacht hat, ist beides nicht mehr zu leugnen.

In Tear würfeln nur Bauern. Adlige bevorzugen ein Kartenspiel namens Chop. Die Spielkarten zeigen verschiedene handgemalte Persönlichkeiten, wobei die Herrscher im Spiel meist jenen ähneln, welche die Nationen zu der Zeit, in der die Karten angefertigt wurden, tatsächlich regierten. Viele leichtlebige Adlige verbringen den größten Teil ihrer wachen Zeit damit, Chop zu spielen, wovon sie nur Frauen oder Pferde vorübergehend fortlocken können.

Schätze des Steins

Callandor ist nicht der einzige Gegenstand der Einen Macht, den der Stein beherbergt. Tief im Inneren der Festung, unter den Ebenen der Verliese, gibt es eine Reihe verstaubter Lagerräume, in denen *Angreale* und *Ter'angreale* aus der ganzen Welt verborgen sind. Diese Sammlung kann sich mit derjenigen der Weißen Burg durchaus messen, obwohl ungewiß ist, ob die Tairener die Artefakte sammeln, um sie zu erhalten oder um sie zu verbergen. Einige glauben, mit der Sammlung werde lediglich der Zweck verfolgt, das Stigma zu schwächen, das mit dem Besitz des wertvollsten Artefakts von allen, *Callandor*, verbunden ist, da die Tairener alles hassen und fürchten, was mit der Einen Macht oder mit Aes Sedai zu tun hat.

Die Eine Macht und Tear

Bevor der Wiedergeborene Drache kam, war alle Machtlenkung in Tear verpönt, wenn Aes Sedai auch geduldet wurden, solange sie die Macht nicht lenkten. Die Prophezeiungen des Drachen zu zitieren oder eine Niederschrift davon zu besitzen, wurde mit Gefängnis bestraft. Ob der Umstand, daß das Schicksal Tears Teil der Prophezeiung war, oder einfach das weit zurückreichende Mißtrauen gegenüber allem mit der Macht Verbundenen der Grund dafür war, ist nicht bekannt. Mädchen, welche das Zeug zur Machtlenkerin haben, werden noch immer sofort nach Tar Valon geschickt, sobald ihre Fähigkeit entdeckt wird.

Die Stadt Tear

Außerhalb des Steins ist die Stadt Tear auf flachem Land erbaut. Die innere Stadt ist von einer hohen grauen Steinmauer geschützt. Die besseren Häuser und Paläste mit quadratischen Türmen befinden sich alle innerhalb dieser Mauer an gepflasterten Straßen. Außerhalb der Mauer sind die Straßen ungepflastert und ständig so verschlammt, daß Sänften und Kutschen sich nicht über die innere Stadt hinaus wagen. Fußgänger müssen besonders hohe Schuhe tragen, wenn sie nicht hoffnungslos versinken wollen. Nur Ochsenwagen und Fuhrwerke befahren die Straßen der ungepflasterten Bezirke.

Die Stadt wird von den Verteidigern des Steins geschützt, einer militärischen Eliteeinheit, die im Stein beherbergt ist, aber die Armen von Tear klagen, sie seien nur dazu da, die Reichen zu beschützen. Es besteht kein Zweifel, daß mit zwei Maßstäben gemessen wurde, denn bevor die Gesetze geändert wurden, durften Fremde Waffen tragen, solange ihr Besuch nur vorübergehend war, aber Einheimische – außer Adligen –, die dies taten, wurden dem Gesetz nach bestraft. Bürgerliche erfuhren auch bei einer Beschwerde gegen einen Kaufmann oder Adligen keine Gerechtigkeit. Jeder Bürgerliche, der auf seinem Recht beharrte, wurde eingesperrt oder anderweitig bestraft. Alle daraus resultierenden Aufstände wurden von den Verteidigern gewaltsam niedergeschlagen. Seit der Ankunft des Drachen verändern sich die Dinge allmählich, und die bisher unantastbaren Adligen müssen in vielen Dingen umdenken, da Bürgerliche die Adligen jetzt straflos vor einen Richter zitieren können, aber es wird wohl noch einige Zeit dauern, bevor sich diese Veränderungen auf die gesamte Nation auswirken.

TAIRENISCHE MODE

In den meisten Nationen ähnelt die Kleidung der Bürgerlichen jener der Adligen im Muster, ist aber aus derberen und billigeren Materialien gefertigt. In Tear ist dies vollkommen anders, wohl um den einzigartigen tairenischen Glauben zu untermauern, daß Bürgerliche tatsächlich geringerwertige Wesen seien.

Tairenische Adlige tragen farbenprächtige Umhänge aus Seide und Brokat mit bauschigen, manchmal gestreiften Ärmeln. Ihre Hosen liegen eng an und sind häufig ebenfalls farbig.

Normale Soldaten tragen Uniformen mit roten Jacken mit weiten Ärmeln, die in schmalen weißen Manschetten enden. Über der Jacke wird ein glänzender Brustpanzer getragen. Ihre Hosen sind ebenfalls eng geschnitten und stecken in kniehohen Stiefeln. Verteidiger des Steins tragen schwarze und goldene Jacken mit ebenfalls bauschigen Ärmeln und Federn verschiedener Farben an ihren mit Krempen versehenen Rundhelmen, um Offiziere und Unteroffiziere zu kennzeichnen.

Bürgerliche tragen im Gegensatz dazu bauschige Hosen, die meist an den Knöcheln zusammengebunden sind und von einer breiten bunten Schärpe gehalten werden. Manche tragen lange dunkle Jacken, die um Arme und Brust eng anliegen und unterhalb der Taille weiter werden. Mitunter werden Halbschuhe oder Stiefel getragen, aber häufiger sieht man bloße Füße oder Holzschuhe – zum Durchqueren des schlammigen Bodens der ärmeren Viertel. Die meisten Bürgerlichen tragen Tuchkappen oder breite konische Strohhüte, um die Sonne abzuschirmen.

Arbeiter tragen ebenfalls bauschige Hosen, haben aber freie Oberkörper oder tragen eine lange Weste anstatt eines Hemdes.

Die adligen Damen von Tear tragen lange Gewänder, deren Ausschnitte die Schultern und auch einen erheblichen Teil des Busens entblößen. Sie bevorzugen meist Seide, ihre Gewänder sind häufig mit einer Spitzenhalskrause geschmückt, und sie tragen dazu eine kleine passende Haube. Tairenische Witwen tragen Weiß. Keine Frau mit Selbstachtung geht jemals ohne ein kleines Porzellanfläschchen mit Riechsalz aus dem Haus.

Bürgerliche Frauen können sich weder den Luxus von Seide noch von langen Gewändern leisten, die im allgegenwärtigen Schlamm ohnehin verdorben würden. Ihre Gewänder haben hohe Stehkragen, die nichts preisgeben, und bis zu den Knöcheln reichende Röcke. Häufig schmücken hellfarbene Schürzen die Gewänder. Wenn Hüte getragen werden, sind es Strohhüte mit breiten Krempen, die häufig passend zu den Schürzen eingefärbt sind.

Jedermann, der durch die äußere Stadt wandern will, muß ungeachtet seiner Klasse barfuß gehen oder spezielle Schuhe – genannt ›Pantinen‹ – tragen; das sind kleine Holzplatten, die man unter den Sohlen der Schuhe befestigt, um sie von Schmutz freizuhalten.

Eine reiche Nation

Tear ist, außer durch den Stein, auch für sein Öl und seine Pferde bekannt. Das Öl wird in Olivenplantagen im ganzen Land hergestellt und vom Hafen aus verschifft. Die Plantagen gehören nicht den Bauern, die sie bewirtschaften, sondern den Adligen, die durch die Gewinne reich werden. Tears Hauptkonkurrenz in diesem Industriezweig ist der benachbarte kleine Stadtstaat Mayene mit seinem Ölfisch. Tear hat im Laufe der Geschichte viele Male versucht, Mayene zu annektieren oder zu kontrollieren, war aber niemals so richtig erfolgreich darin. Als Folge davon besteht ein nationaler Haß gegenüber Mayene, der nur noch vom Haß auf Illian übertroffen wird.

Bei der Zucht edler Pferde hat Tear jedoch keine Konkurrenz. Die tairenischen Pferde mit der gewölbten Brust sind unbestreitbar die edelsten im Lande und besitzen überlegene Schnelligkeit, Ausdauer und Schönheit. Ein großer Teil der Waldlandschaft, einschließlich des großen Ogier-Waldes, der sich unmittelbar außerhalb der Stadt befand, wurde in Weideland für die großen Herden von Vollblutpferden umgewandelt.

Auch Tears Fischindustrie blüht. Außerdem werden große Mengen Getreide exportiert. Während der letzten zwanzig Jahre wurde das meiste Getreide an Cairhien verkauft, um deren Produktionsverluste auszugleichen. Als das cairhienische Königshaus Aufständen zum Opfer fiel, blieb Tear auf anwachsenden Vorräten ohne Absatzmarkt sitzen. Der Wiedergeborene Drache zwang die Hochlords, Cairhien als Hilfsmaßnahme Getreide zu überlassen und den Überschuß an ihren Feind, Illian, zu verkaufen. Nur eine äußere Macht konnte die Tairener dazu bewegen, Illian etwas zu verkaufen, denn Tear blickt auf eine lange und blutige Kriegsgeschichte mit diesem Nachbarn zurück.

Der durch Handel erworbene Reichtum Tears ist groß, aber nur die Adligen haben davon profitiert. Bürgerliche leben teilweise unter Bedingungen, welche die meisten anderen Nationen nicht einmal ihrem Vieh zumuten würden.

SIEGEL
Ein goldener Falke im Flug; der Goldene Falke

BANNER
Ein roter Falke im Flug auf blauem Feld. Von den Mayenern manchmal Paendrags Banner genannt. In Gegenwart des Landesherrn ist es mit goldenen Fransen versehen.

HAUPTSTADT
Mayene.

MAYENE

Ich werde Mayene und alle seine Schiffe brennen sehen, bevor ein tairenischer Adliger einen Fuß in meine Stadt setzt.

Berelain sur Paendrag, Erste von Mayene

Mayene liegt, im Westen von der hoch aufragenden Masse Tears und im Norden vom Versunkenen Land eingeschlossen, am Ende einer Halbinsel im Meer der Stürme. Tatsächlich ist es eher ein unabhängiger Stadtstaat als eine Nation, obwohl Tear es als Provinz beansprucht. Wie brüchig die Unabhängigkeit der Mayener ist, wird durch einen ihrer Hauptaktivposten, die verborgenen Ölfisch-Schwärme, deutlich. Das aus diesem Fisch gewonnene Lampenöl macht dem Öl aus den Olivenhainen Tears, Illians und Tarabons Konkurrenz. Trotz Tears Herrschaftsanspruch weiß kein Tairener, wo sich die Ölfisch-Bestände befinden, und die Mayener sind entschlossen, es dabei zu belassen.

Die regierende Familie von Mayene behauptet, von Artur Falkenflügel abzustammen, und benutzt den Namen Paendrag. Das regierende Oberhaupt von Mayene wird ›der Erste‹ oder ›die Erste‹ genannt, was einst erster Lord oder erste Lady bedeutete. Gegenwärtig ist Berelain sur Paendrag die Erste, eine junge Herrscherin, die eine Zeitlang auch über Cairhien herrschte. Ursprünglich gab es auch einen einzigen ›zweiten‹ Lord oder eine ›zweite‹ Lady, aber während der letzten vierhundert Jahre hat sich diese Tradition gewandelt, so daß mehrere Lords und Ladies diesen Titel gleichzeitig innehatten.

Aufgrund der ständigen Bedrohung durch tairenische Mörder erlernen alle Adligen die Grundregeln der Selbstverteidigung, so daß sie sich nicht allein auf den Schutz ihrer Leibwächter verlassen müssen. Der Stadtstaat selbst wird von den Geflügelten Wachen Mayenes, der Leibgarde der Ersten, geschützt. Ihre schimmernden roten Brustpanzer und mit roten Wimpeln versehenen Lanzen wurden im Verlauf der Geschichte Mayenes an der vordersten Front vieler feindlicher Zusammenstöße gesehen.

Berelain sur Paendrag

Feiertage und der Kalender

Gegenwärtig gilt der Farede-Kalender, der von Urin din Jubai Fliegende Möwe, einem Meervolk-Gelehrten, geschaffen und vom Panarchen Farede von Tarabon verbreitet wurde, welcher der erste Panarch war und Tanchico zum intellektuellen Zentrum der bekannten Welt machte. Der Farede-Kalender zählt die Jahre der Neuen Ära (NÄ) vom ersten Jahr nach dem Hundertjährigen Krieg, dem Jahr 1 NÄ, an. Im Jahre 50 NÄ hatte der Farede-Kalender allgemeine Gültigkeit.

Der Farede-Kalender teilt die Woche in zehn, den Monat in achtundzwanzig Tage und das Jahr in dreizehn Monate ein. Die Monate lauten: Taisham, Jumara, Saban, Aine, Adar, Saven, Amadaine, Tammaz, Maigdhal, Choren, Shaldine, Nesan und Danu.

Diese Namen werden fast ausschließlich in offiziellen Schriftstücken verwandt. Im alltäglichen Leben zählt jedermann die Zeit nach Jahreszeiten und setzt Termine in Tagen oder Wochen vor oder nach diesem oder jenem Feiertag fest.

Mehrere wichtige Feiertage, die in jeder Nation vom Aryth-Meer bis zum Rückgrat der Welt begangen werden, sind nicht fest an einen bestimmten Monat gebunden. Der Sonnentag, der längste Tag des Jahres, wird jedes Jahr im Monat Amadaine gefeiert, obwohl er nicht zwangsweise in diesen Monat fallen muß. Das Dankfest wird nur alle vier Jahre zur Frühjahrs-Tagundnachtgleiche gefeiert, und das Fest der Errettung Aller Seelen (auch Aller-Seelen-Tag genannt) wird nur alle zehn Jahre zur Herbst-Tagundnachtgleiche gefeiert.

Von den nur in bestimmten Orten oder Gegenden gefeierten Festen gibt es buchstäblich Hunderte, vielleicht sogar Tausende. Sie reichen vom Königstag (der Tarabonische Kalender, der alle Feste, Feierlichkeiten und Feiertage auflistet, berichtet sowohl von einem Königstag als auch von einem Panarchentag) und dem Segnen der Netze (in Fischergemeinschaften) bis zu Feierlichkeiten, bei denen der Jahreszuwachs der Herden gefeiert wird. Illian und das Gebiet Altaras rund um Ebou Dar sind besonders für ihre vielfältigen Feiern bekannt. Alle anderen Tage des Jahres werden als Arbeitstage betrachtet, aber die Menschen können während des Jahresverlaufs mit mindestens 105 bis 116 Tagen rechnen, an denen keine Arbeit erwartet wird (über die direkt mit den Feiern verbundenen Tätigkeiten hinaus).

Mitunter überschneiden sich Feiertage oder Feste zeitlich. Dann werden beide zusammen mit noch umfangreicheren Feierlichkeiten begangen.

Mit Ausnahme des Lichterfests, des Sonnentages, des Dankfests und des Festes der Errettung Aller Seelen werden allgemeine Fest- und Feiertage ganz unterschiedlich begangen. Arad Doman und Illian sind für die großartigsten Feiern, Illian und das Gebiet Altaras rund um Ebou Dar für die größte Freizügigkeit und Cairhien für die zurückhaltendsten Feiern bekannt.

Nachstehend sind jene Feiertage aufgelistet, die in den meisten Gegenden, wenn auch nicht überall, begangen werden.

Das Lichterfest

Am letzten Tag des Monats Danu (des kürzesten des Jahres) und am ersten Tag des Monats Taisham. In vielen Gegenden wird das Lichterfest Erster Tag oder Ersttag genannt und als die Zeit besonderer Mildtätigkeit angesehen.

Hoch Chasaline

Am zwölften Tag des Monats Taisham. Auch ›Tag der Besinnung‹ genannt. Ein Festtag, häufig mit Tanz am Abend, an dem man sich seines Glücks und der Segnungen seines Lebens bewußt werden soll. Es wird als schlechtes Benehmen angesehen, sich an Hoch Chasaline über irgend etwas zu beschweren.

Chansein

Am dritten Tag des Monats Jumara. Ein Tag hemmungsloser Schwelgerei beim Essen, wozu auch gehört, daß man andere Menschen ebenfalls zur Völlerei verleitet. Die Menschen tragen mit Fleisch oder Trockenfrüchten gefüllte heiße Kuchen bei sich, manchmal ganze Taschen oder Körbe voll, und schenken sie jedem, dem sie begegnen. Es gilt als äußerst unhöflich, nicht alles bis zum letzten Krümel aufzuessen. (Die Grenzlande; Arad Doman)

Das Abramfest

Am neunten Tag des Monats Jumara. (Tarabon, Amadicia, Ghealdan, Andor, Altara, Murandy, Illian, Tear, Cairhien)

Lamma Sor

Wird am Tag nach dem ersten Viertelmond (›Messermond‹ genannt) des Sabans in den Grenzlanden gefeiert. Es wird nur Brot und Wasser, Salz und Öl verspeist. Auch ›Tag der Erinnerung‹ genannt. Ein Tag der Gebete für jene, die bei der Verteidigung gegen die Große Fäule gefallen sind, und für jene, die noch fallen werden.

Das Narrenfest

Wird im Monat Tammaz (in Arad Doman und den Grenzlanden) oder im Monat Saven (überall sonst) gefeiert, wobei der genaue Tag je nach Ort variiert. Ein Tag, an dem alle Ordnung bewußt umgekehrt wird. Hochgestellte verrichten niedere Aufgaben (machen Besorgungen, bedienen bei Tisch, etc.), während Niedriggestellte keine Arbeiten verrichten, sondern ihren eigentlichen Vorgesetzten Befehle erteilen. In vielen Dörfern und Städten wird dem törichtsten Menschen ein Titel wie ›Herr der Unvernunft‹ oder ›König der Narren‹ verliehen. Es ist keine begehrte Ehre, aber immerhin muß an diesem Tag jedermann allen Befehlen des Erwählten gehorchen, wie töricht sie auch sein mögen. Beachtenswert: In Tear, Illian und der Südhälfte Altaras wird die Zeit zwischen dem Fest des Abram und dem Narrenfest als günstigste Zeit für eine Hochzeit angesehen.

Winternacht

Die Nacht vor Bel Tine; wird mit Besuchen und dem Austausch von Geschenken verbracht.

Bel Tine

Frühjahrsfest zur Feier des Winterendes, der ersten sprießenden Feldfrüchte und der Geburt der ersten Lämmer. Das Datum wird örtlich festgelegt.

Tirish Adar

Vom Aufstieg des ersten Vollmondes im Monat Adar bis zum Untergang des nächsten Mondes. In den meisten nördlichen Ländern schläft niemand während dieser Zeit länger als eine oder zwei Stunden pro Nacht.

Das Nemanfest

Am neunten Tag des Monats Adar. (Andor, Cairhien, Tear, die Grenzlande)

Das Freiafest

Am einundzwanzigsten Tag des Monats Adar. (Illian, Arad Doman, Ghealdan, Tarabon, Teile von Altara und Murandy.)

Dahan

Am neunten Tag des Monats Saven. Angeblich der Jahrestag des endgültigen Sieges in den Trolloc-Kriegen und der Freiheit vom Schatten. Das Datum soll willkürlich festgelegt worden sein.

Asadine

Zehn Tage vor dem Sonnentag. Ein Tag des Fastens. (Die Grenzlande, Cairhien). In den Grenzlanden wird der Tag nach Asadine als besonders günstige Zeit zum Heiraten angesehen.

Das Maiafest

Am sechsten Tag des Monats Amadaine. (Andor, Ghealdan, Altara, Murandy, Illian)

Bailene

Wird am neunten Tag des Monats Amadaine gefeiert. (Arad Doman, Tarabon, Amadicia, Tear)

Genshai

Am dritten Tag des Monats Tammaz. Männer und Frauen tragen bunte Bänder. (Tear, Illian, Amadicia, Tarabon, die südlichen Teile von Altara und Murandy)

Mabriamstag

Am achtzehnten Tag des Monats Tammaz. Jegliche Arbeit wird vermieden. Das Essen wird schon am Vortag gekocht. Einige erheben und kleiden sich im Dunkeln, um diese ›Arbeit‹ schon vor Tagesanfang zu erledigen. Am Mabriamstag spielen junge Frauen jungen Männern traditionell Streiche. Sie sollen das Interesse der jungen Frau an dem betreffenden Mann zeigen, aber die jungen Frauen arbeiten in Gruppen, um ihre Absicht möglichst zu verschleiern. Es werden sogenannte Strafen verhängt, wenn ein junger Mann errät, wer seine Verehrerin ist – von einem Kuß von der jungen Frau, die sich den Streich ausgedacht hat, bis zu einem Kuß von jeder Frau der Gruppe. Wird in Dörfern und Kleinstädten jeder Nation gefeiert.

Tandar

Am neunten Tag des Monats Maighdal. Niemand sollte den Tandar mit Unstimmigkeiten beenden. Obwohl die Absicht dahinterstand, Streithähne auf diese Weise auszusöhnen, wurden diese Festlichkeiten häufig von Versuchen getrübt, einen Streit auf ganz andere Weise zu bereinigen.

Tief Chasaline

Am achtzehnten Tag des Monats Maighdal. Meistenorts ein Fastentag.

Das Laternenfest

Am ersten Tag des Monats Choren. Überall in Fenstern und Bäumen hängen oft bunt gefärbte und häufig phantastisch geformte Papierlaternen. (Arad Doman, Tarabon, Amadicia, Ghealdan, Altara, Murandy, Illian)

Bel Arvina

Am ersten Herbsttag; ein bewegliches Fest; Datum wird örtlich festgelegt.

Amaetheon

Am sechsten Tag des Monats Shaldine. Überall außer in den Grenzlanden ein Fest zur Erinnerung an die Toten, nicht traurig, sondern freudig.

Shaoman

Am zwölften Tag des Shaldine. Besonders auf Kinder ausgerichtet, die verwöhnt und gelobt werden und Geschenke bekommen. Vielerorts gehen Gruppen von Kindern von Haus zu Haus, singen Lieder und werden mit kleinen Geschenken oder Süßigkeiten bedacht.

Danshu

Am letzten Tag des Monats Nesan.

Sonnentag

In vielen Teilen der Welt gefeierter Festtag zur Mitte des Sommers.

Die Prophezeiungen des Drachen

Seit der Zeit der Zerstörung, und vielleicht auch schon vorher, sind die Prophezeiungen des Drachen, die von einem Mann berichten, der sowohl Vernichter als auch Erlöser der Welt sein soll, erweitert worden. Dieser Mann kann die Macht lenken und ist der Wiedergeborene Drache. Es ist angeblich seine Bestimmung, *Tarmon Gai'don*, die Letzte Schlacht gegen den Schatten, zu schlagen. Er soll die einzige Hoffnung der Welt auf Erlösung sein.

Diese Deutung ist nicht unumstritten, denn eine Prophezeiung läßt stets mehrere Auslegungen zu. Daher, und weil die Vorstellung von der Rückkehr eines Menschen, der einst die Welt zerstörte, furchtbeladen ist, wollen viele Menschen von den Prophezeiungen nichts wissen; so manchen männlichen Machtlenker, der sie auf sich bezog, führten sie ins Verderben.

Der erste dieser falschen Drachen, wie sie schließlich genannt wurden, der ausreichend bekannt wurde, war im Jahre 335 NZ Raolin Dunkelbann. Seine Gefolgsleute griffen sogar die Weiße Burg an (erfolglos), bis er schließlich gefangengenommen wurde. Ihm folgten im

Jahre 1300 NZ Yurian Steinbogen, im Jahre 351 FJ Davian, im Jahre 939 FJ Guaire Amalasan, im Jahre 997 NÄ Logain und im Jahre 998 NÄ Mazrim Taim.

In den letzten Jahren sind mehr falsche Drachen aufgetaucht als jemals zuvor. Zuletzt kam ein junger Mann namens Rand al'Thor, der für den wahren Wiedergeborenen Drachen der Prophezeiung gehalten wird, da zumindest einer der beiden überlebenden falschen Drachen ihn zum wahren Wiedergeborenen Drachen erklärt haben soll, was in der Vergangenheit noch nie vorgekommen ist. Allem Anschein nach haben sich viele der Prophezeiungen erfüllt, einschließlich des Falls des Steins von Tear und des Anspruchs auf *Callandor.*

Nun hat Rand als Gegenstück zur Weißen Burg eine Schwarze Burg geschaffen und Männer versammelt, welche die Macht lenken können, damit sie ihm bei der Bekämpfung des Schattens helfen. Diese Männer werden auf ähnliche Art ausgebildet wie die Frauen in der Weißen Burg. Sie beginnen als ›Soldaten‹ im Kampf gegen den Schatten wie auch gegen alle anderen, die sich der Gerechtigkeit entgegenstellen oder die Schwachen unterdrücken. Haben sie einen bestimmten Fähigkeitsgrad erreicht, werden sie zu ›Geweihten‹ erhoben und erhalten eine Anstecknadel in Form eines kleinen silbernen Schwertes. Wer noch weiter aufsteigt, wird zum ›Asha'man‹ erhoben. Ursprünglich bezeichnete dieser Name jemanden, der für Wahrheit und Gerechtigkeit kämpfte, ein Wächter, der selbst dann nicht aufgab, wenn alle Hoffnung geschwunden war. Jeder Asha'man trägt eine Drachennadel in Rot und Gold.

Diese ungewöhnlichen Ereignisse lassen wenig Zweifel daran, daß sich das Rad auf die Letzte Schlacht zu bewegt. Die Weiße Burg ist gespalten, die Schwarze hat sich erhoben, und Menschen mit der Fähigkeit greifen nach der Quelle, trotz des sicheren, durch den Makel auf *Saidin* angekündigten Verhängnisses, und schließen sich dem jungen Drachen in seinem Kampf gegen den Schatten an. Das Rad hat sich gedreht, aber es hat sich mit der Drehung verändert. Die Prophezeiungen deuten alles an, enthüllen aber nichts. Nur das Licht mag wissen, ob dies der Anfang der Erlösung oder die endgültige Vernichtung für uns alle ist.

Rand al'Thor

Index